中国古典戏曲在俄罗斯的翻译和研究

高玉海 著

南开大学出版社

天津

图书在版编目(CIP)数据

中国古典戏曲在俄罗斯的翻译和研究 / 高玉海著
. —天津：南开大学出版社，2024.9
ISBN 978-7-310-06576-9

Ⅰ.①中… Ⅱ.①高… Ⅲ.①中国文学－戏剧文学－
古代戏曲－俄语－文学翻译－研究 Ⅳ.①H355.9
②I207.37

中国国家版本馆 CIP 数据核字(2024)第 017190 号

中国古典戏曲在俄罗斯的翻译和研究
ZHONGGUO GUDIAN XIQU ZAI ELUOSI DE FANYI HE YANJIU

南开大学出版社出版发行
出版人:刘文华
地址:天津市南开区卫津路 94 号　　　邮政编码:300071
营销部电话:(022)23508339　营销部传真:(022)23508542
https://nkup.nankai.edu.cn

天津创先河普业印刷有限公司印刷　全国各地新华书店经销
2024 年 9 月第 1 版　　2024 年 9 月第 1 次印刷
240×170 毫米　16 开本　15.5 印张　8 插页　240 千字
定价:88.00 元

如遇图书印装质量问题,请与本社营销部联系调换,电话:(022)23508339

本书为教育部人文社会科学研究规划基金项目"中国古典戏曲在俄罗斯的翻译和研究"（项目编号：15YJA751008）成果

本书出版获浙江师范大学出版基金资助

涅恰耶夫从法文转译《赵氏孤儿》（1788 年）

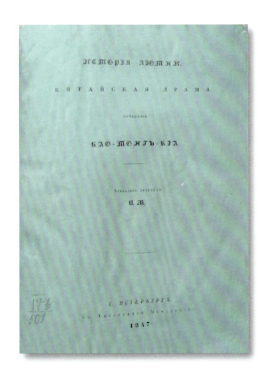

无名氏从法文转译高则诚《琵琶记》（1847 年）

索罗金《13—14 世纪中国古典戏曲：
起源·结构·形象·情节》（1979 年）

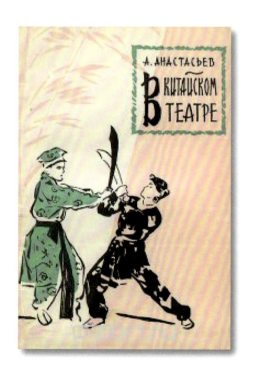

阿纳斯塔西耶夫《在中国的剧院
里》（1957 年）

缅什科夫（孟列夫）译王实甫《西厢记》（1960 年）

彼得罗夫编辑、缅什科夫（孟列夫）校注《元杂剧选》（1966 年）

谢罗娃《黄幡绰〈明心鉴〉和中
国古典戏剧美学》(1979 年)

盖达《中国传统戏剧——戏
曲》(1971 年)

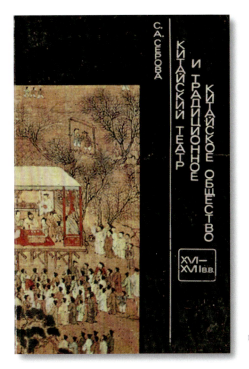

谢罗娃《中国戏剧与 16—17 世纪的中国社会》（1990 年）

马利诺夫斯卡娅《中国古典戏曲杂剧简史（14—17 世纪）》（1996 年）

缅什科夫（孟列夫）译《中国古典戏曲选译》（2003 年）

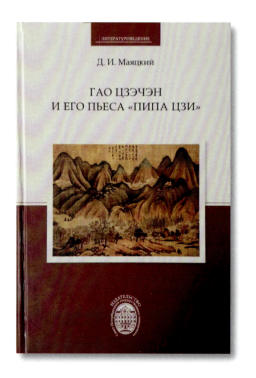

马亚茨基（马义德）《高则诚和他的〈琵琶记〉》（2015 年）

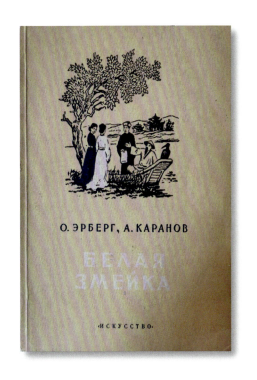

埃尔贝格、卡拉诺夫编三幕八
场剧本《白蛇传》（1954 年）

杰柳辛、伊林、吉什科夫编
译十三场剧本《梁山伯与祝英台》
（1958 年）

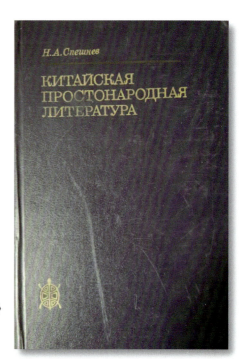

斯佩什涅夫（司格林）《中国俗文学》
（1986 年）

谢罗娃《傩戏：宗教仪式和中国
戏曲》（2012 年）

序

甲辰年春节期间收到浙江师范大学高玉海教授的《中国古典戏曲在俄罗斯的翻译和研究》书稿，这是他研究中国古典文学在俄罗斯的译介与传播的第二本著作，与他此前出版的《中国古典小说在俄罗斯的翻译和研究》（吉林大学出版社，2015 年）可谓姊妹篇。

我与玉海教授本来素不相识，他 1969 年出生，比我小 20 多岁。我俩成为学术挚友和忘年交，纯粹是因书结缘。2010 年冬，我积近 20 年研究心得，出版了一本论文集《两大邻邦的心灵沟通——中俄文学交流百年回顾》（黑龙江人民出版社，2010 年），当时属于资助出版，印数 1000 册，出版社营销 800 本，给我自己 200 本。我自己拿到的这些书，基本全都馈送师友同行了，其余的挂到我在"孔夫子旧书网"上开的网店"文心书斋"。不成想，居然有一位浙江金华的书友在网上订购了我这本书。后来才知道，这是当时任乌克兰卢甘斯克国立大学孔子学院中方院长的高玉海让他爱人购买的。这次书籍交易之后，我俩通过孔夫子旧书网上的留言，互加了 QQ 和微信，从此成为学术上的合作伙伴。记得我当时曾向他推荐了我在 2008 年圣彼得堡国立大学"远东文学研究"学术研讨会上结识的乌克兰基辅大学汉语教师雅罗斯拉娃·舍克拉，他俩后来也建立起学术联系。之后我又推荐玉海参加圣彼得堡国立大学东方系每两年举办一次的"远东文学研究"学术研讨会。2012 年，他和南开大学外国语学院院长阎国栋、天津师范大学文学院曾思艺教授一同前往参会。2016 年我也去参会，北京大学出版社张冰教授、南开大学阎国栋教授，加上我俩，形成中国俄罗斯汉学研究"四人帮"，在涅瓦河畔留下了美好的回忆。记得玉海当时携带其新出版的《中国古典小说在俄罗斯的翻译和研究》参会，这本书得到了与会的圣彼得堡汉学家，我早在 1999 年就结识的玛丽娜·克拉夫佐娃的好评，并因为书中有专门介绍当代俄罗斯汉学研究名家阿利莫夫对宋代小说研究成果的章节，克拉夫佐娃主动打电话帮助玉海联系到阿利莫夫教授，体现了中俄两国学术中人"惺惺相惜"的互助精神。

2018 年，玉海教授获得中国国家留学基金委资助，赴圣彼得堡国立大学东方系访学半年，访学期间他几乎每天都是"宿舍—图书馆—古旧书店"三点一线地奔波，唯一一次休闲还是那年八月，我带北京外国语大学、天津师范大学的几位老师一起去圣彼得堡参加第八届"远东文学研究"学术研讨会，玉海教授跟我们一起观看了马林斯基剧院的芭蕾舞剧《天鹅湖》，由此可见他对学术"拼命三郎"式的执着精神。回国后，我们一直保持着密切联系。2019 年 4 月我和老伴专程去金华看他，他带研究生驱车陪我们探访金华周边古迹，那年年底我们还一同参加了南京大学举办的中俄文学关系暨纪念五四运动 100 周年国际学术研讨会。可以说，前几年在国内俄罗斯汉学研究学术活动中，每次会议都有我俩共同出现的身影。不知道的人，还以为我俩是一个单位的同事或多年相知的朋友。

高玉海出身黑龙江的小城镇，先是在长春的东北师范大学中文系攻读学士、硕士学位，参加工作之后又在上海的华东师范大学修得博士学位，可谓兼得东北汉子的豪爽坚毅与江南文士的聪慧精明。他在俄罗斯汉学研究方面搜罗的资料之全、挖掘之深，令人叹为观止。我去圣彼得堡开会时，就曾亲眼看到他到位于喀山教堂后身的俄罗斯古旧书网站提货点取书的情景，实在佩服他搜罗俄译汉籍的执着与办法之多。从玉海经常在微信朋友圈里展示的他新近购得的俄译汉籍来看，他可能把俄罗斯几十年来翻译出版的中国文学作品几乎都收集全了。我现在在翻译俄罗斯汉学研究著作时，遇到困难就经常给高玉海打电话，几乎都是很快就能从他那里得到原书的信息。连一些俄罗斯汉学家在翻译中国著作时，靠他们的主观理解改动了的篇名，他都能帮我猜到原作题目，然后翻阅相关史料印证，大大减省了我考证的时间。可以说，玉海和他的藏书成了我的资料室、学术咨询师。

眼下这本《中国古典戏曲在俄罗斯的翻译和研究》，在体例、文献、方法方面与《中国古典小说在俄罗斯的翻译和研究》相近，但与后者相较而言，研究中国古典戏曲在俄罗斯的翻译和研究的难度显然更大。一方面是俄罗斯关于中国古典戏曲的翻译和研究资料比小说要少，另一方面是研究戏曲涉及的专业知识（如演出、角色、服饰、唱腔等）比小说更复杂难懂。对于中文专业出身的高玉海教授来说，外语的阅读和理解无疑也是最大的难点，但他能够迎难而上，刻苦攻关，终于完成了这部20余万字的著作。我大略阅览，觉得有以下几方面的特点。

首先，资料翔实。学术界对元明清三代戏曲名著在俄罗斯的翻译和研究史料的搜集方面，此前还没有如此深入，本书以时代为经，以作家作品为纬，对元明清三代的杂剧与传奇进行专题探讨。附录中共计近10万字的"中国古典戏曲在俄罗斯的翻译和研究史料编年"和"俄罗斯翻译和研究中国古典戏曲的汉学家简介"更是资料翔实、要言不烦，文献史料的中俄文对照也为有志开展进一步研究的读者提供了极大的便利。

其次，分析细致。书中对重要作家作品在俄罗斯的译研情况梳理清楚、分析细致，如对《西厢记》在俄罗斯的翻译和研究的梳理和分析，不但梳理了俄罗斯关于《西厢记》的翻译、研究史料，还涉及对《西厢记》的跨文本改编、舞台演出。再如对明代杂剧作家徐渭在俄罗斯的研究，不仅涉及徐渭的杂剧创作，而且对他创作的诗词、散文在俄罗斯的研究均有所论述，全面地展现出徐渭在俄罗斯的影响。

再次，论述全面。此前国内在中国古典戏曲在俄罗斯的翻译和研究方面尽管没有专著问世，但对中国古典戏曲的某一作家或作品有所论述，如《国外中国古典戏曲研究》（江苏教育出版社，2000年）、《中国文学俄罗斯传播史》（学苑出版社，2011年）等，但这部书还把中国古典戏曲理论在俄罗斯的翻译和研究纳入研究范围，并列专章进行论述。对中国古典戏曲理论中的戏曲起源与发展、创作与批评、角色与演出等均有涉及。另外，从研究的时段来看，本书还论述了近代以来乃至现当代的古剧新编、戏剧改良等领域。

最后，图文并茂。这部新著与此前出版的《中国古典小说在俄罗斯的翻译和研究》风格一致，文中使用了大量的书影图片和数据表格，书影图片多来自高玉海教授自己多年搜求的俄文藏书，于读者来说可以对中国古典戏曲的俄文译本或研究著作有形象、直观的印象；数据图表则尽可能准确地标示出某部戏曲名著的俄文翻译或研究情况的数据，对正文的分析和论述起到补充或印证的作用。

不过，如果非要求全责备、蓄意苛责的话，我认为玉海这部新著尚有可以进一步提高和完善的空间，比如对俄罗斯汉学家翻译中国古典戏曲文本优劣得失的分析探讨，有些只是蜻蜓点水的略论；对一些在俄罗斯有影响的中国戏曲名著研究的分析和论述，也还存在一定的疏漏。如高则诚的《琵琶记》不但在18世纪就有法文转译的俄文本，而且圣彼得堡国立大学的青年学者马义德博士还有新译本，同时发表了不少关于《琵琶记》研究的论文，但本书并没有专门顾及和研究。

本书是高玉海在俄罗斯汉学研究领域的第二部专著，也是他2015年获批的教育部人文社会科学研究规划基金项目的最终成果，据我所知，玉海教授三年前刚刚完成了国家社科基金项目《俄罗斯的中国古典文学史料编年》，2020年他又新获国家社科基金重点项目《中国古典诗文在俄罗斯的翻译和研究》。古典小说、古典戏曲加上古典诗文，刚好构成了中国古典文学研究在俄罗斯的"三部曲"，再加上资料翔实的中国古典文学在俄罗斯的史料编年，他自己戏称是其科研工作的"3+1"计划。我们期待他能早日完成这个计划，为中国文学的海外传播研究做出更大的贡献。

李逸津

2024年2月22日

于天津华苑文心书斋

目　录

绪 论

随着中国和俄罗斯两国之间政治、经济、文化等领域交流的不断扩大与深入,近些年学术界也颇关注中国文学在俄罗斯的翻译和传播问题,笔者在继 2014 年完成了教育部青年规划基金项目"中国古典小说在俄苏的翻译和研究"(项目成果 2015 年由吉林大学出版社出版)之后,继续拓展和深入,目前承担的教育部基金项目"中国古典戏曲在俄罗斯的翻译和研究"也已于 2020 年结项。根据这两个项目的成果所做的基本文献资料《中国古典小说和戏曲在俄罗斯的翻译和研究的史料编年》,梳理并总结出中国古典小说和戏曲在俄罗斯传播的几个阶段,并归纳出各个阶段的不同特点。

一、本课题的国内外研究现状及研究意义

中国文学在海外的传播是近些年以来备受关注的研究课题,从"中国文学"角度来看,中国当代文学在海外的传播和研究要多于中国古代文学;从"海外"角度来看,学者们更多关注的是中国大陆周边的日本、韩国等东北亚国家,以及中国台湾、新加坡、马来西亚、越南等东南亚、南亚一些国家和地区,至于中国文学在欧美国家和地区的传播,则相对来说对英国、法国、德国以及美国关注得比较多。俄罗斯的中国文学研究起步比较晚,而且在 20 世纪 50—60 年代形成一个高峰之后,总体成就略逊于上述国家和地区,尤其是苏联解体以来,关注和研究中国文学在俄罗斯的翻译和研究情况越来越成为边缘化的"学问"。

近几十年以来,中国古代文学在周边国家传播的研究成果逐年增加,但相对集中在东北亚的日本、韩国及东南亚一些国家和地区的流传和影响,对俄罗斯的中国古代文学的研究关注还不多。俄罗斯在苏联时期曾经是汉学大国,当时其对中国古代文学的翻译和研究丝毫不逊于欧

美和东南亚，但随着苏联的解体以及国内外学术大环境的变化，学术界对俄罗斯中国古代文学研究的关注冷却下来了。近些年中国与俄罗斯的关系一直朝着友好的方向发展，随着两国政治、经济、文化等领域交流的不断扩大，学术界也日益关注俄罗斯的中国学问题，仅就俄罗斯的中国古代文学研究而言，在20世纪李福清《中国文学研究在俄苏·小说和戏曲》（1987年）、李明滨《中国文学在俄苏》（1990年）等著作的基础上出版了一些新的研究著作，重要的如李明滨的《中国文学俄罗斯传播史》（2011年）、陈蕊编著的《国图藏俄罗斯汉学著作目录》（2013年）、朱达秋等著的《苏联解体之后的俄罗斯中国学研究》（2013年）等，均从不同角度、不同程度上取得了新的进展，尤其值得称道的是柳若梅教授还把斯卡奇科夫的汉学名著《俄罗斯汉学史》译成了中文出版（原著出版于1977年，中译本2011年出版）。同时，中国古代文学在俄罗斯的翻译和研究也成为俄罗斯学者关注的课题。尽管老一辈汉学家都年事已高，许多学者相继去世（如孟列夫、司格林、谢列布里亚科夫、李福清等近年来相继离世），但中青年一代学者（如阿里莫夫、索嘉威、罗流沙、马义德等）亦崭露头角，取得了可喜的成绩，2006年至2010年出版的集体编撰的六卷本《中国精神文化大典》中的第三卷"文学·语言·文字"分卷集中体现了俄罗斯学者对中国古代文学的关注程度和研究成果；在俄罗斯收藏中国古代文学作品版本研究领域则有2012年圣彼得堡国立大学出版社出版但印量极少的叶可嘉、马义德编的《圣彼得堡国立大学东方系图书馆收藏王西里院士中国书籍目录》，堪称代表性成果。

但学术界对中国古代文学在俄罗斯的翻译和研究课题的关注，仍有不尽如人意甚至令人遗憾的缺陷，存在一些亟待解决的问题，表现如下：一是对文学史料的运用不够准确或精确，如《中国文学俄罗斯传播史》中对戈雷金娜的著作《中国中世纪前的短篇小说》多次提及，却前后四次采用不同的翻译书名，还将巴甫洛夫斯卡娅译的《新编五代史平话》误作为戏曲作品；再如新近翻译出版的《俄罗斯汉学史》中把弗拉德金翻译的《金云翘传》误译为"《金玉述传》"，令人费解。二是掌握资料不够全面，论述以偏概全或付诸阙如，如《国图藏俄罗斯汉学著作目录》对国家图书馆收藏的《山海经》《楚辞》等俄文译本未加著录，对新近出版的《琵琶记》俄文本漏收，对《聊斋志异》俄文藏本著录也缺漏多种；有的因未见原始文献而空缺，如《中国文学俄罗斯传播史》在"宋代文学在俄罗斯"一章中对宋代文言小说在俄罗斯的翻译和研究成果介绍基本空白;对1949年中国古典戏剧改革之后产生的地方戏(如京剧)在俄罗斯的传播也缺少介绍。三是论者未过目史料,因间接引用、辗转摘抄造成的错误,如《中国文学在俄苏》中介绍《剪灯新话》1979年被译成俄文出版,这一错误在之后许多相关著作中被沿用,而实际上1979年只是翻译了《剪灯新话》的一小部分,全书的翻译是在1988年才出版的;再如顾伟列主编的《20世纪中国古代文学国外传播与研究》说《史记》俄文翻译达71种之多,造成这种错误的原因是其转抄自《汉籍外译史》,后者对《中国文学在俄苏》中"《史记》翻译有11种之多"存在误抄。因此,当前俄罗斯汉学界亟需一部整理相对完善的"俄罗斯的中国古代文学史料编年",供国内外研究者使用,既省却研究者难见原文的翻检之劳,又避免辗转摘抄、以讹传讹带来的问题。俄罗斯国内出版的相关史料著作不多,如瓦里西院士极为丰富的汉文藏书只是在《圣彼得堡国立大学东方系图书馆收藏王西里院士中国书籍目录》中介绍了一小部分而已;前不久俄罗斯刚刚出版的阎国栋翻译的《中国文学史纲要》(俄汉对照版)也只是内部印刷了500册,一般学者很难见到。

本课题的价值在于整理出相对完备的《中国古典戏曲在俄罗斯的翻译和研究史料编年》(本书附录一),有助于中外学者对相关课题的进一步研究,使用者据此可核对原文,也可以按图索骥,尤其为国内年轻学者提供方便。其意义契合中国文学走向世界的精神,既推动中俄文化交流的发展,也是对俄罗斯汉学史上取得成果的肯定,是对老一辈翻译家、研究家所做贡献的纪念。

二、中国古典戏曲在俄罗斯的翻译和研究的几个阶段

笔者经过考察中俄外交发展的历史,并根据中国古典戏曲在俄罗斯翻译、研究和演出的实际状况,把中国古典戏曲在俄罗斯的传播、研究和演出分为五个阶段:第一个阶段是1949年中华人民共和国成立之前,这个时期中国古典戏曲在俄罗斯被翻译的极少,且多是从欧洲语言进行转译的,研究成果则出现了一些单篇概述性质的文章;第二个阶段是1950年至1959年,这是中苏关系友好的十年,即所谓"蜜月期"的十年,中苏两国文化领域交往频繁,中国古典戏曲名著的改编和演出极大地促进了中苏文化交流,但译作不多;第三个阶段是1960年至1979年,

这 20 年期间中国和苏联在意识形态、经济建设乃至军事领域都产生了较大的分歧和冲突,文化交流一度处于停滞不前的状态,但苏联汉学界对中国古典戏曲的翻译和研究却成果显著;第四个阶段是 1980 年至 1991 年,这是中苏两国在政治外交、经济合作、文化交流等方面的调整期,中国的对内改革、对外开放政策促进了中苏两国文化事业的交流与发展,苏联的中国古典戏曲研究方面取得了可观的研究成果;第五个阶段是 1992 年至今,即苏联解体之后的新俄罗斯时期,这个时期由于大的意识形态和经济环境的变化,中俄两国文化交流日趋务实,讲求实用,大量反映风水、养生、色情等的中国古代典籍被介绍到俄罗斯,在古典戏曲领域则极少有新的翻译作品问世。具体分述如下:

第一个阶段(1949 年以前),这段时期中国古典戏曲在俄罗斯传播最突出的特征是"转译和介绍"。中国古典文献的俄译在清朝后期以及民国时期主要是靠传教士的翻译和传播,尤其注重社会、历史和宗教方面的翻译。古典文学领域被翻译的内容大多是供汉语教学使用,许多戏曲或戏曲片段则是通过英语、法语或者德语转译过去的,如俄译《赵氏孤儿》(1788 年)、《旅行者》(1835 年)、《琵琶记》(1847 年)等杂剧的转译。这个时期出现了一些从宏观上介绍中国古典戏曲发展的文章,如伊凡诺夫斯基《中国人的美文学——中篇小说、章回小说和戏曲》(1890 年)、列维斯基《中国的戏剧》(1910 年)、雅科夫列维奇《中国戏剧》(1926 年)、瓦西里耶夫《中国的戏剧》(1929 年)等。中国戏曲在俄罗斯的演出方面则以 1935 年梅兰芳赴苏联进行演出交流为代表,一时掀起关注中国戏曲的高潮。

第二个阶段(1950 年至 1959 年),这段时期中国古典戏曲在苏联传播最突出的特征是"改编和演出"。新中国在成立之前,即得到苏联的援助承诺,苏联是第一个与新中国确立外交关系的国家,中苏两个社会主义阵营中的国家互相帮助,中苏友好进入"蜜月期",这对中国古典文学在苏联的翻译和传播有极大的推动作用,但这种翻译和传播也被打上了鲜明的政治烙印。这个时期改编中国古典戏曲并演出的包括格罗巴根据汉学家波兹涅耶娃的译述《西厢记》进行创作的《倾杯记》(1952 年)、中国越剧团赴苏联演出的《西厢记》和《梁山伯与祝英台》等剧目(1955 年)、上海京剧院赴苏联演出的《十五贯》和《贵妃醉酒》等京剧(1956 年)。在中苏文化交流方面则以 1958 年纪念伟大的戏剧家关汉卿创作 700

周年为契机，翻译了关汉卿《窦娥冤》和《救风尘》选段并进行了广泛的戏曲文化交流活动。研究领域出版了奥布拉兹卓夫《中国人民的戏剧》（1957年）、孟列夫《中国古典戏曲的改革》（1959年）、盖达《中国的民间戏剧》（1959年）等。

第三个阶段（1960年至1979年），这段时期中国古典戏曲在苏联传播最突出的特征是"翻译和论文"。中苏两国早在20世纪50年代后期就围绕意识形态、国家利益等问题展开了激烈的论争，加上中国国内10年的"文化大革命"，由此导致中苏两国长达20年的文化交流的冰冻期，中苏学术交流基本处在停滞不前的状态。但苏联汉学家仍在关注中国古代典籍的研究，在中国古典戏曲方面表现为作品翻译和研究论文两方面。在作品翻译方面，如孟列夫翻译了全本《西厢记》（1960年）、彼得罗夫编辑《元曲选译》（1966年）收录11种元代杂剧、索罗金等《东方古典戏剧：印度、中国和日本》（1976年）收录8种元明清时期的戏曲等；在研究论文方面则以谢列布里亚科夫《论元代剧作家马致远的剧本〈汉宫秋〉》（1963年）、齐宾娜《关于中国古典戏剧的产生和发展问题》（1963年）、李福清《中国的戏曲理论（12至17世纪初）》（1964年）、索罗金《元曲：角色与冲突》（1969年）、索罗金《13—16世纪的中国古典戏曲》（1973年）、波兹涅耶娃《中国的喜剧及喜剧理论》（1974年）及马利诺夫斯卡娅研究明代戏剧的系列论文等为代表。这个时期还产生了几部研究中国古典戏剧的学术专著，如索罗金研究元杂剧的专著《13—14世纪中国古典戏曲：起源·结构·形象·情节》（1979年）、谢罗娃研究中国京剧的专著《19世纪中叶至20世纪40年代的京剧》（1970年）、谢罗娃研究中国古典戏曲演出理论的专著《黄幡绰〈明心鉴〉和中国古典戏曲美学》（1979年）等。

第四个阶段（1980年至1991年），这段时期中国古典戏曲在苏联传播最突出的特征是"民俗与社会"。20世纪70年代末，中国对内实行改革，对外实行开放政策，80年代的10年不但对中国国内来说是学术事业、科学讨论的春天，对外学术交流范围也不断扩大，文化交流日益活跃，包括与苏联汉学界的文化交流也处于恢复发展的黄金时期。这个时期中国古典戏曲在苏联的研究除了专门研究中国戏曲的汉学家马利诺夫斯卡娅和谢罗娃等继续关注中国明清戏曲之外，研究方向则侧重对与戏曲相关的民俗和社会等方面的探讨，研究论文如司格林《论中国说唱文学体裁的变化》（1982 年）、孟列夫《论〈彩楼记〉的习俗》（1982 年）、马利诺夫斯卡娅《中国 16 世纪后期到 17 世纪前期杂剧里的女性问题》（1984 年）、谢罗娃《汤显祖〈南柯记〉的社会理想》（1987 年）、马利诺夫斯卡娅《汤显祖（1550—1616）的宗教哲理剧作》（1989 年）等，专门探讨与中国戏曲有关的著作如司格林《中国俗文学》（1986 年）、谢罗娃《中国戏剧与 16 至 17 世纪的中国社会》（1990 年）等。

　　第五个阶段（1992 年至今），这段时期中国古典戏曲在俄罗斯传播最突出的特征是"重印和总结"。1991 年底，苏联正式解体，形成了十几个所谓的独联体国家，俄罗斯联邦继承了苏联的政治地位和文化资源。这一时期传统学术关注的领域被逐渐冷落，人们更感兴趣的是中国这个东方古老民族的神秘文化，诸如气功、风水、占卜、色情等译作或改编之作充斥文化市场。戏曲翻译领域除了青年学者马义德出版的《琵琶记》俄文译本外，多是重印的中国古典戏剧俄译本，如孟列夫《中国古代戏曲》（2003 年）、克拉芙佐娃《中国文学作品选》（2004 年）等，少数汉学家总结自己的研究成果而形成的著作如马利诺夫斯卡娅《中国古典戏曲"杂剧"简史》（1996 年）、谢罗娃《白银时代戏剧文化与东方文艺传统》（1999 年）、谢罗娃《中国戏剧：世界美学形象》（2005 年）、谢罗娃《宗教仪式和中国戏剧》（2012 年）等。值得一提的是在新旧世纪之交，还出现了一批具有总结性质的论文或著作，如索罗金和戈雷金娜合作撰写的《俄罗斯的中国文学研究》（2004 年），俄罗斯科学院远东研究所从 2006 年到 2010 年间出版了六卷本的《中国精神文化大典》，其中"文学·语言·文字"分卷和"艺术"分卷都有中国古典戏曲在俄罗斯的翻译和研究的情况介绍。另外，21 世纪初由于中国在海外孔子学院的兴起，许多国家也借助孔子学院的人力、物力和财力推进文化交流和研究事业的发展，如俄罗斯圣彼得堡国立大学孔子学院近年来先后出版了《圣彼得堡国立大学东方系图书馆收藏王西里院士中国书籍目录》（2012 年）、《中国文学史纲要》（2013 年）等汉学著作，这在一定程度上推进了中国古典戏曲在俄罗斯的翻译和研究进程。

　　以上是对中国古典戏曲在俄罗斯的翻译、研究和演出的历时性概述，也是笔者在掌握大量第一手文献资料的基础上，参考了《苏中关系》《中俄关系通史》《中俄经贸与文化交流史研究》等相关历史资料进行的分析和思考，期待与读者广泛交流、深入探讨。

三、本书的研究范围、体例及构成

本书为笔者主持完成的 2015 年度教育部人文社会科学研究规划基金项目（项目编号：15YJA751008）最终成果。鉴于中国古典戏曲在俄罗斯翻译和研究的实际情况，本研究的范围是元代杂剧在俄罗斯、明代杂剧和传奇在俄罗斯及清代杂剧和传奇在俄罗斯翻译和研究的历史与现状，内容设计为五章十五节：第一章是元代杂剧在俄罗斯，包括关汉卿的杂剧、马致远的杂剧以及王实甫《西厢记》在俄罗斯等三节，为兼顾作家作品的完整，也将元代散曲纳入研究范围。第二章是明代杂剧和传奇在俄罗斯，包括徐渭的杂剧、汤显祖的传奇以及明清杂剧在俄罗斯等三节，徐渭的杂剧创作堪称明代杂剧第一，但其作品在俄罗斯的传播并不广泛，因此将徐渭的文学创作都纳入本书研究范围；汤显祖的戏曲创作主要是以《牡丹亭》为代表的"临川四梦"，当然，也将汤显祖的诗文在俄罗斯的翻译和研究纳入进来；明代杂剧整体上在俄罗斯的研究成果很多，少部分也涉及了清代杂剧，因此这一节命名为"明清杂剧在俄罗斯的研究"。第三章是清代戏曲在俄罗斯，内容主要是清初戏曲家李渔的创作在俄罗斯、洪昇的《长生殿》以及孔尚任的《桃花扇》在俄罗斯的翻译和研究，考虑到李渔戏曲在俄罗斯被翻译的不多，而李渔的小说本来就有"无声戏"之称，因此也将李渔的小说创作纳入研究范围；"南洪北孔"主要指的是洪昇和孔尚任的戏曲创作，但《长生殿》和《桃花扇》至今没有俄文全译本，因此本书也将洪昇和孔尚任的诗文创作纳入研究范围。

中国古典戏曲理论涉及戏曲的起源和发展、戏曲文本的创作和批评、戏曲角色和演出等丰富的内容，在史料整理方面前有 1959 年出版的《中国古典戏曲论著集成》，今有 2006 年俞为民、孙蓉蓉主编的《历代曲话汇编》。这些内容在俄罗斯汉学界都有不同程度的翻译和研究，因此，本研究专设一章探讨中国古典戏曲理论在俄罗斯的翻译和研究，并根据上述内容分设三节。

中国古典戏曲在俄罗斯的翻译、研究和演出除了上述元明清三代的戏曲作品和戏曲理论之外，还有不少经过近代以来改编之后流传广泛的京剧、新编历史剧以及话剧等在俄罗斯的传播，因此本书专设一章探讨中俄在古典戏曲领域的交流，并分别钩沉、梳理一些流传广泛的京剧、新编历史剧以及话剧在俄罗斯的翻译、研究及演出史料。

本书附录部分包括：附录一"中国古典戏曲在俄罗斯的翻译和研究史料编年"、附录二"俄罗斯翻译和研究中国古典戏曲的汉学家简介"、附录三"中国古典戏曲剧目中文、俄文对照表"三部分。附录一将中国古典戏曲在俄罗斯翻译、研究、演出的文献史料根据发生的年代进行编年，内容也适当收录一些与戏曲有关联的说唱、音乐和绘画史料；附录二仅收录一些在翻译和研究中国古典戏曲领域做出突出贡献的俄罗斯学者，且对翻译家或研究者的其他领域的成果从略；附录三也仅限于本书论述所涉及杂剧、南戏、传奇以及新编京剧、历史剧等。

本书在 2020 年该项目结题材料的基础上修改完善而成，体例和体量与结项材料相比有较大的改动和扩充，也是一个不断探索的过程，敬请同行专家批评指正，以便进一步学习和研究。

第一章 元杂剧与散曲在俄罗斯

第一节 关汉卿杂剧与散曲在俄罗斯

作为元曲四大家之首的关汉卿及其作品在欧美汉学界的翻译和研究很受重视，相对来说，学术界对关汉卿及其作品在俄罗斯的翻译和研究情况缺少关注，国内相关记载或过于简略，或时有缺漏，甚至有不少错误。近些年国内如王丽娜《中国古典小说戏曲名著在国外》、李明滨《中国文学俄罗斯传播史》、孙歌、陈燕谷、李逸津《国外中国古典戏曲研究》等对中国戏曲在俄罗斯的翻译和研究领域取得了一些成果，但对关汉卿在俄罗斯的翻译和研究情况论述不够详细和准确。本文根据目见关汉卿作品的俄文文本，参考国内外相关史料记载，钩沉并梳理关汉卿及其作品在俄罗斯的翻译和研究情况。

一、关汉卿杂剧和散曲在俄罗斯的翻译

元代杂剧和散曲在俄罗斯的翻译虽晚于欧美，但通过从法语、德语等转译成俄文的作品却不少，18世纪中后期在欧洲较早流传的《赵氏孤儿》就从法语和德语转译成俄文流传到俄罗斯，关汉卿的《窦娥冤》的故事梗概则通过英语转译成俄文被介绍到俄罗斯，至20世纪中期，关汉卿的作品在俄罗斯得到了空前的重视。关汉卿的杂剧和散曲在俄罗斯的翻译情况如下：

（一）关汉卿杂剧的俄文翻译

据李逸津在《国外中国古典戏曲研究》所记，中国古典戏曲最早传到俄罗斯的是1759年俄国诗人兼剧作家苏马罗科夫（Сумароков）从德文转译的《中国悲剧的独白》，内容即我国元代纪君祥的杂剧《赵氏孤儿》

的片段。①另据俄罗斯汉学家李福清查考，中国古典戏曲最早为俄罗斯读者了解的就是关汉卿的《窦娥冤》和曾瑞的《留鞋记》，1829 年在俄罗斯的《雅典娜神庙》杂志 6 月第 11 期载有关汉卿的《窦娥冤》（俄文译名《学者之女雪恨记》，也译作《士女雪冤录》）和曾瑞的《元夜留鞋记》的故事梗概，经李福清考证，这两篇俄文介绍元杂剧的文字是根据 1821 年英国伦敦出版的由多玛斯·东当英译的《异域录》转译过来的。②此后直到 20 世纪中期才出现真正从中文翻译关汉卿杂剧的片段和完整作品。

20 世纪 50 年代由于人民性和阶级性成为文学研究的必然依据和规尺，国内学术界对关汉卿的作品极为关注，不但出现大量研究文章，这种影响也使得关汉卿的作品被有意识地向国外宣传，尤其是当时同为社会主义阵营的苏联。1957 年国内发表了关汉卿《窦娥冤》的俄文片段，载北京发行的《友好报》俄文版；③ 1958 年关汉卿被世界和平理事会列为“世界文化名人”，这一年无论在国内还是在苏联都展开了规模空前的纪念关汉卿戏曲创作 700 周年的活动。苏联汉学家索罗金（Сорокин）翻译了关汉卿《窦娥冤》的第三折和第四折，并撰写了说明，载《外国文学》杂志 1958 年第 9 期。④同年，汉学家谢曼诺夫（Семанов）、雅罗斯拉夫采夫（Ярославцев）合译了关汉卿《救风尘》的第三折，载《东方文选》第 2 辑。⑤这是关汉卿杂剧首次直接从中文翻译成俄文，但只是节选部分内容。

1966 年苏联汉学家彼得罗夫（Петров）编辑、缅什科夫（Меньшиков. 孟列夫）校注的《元曲选译》俄文本由苏联国家艺术出版社出版⑥，这是苏联时期收集中国元代杂剧最多的俄文选本，共收有 11 种元代杂剧的俄译文，其中包括关汉卿的杂剧 3 种，分别是由斯佩什涅夫（Спешнев. 司格林）翻译的《窦娥冤》、由马斯金斯卡娅（Мастинская）翻译的《望

① 孙歌、陈燕谷、李逸津，《国外中国古典戏曲研究》，南京，江苏教育出版社，2000 年，第 32—33 页。

② ［苏联］李福清，《中国古典文学研究在苏联》，北京，书目文献出版社，1987 年，第 61 页。

③ 俄文篇名：《Оида Доу Э》载《Дружба》，北京，1957 年 9 月 12—21 号。

④ 俄文篇名：《Обида Доу Э》载《Иностраная литература》。莫斯科，莫斯科消息出版社，1958 年 9 月第 9 期，第 177-190 页。

⑤ 俄文篇名：《Спасение палшей》载《Восточный альманах》第二辑。莫斯科，国家文艺出版社，1958 年，第 165-175 页。

⑥ 俄文书名：《Юаньская драма》，莫斯科，国家艺术出版社，1966 年，第 27—142 页。

江亭》和《单刀会》。李明滨在《中国文学俄罗斯传播史》中介绍了这 11 种元杂剧的俄文翻译者，但缺漏了《窦娥冤》的译者斯佩什涅夫，《望江亭》和《单刀会》的翻译者都误记为马利诺夫斯卡娅（Малиновская），显然与同书中翻译白朴的《墙头马上》和《梧桐雨》的翻译者混淆了。①

《伟大的中国剧作家关汉卿》（1958 年）　《东方古典戏剧：印度、中国、日本》（1976 年）

　　1976 年由索罗金序文的《东方古典戏剧：印度、中国、日本》在苏联国家文艺出版社出版，②这是苏联出版的"世界文学大系"中第一种的第 17 分册，书前有索罗金撰写的序言《论中国古典戏曲》长文，译文正文收有中国三种元代杂剧、一种元代南戏、三种明清传奇剧、一种清代杂剧。其中元代杂剧包括索罗金翻译的关汉卿的杂剧《窦娥冤》，其中诗词部分是由苏联翻译中国诗词的专家维特克夫斯基翻译的。这是继斯佩什涅夫译本之后《窦娥冤》的第二个俄文全译本。

　　此后，在俄罗斯出版的一些中国文学作品选中也有选入关汉卿的杂剧的，如 2004 年俄罗斯汉学家克拉芙佐娃（Кравцова）编选《中国文学作品选》，内容选录了中国的六朝小说、唐代传奇、宋元话本、明清小说

　　① 李明滨，《中国文学俄罗斯传播史》，北京，学苑出版社，2011 年，第 189 页。
　　② 俄文书名：《Классическая драма Востока》。莫斯科，国家文艺出版社，1976 年，第 263—307 页。

多篇，其中古典戏曲方面选录了斯佩什涅夫（司格林）翻译关汉卿《窦娥冤》的第四折。[①]

（二）关汉卿散曲的俄文翻译

关汉卿不但被称作元代杂剧第一人，而且也是创作散曲最多的元代作家之一，现存关汉卿的散曲共计 50 多首，其中包括小令 41 首，加上连章体的组曲【中吕·普天乐】《崔张十六事》16 曲，共计 57 首；套数 13 套。[②]关汉卿的散曲内容丰富多彩，格调清新刚劲，具有很高的艺术价值。俄罗斯汉学界对关汉卿的散曲翻译不少，但极少受到国内学者的关注，李明滨在《中国文学俄罗斯传播史》中"元代文学在俄罗斯"一章简要介绍了元明清诗的俄译情况，对关汉卿散曲的俄译情况则仅提到《中国 8 至 14 世纪抒情诗集》里收录关汉卿的散曲 27 首（该书称"关汉卿诗"），实为 29 首。俄罗斯汉学界翻译关汉卿散曲的主要学者有斯米尔诺夫、托罗比耶夫、缅什科夫（孟列夫）等三人，笔者对他们翻译和发表关汉卿散曲的情况进行钩沉和梳理如下。

无论从翻译的数量还是发表的次数来看，斯米尔诺夫（Смирнов）翻译关汉卿的散曲在俄罗斯汉学界都最具有代表性，1978 年莫斯科出版了《山里来的人：东方文学作品集》第 6 辑，[③]其中收有元代散曲作品多首，包括斯米尔诺夫翻译的关汉卿的散曲 6 首，分别是【仙吕】翠裙腰《闺怨》5 首和【南吕】四块玉《别情》1 首。

1979 年，莫斯科出版的《中国 8 至 14 世纪抒情诗集：王维·苏轼·关汉卿·高启》[④]中收有斯米尔诺夫翻译的关汉卿套曲、小令共 30 首。1989 年莫斯科真理出版社出版了《中世纪的中国、朝鲜、越南诗歌选》，[⑤]其中收录的斯米尔诺夫翻译的关汉卿套曲和小令也是 30 首，篇目内容全同于《中国 8 至 14 世纪抒情诗集：王维·苏轼·关汉卿·高启》。

---

① 俄文书名：《Хрестоматия по литературе Китая》。圣彼得堡，古典文学出版社，2004 年，第 577—588 页。

② 李昌集，《中国古代散曲史》，上海，华东师范大学出版社，1991 年，第 501 页。

③ 俄文书名：《Человексгор: Восточный альманах》。莫斯科，莫斯科文学艺术出版社，1978 年，第 6 辑，第 527—529 页。

④ 俄文书名：《Из китайской лирики VIII-XIVвеков》。莫斯科，科学出版社，1979 年，第 141—169 页。

⑤ 俄文书名：《Светлый источник—средневековая поэзия Китая,Корея,Вьетнама》。莫斯科，莫斯科真理出版社，1989 年，第 181-191 页。

2008 年，莫斯科一家名为"艾科斯莫"的出版社出版了《中国古典诗歌：10 至 17 世纪》，[1]其中收录了斯米尔诺夫翻译的关汉卿散曲和小令共 30 首，实际即是上述 30 首散曲。斯米尔诺夫翻译的关汉卿的散曲，打乱了原作的小令和套曲之分，其翻译的顺序依次为：小令【双调】大德歌之《春》《夏》《秋》《冬》，套曲《二十换头》之相公爱、山石榴、【正吕】白鹤子之《四是看富贵》，套曲《二十换头》之大拜门、无题、早乡词、不拜门，套曲《无题》之随煞，套曲《二十换头》之胡十八、么篇，小令【正宫】白鹤子之《香焚金鸭鼎》《鸟啼花影里》《花边停骏马》，套曲《无题》之碧玉萧、清江引、锦上花、庆宣和，套曲《二十换头》之也不罗，小令【南吕】四块玉《闲适》之旧酒投，套曲《闺怨》之【仙吕】翠裙腰、六幺遍、寄生草、上京马、后庭花煞，小令【商调】梧叶儿《别情》等共计 30 首。

翻译关汉卿散曲的另一位汉学家托罗比耶夫（Торопцев）的翻译收录在 1984 年出版的《中国 3 世纪至 14 世纪的写景诗歌集》[2]中，收有托罗比耶夫翻译的关汉卿的散曲 14 首，包括【双调】大德歌《秋》《冬》《春》等。

尤其值得注意的是，2007 年为了纪念在 2005 年去世的俄罗斯著名汉学家缅什科夫（孟列夫），圣彼得堡的俄罗斯科学院东方学研究所出版了他翻译的《中国诗歌》一书，其中收录了孟列夫生前翻译的关汉卿的散曲 17 篇，包括小令 16 首、套曲 1 套。小令具体篇目分别是：【南吕】四块玉《别情》、【仙吕】醉扶归《秃指甲》、【商调】梧叶儿《别情》、【中吕】朝天子《从嫁媵婢》、无题诗两首（按：实际是【正宫】白鹤子四首小令）、【仙吕】一半儿《题情》之一、之二、之三、之四。【南吕】四块玉《闲适》之一、之二、之三、之四。套曲是《不服老》，包括【南吕】一枝花、梁州、三煞、黄钟尾、尾声五部分。孟列夫翻译关汉卿的散曲与上述斯米尔诺夫、托罗比耶夫相比有自己的特色，他翻译每一首曲子都完整地包括散曲的曲调、曲牌和曲名，如【南吕】四块玉《别情》这首曲子，斯米尔诺夫和托罗比耶夫的翻译都是直接俄译散曲的内容。

---

① 俄文书名：《Китайская классическая поэзия》。莫斯科，艾科斯莫出版社，2008 年，第 172—198 页。

② 俄文书名：《Китайская пейзаскаялирика》。莫斯科，莫斯科大学出版社，1984 年，第 242—245 页。

二、关汉卿及其杂剧在俄罗斯的研究

中国戏曲在俄罗斯的研究也与中国戏曲在欧美一样，晚于作品的翻译。关汉卿的杂剧和散曲本来在俄罗斯研究得并不多，但因为中国与当时的苏联处在文化交流的特殊时期，关汉卿研究在 1958 年达到了一个前所未有的高潮，此后研究关汉卿作品的论文和著作则不多见。

（一）俄罗斯研究关汉卿的论文

1958 年，为纪念伟大戏剧家关汉卿戏剧创作 700 周年，苏联举办了盛大的纪念活动，不但演出了关汉卿的戏曲片段，还有许多汉学家撰写了关于关汉卿及其杂剧的文章。主要有艾德林（Эйдлин）的《关汉卿》（载《文学报》1958 年 6 月 19 日）、瓦赫金（Вахтин）的《伟大的戏曲家关汉卿》（载《劳动报》1958 年 6 月 20 日）、盖达（Гайда）的《伟大的戏曲家关汉卿》（载《星火报》1958 年第 25 号第 5 版）、孟列夫的《关汉卿——中国戏曲之父》（载《苏维埃》1958 年 6 月 19 日）、巴哈莫夫（Пахомов）的《关汉卿》（载《文学与生活》1958 年 6 月 20 日）、索罗金的《伟大的戏剧家关汉卿》（载《苏联中国学》1958 年第 2 期，第 105—110 页）等。其中，索罗金的文章将关汉卿的杂剧分为社会剧、历史剧、爱情剧三种类型，他认为关汉卿的社会剧最强烈地抒发了作者对邪恶和暴虐的抗议，并指出关汉卿的伟大之处是善于从剧中人物的感情和愿望当中突出主要的、具有人类共性的东西。

为了配合这次盛大的、纪念世界文化名人关汉卿的活动，1958 年在苏联莫斯科的工会大厦圆柱大厅还举办了纪念关汉卿的活动晚会。在晚会上，苏联艺术家米哈伊洛夫、德罗沃赛科娃还共同演出了关汉卿《窦娥冤》中的一折戏。

1959 年汉学家费什曼（Фишман）翻译了中国著名剧作家田汉创作的《关汉卿》剧本①，费什曼主要翻译了叙事文本并进行注释，列维托娜翻译其中的诗词部分，尼科利斯卡娅撰写了后记，该书由莫斯科国家艺术出版社出版，这是根据中国戏剧出版社 1958 年出版的田汉的《关汉卿》话剧翻译的，这部戏剧翻译成英文是在 1961 年。另外，在纪念关汉卿的活动结束后，1960 年谢曼诺夫又发表了《论关汉卿剧作的特色》（载

---

① 俄文书名：《Гуаньхань-цин》。莫斯科，苏联国家艺术出版社，1959 年。

《东方学问题》1960 年第 4 期，75—83 页），对关汉卿的戏曲创作进行了全面的评价。

此外，在俄罗斯出版的各种有关介绍中国文学的文学史教材中，也有对元代杂剧尤其是关汉卿戏曲的论述。重要的如 1970 年苏联莫斯科大学出版社出版的，由波兹涅耶娃（Позднеева）、谢曼诺夫主编的《中世纪东方文学史》第一册，[①]其中的中国文学部分有波兹涅耶娃对元代戏曲的论述。1975 年出版的《东方外国文学作品基础》对关汉卿也有简明介绍。[②]1985 年原苏联科学院高尔基研究所出版的九卷本《世界文学史》的第三卷中有索罗金撰写的《中国 13 至 16 世纪的戏剧》[③]，对关汉卿的戏剧创作做了全面的评述。

（二）俄罗斯研究关汉卿的著作

1958 年，为纪念关汉卿戏剧创作 700 周年，汉学家费德林（Федоренко）撰写的《关汉卿——伟大的中国剧作家》由莫斯科知识出版社出版[④]，这本仅有三十多页的小书告诉俄罗斯读者 13 世纪中国的历史背景、各类文学在元代的境遇、中国戏曲的各种特点。作者对元杂剧的体裁也进行了一般性的描述，强调元代戏剧和人民群众的密切关系，书中对关汉卿最负盛名的剧本《窦娥冤》和《救风尘》做了简要评述。国内相关介绍误以为费德林的这本书还包括艾德林、索罗金等人的论文，甚至还收录了关汉卿的《窦娥冤》《救风尘》的片段译文，大概是因为未见原著而错误理解了李福清《中国古典文学研究在苏联》中的介绍。

费德林的小册子其实只是一篇论述关汉卿戏剧创作的长文。俄罗斯第一本专门研究元代杂剧的专著则是 1979 年出版的索罗金《13—14 世纪中国古典戏曲：起源·结构·形象·情节》[⑤]，由莫斯科科学出版社东方文学编辑室出版。该书对现存的 162 种元杂剧均有简要的介绍，所列

---

① 俄文书名：《Литература востока в средние века》。莫斯科，莫斯科大学出版社，1970 年。

② 俄文书名：《Основные произведения иностранной художественной литературы》。莫斯科，书籍出版社，1975 年，第 295—297 页。

③ 俄文篇名：《Китайская драма XIII—XVI вв》，载《История все мирной литературы: В 9 томах》第三卷，莫斯科，苏联科学院高尔基研究所，1985 年，第 631—639 页。

④ 俄文书名：《Гуань Хань-цин—великий драматург Китая》。莫斯科，知识出版社，1958 年。收入 1987 年出版的两卷本《费德林文集》中，第 216—244 页。

⑤ 俄文书名：《Китайская классическая драма XIII—XIV вв.: Генезис, структура, образы, сюжеты》。莫斯科，科学出版社，1979 年。

162 种元代戏剧中包括关汉卿杂剧《玉镜台》《谢天香》《救风尘》《蝴蝶梦》《鲁斋郎》《金线池》《窦娥冤》《望江亭》《双赴梦》《拜月亭》《裴度还带》《哭存孝》《单刀会》《绯衣梦》《诈妮子》《陈母教子》《五侯宴》《单鞭夺槊》等 18 种（《单鞭夺槊》署郑廷玉作）。索罗金对每本杂剧的故事情节均进行了简要的叙述，然后译出了杂剧的题目和正名，内容十分完备。

此外，1959 年莫斯科出版的《我们的朋友》中收有"关汉卿"词条，将关汉卿杂剧分为三类，其中《窦娥冤》《蝴蝶梦》《鲁斋郎》属于公案剧，《救风尘》《望江亭》属于爱情剧，《单刀会》《哭存孝》属于历史剧，并指出 1958 年关汉卿因其对戏剧的巨大贡献被世界和平理事会确定为世界文化名人；①1964 年的《简明文学百科辞典》第二卷收有词条"关汉卿"，内容是根据费德林 1958 年出版的《关汉卿——伟大的中国戏剧家》编写的，不但列举了关汉卿的主要杂剧著作，还指出除了杂剧之外关汉卿现存的 50 多种散曲。②2008 年，俄罗斯科学院远东研究所出版了由季塔连科（Титаренко）主编的《中国精神文化大典》第三卷"文学·语言·文字"分卷，其中有对中国古代戏曲作家及相关词条的介绍。"关汉卿"词条对关汉卿的杂剧创作也有详细介绍，如指出关汉卿创作杂剧 63 种，保存完整的有 12 种，另有 6 种不确定，还进一步指出关汉卿在包公戏、风情戏、三国戏等方面的突出成就，而且还介绍了关汉卿的散曲创作，这些资料较此前的关汉卿词条介绍甚至一些论文观点都有明显的发展。③

综上所述，关汉卿的杂剧和散曲在俄罗斯都被翻译成俄文出版，其中翻译最多的依次为杂剧《窦娥冤》《单刀会》《望江亭》《救风尘》（节译），散曲主要由斯米尔诺夫翻译了 30 多首。对关汉卿作品的研究则集中在杂剧《窦娥冤》上，而且在 1958 年纪念关汉卿戏曲创作 700 周年的活动中达到了顶峰。

---

① 俄文书名：《Наш друг Китай—словаль-справочник》。莫斯科，苏联国家政治文献出版社，1959 年，第 408 页。

② 俄文书名：《Краткая Литератураная Энциклопедия》。莫斯科，苏联百科全书出版社，1964 年，第 426—427 页。

③ 俄文书名：《Духовная культура Китая Энциклопедия》。莫斯科，俄罗斯科学院远东研究所出版，2008 年，第 275 页。

第二节　马致远杂剧与散曲在俄罗斯

马致远（1250—1323）是元代杂剧和散曲创作中影响最大的作家之一，有"曲状元"之美誉，著有杂剧 15 种，今存《汉宫秋》《荐福碑》《青衫泪》等 7 种；马致远的散曲堪称古代散曲之冠，今存小令 115 首，套数 22 套。其杂剧《汉宫秋》被公认为元杂剧上乘之作，臧晋叔辑《元曲选》将其置于百种杂剧之首，《汉宫秋》也是被翻译成多种外文而广泛流传海外的元杂剧之一；其小令【越调】天净沙《秋思》被周德清在《中原音韵》中称为"秋思之祖"，王国维《宋元戏曲考》誉之为"纯是天籁"。相对而言，国内学术界较少论及马致远的杂剧及其散曲在俄罗斯的翻译和研究情况，本文从俄罗斯有关马致远的俄文资料中钩沉并梳理杂剧《汉宫秋》及其散曲在俄罗斯的翻译和研究史料，进而论述其学术价值和影响。

一、马致远《汉宫秋》的翻译和研究

马致远的杂剧代表作无疑是举世公认的《汉宫秋》，全称《破幽梦孤雁汉宫秋》，这也是俄罗斯较早翻译的元代杂剧之一。[①]俄罗斯最早翻译马致远杂剧是 1966 年出版的《元代杂剧选》[②]，该选本是由著名汉学家彼得罗夫编辑、缅什科夫（孟列夫）校注的元代杂剧俄文译本，由苏联国家艺术出版社出版。共收有 11 种中国元代杂剧的俄译文，包括白朴的《墙头马上》（马利诺夫斯卡娅译）、白朴的《梧桐雨》（马利诺夫斯卡娅译）、关汉卿的《窦娥冤》（斯佩什涅夫译）、关汉卿的《望江亭》（马斯金斯卡娅译）、关汉卿的《单刀会》（马斯金斯卡娅译）、康进之的《李逵负荆》（斯佩什涅夫译）、马致远的《汉宫秋》（谢列布里亚科夫译）、李好古的《张生煮海》（孟列夫译）、石君宝的《秋胡戏妻》（费什曼译）、张国宾的《合汗衫》（费什曼译）、郑光祖的《倩女离魂》（孟列夫译）等。著名汉学家谢列布里亚科夫翻译了《汉宫秋》的主体部分，他的妻子尽管不懂汉语，但善于写作诗歌，《汉宫秋》俄文的诗歌部分是他们夫妇共

---

① 俄文译名为：《Осень в Ханьском дворце》 或《Сон отгоняет крик одинокого гуся осенней порою в ханьском дворце》。

② Юаньская драма. Библиотека драматурга.М-Л. Искусство, 1966. С.231—270.

同翻译的，因此译本注明了诗歌翻译者为谢列布里亚科娃。

《元杂剧选》（1966 年）　　　　俄文《汉宫秋》插图（1966 年）

此后，1976 年苏联国家文艺出版社出版了《东方古典戏剧：印度、中国、日本》俄文本，①该书为当时苏联出版的大型丛书《世界文学大系》第一种之第 17 分册，书前有汉学家索罗金撰写的序言《论中国古典戏曲》，正文收有关汉卿的《窦娥冤》（索罗金译）、马致远的《汉宫秋》（谢列布里亚科夫、戈鲁别夫译）、郑廷玉的《忍字记》（索罗金译）、无名氏的《杀狗劝夫》（雅罗斯拉夫采夫译）、汤显祖的《牡丹亭》第七出"闺塾"和第十出"惊梦"（孟列夫译）、洪昇的《长生殿》第十五出"进果"和第二十四出"惊变"（马利诺夫斯卡娅译）、孔尚任的《桃花扇》第七出"却奁"和第三十六出"逃难"（马利诺夫斯卡娅译）、杨潮观的《罢宴》（索罗金译）等 8 种中国古典戏曲的俄译文。其中马致远的《汉宫秋》正文仍为谢列布里亚科夫翻译，但诗歌部分则改由戈鲁别夫翻译。有趣的是，该剧作的俄文翻译还配有苏联埃尔米塔日博物馆收藏的《昭君出塞图》，只是装帧时将该图插页至前一部杂剧关汉卿的《窦娥冤》中，而将下一部杂剧郑廷玉的《忍字记》的插图配置到了《汉宫秋》中，不能

---

① Классическая драма Востока Индия, Китай, Япония. Библиотека всемирной литературы. М.: Художественная литература, 1976. С. 308—346.

不说这是个小小的遗憾。

盖因元杂剧极强的历史性和民族性，1991年苏联解体之后，很少见到俄罗斯汉学家对中国元代杂剧的翻译和研究成果。2004年俄罗斯女汉学家克拉芙佐娃编选的《中国文学作品选》由俄罗斯圣彼得堡古典文学出版社出版，该书选录了六朝小说、唐代传奇、宋元话本、明清小说多篇。戏曲方面选有关汉卿《窦娥冤》第四折（斯佩什涅夫译）、马致远《汉宫秋》第三折（谢列布里亚科夫译）、郑光祖《倩女离魂》第二折（缅什科夫译）、石君宝《秋胡戏妻》第三折（费什曼译）、王实甫《西厢记》第五本（缅什科夫译）等元杂剧俄译文。[①]由上可见，从20世纪60年代至21世纪初，俄罗斯汉学界三次翻译马致远《汉宫秋》的译者均是谢列布里亚科夫。

马致远《汉宫秋》的译者谢列布里亚科夫·叶甫盖尼·阿列克桑德拉维奇（Серебряков.Евгений.Александрович, 1928—2014）是俄罗斯联邦语文学博士、教授，1950年毕业于圣彼得堡国立大学（时称列宁格勒大学）东方系，1954年以《8世纪伟大的中国诗人杜甫的爱国主义与人民性》为学位论文获语文学副博士学位；1973年以《陆游的生平与创作》为学位论文获语文学博士学位。谢列布里亚科夫主要研究中国古典诗歌和戏剧，著有《杜甫评传》《陆游和他的诗》等，最近北京大学出版社出版了《中国古典诗词论——谢列布里亚科夫汉学论集》以纪念这位俄罗斯汉学家的卓越贡献。他在中国古典戏曲研究领域的成就主要是翻译并研究马致远的《汉宫秋》。

俄罗斯汉学界对马致远杂剧的研究总体成果不多，但相对杂剧的翻译来说，研究文章却起步很早。早在1963年，谢列布里亚科夫就发表了《论元代剧作家马致远的剧本〈汉宫秋〉》（载《东方国家语文学》，列宁格勒大学出版社）。[②]由于当时及后来很长时间中苏关系紧张，该文鲜为国内学术界所知，直至1987年俄罗斯著名汉学家李福清在其《中国古典文学研究在苏联（小说·戏曲）》一书中介绍了这篇论文的主要内容，此后国内学术界的诸多相关介绍均据此略述大意，有的甚至全文转抄、

---

① Кравцова М.Е.Хрестоматия по литературе Китая. СПб.Азбука-классика. 2004. с.588-598.

② Е.А.Серебряков.О пьесе юанского драматурга Ма Чжи-юаня Осеньв Ханьском дворце. Филология стран Востока: сборник статей. издательство ленинградского универсетета.1963.с,110-125.

只字不改，如宋柏年主编的《中国古典文学在国外》、孙歌等著的《国外中国古典戏曲研究》等。其实，谢列布里亚科夫的这篇长文全面探讨了《汉宫秋》杂剧的创作背景、思想内容及艺术特点，笔者据俄文原文略述大意如下：文章首先通过《赵氏孤儿》《窦娥冤》等杂剧探讨了元代杂剧与历史传说的关系，并列举了阿英《元人杂剧史》、徐朔方《元曲中的包公戏》中的观点，还参考了钟嗣成《录鬼簿》、周贻白《中国戏剧史讲座》、谭正璧《元曲六大家传略》、郑振铎《中国文学史》、徐调孚《现存元人杂剧书录》等的研究成果；然后深入考证《汉宫秋》故事的来源及其演变的历史，文章援引了《汉书·元帝纪》、《后汉书·南匈奴传》、葛洪《西京杂记》等书中有关王昭君的大量史料；再详细列举了历代关于王昭君出塞故事的诗词，从西晋孔衍的《琴操》、《旧唐书·乐志》到诗人鲍照、薛道衡、卢照邻、李商隐、沈佺期、李白、崔国辅、郭元振、东方虬等歌咏王昭君的诗作；最后援引《敦煌变文集》中的《王昭君变文》，依据顾学颉《元人杂剧选》中的《汉宫秋》杂剧文本详细论述了王昭君故事题材的演变。

谢列布里亚科夫的这篇学术论文在大量占有原始文献资料的前提下，并在广泛阅读此前及当时中国学者的相关文章的基础上，详细梳理从史书《汉书》至杂剧《汉宫秋》以来王昭君形象的演变过程。这种研究方法与成就在当时的国内背景下几乎是不可能的，诚如最近国内学者所论："20世纪60年代以来，一些报刊、论文、著作都试图揭示昭君出塞的'真相'，赋予多样化的昭君形象以惊人一致的意义——她不是'悲怨'的形象，是笑嘻嘻地'自请出塞'，换来了汉匈50年和平友好的局面。结果是，所谓的'真相'导致了另一种假相，其产生的背景，发掘历史的现实教育意义的指导思想，寓于其中的研究历史事件与人物的方法，以及由此而形成的思维方式的影响，都值得我们深刻反思。"①

继谢列布里亚科夫的这篇长文之后，在俄罗斯再难以见到全面而深入地研究《汉宫秋》的学术论文，但有些文章或著作仍会涉及马致远的其他杂剧问题，如1969年索罗金发表《道教剧——13至14世纪杂剧的

---

① 乔琛，《20世纪60年代"王昭君形象"的生成及其影响》，载《江苏社会科学》，2015年第3期，第220页。

一种特殊体裁》（载《中国和朝鲜文学的体裁与风格》）①、1977 年索罗金发表《元杂剧中的人物与命运》（载《远东文学理论问题研究论文集》）。②前者论及了马致远的杂剧《任疯子》《岳阳楼》和《黄粱梦》，并详细分析了道教杂剧《任疯子》的每折内容，进而总结出以马致远为代表的元杂剧中具有明显的道教思想根源；后者分析了马致远《陈抟高卧》，指出陈抟既有用世之意，又有避祸之心。而在避祸这一点上，他的这种命运是封建时代文人在人世的利弊得失问题上产生思想矛盾的一种反映。

此外，俄罗斯学者在汉学著作中论及马致远《汉宫秋》的主要有 1979 年索罗金在其博士论文基础上出版的专著《13—14 世纪中国古典戏曲：起源·结构·形象·情节》③，1985 年高尔基科学院出版的《世界文学史》第三卷等。前者在论述元杂剧各类人物形象时，分析了《汉宫秋》中汉元帝、王昭君的形象，并概述了包括马致远《汉宫秋》《黄粱梦》《青衫泪》《荐福碑》《岳阳楼》《陈抟高卧》《任疯子》在内的 162 种元杂剧的故事情节，而且列出剧中角色和剧名全称；后者中关于《汉宫秋》部分也是索罗金撰写，在这两部汉学著作中，索罗金将马致远《汉宫秋》与白朴《梧桐雨》共同看作以史实或历史传说为依据的抒情悲剧，指出"两个剧本的主人公都是皇帝和他们的爱妃，皇帝无法使她们免于一死。剧本以主人公对失去幸福的回忆、那种感人肺腑的场景作为结局。两个悲剧的相似之处还有：对当年汉唐以及现在那些未能捍卫国家尊严的目光短浅的统治者进行了几乎毫不掩饰的谴责。剧本的艺术质量很高，作者都是元代著名诗人，但马致远的创作使人觉得更严整，并且以对待史实的创造性态度引人注目，就像白朴的剧作一样，其特点是表现出鲜明的批判精神"。④

---

① Сорокин В.Ф. Пьесы «даоского цикла» - жанровая разновидность цзацзюй XIII-XIV вв.—Жанры и стили литератур Китая и Кореи. - М., 1969.с.118-124.

② Сорокин В.Ф. Человек и судьба в юаньском театре.—Теоретические проблемы изучения литератур Дальнего Востока.М,1977,с.146-155.

③ Сорокин В. Ф. Китайская классическая драма XIII—XIV вв.: Генезис, структура, образы, сюжеты. М.: Наука, 1979.-334 с.

④ Сорокин В. Ф. Драма 〔Китайская драма XIII—XVI вв.〕.—История всемирной литературы: В 9 томах .АН СССР; Ин-т мировой лит. им. А. М. Горького. Т. 3. М.: Наука, 1985. с. 635. 按：此处中译文参考了上海文艺出版社 2013 年出版的《世界文学史》的中译本。

二、马致远散曲的翻译和研究

元代散曲是元曲的重要组成部分，也可以归为广义的诗歌体裁。在俄罗斯汉学家看来，散曲的文体特征等同于诗歌，因此中国古代散曲的翻译一般也收录在中国古代诗歌的俄译选本中。1957 年出版的由郭沫若和费德林共同主编的四卷本的《中国诗歌》，由苏联国家文学出版社出版。其中第三卷中收有部分元代散曲的俄译文，包括白朴《天净沙·春》1 首及马致远的【越调】天净沙《秋思》1 首（格里高利昂翻译）、【双调】寿阳曲《从别后》《思今日》《蝶慵戏》《相思病》《如年夜》等 5 首（斯塔洛斯基翻译），共计 6 首小令。①

1978 年，苏联莫斯科文艺出版社出版了《山里来的人：东方文学作品集》第 6 辑，②其中收有元代散曲作品多首，包括关汉卿 6 首、张可久 4 首、白朴《双调·沉醉东风·渔夫》等 2 首、张养浩 1 首、贯云石 1 首、王恽 1 首、白贲 1 首、薛昂夫 1 首、任昱 1 首（以上斯米尔诺夫翻译），马致远【越调】天净沙《秋思》、【四块玉】《恬退》其四、【双调】拔不断《布衣中》等 3 首小令，套曲【双调】夜行船《百岁光阴》（《秋思》）一套（维特果夫斯基翻译）。

1984 年苏联又出版了《中国 3 世纪至 14 世纪的写景诗歌集》，其中收有托罗比耶夫（С.А.Торопцев）翻译的白朴、马致远、关汉卿的散曲多篇。具体包括马致远散曲小令【越调】天净沙《秋思》，【仙吕】青哥儿《十二月》12 首，【南吕】四块玉《恬退》其四，【南吕】四块玉《浔阳江》《巫山庙》等 2 首，【越调】小桃红《秋》，【双调】蟾宫曲《叹世》其一，【双调】清江引《野兴》其三、其六、其七等 3 首，【双调】寿阳曲《山市晴岚》《江天暮雪》《远浦帆归》《平山落雁》《烟寺晚钟》《渔村夕照》等 6 首，【双调】寿阳曲《春将暮》《一阵风》《人初静》《江梅态》《蔷薇露》等 5 首，【双调】拔不断《怨离别》《浙江亭》《瘦形影》等 3 首，共计小令 35 首，③堪称苏联时期翻译马致远散曲最多的译本。

1989 年，苏联的莫斯科真理出版社出版了《中世纪的中国、朝鲜、越南诗歌选》，其中收录了斯米尔诺夫翻译的关汉卿散曲和小令 22 首、

---

① Антология китайской поэзии. М.1957.Т. 3. с. 109—112.

② Человек с гор：Восточный альманах.Выпуск шестой.М.1978.с.534—537.

③ Китайская пейзажная лирика III—XIV вв.М., 1984. с. 211—219.

白朴散曲 2 首、维特科夫斯基翻译的马致远散曲《秋思》等 3 首、套数【双调】夜行船《秋思》1 套。①

1991 年苏联解体以后，俄罗斯汉学家很少翻译元代散曲这种古老的中国古典作品了，但也有少数老一辈汉学家仍然继续着这种寂寞的传统翻译工作。如 2007 年，俄罗斯出版了著名汉学家缅什科夫（孟列夫）生前翻译的中国古代诗歌，主要是唐代诗歌，书名为《中国诗歌》，其中收录了马致远【双调】寿阳曲《潇湘八景》之《洞庭秋月》小令 1 首、【仙吕】青哥儿《十二月》小令 12 首，共计 13 首。值得注意的是，孟列夫的翻译不但保留了散曲曲调、曲牌、题目的翻译内容，而且每首散曲都有译者所做的详细注释。②这是以往汉学家在翻译中国古代散曲中极少见到的。

综上，我们可以把马致远的散曲在俄罗斯汉学界被翻译成俄语的情况按照时间先后统计如表 1-1：

表 1-1   马致远散曲俄译情况一览表

时间	小令	套数	译者
1957 年	【越调】天净沙《秋思》、【双调】寿阳曲《从别后》《思今日》《蝶慵戏》《相思病》《如年夜》等 6 首		格里高利昂、斯塔洛斯基
1978 年	【越调】天净沙《秋思》、【四块玉】《恬退》其四、【双调】拨不断《布衣中》等 3 首	套曲【双调】夜行船《百岁光阴》（《秋思》）	维特果夫斯基
1984 年	【越调】天净沙《秋思》，【仙吕】青哥儿《十二月》12 首，【南吕】四块玉《恬退》其四，【南吕】四块玉《浔阳江》《巫山庙》等 2 首，【越调】小桃红《秋》，【双调】蟾宫曲《叹世》其一，【双调】清江引《野兴》其三、其六、其七等 3 首、【双调】寿阳曲《山市晴岚》《江天暮雪》《远浦帆归》《平山落雁》《烟寺晚钟》《渔村夕照》等 6 首，【双调】寿阳曲《春将暮》《一阵风》《人初静》《江梅态》		托罗比耶夫

① Светлый источник.Средневековая поэзия Китая,Кореи,Вьетнама. М,1989. c,195—197.

② Китайская поэзия.Сант-Петербуг.2007 .c.289—296.

时间	小令	套数	译者
1984 年	《蔷薇露》等 5 首、【双调】拔不断《怨离别》《浙江亭》《瘦形影》等 3 首，共计小令 35 首		
1989 年	【越调】天净沙《秋思》、【四块玉】《恬退》其四、【双调】拔不断《布衣中》等 3 首	套数【双调】夜行船《秋思》	维特科夫斯基
2007 年	【双调】寿阳曲《潇湘八景》之《洞庭秋月》小令 1 首、【仙吕】青哥儿《十二月》小令 12 首，共计 13 首		缅什科夫

以上是俄罗斯汉学界对中国元代作家马致远的杂剧《汉宫秋》及其散曲的翻译和研究情况。此外，俄罗斯对马致远的介绍还见于各个时期编撰的词典、教材和一些大型工具书中，如在 1967 年出版的《简明文艺百科全书》第四卷有"马致远"词条，简要介绍了马致远的神仙道教剧《任疯子》《荐福碑》，并指出其代表作《汉宫秋》讲述了帝王与王昭君的爱情故事，认为王昭君是一个爱国主义者，作品表达了对朝廷软弱的愤怒和对王昭君纯洁爱情和忠于国家的赞美；①在 1975 年出版的《东方外国文学作品基础》一书中对白朴、关汉卿、王实甫、马致远、孔尚任等都有简明扼要的介绍文字，该书介绍马致远早年曾在浙江任地方官，后半生则过着如他自己所说的"酒中仙、尘外客、林间友"②的生活。这样的生活使他创作出十几部杂剧，其中最为著名的是《汉宫秋》，此外还有反映书生命运的《荐福碑》，道教剧《任疯子》《岳阳楼》以及《陈抟高卧》等，同时也指出马致远在散曲创作方面也取得了很大的成就，最后简要叙述了《汉宫秋》杂剧的基本故事情节。③

2008 年由俄罗斯科学院远东研究所出版、著名汉学家季塔连科主编的《中国精神文化大典》第三卷"文学·语言·文字"分卷，有中国古代戏曲作家及相关词条的介绍，具体包括白朴、王实甫、高明、关汉卿、

---

① Краткая литературная энциклопедия. М.1967.т.4.с.705.

② 马致远所作套曲［双调］行香子《无也闲愁》中的词句。

③ Основные произведения иностранной художественной литературы—литература стран зарубежного востока.—М,1975,с.299.

孔尚任、李渔、《梁山伯与祝英台》、马致远、徐渭、汤显祖、冯梦龙、洪昇、杂剧、纪君祥、曲、朱有燉、郑光祖、石玉昆、元好问等。撰写者索罗金介绍马致远"是元代最伟大的杂剧作家之一，'元贞书会'的主要成员，创作 15 部杂剧，现存 7 部"，并列举马致远的道教神仙剧《任疯子》《岳阳楼》，反映书生命运的《荐福碑》，重点介绍其代表剧作《汉宫秋》，最后指出马致远也是元代散曲大家，创作了 120 首散曲。①

第三节 《西厢记》在俄罗斯的翻译和研究

中国古典戏曲在俄罗斯的翻译和研究比中国古代小说要晚很多，在俄罗斯不但被翻译和研究，并且还被改编和演出的中国古典戏曲更是凤毛麟角。其中，王实甫的《西厢记》绝对是翘楚。近些年，国内的王丽娜《中国古典小说戏曲名著在国外》②、宋柏年《中国古典文学在国外》③、李明滨《中国文学俄罗斯传播史》等著作对《西厢记》的俄译情况均有介绍，但多是只言片语，辗转摘录，大同小异，挂一漏万。尽管也有学者撰文梳理了《西厢记》在俄罗斯的传播情况，如侯海荣《西厢记在俄苏的研究译介述评》④对《西厢记》在俄罗斯的翻译和研究进行了梳理，然而文章仅介绍了王西里《中国文学史纲要》（1880 年）、孟列夫翻译《西厢记》（1960 年）、索罗金《13—14 世纪中国古典戏曲》（1979 年）等三个阶段，缺少很多《西厢记》在俄罗斯翻译和传播的重要阶段和环节。本节按照不同的历史时期，从早期对《西厢记》杂剧的改写、王西里对《西厢记》的简短评论；《西厢记》在俄罗斯的改编和演出、孟列夫的《西厢记》全本翻译；俄罗斯对《西厢记》的研究、当代对《西厢记》的选译和再版等阶段，详细梳理《西厢记》在俄罗斯的改编、翻译、演出和研究的文献资料，以期补充并完善《西厢记》在俄罗斯近两百年的传播历史。

---

① Духовная культура Китая—Литература,язык и письменность—М,2008,c.358.
② 王丽娜，《中国古典小说戏曲名著在国外》，上海，学林出版社，1988 年。
③ 宋柏年，《中国古典文学在国外》，北京，北京语言学院出版社，1994 年。
④ 侯海荣，《西厢记在俄苏的译介研究述评》，载《戏剧文学》，2016 年第 10 期，第 113—118 页。

一、俄罗斯对《西厢记》的改写和评论

俄罗斯最早介绍中国的古典戏曲是在 19 世纪上半叶，但大多是从欧洲的法文、德文等转译过去的。学术界一般认为俄罗斯最早评价中国古典戏曲的文字是 1829 年《雅典娜神庙》杂志上发表的《学者之女雪恨记》，①该文简要介绍了关汉卿《窦娥冤》的剧情，而第一篇俄译的中国剧本则是 1839 年《读书丛刊》发表的郑光祖的《㑇梅香》，题为《机智的使女》。②其实，比这更早几年在圣彼得堡出版的《旅行者》小说即是对王实甫《西厢记》杂剧的改写。1835 年列昂季耶夫斯基（З.Леотьевский）发表他的小说《旅行者》③，内容是根据中国古典戏曲《西厢记》翻译并改写而成。这部小说书前明确标识"译自汉语"，翻译者列昂季耶夫斯基（1799—1874）是俄国著名汉学家，他曾在中国学习汉语和满语，精通两种外语。在小说正文前面有简短的俄文"说明"，指出这个故事是汉族与满族都十分喜爱的小说（按：应为戏剧），并且在 1710 年即翻译成了满语，其故事来源于公元 9 世纪初发生的崔小姐和旅行者张生之间的事情，明确译自《西厢记》无疑。作为小说体裁的《旅行者》正文分为十章，经笔者与《西厢记》杂剧对照，情节对比可列为表 1-2：

表 1-2　《旅行者》与《西厢记》情节对比一览表

章节	《旅行者》内容	《西厢记》内容	增删改易情况
第一章	介绍晋城崔相国府、崔夫人、莺莺、丫鬟	第一本·楔子	崔母的小厮叫"陶"，莺莺的丫鬟叫"王"
第二章	崔相国府办理丧事，崔夫人让丫鬟与莺莺去佛殿散心	第一本·楔子	增加了崔相国丧事场面描写
第三章	惊艳 借厢 张生见丫鬟	第一本·第一折·惊艳 第一本·第二折·借厢 第一本·第三折的开头	张生的籍贯是"沁水"，张生的书童叫"琴"

---

① Дочь ученого отмщенная.—Атеней .1829.ч.2(июнь,№11).с.453-458.

② Фаньсу,или плутовка горничная Китайская комедия.—Библиотека для чтения. 1839.т.35.раздел Иностр.словесность.с.53-140.

③ З.Леонтьевским. Путешественник / Пер. с кит. З. Леонтьевского.—СПб.: тип. деп. внеш. торг., 1835.—168 с.

章节	《旅行者》内容	《西厢记》内容	增删改易情况
第四章	酬韵 闹斋	第一本·第三折·酬韵 第一本·第四折·闹斋	大体相同
第五章	寺警 楔子	第二本·第一折·寺警 第二本·楔子	大体相同
第六章	请宴 赖婚 琴心	第二本·第二折·请宴 第二本·第三折·赖婚 第二本·第四折·琴心	大体相同
第七章	前候 闹简 赖简 后候 酬简	第三本·第一折·前候 第三本·第二折·闹简 第三本·第三折·赖简 第三本·第四折·后候 第四本·第一折·酬简	大体相同
第八章	拷艳	第四本·第二折·拷艳	大体相同
第九章	哭宴	第四本·第三折·哭宴	增加了张生抒情唱词
第十章	惊梦	第四本·第四折·惊梦	大体相同

　　这部出版于 1835 年的《旅行者》小说，不但出版之后得到了读者广泛的好评，第二年在《读者丛刊》的"文学纪事"专栏甚至有评论认为"这是中国的巴尔扎克的小说和创作"①，而且引起了当代俄罗斯汉学家李福清（Рифтин Б.Л.）的关注。李福清撰文简单介绍了这部小说的故事情节，并推断可能是列昂季耶夫斯基据《西厢记》杂剧改写的，也不排除列昂季耶夫斯基翻译的底本可能是一部小说文体的《西厢记》。②李福清的推测主要根据《旅行者》中一些人名、地名的改动，增加了一些细节，以及小说内容只是戏剧的前四本，等等。笔者认为这些都不足说明译者根据《西厢记》的改写本翻译，如张生说自己的籍贯是"沁水"，沁水也是山西晋城市的地名；小说名中的"旅行者"显然指的是赶考途中的张生；至于小说内容缺少原著的第五本也是完全可以理解的。③

---

　　① Библиотека для чтения.1836,т.XIV раздел.Литературная летопись.с.10-14.

　　② ［俄］李福清，《18 世纪—19 世纪上半叶中国文学在俄国》，收入李明滨编选《古典小说与传说》，北京，中华书局，2003 年，第 241—270 页。

　　③ 杂剧《西厢记》历来就存在五本与四本两种不同版本之说。

俄罗斯最早对《西厢记》的评论文字出现在 1880 年在圣彼得堡出版的王西里（Васильев В.П.）著的《中国文学史纲要》中①，该书是柯尔施（Корше Ф.）主编的《世界文学史》之一。王西里院士在书中的"民间文学：戏曲·故事·章回小说"一节叙述了王实甫《西厢记》的故事梗概并写有简要的评价文字，认为"在中国戏曲中最受推崇的当然是《西厢记》，与我国（俄罗斯）最优秀的戏剧作品相比，如果不考虑语言因素，仅就情节和故事发展而言，在欧洲未必能找到如此优秀的戏剧作品；至于剧本和唱词，我们无法从音乐和唱腔的角度做出评判，因为这方面中国人有自己独特的欣赏品味"。值得注意的是，王西里院士看到的《西厢记》文本，显然应该是只有四本的金圣叹批改本《西厢记》，因为王西里在叙述完《西厢记》的故事情节之后，继续写道："感谢上帝，《西厢记》只以老夫人同意婚事作为结束，没有叙述张生如何考中状元、如何完婚的情节。"最后评论说："不过，多数中国人认为剧本并没有完成，对于他们来说最好上演儿孙满堂的场面，例如《合汗衫》戏剧的情节那样。"②王西里对《西厢记》的思想和艺术的评论是客观公正的，也极具批评家的见地。遗憾的是，在此后的半个多世纪里俄罗斯竟没有学者在王西里评论的基础上对《西厢记》进一步展开深入的研究。

二、俄罗斯对《西厢记》的演出和翻译

20 世纪中期，由于特殊的历史原因，中国与苏联在政治、经济、文化等方面交往十分密切，这一时期不但大量的中国古典文学名著在俄罗斯先后被译成俄文出版，而且两国之间还开展了各种各样的文化交流活动，包括两国间的戏剧演出交流活动。早在 1952 年，当时的苏联作家安德烈·格罗巴（Андрей Г.）根据汉学家波兹涅耶娃（Позднеева Л.Д.）的译述把王实甫的《西厢记》杂剧改编成了俄文诗剧剧本，并在苏联莫斯科的"讽刺话剧院"上演，名称叫《溢出来的酒》③（《倾杯记》）。由俄罗斯演员在舞台上演出中国的古典戏曲《西厢记》，这简直是不可思议的事情。但俄罗斯艺术家们不但仔细编写了剧本，而且认真地再现了崔莺

---

① Васильев В.А. Очерк истории китайской литературы.—Всеобщая история литературы. СПб, 1880.c, 581—584.

② ［俄］瓦西里耶夫，《中国文献史》，赵春梅译，郑州，大象出版社，2014 年，第 134—135 页。

③ Пролитая чаша.

莺与张生之间发生的爱情故事。尽管在当时的社会历史条件下，对王实甫《西厢记》原著的改动在今天看来未必合适，如为了强调封建家长的丑恶，戏剧不但突出了崔老夫人头脑顽固而心肠狠毒的一面，而且剧中的法本长老和法聪和尚都被描绘成具有丑恶和凶狠嘴脸的、唯利是图的败类；崔莺莺和张生以及红娘则成为富有斗争热情而勇敢的青年人，他们最后竟然以私奔的方式反抗统治阶级的压迫，摆脱家长制的枷锁，向往美好的生活。戏剧演出之后，苏联的《共青团真理报》在 2 月 3 日有专门的报道，《莫斯科真理报》在 2 月 12 日也进行了报道，《文学报》在 4 月 19 日也有报道。中国的《文汇报》5 月 11 日有陈德康的摘译，《光明日报》6 月 14 日也发表了简短的评论。① 该剧本后来被收入 1960 年出版的安德烈·格罗巴编写的《戏剧和喜剧》一书中。

这部由《西厢记》改编的诗剧《倾杯记》后来多次上演，1953 年 7 月 17 日苏联艺术家尼基京（Никитин П.）在《列宁旗帜》报纸上还发表了题为《卡累利阿—芬兰剧院舞台上的中国戏剧——〈倾杯记〉》② 的文章，评论了王实甫《西厢记》思想和艺术，名称仍为《溢出来的酒》。

俄罗斯戏剧界以极大的热情改编并演出了中国剧作家王实甫的《西厢记》，这在当时乃至今天都是中俄文化交流史上的一件大事，当时国内有评论道："将我国古典戏剧在苏联的舞台上演出，的确是一种新的并富有高尚意义的尝试。当俄罗斯古典剧作家果戈里的讽刺名剧《钦差大臣》在我国舞台上演出并获得巨大成功的时候，我们也听到我国的古典名剧《西厢记》受到苏联观众的热烈欢迎。这使我们深深地意识到：这些进步的古典作家们所留给我们的优美遗产，是属于全世界人民的，并能引起他们内心的共鸣。怎样地掌握着这些过去的优美文化遗产，用来丰富今天进步人类的文化，乃是一个伟大的任务，也是全世界爱好和平并为保卫和平而斗争的人们所应负的光辉任务。"③ 该评论自然有着深深的时代印记，但《西厢记》在俄罗斯的改编并由俄罗斯演员进行演出确是不争的事实。时隔三年，也就是 1955 年，随着中苏戏剧文化交流的进一步发

---

① ［俄］哈列维奇，《在苏联演出的西厢记》，陈德康摘译，载《文汇报》1952 年 5 月 11 日。另有阮襄，《西厢记在莫斯科演出》，载《光明日报》1952 年 6 月 14 日，第 6 版。

② Никитин П.Китайская пьеса на сцене карелофинского театра.—Ленинское знамя. Петрозаводск. 1953,17, июля.

③ 阮襄，《西厢记在莫斯科演出》，载《光明日报》，1952 年 6 月 14 日，第 6 版。

展和深化，中国著名越剧演员袁雪芬、徐玉兰、张桂凤、吕瑞英等率上海越剧团赴苏联的明斯克、莫斯科、列宁格勒等地访问和演出。王实甫《西厢记》的越剧版在苏联倾情上演，此次演出由袁雪芬饰崔莺莺、徐玉兰饰张生、吕瑞英饰红娘、张桂凤饰崔夫人，名称仍为《溢出来的酒》（《倾杯记》）。关于这次中国戏剧艺术家的访问和演出，苏联的许多主流媒体都给予了特别报道，如 1955 年阿纳斯塔西耶夫（Анастасьев А.）在《共青团真理报》报道了《西厢记》在苏联的演出情况，[①]科瓦里（Коваль М.）撰写了《中国人民精湛的艺术》[②]（载苏联《劳动报》）报道《西厢记》演出情况，斯维施尼科夫（Свешников А.）撰写了《令人鼓舞的艺术》[③]（载苏联《文化报》），互保夫（Хубов Г.）撰写了《具有伟大情怀的诗人》[④]（载苏联《真理报》），艾德林（Эйдлин Л.）撰写了《天才的艺术》[⑤]（载苏联《文学报》）等。

俄文版《西厢记》（1960 年）　　《中国古典戏曲选译》（2003 年）

王实甫的《西厢记》在俄罗斯进行过改编、演出之后，逐渐引起了

---

① Анастасьев А.—Комо.правда.1955.11 авг.

② Коваль М.Прекрасное искусство народного Китая.—Труд.1955.13 авг.

③ Свешников А.Вдохновенное искусство.—Сов.культура.1955.11 авг.

④ Хубов Г.Поэма высокой любви.—Правда.1955.11 авг.

⑤ Эйдлин Л.Торжество таланта.—Лит.газ.1955.11 авг.

俄罗斯汉学家的极大关注，俄罗斯著名汉学家孟列夫（Меньшиков Л.Н.）在 1960 年翻译了王实甫杂剧《西厢记》全本，名为《崔莺莺待月西厢记》[①]，该书由莫斯科国家文学出版社列宁格勒分社出版。据译者孟列夫称，他翻译的底本据中华书局上海编辑所 1954 年王季思的校注本，译文同时还参考了北京作家出版社 1954 年出版的吴晓铃的校注本。俄译全本《西厢记》共五本二十折，每折附有中国木刻插图一幅，共计二十幅，均选自金圣叹评改本《西厢记》的木刻插图。扉页印有木刻崔莺莺"双文小像"一幅。正文前后分别附有译者撰写的长篇序言《〈西厢记〉及其在中国戏剧史上的地位》和详细的注释。在序文中，孟列夫简要介绍了元杂剧的体例、演出和发展历史，尤其对《西厢记》中的主要人物如崔莺莺、张生、红娘、老夫人等形象进行了简要的评论。值得一提的是，孟列夫在这篇文章中特别关注《西厢记》中法本长老以及法聪、慧明等几个和尚的形象，指出"另两个和尚（指法本、法聪）的形象与慧明相对立，使得作品具有一种反宗教的倾向，虽然这不是很明确，但却贯穿剧本的始终"。[②]孟列夫的观点在当时是十分新颖独特的。

　　孟列夫的《西厢记》全译本在中国古典戏曲的俄译历史上具有里程碑的意义，一方面是因为《西厢记》杂剧在中国戏曲史上的经典地位，另一方面也是由译者深厚的中国古典文学素养所决定的。孟列夫从青年时期便开始翻译和研究中国古典戏剧，大学在读期间就发表了论文《中国戏剧的民间因素》。1955 年他以论文《中国古典戏剧的现代变革》提前通过了副博士论文答辩，并在 1959 年正式出版。在以后的长期汉学研究工作中孟列夫整理和翻译了大量的敦煌文献、中国古典诗歌、中国古典戏曲和小说。王实甫的《西厢记》是孟列夫翻译的三部元杂剧之一（另外两部分别是李好古的《张生煮海》和郑光祖的《倩女离魂》），而长达五本二十折的《西厢记》无疑是他翻译元杂剧的代表作。译者采用诗体语言翻译了剧中的曲词，准确地传达出王实甫原著的思想意义和艺术特征，译本多次在俄罗斯再版，以至于后来无人再重新翻译《西厢记》了。国内"大中华文库"汉俄对照版《西厢记》也采用了孟列夫的译文。

---

　　① Ван Ши-фу.Западный флигель,где Цуй Ин-ин ожидала луну.

　　② 见《西厢记》俄译本"序言"，中译文发表在《传统文化与现代化》，1998 年第 1 期，第 89-95 页，译者张梦新。

三、俄罗斯对《西厢记》的研究和选本

俄罗斯汉学界最早对《西厢记》进行评论的应该是前文提到的 1880 年出版的王西里《中国文学史纲要》中的论述，尽管评论中肯、见解独到，但毕竟只是简明扼要甚至只言片语的评论。真正以《西厢记》为研究对象并撰写论文的是 1960 年翻译出版《西厢记》俄文译本的孟列夫。孟列夫在翻译完《西厢记》之后，第二年连续发表了两篇篇幅不长但见解独到的研究《西厢记》的学术论文，一篇题为《关于〈西厢记〉的作者问题》[1]，载《东方学问题》1961 年第 1 期；另一篇题为《关于〈西厢记〉的最新版本》[2]，载《亚非人民》1961 年第 6 期。这两篇论文都专门探讨《西厢记》的相关问题，也是孟列夫在翻译《西厢记》过程中的研究成果。前一篇文章首先对学术界提出《西厢记》作者的五种说法进行了评述，侧重点是对中国学者周妙中的论文《西厢记杂剧作者质疑》[3]中认为《西厢记》应该创作于元杂剧发展的后期提出质疑。孟列夫从关汉卿的散曲小令《从嫁滕婢》中"规模全是大人家，不在红娘下"的句子得到启发，发现其与《西厢记》中"大人家举止端详，全没有那半点儿轻狂"可相互印证，他据此推断关汉卿应该是看过《西厢记》才写出这样的小令，进而认为《西厢记》产生在元杂剧发展的第一个阶段。该文还对中国学者杨晦的文章《再论关汉卿》[4]进行了讨论，杨晦认为王实甫如果是《西厢记》的作者，不可能写出另外两个极其平常的戏剧作品（指《丽春堂》和《破窑记》）。孟列夫对此提出疑问：《西厢记》何以一定要托名王实甫，而不是关汉卿呢？另一篇论文对中国明清时期刊刻和民国至新中国成立之后出版的各种《西厢记》版本进行了简要的梳理和具体的评价，涉及最为流行的金圣叹《批评第六才子书西厢记》，以及《古本戏曲丛刊》第一集中收录的《新刊奇妙全相注释西厢记》《重刻元本题评

---

[1] Меньшиков Л.Н. К вопросу об авторе Западного флигеля.—Проблемы востоковедения. 1961.№1.с.149-151.

[2] Меньшиков Л.Н. О новейших изданиях пьесы Западный флигель.—Народы Азии и Африки.1961.№6,с.165-167.

[3] 周妙中，《西厢记杂剧作者质疑》，《文学遗产增刊》第五辑，北京，1957 年，第 264-277 页。

[4] 杨晦，《再论关汉卿》，《北京大学学报》（人文社科版），北京，1958 年第 3 期，第 59-89 页。

音释西厢记》和《张深之正本西厢记秘本》三种。孟列夫认为1954年上海新文艺出版社出版的王季思校注本和 1954 年北京作家出版社出版的吴晓铃校注本最为完备可靠。文章还对根据《西厢记》改编的李日华《南调西厢记》、陆采《南西厢记》、崔时佩和李景云《西厢记》以及后来的新出的《西厢待月》（收入《新出优艳遗芬》）、《西厢记说唱集》中的西厢故事等进行了探讨。

　　此后，直至苏联解体，俄罗斯汉学界专门研究《西厢记》的文章并不多见。1979年汉学家索罗金的著作《中国13至14世纪的古典戏曲：起源·结构·形象·情节》出版，这本专著无疑是俄罗斯汉学界研究元杂剧的力作，但正如书名的含义一样，该书主要研究的是"戏剧体裁的起源""元杂剧的结构""元杂剧的艺术形象"和"13至14世纪杂剧的情节"等有关元杂剧的宏观问题或综合问题，全书并没有对《西厢记》进行专门的，或者创造性的分析和研究。因此可见前面提到的侯海荣在《西厢记在俄苏的研究译介述评》一文中将索罗金的这部专著看作《西厢记》在俄罗斯译介和研究的一个阶段，并没有太充分的依据。这一时期笔者所查阅到的关于《西厢记》的学术论文仅有1988年马利诺夫斯卡娅发表的《中国15世纪至17世纪的戏剧创作对〈西厢记〉的情节发展》[1]一文，载《远东文学理论问题研究》。

　　苏联解体之后，整个俄罗斯汉学界的翻译和研究兴趣都发生了很大的变化，除了一些中国经典作品的旧译再版之外，新的翻译多集中在有关中国的占卜、风水、气功、色情等方面。由于孟列夫的经典翻译，《西厢记》俄译本再版仍是孟列夫的翻译本，如2003年圣彼得堡出版的"中国文学黄金系列丛书"中的《中国古典戏曲》[2]，其中包括李好古的《张生煮海》、郑光祖的《倩女离魂》和王实甫的《西厢记》等三部元杂剧，这三部杂剧都是孟列夫早年的译作。其中的《西厢记》俄译文完全保留了1960年初版时的全部内容，包括译者孟列夫撰写的《〈西厢记〉及其在中国戏剧史上的地位》长篇序言，译者撰写的全部注释，甚至还保留

<hr>

① Малиновская Т.А.Развитие сюжета драмы 〈Западный флигель〉 в китайской драматургии XV-XVII вв.—Теорет.проблемы изучения литератур Дальнего Востока.c.193—200.

② Меньшиков Л.Н. Китайская классическая драма. СПб: Северо-Запад Пресс, 2003.c.414.— (Золотая серия китайской литературы).

第一章　元杂剧与散曲在俄罗斯

了书前的崔莺莺"双文小像",只是删去了旧版中的二十幅精美的木刻插图。

此外,在一些俄文的中国古代文学作品选本中也能见到《西厢记》的俄译文片段,如 2004 年由圣彼得堡国立大学教授克拉芙佐娃主编的《中国文学作品选》①,该书在中国古典戏曲作品部分收录了关汉卿《窦娥冤》的第四折、马致远《汉宫秋》的第三折、郑光祖《倩女离魂》的第二折、石君宝《秋胡戏妻》的第三折、王实甫《西厢记》的第五本等元杂剧的俄译文。其中《西厢记》第五本共四折一楔子的全部内容均采用了孟列夫的旧译文,并且在译文前面写有简要"题解",对王实甫的生平和《西厢记》的故事情节进行了简要的介绍。

2008 年,俄罗斯科学院远东研究所出版了由季塔连科(Титаренко М.Л.)主编的《中国精神文化大典》第三卷"文学·语言·文字"分卷②,书中有不少中国古代戏曲作家作品及相关的词条介绍,包括白朴、王实甫、关汉卿、孔尚任、李渔、马致远、徐渭、汤显祖、洪昇、郑光祖等。其中"王实甫"条目由汉学家索罗金撰写,该条目介绍了王实甫的生平及其创作情况,并简要叙述了《西厢记》的题材来源和故事情节。另外,2016 年国内的人民教育出版社出版了《西厢记》汉俄对照版的全译本③,这是近些年国家出版基金项目资助的"大中华文库"之一种,尽管不属于《西厢记》在俄罗斯的翻译和研究的范畴,但这本俄汉对照《西厢记》采用的仍是汉学家孟列夫生前的《西厢记》俄文全译本。不同的是,1960 年俄罗斯出版的《西厢记》全译本的"前言"部分在新版中进行了删节,尤其是原译本在"前言"中明确提到"俄译本以王季思详细的评注本(上海版,1954)为蓝本,同时参考了吴晓铃的评注本(北京,1954)"。新版不知为何变为"主要依据王季思的评注本《西厢记》(上海,1954)"。而且,原译本"前言"分别评述了作品中崔莺莺、张生、红娘、老夫人、法本长老等人物形象,新版"前言"则删去了翻译者评论法本长老、法

① Кравцова М.Е. Хрестоматия по литературе Китая.Санкт-Петербуг.2004. с.768.

② Титаренко М.Л. Духовная культура Китая. В томе 3 Литература. Язык и письменность. М.2008.c. 855.

③ [元] 王实甫,《西厢记》(汉俄对照),[俄] 列·尼·缅希科夫译,北京:人民教育出版社,2016 年。

聪及慧明和尚的段落。此外，译文还删去了原版的二十幅精美木刻插图及所有的译者注释部分。尽管做这些删改可能是考虑"大中华文库"体例的原因，但终究有些削足适履的遗憾。至于扉页标明"列·尼·缅希科夫译"，版权页却标明"（俄罗斯）梅尼希科夫译"，前后译者名字的翻译竟未一致，则更是编校者不该有的失误了。

第二章　明代杂剧与传奇在俄罗斯

第一节　徐渭研究在俄罗斯

中国明代的戏曲成就主要体现在传奇和杂剧两方面的理论和创作，传奇有汤显祖的"临川四梦"，杂剧则以徐渭的《四声猿》为代表。汤显祖早已在海外引起了广泛的关注，研究成果也极其显著，且有良好的发展势头，而作为明代杂剧第一人的徐渭的相关研究则相对冷落。这一方面是因为戏曲发展进入明代之后，传奇逐渐取代了杂剧的地位；另一方面也是由作品本身的影响所限。相对于汤显祖来说，文学史上徐渭尽管以杂剧创作奠定了其地位，然而徐渭自己并没有强调他的杂剧创作。本节在充分占有相关材料的基础上，考察徐渭在俄罗斯汉学界的研究状况，并进行评论。

一、徐渭的戏曲理论及其创作在俄罗斯的研究

俄罗斯汉学家中较早涉及徐渭戏曲理论的大概是李福清。早在 1964 年，李福清就在他的《中国戏曲的理论（12—17 世纪初）》（载《东方国家的文学与美学理论问题》）一文中，①概述了中国元明时期的戏曲理论，涉及徐渭的戏剧理论著作《南词叙录》。文章主要根据 1959 年中国戏剧出版社出版的多卷本《中国古典戏曲论著集成》所收录的戏曲资料，概述李渔之前的中国戏曲理论的发展过程，并将戏曲理论资料分为论演唱的、论音韵的和论作品的三类，把徐渭的《南词叙录》归为第三类，但并没有展开评述。1973 年俄罗斯中国戏曲研究专家索罗金发表了题为

①　Рифтин Б.Л. Теория китайской драмы（XII-началоXVII вв.）—В кн, Проблемы теории литературы и эстетики в странах Востока. М.,Наука.1964.с.131-160.

《13 世纪至 16 世纪的中国古典戏曲》（载《苏联对中国文学的研究：庆祝费德林六十寿辰文集》）一文。①该文也基本属于概述的性质，主要论述了元明时期中国戏曲的发展和演变，也论及徐渭在戏曲发展史上的地位，但只是提到徐渭在杂剧形式上的创新。索罗金的这篇文章后来修改成为俄罗斯科学院出版社出版的九卷本《世界文学史》中的一部分（详见后文论述）。

圣彼得堡国立大学东方系的马利诺夫斯卡娅主要研究中国明清戏曲，尤其在明代杂剧领域用力颇深，发表了多篇论文，并有专著《中国古典戏曲杂剧简史（14—17 世纪)》。1974 年马利诺夫斯卡娅发表《徐渭（1521—1593）在中国戏曲理论史的作用》[载《亚非国家的语文与历史》，纪念列宁格勒大学东方学系成立 120 周年（1854—1974)]。②该文属于提纲式的论述，关于徐渭研究列出了五个方面的问题，一是概述徐渭的戏剧理论及戏剧创作情况；二是介绍徐渭的《南词叙录》对溯源南戏历史和发展的贡献；三是介绍徐渭《四声猿》和《歌代啸》的主要内容和意义；四是指出徐渭在戏曲中反映了作者进步的思想；五是指出徐渭在戏曲题材和语言上还注意借鉴民间文学的创作经验。最后结论指出："可以说，徐渭在他的那个时代的戏剧创作和理论方面都占有重要的地位。"马利诺夫斯卡娅的这些论题的展开和深入研究，充分体现在 1977 年她发表的长篇论文《徐渭（1521—1593）及其戏曲遗产》（载《列宁格勒大学学报（东方学)》第 3 辑，第 19 期，第 389 号）中。③这篇文章先是简要介绍了徐渭的生平经历和著作，然后详细介绍了《南词叙录》对早期南戏如《赵贞女》《琵琶记》《金钱记》《拜月亭》《香囊记》等进行的评论；接着对《四声猿》中四部杂剧的主要情节和特征逐一介绍和评价，如作者认为《四声猿》在创作意图上与杜甫的《秋兴》有相似之处；《狂鼓史》和《玉禅师》通过历史上对狂狷和僧人的迫害，表达了徐渭对人的个性

① Сорокин В.Ф. Классическая драма Китая в XIII-XVI веках. Очерк—Изучение китайской литературы в СССР.М.Наука. 1973.с.57—85.

② Малиновская Т.А. Роль Сюй Вэя(1521 — 1593) в развитии китайской драматургии.—Филология и история стран зарубежной Азии и Африки.Тезисы докладов научной конференции, посвященной 120-летию основания Восточного факультета. ЛГУ(1854—1974)Л.,1974,с.30—32.

③ Малиновская Т.А.Сюй Вэй(1521 — 1593) и его драматургическое наследие.—Ученые записки. Ленинградского университета,1977. №389. Серия востоковедческих наук.вып.19. востоковедение.3.с.97—107.

自由的追求；《雌木兰》和《女状元》则体现了徐渭对女性才能和地位的尊重以及对男女平等的提倡。作者认为"所有人平等的思想，个人的自由，不容侮辱的尊严，以及否定儒家道德的说教，所有这些都使徐渭与最具启蒙思想的李贽更为接近"。此外，徐渭的《四声猿》和《歌代啸》还充分吸取了民间文学的养分，如运用民间曲调、采用民间传说、使用俚语谚语等。最后，作者指出徐渭在戏曲创作方面的主要贡献：在杂剧形式上改变了杂剧的题目正名、唱腔曲调、杂剧折数等传统程式，在杂剧创作风格方面得出的结论是："徐渭在音乐曲律特点方面接近于吴江派，但他在曲律规则上又与吴江派有着明显的分歧，徐渭反对杂剧一定要严格遵守音乐曲律，这又使他的戏曲风格接近临川派，尽管这一派别的代表人物汤显祖主张的语言典雅并不是徐渭杂剧的语言特色。总之，徐渭在当时的剧坛有着自己独特的地位。"当然，这些结论大都与国内文学史上对徐渭的评价如出一辙，诚如李福清所说"很大程度上是以中国论者的意见为依据的"。①

继马利诺夫斯卡娅之后，莫斯科大学亚非学院的尼科尔斯卡娅对徐渭进行了比较全面和系统的研究，尼科尔斯卡娅 1983 年以研究中国古代小说《西游记》的论文获得副博士学位，她曾专门研究过明代文学家徐渭，撰写了一系列的学术论文，内容涉及徐渭文学研究的诸多领域。1985 年她发表了《关于徐渭生平的一种说法》（载《第十六次"中国社会与国家"学术会议论文集》第一册）一文。②文章首先介绍了徐渭的生平与创作情况，列举出同时代人撰写的关于徐渭生平的三篇传记（分别是陶望龄《徐文长传》、章重《梦遇》、袁宏道《徐文长传》），通过对袁宏道文学思想和创作主张的研究，详细分析了袁宏道《徐文长传》中对徐渭的经历描述，认为袁宏道所取材料多见于传闻，而不是徐渭晚年自作的《畸谱》，袁宏道"或出于对徐渭的赞美之情，或同情徐渭的命运多舛，或惋惜徐渭作品的散佚"，进而精心选择关于徐渭的诸多见闻材料，并带有强烈的感情色彩，以抒情文笔的形式描绘出他心中的文学家徐渭形象，进而塑造出读者感兴趣的一个追求理想和自由的艺术家的形象。但是，

---

① ［苏联］李福清，《中国古典文学研究在苏联（小说·戏曲）》，田大畏译，北京，书目文献出版社，1987 年，第 88 页。

② Никольская С.В.Одна из версий биографии Сюй Вэя.—Шестнадцатая научная конференция Общество и государство в Китае.Тезисы и доклады.ч.1. М.1985.с.215—221.

在袁宏道的笔下，徐渭并没有变成一个抽象的艺术家的形象，正因为如此，袁宏道的这篇传记不但具有"传记"的史料价值，同时也是一篇优秀的文学作品。

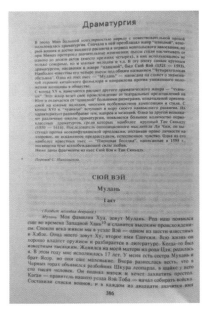

《中世纪东方文选》（1996年）　　　徐渭《雌木兰》选译（1996年）

在随后的很长时间里，尼科尔斯卡娅对徐渭的文学创作进行了比较全面、系统的研究。在徐渭杂剧创作成就方面，1991年她发表了《徐渭的剧作〈狂鼓史渔阳三弄〉》（载《第二十二次"中国社会与国家"学术会议论文集》第一册）。①这篇论文对徐渭《四声猿》中的《狂鼓史》进行了专门探讨，论者首先对三国时期像祢衡这样的"聪明人"不被重视的现象进行了背景介绍，从《世说新语》中的"竹林七贤"到《三国演义》中"杨修之死"。然后详细叙述了《狂鼓史》的故事情节，认为杂剧中的祢衡不仅代表了作者徐渭本人以发泄郁闷之情，而且剧中的曹操更是作者生活的明代中叶奸臣权势的象征。杂剧中最后由玉皇大帝任命祢衡为御前修文郎之职，则曲折地表达了作者的理想。文章最后写道："整

① Никольская С.В.Пьеса Сюй Вэй История безумного барабанщика,трижды сыгравшего на юйянский лад.—Двадцать вторая научная конференция Общество и государство в Китае.Тезисы и докладов.ч.1. М.1991. с.138—143.

个一折的戏剧中，作者徐渭一直隐藏在剧情之外。作者（徐渭）认为具有先进思想的人并不是政治斗争的偶然受害者，而是蓄意被毁灭的目标，因为他们是真理的掌握者。对天才的迫害，对自由追求者的摧残是当权者最大的罪行，他们不用任何理由即可肆意迫害天才和向往自由的人。"当然，尼科尔斯卡娅这篇文章发表在苏联解体之时，作者是否也如徐渭在《狂鼓史》中借祢衡骂曹来针砭时事，则不可妄猜了。

二、徐渭的诗词传记等在俄罗斯的研究

除了对徐渭杂剧创作进行研究之外，尼科尔斯卡娅还写有研究徐渭诗词散文的文章。1986年尼科尔斯卡娅撰写了《论徐渭的绝句》（载《第十七次"中国社会与国家"学术会议论文集》第一册）一文①，专门研究《徐文长三集》卷十所收录的五言绝句，重点翻译并分析了《题画四首·墨竹杏花各两首》、《画三首》、《咏画四首·春夏秋冬各一首》、《张氏别业十二首》（其中《镜波馆》《流霞阁》《竹坞》《荔枝亭》《白鸥矶》《青莲岛》等6首）、《桃叶渡三首》等组诗，共计20首五言绝句。作者对这些诗歌有的完整翻译之后再分析，有的选译部分诗句翻译并分析，有的直接分析诗歌的内容和意境。最后指出徐渭这些题画诗的共同特征是"统一在人与自然的主题之中"，在诗歌结构上的特点则是每首诗歌分为两个部分，每行5个汉字，第一部分是对自然景物的描绘，第二部分则是诗人对自然景物的感想。作者认为，"在徐渭的笔下，植物花草与风景形象生动，而人则成为风景中的一部分。他的诗歌精练扼要，给人一种仿佛是自然界中的某一瞬间，或是某种情感的直接感受；同时在每首诗歌中似乎都在讲述着关于人的故事和感受。徐渭不愧为对大自然和日常生活问题深入思考而创作哲理诗歌的艺术大师。"同一年，尼科尔斯卡娅又发表了《徐渭绝句中的人与自然》（载《远东文学理论问题研究：莫斯科第十二次学术会议报告提纲》）。②论述的对象仍是徐渭的五言绝句，但具体的研究篇目与前一篇论文则无一重复，文章侧重论述徐渭五言绝句中人

---

① Никольская С.В.Оборванные строки Сюй Вэя.—Семнадцатая научная конференция Общество и государство в Китае.Тезисы и доклады.ч.1. М.1986.с.181—186.

② Никольская С.В.Человек и природа в оборванных строках Сюй Вэя.—Теоретические проблемы изучения литератур Дальнего Востока.Тезисы двенадцатой научной конференции. Ч.1(Москва,1986). М.1986, с.302—306.

与自然和谐统一的特点和意境。论者把徐渭的五言绝句中的人与自然分为"自然景物中的人""人与自然景物的融合""自然景物对人的感召"等三种类型，然后分门别类，具体分析了《松林游人画》《江船一老看雁群初起》《扇中双蝶》《钓者翘首看山背浮屠》和《似赤壁游》《云山立观者》以及《凭栏江岸》《对岸观崖大瀑》《剪春罗垂丝海棠》《竹染绿色》等10首绝句。论者认为徐渭的这些诗歌中每一行都体现出诗人热烈的情感，无论是壮丽的风景，还是截取日常生活的片段，但诗人并不刻意表现人的主观情绪，而是由大自然的景物把人物的情绪带入其中，使之完全融入大自然当中，因而使得诗中的"我"已经成为自然景物中的一部分。

1989年，尼科尔斯卡娅发表《论徐渭的词作》（载《第二十次"中国社会与国家"学术会议论文集》第二册）。[1]文章专门探讨《徐文长三集》卷十二所收录的徐渭词作，论者发现徐渭的这26首词作中有23首描写的对象是"自然现象""文人用品""美人""湖泊"和"宴会"，然后以描写自然现象的词作为例分析了《日》《月》《风》《云》《霜》（两首）《雪》（两首）《山》《水》《秋》《冬》等12首描写自然景物的词作，注意到其多用历史、传说和神话典故的特点。在分析了这些词作的主题思想和艺术手法的基础上，作者进一步指出，徐渭的这12首词作每两首都具有"阴"和"阳"对应的关系，它们"尽管主题、基本思想和情节线索在很大程度上是相近或相同的，但每首词又都有独特的艺术形象和创作技巧。它们是各自不同的独特的作品。徐渭是一位具有传统思想和民族意识的伟大鉴赏家，也是一位具有传统思想的艺术家和哲学家"。

1990年，尼科尔斯卡娅写有《徐渭的人物传记》（载《第二十一次"中国社会与国家"学术会议论文集》第一册）一文。[2]文章除了简略介绍徐渭晚年为自己撰写的《畸谱》之外，主要探讨了《徐文长三集》卷二十五收录的7篇人物传记，它们是《聚禅师传》《先师彭山先生小传》《王君传》《彭应时小传》《赠光禄少卿沈公传》《叶泉州公传》《白母传》。通过分析，作者认为"徐渭对传主人物的描写，不仅是对具体的某个人物的描写，也是对当时的社会问题和民间风俗的思考。不但写出了学者

① Никольская С.В.Стансы(цы) Сюй Вэя.—Двадцатая научная конференция Общество и государство в Китае.Тезисы и докладов.ч.2. М.1989. с.236—240.

② Никольская С.В. Жизнеописания Сюй Вэя.—Двадцать первая научная конференция Общество и государство в Китае.Тезисы и докладов.ч.1. М.1990. с.173—177.

或具有文学天赋的天才，也包括传主的聪明智慧和美好品德。在每一个传记的情节安排和叙述中，情感叙事的语调都明显融入了作者的评判准则。他的传主选择的依据也是以道德评价为主要标准的。而且，徐渭的注意力往往集中在那些行为不符合时代公认的准则和规则的优秀的人才身上。"

此外，1993 年，尼科尔斯卡娅还写了一篇题为《论徐渭的"榜联"》（载《第二十四次"中国社会与国家"学术会议论文集》第一册）的文章。①对徐渭不被人关注的对联作品进行了专门的研究，作者选取了《徐文长佚草》卷七收录的徐渭编撰的 97 副对联中的若干组为研究对象，具体翻译并分析了徐渭为佛寺或道观题写的对联，如《长春观》《大乘庵》《曹江孝女祠》等，以及为文人书斋或园林楼阁题写的对联，如《家居》《书斋》《书舍》《芙蓉池》等。通过分析这些对联的含义和特征，作者认为"徐渭的对联，无论是为宗教祭祀的场所，还是建筑景物的地方，或是文人读书之处的题写，都蕴含着徐渭深切的情感融入，体现出作家的个性特征——兴趣、爱好和美学观。总之，徐渭的榜联创作也体现出一种通俗的艺术形式在伟大的作家笔下是如何获得更大的审美价值的"。

三、俄罗斯的中国文学史及辞典对徐渭的介绍

1978 年出版的《简明文学百科全书》第九卷中有索罗金撰写的"徐渭"词条，简要地介绍徐渭是中国戏剧家、诗人、书法家和画家，例举其创作的南杂剧《狂鼓史》和《女状元》，认为他所作《南词叙录》在中国戏剧史上有很大的意义。②2008 年由俄罗斯科学院远东研究所出版，著名汉学家季塔连科主编的《中国精神文化大典》第三卷"文学、语言文字"分卷，有中国古代戏曲作家"徐渭"条目（中文误作"许胃"），该条目由俄罗斯汉学家索罗金撰写，先是简要介绍徐渭姓名字里，然后对其《四声猿》的主要作品情节逐一叙述，最后说徐渭的《南词叙录》保存了珍贵的南戏研究的史料。③此外，2010 年由俄罗斯科学院远东研

---

① Никольская С.В. «Парные надписи» Сюй Вэя.—Двадцать четвёртая научная конференция Общество и государство в Китае.Тезисы и докладов.ч.1. М.1993. с.72—75.

② Краткая литературная энциклопедия. М.1978.т.9.с.719.

③ Титаренко М.Л.Духовная культура Китая.Энциклопедия в пяти томах. Литература,язык и письменность.Москва.2008.с.423.

究所出版、季塔连科主编的《中国精神文化大典》第六卷"艺术"分卷里，也收有"徐渭"词条，该词条主要介绍作为书法家、绘画家的徐渭，分别由别拉齐奥洛娃撰写书法部分，斯切夫撰写绘画部分。①

俄罗斯在不同的时期出版了不同的《中国文学史》《东方文学史》或《世界文学史》，在这些文学史著作中或多或少也有对徐渭及其作品的介绍。1956年费德林主编的《中国文学简史》及1962年索罗金和艾德林编著的《中国文学史简编》都侧重中国现代文学部分，而对中国古代文学部分的叙述都极为简略，明代戏剧的内容只提到汤显祖及其《牡丹亭》，没有论及徐渭。1970年莫斯科大学出版社出版的、由波兹涅耶娃等主编的《东方中世纪文学史》在中国文学部分的"14世纪末至17世纪中期（明代）中国文学史"一章中竟然没有提及汤显祖，更没有只言片语提及徐渭了。后来苏联科学院陆续出版了九卷本《世界文学史》，篇幅宏大，其中在1985年出版的《世界文学史》第三卷的"中国戏剧"部分论述16世纪杂剧的变化时提及徐渭与康海、王九思等，指出他们打破了元杂剧每本四折的形式，杂剧篇幅的长短由一至十折不等，而且各种角色都有唱段，还可以采用南戏曲调，因此出现了"南杂剧"的概念，并以徐渭的《雌木兰》《女状元》和《狂鼓史》为例，但也指出这些杂剧较之元杂剧丧失了对社会热情的关注。②

此外，俄罗斯一些专门研究中国明清戏曲的著作中对徐渭及其作品也有论述，比较重要的有1990年出版的谢罗娃的《中国戏剧与16至17世纪的中国社会》③和前文提到的1996年出版的马利诺夫斯卡娅的《中国古典戏曲杂剧简史（14—17世纪）》④两部。谢罗娃的著作主要以汤显祖及其剧作为中心，详细论述16至17世纪中国戏剧与中国社会的关系问题，在"戏曲与戏剧的美学"一章中的"戏剧审美感类型"一节中详细论述了徐渭的戏曲美学观对汤显祖的影响，如认为徐渭重视南戏、提倡本色、反对模拟等，他遵守音律而又不拘泥于音律的主张对汤显祖的

① Титаренко М.Л.Духовная культура Китая.Энциклопедия в пяти томах. Искусство. Москва.2010.с.707—709.

② Истории всемирной литературы.в 9-ти т.т.3.Москва.Наука.1985.с.638.

③ Серова С.А. Китайский театр и традиционное китайское общество (XVI-XVII вв.). М. : Наука, 1990. с.176—180.

④ Малиновская Т. А. Очерки по истории китайской классической драмы в жанре цзацзюй (XIV—XVII вв.). СПб., Издательство СПбГУ, 1996.с.72—76,106—108,199—201.

创作也有影响。这些观点都是值得肯定的。马利诺夫斯卡娅的《中国古典戏曲杂剧简史（14世纪至17世纪）》是在她长期研究明代杂剧的基础上撰写的学术专著，该书详细分析和论述了明代杂剧的题材、特征和演变规律。在论述明代杂剧的体制变化的有关章节中，指出了徐渭在杂剧体制上的种种创新，如打破元杂剧的折数、改变角色唱段以及曲调的选用等，并以作品的内容为划分依据，具体将徐渭的《狂鼓史》归为"著名文人类"，《玉禅师》归为"幻想离奇类"，《歌代啸》归为"暴露讽刺类"，《雌木兰》《女状元》归为"英雄人物类"。

　　总之，作为中国明代著名戏曲作家和戏曲理论家的徐渭在俄罗斯尽管没有戏曲作品被译成俄语出版，①但俄罗斯汉学界对徐渭的关注和研究文章并不少，通过对这些文章的梳理与分析，至少有以下几个特点值得注意：首先，俄罗斯对徐渭的研究比较系统全面，除了一些文学史著作或辞典对徐渭有简要的介绍之外，前有马利诺夫斯卡娅对徐渭戏曲及戏曲理论的详细分析和评论，后有尼科尔斯卡娅对徐渭生平、诗歌、传记、词作、戏曲乃至榜联创作的系统研究，可谓全方位多视角的关注和研究。其次，俄罗斯学者研究徐渭的文学创作注意采用中国最新的文献资料，关注研究前沿。笔者发现，马利诺夫斯卡娅和尼科尔斯卡娅早期研究徐渭主要依据中国台湾1968年出版的《徐文长三集》影印本，后期则主要依据中华书局1983年出版的四卷本《徐渭集》。再次，俄罗斯汉学家对徐渭及其作品的研究总体上还不够深入，特别是尼科尔斯卡娅的系列论文，论述的作品对象往往只是徐渭创作的某一种文体本身，而且依据作品的数量显然偏少，或者说"取样"比较单一，缺少综合的判断和结论。最后，通过对徐渭研究在俄罗斯相关成果与资料的梳理，发现俄罗斯对徐渭的关注主要集中于20世纪70年代至90年代初期，前期刚好是国内中国古代文学研究的停滞时期，后期则是国内中国古代文学研究的兴盛时期，而此后从苏联解体至今，俄罗斯汉学界也相对衰微，徐渭的研究很难深入下去，甚至难以进入当代汉学家的视野。当然，明代杂剧本身的民族性、案头性以及徐渭自身经历的传奇性、思想的复杂

---

　　① 除了本文涉及的研究徐渭诗词的论文中有不少翻译成俄语的诗词作品之外，笔者只发现1989年出版的斯米尔诺夫翻译的《玉阶——中国明代诗歌选（14—17世纪）》中收录有徐渭的《龛山凯歌》组诗中的一首诗歌。Смирнов И.Яшмовые ступени.Из китайской поэзии эпохи Мин (XIV-XVII века.)М.Наука.1989.с.332.

性也给俄罗斯汉学家的研究带来了巨大的困难和挑战。笔者认为，如果两国学者不断交流和相互合作，也许能对徐渭这样复杂的作家研究产生良好的推动作用。

第二节 汤显祖《牡丹亭》及其他

　　相较于英、法等西方汉学大国和东方的日本及东南亚地区对中国古典戏曲的翻译和研究，俄罗斯的中国戏曲翻译和研究相对薄弱，除了《西厢记》之外，篇幅稍长的中国戏曲几乎没有完整的俄文翻译。[①]但苏联时期的汉学家对中国古代的戏曲名家如关汉卿、汤显祖、洪昇、孔尚任等的研究却取得了很大的成就。20 世纪 90 年代以来，随着苏联的解体，学术界对苏联时期汉学家们取得的成绩缺少应有的关注，国内相关领域的研究资料匮乏。2007 年《中华戏曲》第 2 期刊登了张莉的《汤显祖研究资料目录索引》，该文梳理了 1998 年至 2005 年期间国内外研究汤显祖的著作和论文，其中的国外研究部分时间没有限定，却无一处提及俄罗斯有关汤显祖的研究资料；此前王丽娜在其《中国古典小说戏曲名著在国外》中也只列有俄罗斯研究汤显祖的三篇论文名称，而且翻译并不准确。国内一些期刊杂志介绍相关内容更是寥寥无几，而且时常出现错误，如《敦煌学辑刊》2002 年刊登的《孟列夫与汉学研究》一文中说"孟列夫先是翻译、出版了《张生煮海》《倩女离魂》等选自《西厢记》中的故事和《红楼梦》一书的诗词部分。接着，1966 年在列宁格勒出版了《西厢记》，《元〈杂剧选〉》的俄译本，在莫斯科出版了《牡丹亭》（《世界文库丛书——东方古典戏剧》）的俄译本"。[②]所论错误百出，一是《张生煮海》《倩女离魂》并不是《西厢记》中的故事；二是俄译本《西厢记》不是 1966 年出版，而是 1960 年；三是孟列夫只是翻译了《牡丹亭》中的片段内容，并没有出版《牡丹亭》俄文单行本或全译本。类似错误介绍俄罗斯有关汤显祖翻译和研究的资料屡见不鲜。有鉴于此，本节拟将俄罗斯汉学家对汤显祖及其作品的翻译和研究按照时间顺序做一细致梳理，并论述他们在研究汤显祖戏曲方面取得的成就。

---

　　① 高明的《琵琶记》在 2015 年出版了直接译自汉语的全译本，译者为俄罗斯青年汉学家马义德（Маяцкий）。

　　② 李玉君，《孟列夫与汉学研究》，《敦煌学辑刊》2002 年第 2 期，第 125—127 页。

一、俄罗斯的中国文学史及辞典对汤显祖的介绍和评论

俄罗斯对汤显祖及其《牡丹亭》的简要介绍主要见于苏联时期出版的一些文学百科全书或工具书、有关中国的文学史著作中。如1972年出版的《简明文学百科全书》第七卷，列有"汤显祖"词条，极其简略地介绍了汤显祖是中国明代著名戏曲家及其代表作品《牡丹亭》。

俄罗斯有关中国的文学史著作对汤显祖的介绍和评论也不是很多。综观俄罗斯在20世纪出版的几部重要的文学史著作如《世界文学史》《东方文学史》及《中国文学史》等，提及并介绍汤显祖及其作品的主要情况如下：

1956年出版的费德林《中国文学史概要》主要论述的是中国现当代文学，但第一章概述了中国古代文学的发展状况，其中的第六小节提及了晚明时期的戏剧家汤显祖及其《牡丹亭》，但汤显祖的卒年误写为1617年。[①]

1962年出版的由索罗金、艾德林合著的《简明中国文学史》的主要篇幅也是介绍中国现当代文学，但第一章分"诗歌""小说""戏剧"三部分来介绍中国的古代文学。其中戏剧部分介绍了汤显祖及其戏曲作品，著者认为汤显祖是明代最杰出的传奇作家，指出他深受哲学家王守仁的思想影响，在《牡丹亭》中表现为情是"生者可以死，死者可以生"的情节，接着概括了《牡丹亭》的基本故事情节，并指出了汤显祖在《牡丹亭》剧作中大量使用如诗如画的语言，因而他并非主要为了"观众"，而是主要为了"读者"。实际上强调了《牡丹亭》的精美的文学语言艺术，使得作品不仅是提供舞台演出的剧本，而且具有非常耐读的案头文学的特征。[②]

1975年苏联莫斯科大学出版社出版的由波兹涅耶娃、谢曼诺夫主编的四卷本《东方文学史》共有五册，分为《古代东方文学史》、《中世纪东方文学史》(1、2册)、《近代东方文学史》和《现代东方文学史》[③]，

---

① Н.Т.Федоренко. Китайская литература—Очерки по истории китайской литературы. М.1956,с.141.

② В.Сорокин,Л.Эйдлин. Китайская литература—Краткийочерк.М.1962,с.105.

③ Л.Д.Позднеева.Литература востока в средние века,М.1970. Л.Д.Позднеева.Литература востока в новое время.М.1975.

其中《中世纪东方文学史》介绍了中国从 3 世纪到 17 世纪上半叶的文学，包括六朝、唐宋和元明时期的中国文学史。在论述元明时期的戏曲创作时专门介绍了关汉卿、白朴、马致远，以及高明、吴昌龄、王实甫等六人，竟然没有提及汤显祖。在主要论述清代文学的《近代东方文学史》中也只列有李渔、洪昇、孔尚任等三人。其主编波兹涅耶娃曾提出，中国文学不但存在类似欧洲的文艺复兴时期，而且也有西方所谓的"启蒙主义"阶段，这种观点曾引起西方汉学界不小的争论。但其论述元明清三代戏剧作家的创作，竟没有提及汤显祖及其《牡丹亭》，个中原因，不得而知。

　　1987 年苏联科学院高尔基文学研究所编撰出版的九卷本《世界文学史》的第四册，在第一章论述中国文学的部分，汉学家李福清撰写的中国戏剧部分对汤显祖及其戏剧作品进行了评述。论者首先简要介绍了汤显祖的生平经历，进而认为《牡丹亭》"是一部讲述爱情战胜死亡的故事"，"传统的大团圆结局在这里充满深刻的社会意义，它没有当时大部分传奇剧千篇一律的乐观主义，因为这里说的不是偶然的结果或者是中举的结果，而是主人公无畏的斗争和他们坚信'心想事成'的胜利"。李福清指出，汤显祖是 16 世纪哲学家王阳明的追随者，他在作品中将爱情放到了首位，并把爱情视为自己的创作动机。最后还论述了汤显祖的《南柯记》，认为作者在《南柯记》中虚构的大槐安国如同儒家理想的社会情形，而实际上只是一个幻景、一个梦境。戏剧的结尾显然受到了佛教思想的影响，作者希望在佛教思想中寻找批判儒家理性主义的哲学基础。李福清认为汤显祖"是最早认识到文学创作中个性因素重要性的一个作家，并要求尊重作者对自己作品的所有权"。汤显祖"创立了自己的戏剧流派，后来根据他的家乡而命名为临川派，并一直与吴江派的观点作斗争"。[①]

　　2008 年，俄罗斯科学院远东研究所出版的由季塔连科主编的《中国精神文化大典》第三卷，即"文学·语言·文字"分卷，其中有中国古代戏曲作家及相关词条的介绍，包括元代的关汉卿、白朴、马致远、纪君祥、郑光祖、王实甫、高明，明清时期的朱有燉、徐渭（书中误作"许胃"）、汤显祖、冯梦龙、李渔、洪昇、孔尚任等重要戏曲作家。"汤显祖"的词条由索罗金撰写，他指出"汤显祖是杰出的传奇剧作家"，他创作了

---

① Академииянаук СССР. История всемирной литературы. том четверный. М.1987,с.500—501.

五种传奇剧，除了《牡丹亭》之外，都取材于唐代传奇小说，但都进行了极大的艺术加工和改编，这是汤显祖在南戏（传奇）发展中的巨大贡献。①此外，2010 年出版的《中国精神文化大典》第六卷即"艺术"卷，其中的传统戏曲部分介绍了昆曲的发展历史，对汤显祖也进行了较为详细的评述。评述主要围绕《南柯记》和《牡丹亭》展开，进一步指出了《南柯记》虚构的乌托邦的社会图景与汤显祖接受泰州学派思想的关系，在《牡丹亭》中作者极力表达的"至情"理论及其在戏曲作品中的艺术表现形式。②

二、俄罗斯对汤显祖戏曲和诗文的翻译

俄罗斯对中国古典戏曲的俄文全译主要是元杂剧，在这方面既有 1961 年孟列夫的《西厢记》全译本，又有 1966 年出版的众多汉学家共同翻译的《元曲选译》等。相对而言，俄罗斯对中国明清时期戏曲的全译则很少，尤其是明清的传奇剧本至今还没有真正的全译本。③汤显祖的戏曲在俄罗斯的翻译至今只有 1976 年苏联国家文艺出版社出版的《东方古典戏剧：印度、中国、日本》（《世界文学大系》第一种第 17 分册），该书前有索罗金撰写的序文《中国的古典戏曲》，正文收有元代关汉卿的《窦娥冤》（索罗金译）、马致远的《汉宫秋》（谢列布里亚科夫、戈鲁别夫译）、郑廷玉的《忍字记》（索罗金译）、无名氏的《杀狗劝夫》（雅罗斯拉夫采夫译）等，明清戏曲则选译了汤显祖《牡丹亭》中的"作者题词"、第七出"闺塾"、第十出"惊梦"（孟列夫译）等三个片段。④译者在"作者题词"之后附有全剧情节概述，"闺塾"之后也有简单的文字说明，"惊梦"之后则附有一整页的文字说明。孟列夫是俄罗斯汉学界为数不多的精通汉语诗词的著名学者，他曾翻译过《西厢记》《张生煮海》等元杂剧的全本，后来主要翻译和研究中国的敦煌文献，可惜他没有全译《牡丹亭》。值得一提的是，2016 年 9 月 7 日汉俄对照版《牡丹亭》（全

① Духовная культура Китая.Энциклопедия.том третий.М.2008,с.442.

② Духовная культура Китая. Энциклопедия.том щестой.М.2010,с.362—363.

③ 2016 年 9 月 7 日在俄罗斯莫斯科召开《牡丹亭》俄文全译本的新闻发布会，该译本是由湖南人民出版社出版的"大中华文库"中的一种，译者是国内俄语专家李英男教授。

④ Классическая драма Востока Индия, Китай, Япония. М.: Художественная литература, 1976.—(Библиотека всемирной литературы).М.1976,с.449—470.

2卷）在莫斯科国际书展上举行。该书是全球第一个《牡丹亭》的俄文全译本。为了纪念汤显祖逝世 400 周年，湖南人民出版社出版了汉俄对照版的《牡丹亭》，该书的俄文译者是曾获"彩虹"翻译奖的李英男教授。当然，严格说来，这已经超出了本节所讨论的"俄罗斯对汤显祖的作品的翻译和研究"范畴了。

众所周知，汤显祖除了《牡丹亭》为代表的戏曲创作之外，他还创作了大量的诗歌作品，国内由徐朔方整理的《汤显祖诗文集》最为通行。汤显祖的诗歌在俄罗斯被翻译的不多，偶见于一些中国诗歌的俄文译本中，主要集中在对其《江宿》《送别刘大甫谒赵玄冲胶西》（即《送刘大甫》）两首诗歌的选译。

1977 年出版的世界文学文库之一的《印度·中国·朝鲜·越南·日本古典诗歌》收有汤显祖的诗歌一首，即维特果夫斯基翻译的《江宿》；1989 年出版的《玉阶：中国明代诗歌选》（14 至 17 世纪）收录汤显祖诗歌 1 首，即斯米尔诺夫翻译的《送别刘大甫》；同年出版的《中世纪中国朝鲜越南诗歌选》收录汤显祖诗歌 2 首，译者也是斯米尔诺夫；2000 年出版的由斯米尔诺夫编选的《清影：明代诗歌选》，收录汤显祖诗歌 1 首，即斯米尔诺夫翻译的《送别刘大甫》；2008 年出版的《中国古典诗歌》（10 至 17 世纪）收录斯米尔诺夫翻译的汤显祖诗歌 2 首，分别是《送别刘大甫》和《江宿》。综上，俄罗斯 20 世纪以来收录汤显祖诗歌作品的译文的情况如表 2-1 所示：

表 2-1　俄罗斯 20 世纪以来收录汤显祖诗歌作品译文一览表

出版时间	诗集名称	诗歌名称	译者
1977 年	《印度中国朝鲜越南日本古典诗歌》	《江宿》	叶·维特果夫斯基
1989 年	《玉阶：中国明代诗歌选》	《送别刘大甫》	伊·斯米尔诺夫
1989 年	《中世纪中国朝鲜越南诗歌选》	《送别刘大甫》《江宿》	伊·斯米尔诺夫
2000 年	《清影：明代诗歌选》	《送别刘大甫》	伊·斯米尔诺夫
2008 年（2010 年再版）	《中国古典诗歌》（10 至 17 世纪）	《送别刘大甫》《江宿》	伊·斯米尔诺夫

伊·斯米尔诺夫出生于 1948 年，曾在苏联科学出版社东方文学编辑

部、东方学研究所工作，1978 年以《高启的生平和创作》获副博士学位，他是俄罗斯汉学界翻译和研究明清诗歌的著名学者，不但翻译了大量的中国古典诗词，而且还翻译了许多中国古典小说俄译本中的诗词部分。

三、俄罗斯对汤显祖及其戏曲的研究

与汤显祖戏曲和诗歌在俄罗斯的翻译相比，俄罗斯汉学家似乎更重视对他的戏曲作品的研究，从 20 世纪后期开始至今，许多汉学家对汤显祖戏曲进行了细致、深入的研究，取得了不少成就，不仅有学术论文探究汤显祖的"临川四梦"，而且出现了研究汤显祖及其戏曲的理论著作。

俄罗斯研究汤显祖及其戏剧的主要有马努辛、马利诺夫斯卡娅、谢罗娃等。较早关注并研究汤显祖戏曲的是汉学家马努辛，马努辛主要的贡献是翻译了长篇小说《金瓶梅》，1972 年马努辛撰写了《论汤显祖的第一部没有完成的戏曲》短文，载《远东文学理论的研究问题》（1972 年列宁格勒第五次学术会议论文报告提纲）。[①]这篇仅有两页的论文提纲后来扩展成了长篇论文，即 1974 年马努辛发表的《论汤显祖的〈紫箫记〉》，载《远东文学理论的研究问题》。[②]作者在这篇论文中全面探讨了汤显祖早期创作的戏曲《紫箫记》，指出汤显祖是在进京考试不顺利的时期创作了这部传奇，因而与唐代小说《霍小玉传》的作者蒋防有着明显不同的关注点。汤显祖没有把霍小玉设置为主人公，而是通过男主角李益的形象表达"有爱国思想的、博学多才的当时的先进人物"的理想，传奇的另一个名字叫作"李十郎紫箫记"也清楚地表明了这一点。1974 年马努辛又发表了《论汤显祖戏曲〈霍小玉〉（又称〈紫钗记〉）》，载《中国语文学问题》。[③]作者在这篇论文中全面探讨了汤显祖"临川四梦"之一的《紫钗记》，认为汤显祖在《紫钗记》中尽管保留了蒋防《霍小玉传》的基本情节，但汤显祖远受王学左派人物王艮思想的影响，同时受到当时的罗汝芳、李贽、达观和尚等思想的影响，在对待妇女婚姻问题上表现

---

① В.С.Манухин. О первой незавершенной драме Тан Сянь-цзу.—Теоретические проблемы изучения литератур Дальнего востока.М.1972,с.27—28.

② В.С.Манухин. О драме Тан Сянь-цзу Пурпурная свирель.—Теоретические проблемы изучения литератур Дальнего востока. М.1974,с.103—112.

③ В.С.Манухин. Драма Тан Сянь-цзу Хо Сяоюй, или История пурпурной шпильки—Вопросы китайской филологии. М.1974, с.74—88.

出进步性，作品中霍小玉的母亲与唐传奇中明显不同，在戏曲中霍小玉的母亲允许小玉自己决定命运。马努辛还将《紫钗记》中霍小玉在得知李益另娶他人之后的态度与此前高明《琵琶记》中赵五娘、此后邵灿《香囊记》中邵珍娘进行了比较，指出汤显祖对待男女感情方面的进步思想，认为"真正的爱情一旦产生，就不会也不能消失"。进而认为汤显祖是陈腐的儒家伦理教条的批判者，是男女自由表达情感权利的维护者，而汤显祖的这些思想是在"早期启蒙主义思想者"李贽的影响下形成的。

《中国戏剧与 16—17 世纪的中国社会》
（1990 年）

《中国社会的"乌托邦"》（1987 年）

　　谢罗娃是俄罗斯科学院东方学研究所专门研究中国古典戏剧的著名学者，她对明清戏曲的研究用力最勤，成果丰富。1982 年谢罗娃发表《道家人生观与戏剧（16—17 世纪）》一文，载《中国的道和道教》；① 1987年谢罗娃发表了《汤显祖的〈南柯记〉的社会理想》，载《中国社会的"乌

---

① С.А.Серова. Даосская концепция жизни и театр: XVI-XVII вв.—Дао и Досим в Китае. ред.Л.С.Васильев и др.М.Наука.1982,с.229—243.

托邦"》论文集。①这两篇文章都是谢罗娃在俄罗斯一年一度召开的"中国的社会与国家"学术研讨会上提交的论文。前者论及了明末各种哲学流派，从明宪宗成化（1465—1487）至明世宗嘉靖（1522—1566）期间王阳明的王学左派到王艮泰州学派，再到罗汝芳、李贽等高举"性情"旗帜，实际上既非传统的儒家，也不是传统意义上的道家思想，但其从自然人性到顺情从欲的思想发展极大地影响了戏剧家汤显祖的人生观和性情观。这种强调人的本身的价值，把人的生活看成是最大的幸福的观念，已经与道家的生活观背道而驰。汤显祖在其《牡丹亭》中"道觋"的情节只是起到增加戏剧趣味性的作用，因为戏剧是基于人的感性的感受，而不是理性的感受来创作的。后者是一篇长文，论文前半部分先是介绍了汤显祖在中国的研究状况，专门提到 1982 年在江西举办的纪念汤显祖逝世 366 周年的活动，还详细梳理了汤显祖的思想来源，指出王学左派创始人王艮的三传弟子罗汝芳对汤显祖思想的影响，还有同时代的李贽、达观和尚等的影响。论文后半部分则集中分析了汤显祖"临川四梦"中的《南柯记》的社会理想，指出作者在《南柯记》中通过淳于梦的仕宦经历不仅表现了人生如梦的主题，更主要的是寄寓了作者理想社会的图景，即晚明时期文人的乌托邦思想。

谢罗娃长期关注中国古典戏剧，尤其对明清戏曲中反映的中国社会思想进行深入研究。1990 年，谢罗娃出版了研究中国古典戏剧的专著《中国戏剧与 16—17 世纪的中国社会》。②全书除了引言部分外，分为五个基本问题展开论述，其中大量篇幅论述汤显祖的思想及其戏剧作品，为便于说明，列出全书五章目录如下：

一、史料·史料研究·基本范围
二、思想观念·生活和戏剧
   1、汤显祖与泰州学派
   2、汤显祖的生死观
   3、汤显祖生命观念中的"情"

---

① С.А.Серова.Социальный идеал в пьесе Тан Сяньцзу "Сон о Нанькэ"—Китайские социальные утопии.—Сборник статей. М.Наука, 1987, с.125—157.

② С.А. Серова .Китайский театр и традиционное китайское общество (XVI-XVII вв.) М. Наука. 1990, с.276.

    著者谢罗娃主要通过汤显祖的思想和戏剧创作对中国 16—17 世纪的社会进行研究，对汤显祖的论述文字贯穿全书的始终，因而可以说这是俄罗斯一部研究汤显祖思想及其戏剧创作的学术专著。全书 12 幅插图中除了两幅是演员服饰外，其余 10 幅中有 3 幅选自《牡丹亭》，4 幅选自《南柯记》，1 幅选自《邯郸记》，1 幅选自《水浒传》，1 幅选自《琵琶记》，从中也可见汤显祖戏曲在全书中的重要程度。2005 年谢罗娃在莫斯科东方文学出版社又出版了《中国戏剧：世界美学形象》一书。[①] 这是谢罗娃在此前研究汤显祖及 16—17 世纪中国戏剧思想与美学的基础上，进一步全面阐释中国戏剧美学的著作，主要探讨中国古典戏剧的创作、道具、演员、服饰、组织、技巧等种种方面的理论和特征。其中第三部分题为"天地人三位一体中的'情'"，主要围绕汤显祖的思想及其戏曲创作展开论述，内容是在《中国戏剧与 16—17 世纪的中国社会》中第二章基础上的扩充。

    此外，俄罗斯女汉学家马利诺夫斯卡娅主要研究中国的明代杂剧，她在 1996 年出版有《中国古典戏剧杂剧简史（14—17 世纪）》，同时她也对汤显祖有过研究，1989 年她发表了《汤显祖（1550—1616）的宗教

[①] С.А. Серова .Китайский театр—эстетический образ мира.М.2015,c.168.

第二章　明代杂剧与传奇在俄罗斯

哲理剧作》一文，①探讨了汤显祖在《南柯记》《邯郸记》中表现的宗教思想。

综上所述，俄罗斯汉学界从 20 世纪中期开始关注并翻译和研究汤显祖的戏曲创作，直至当今仍然重视对汤显祖的深入研究，尽管在作品翻译的总体数量上落后于欧美及日本汉学界，但他们在对汤显祖的研究领域仍取得了不可忽视的成就，这不仅是海外研究汤显祖成果的重要组成部分，也为汤显祖研究走向世界做出了不可磨灭的贡献。

第三节　明清杂剧在俄罗斯的研究

杂剧的鼎盛时期在元代，至明清时期杂剧尽管有了很大的变化，作品数量也增多，但已经被新兴的由南戏发展而来的传奇剧所取代。俄罗斯汉学界对明清杂剧文本翻译极少，但对明清杂剧的研究是相当广泛和深入的，不但对徐渭、朱有燉等著名杂剧作家有专门的研究，而且还有专门探讨明清杂剧的学术专著。本节对俄罗斯汉学家马利诺夫斯卡娅、索罗金、马努辛等在明清杂剧研究领域取得的成果进行了梳理、描述和评论。

明清时期杂剧的总体成就不如传奇，但仍有不少作家在元代杂剧的基础上创作出优秀的作品，近些年国内这方面的研究著作有徐子方的《明杂剧史》、戚世隽的《明代杂剧研究》等。俄罗斯研究中国明清时期杂剧的成果主要是马利诺夫斯卡娅发表于 20 世纪七八十年代的系列文章，以及在此基础上于 1996 年出版的学术专著《中国古典戏曲杂剧简史（14— 17 世纪）》。明清杂剧文本被翻译成俄文的极少，1976 年莫斯科出版的《东方古典戏剧：印度、中国、日本》（《世界文学大系》第一辑第 17 分册），收有关汉卿的《窦娥冤》、马致远的《汉宫秋》、郑廷玉的《忍字记》、无名氏的《杀狗劝夫》等四种元杂剧，明清戏曲收录了汤显祖的《牡丹亭》、洪昇的《长生殿》、孔尚任的《桃花扇》等三部传奇的片段，明清杂剧只收录了杨潮观的《寇莱公思亲罢宴》全文。②目前，明清杂剧

---

① Т.А.Малиновская.Философско—религиозные драмы Тан Сяньцзу—Уч. зап. ЛГУ. № 423. 1989. Сер. востоковед, наук, вып. 31; Востоковедение, 15, c. 104—112.

② Классическая драма Востока Индия, Китай, Япония. М.: Художественная литература, 1976.c.524—536.

的俄译本仅有这篇由汉学家索罗金翻译的《寇莱公思亲罢宴》。

一、明清杂剧总论在俄罗斯

明清杂剧在俄罗斯的研究包括各种有关中国文学史教材中的介绍，宏观研究中国古典戏曲的论文，以及专门研究明清杂剧作家作品的论文和系统研究明清杂剧的学术专著。

（一）文学史、综述文章中对明清杂剧的介绍

苏联时代较早出版的有关中国文学史的教材在内容选择上侧重于中国现代文学，对古代文学大多只是概述，因此几乎没有关于明清杂剧的论述，如 1956 年出版的《中国文学史概论》、1962 年出版的《中国文学史简编》等。20 世纪 70 年代莫斯科大学出版社出版了四卷本《东方文学史》，其中《中世纪东方文学史》分册介绍了中国明清时期的戏曲创作，但除了对李渔、洪昇和孔尚任等列有专章论述之外，只是在概论中提及汤显祖及其《牡丹亭》，没有涉及朱权、朱有燉、徐渭、杨潮观等明清杂剧作家。[①]

20 世纪 80 年代至 90 年代，苏联科学院陆续出版了九卷本《世界文学史》，其中涉及中国文学的内容被分插在各个分册当中，第三卷第九编论及中国明清时期的戏曲。这一部分内容是由汉学家索罗金撰写的，他在论述了元杂剧和南戏之后也简要地介绍了明代的杂剧，汉学家李福清则简要介绍了清代的杂剧。索罗金指出杂剧在明代重新获得了原来南戏的引人注目的地位，但总体成就已经不如同时代的传奇。明初值得一提的大概只有朱有燉和朱权，尤其是朱有燉描写歌妓命运的《香囊怨》和描写梁山好汉的两部水浒戏（《黑旋风》和《自还俗》）。对于明代中叶的杂剧创作，索罗金则肯定了康海、王九思和徐渭在杂剧体制和角色等方面的改造，但对大部分杂剧来说，"其特点是题材的中立，即作品中过多描写一些著名作家的有趣的逸事，以及多愁善感的恋爱故事，元杂剧的社会热情则丧失殆尽"。[②]2008 年俄罗斯科学院远东研究所出版的由季塔连科主编的《中国精神文化大典》第三卷"文学·语言·文字"分卷，

---

① Литература востока в средние века. издательство Московского университет. 1970.Ч.1.с. 180—205.

② Сорокин В.Ф., Рифтин Б.Л.Китайская литература.—Истории всемирной литературы. в 9-ти т.т.3.М.1985.с.638—639.

不但有关于中国古代戏曲的综论，而且对主要作家有专门的词条介绍，其中有明代徐渭（误作"许胃"）、朱有燉等词条。"中国戏曲"综论部分仍由索罗金撰写，因此与上述《世界文学史》中的内容相近，只是除上述明初至中期的五位杂剧作家外，增加了 17 世纪的杂剧作家叶宪祖、吕天成和孟称舜，并进一步指出徐渭对明代杂剧的改造和发展做出了贡献。①

1973 年，索罗金发表《13—16 世纪的中国古典戏曲》（载《苏联对中国文学的研究：庆祝费德林六十寿辰文集》）。②该文论述了从元代杂剧、元明南戏到明代杂剧和传奇的发展历程，其中论及明初的朱有燉和朱权的杂剧创作，以《刘盼春守志香囊怨》为例评价朱有燉对妓女剧的重视，列举其两部"梁山戏"与元杂剧中的"水浒戏"对比，指出其对梁山好汉的态度，还引用了剧中"俺向前去打这厮么哥！打这厮害穷民，倚仗着官威势"表达对梁山好汉的赞美；作者认为朱权的杂剧创作影响不大，而他的《太和正音谱》更具有影响。明代中期则以 16 世纪的康海、王九思和徐渭的杂剧创作为代表，此时出现了所谓的"南杂剧"，作品反对传统儒家思想的很多，如以王九思的《杜甫游春》、徐渭的《雌木兰》和《女状元》等为代表历史题材的杂剧，以康海的《中山狼》及王九思的同名杂剧、徐渭的《狂鼓史》等传说故事为题材的杂剧。

1970 年，索罗金发表《14—15 世纪中国戏剧中的佛教情节》（载《远东文学研究的理论问题（艾德林教授六十寿辰纪念文集）》）③作者据王季烈《孤本元明杂剧提要》中所说，"元明杂剧中，道家言甚多，释家言颇少，此本（指《释迦佛双林坐化》）堪云别开生面"。进而从 14—15 世纪的元明杂剧中列举出六部与佛教思想有关的戏剧进行论述，包括《双林坐化》《西游记》《哪吒三变》《鱼蓝记》《猿听经》和《来生债》，其中除了《西游记》（杨讷）和《来生债》（刘君锡）的作者可以确定之外，其余四部均为无名氏创作。然后详细论述《双林坐化》在第四折中使用《心

---

① М.Л.Титаренко. Духовная культура Китая. Литература.Язык и письменность. М.2008. с.120—131.

② Сорокин В.Ф.Классическая драма Китаяв XIII-XVI веках. Очерк.—Изучение китайской литературы в СССР.М.Наука. 1973.с.57—85.

③ Сорокин В.Ф.Буддийские сюжеты в китайской драме XIV-XV вв.—Теоретические проблемы литератур Дальнего востока.М.1970. с.104—110.

经》作曲收场反映的佛教思想，《西游记》杂剧中通过玄奘宣扬对佛教的崇尚，尤其对《来生债》中庞蕴一家舍财焚契，自愿清贫度日，最终全家升天的故事叙述，被认为是明代佛教题材杂剧的代表作。

（二）明清杂剧发展史的专论

俄罗斯汉学家对明清杂剧发展历史的研究主要是马利诺夫斯卡娅在 20 世纪 80 年代前后连续发表的系列论文，李福清在其著作中曾简要介绍过马利诺夫斯卡娅的三篇论文，分别是 1979 年马利诺夫斯卡娅发表《明初杂剧：14 世纪下半叶至 15 世纪上半叶》（载《远东国家语文学》）、[①]1980 年发表的《明代中期的中国杂剧的发展：15 世纪末至 16 世纪末》载《远东文学理论的研究问题（第九届学术会议报告提纲）》、[②]1979 年发表的《晚明的中国杂剧：16 世纪末至 17 世纪上半叶》（载《列宁格勒大学学报》（历史·语言·文学）1979 年第 4 期）。[③]实际上，此前马利诺夫斯卡娅还发表了两篇相关论文，分别是 1970 年发表的《17 世纪下半叶的中国杂剧》（载《远东文学研究的理论问题（第四届学术会议报告提纲）》）、[④]1972 年发表的《17 世纪的中国杂剧》（载《中国文学与文化》）。[⑤]这两篇论文已经将研究杂剧的阶段延伸至清初。

马利诺夫斯卡娅在这些论文中，主要采用的社会背景和时代思潮影响下的杂剧题材分类方法。为便于论述，下文将上列五篇论文分别简称为《明初杂剧》《中期杂剧》《晚明杂剧》和《清初杂剧》。在《明初杂剧》论文中，马利诺夫斯卡娅把明初杂剧的题材划分为幻想剧、爱情剧、正义剧和水浒剧四类，并指出明初杂剧在题材领域方面和批判深度方面都不如元杂剧，但在形式方面出现了新的变化，如一本四折的固定结构被打破，南北曲调的结合，一人主唱的突破等；在《中期杂剧》中，作者

---

① Малиновская Т.А.Раннеминские цзацзюй (вторая половина XIV-первая половина XV века).—Литература стран Дальнего Востока. М.1979.с.44—53.

② Малиновская Т.А.Среднеминский период в развитих китайской классической драмы в жанре цзанзюй,последняя треть XV-последняя треть XVI вв.—Теоретические проблемы изучения литератур Дальнего Востока.М.1980,с.130—139.

③ Малиновская Т.А. Позднеминская китайская классическая драма в жанре цзацзюй.—Вестник Ленинградского университета. История-язык- литература. М.1979.вып.4,с.53—60.

④ Малиновская Т.А. Китайская драма цзацзюй второй половины XVII столетия.—Теоретические проблемы изучения литератур Дальнего Востока..М.,1970,с.31—33.

⑤ Малиновская Т.А.Китайская драма цзацзюй XVII века.—Литература и культура Китая. М.1972,с.248—253.

发现明代中期出现大量描写前代著名文人和帝王将相的戏剧、描写杰出女性反抗礼教的讽刺剧。前者是托古讽今，借以抒发作者对现实的不满；后者则借助描写杰出女性在战场或官场上的聪明才智，借以暴露和讽刺封建礼教的虚伪，并指出这一时期杂剧在南戏的影响之下发生了变革，表现在音乐曲调、场次以及下场诗等方面。在《晚明杂剧》中，作者将剧本按主题分为爱情剧、妇女剧、历史剧、讽刺剧和宗教剧五类，其中爱情剧的数量最多，而且打破了元杂剧中常见的书生、妓女、商人的三角关系，女主人公的身份多种多样，在艺术手法上则往往通过某一物件充当线索，文章对其他类型的杂剧也分别进行了论述。在《清初杂剧》的两篇论文中，马利诺夫斯卡娅主要考察了清初的五位戏曲作家及他们的十三部杂剧作品，分别是南山逸史的《翠钿缘》《中郎女》《长公妹》《半臂寒》和《京兆眉》，茅僧昙（茅维）的《苏园翁》和《秦廷筑》，尤侗的《吊琵琶》和《读离骚》，吴伟业的《通天台》和《临春阁》，邹兑金的《醉新丰》（此剧实为茅维著——笔者），邹式金的《风流冢》，指出这些作品借助历史故事或传说来抒发对时事变化的感慨，如作品中的荆轲、高渐离、王昭君、蔡文姬、屈原等。作者尤其注意到这些作品在折数、楔子、题目和正名等方面的变化，指出这十三部杂剧中只有四部杂剧是一本四折，其余九部都不同程度上打破了元杂剧的结构，并且距离舞台演出也渐行渐远，而向文人案头剧的方向发展。最后作者认为明末清初这些杂剧对清初作家李渔的传奇剧、孔尚任《桃花扇》和洪昇《长生殿》有很大的影响。

二、俄罗斯对明清杂剧的个案研究

俄罗斯汉学家尽管总体上对明清时期的杂剧研究不多，但马利诺夫斯卡娅、马努辛、尼科尔斯卡娅等不但专门研究明清杂剧，甚至还写了不少关于明清杂剧著名作家的专论，涉及的明清著名杂剧作家有徐渭、朱有燉、吕天成、孟称舜、叶宪祖、康海和王九思等，极大地拓展了明清杂剧作家作品在俄罗斯汉学界的影响范围。

（一）徐渭的杂剧创作及戏曲理论

1974 年，马利诺夫斯卡娅发表《徐渭（1521—1593）在中国戏曲理论史的作用》（载《亚非国家的语文与历史（纪念列宁格勒大学东方学系成立 120 周年）》）。①这篇文章以提纲的方式列出了关于徐渭戏曲研究的诸多问题：其一是徐渭在古典戏剧理论领域的贡献及其杂剧创作情况，其二是介绍徐渭在其《南词叙录》中探讨南戏起源和发展的历史，其三是概述徐渭杂剧《四声猿》和《歌代啸》的基本情节和思想价值，其四是总结徐渭在其杂剧作品中体现出的进步思想，最后强调徐渭的戏曲创作在题材和语言方面借鉴民间文学的经验。马利诺夫斯卡娅认为徐渭在明代的杂剧创作和理论批评领域都占有重要的地位。

　　1977 年，马利诺夫斯卡娅发表《徐渭（1521—1593）及其戏曲遗产》（载《列宁格勒大学学报·文学研究》第 3 辑）。②这篇文章在简要介绍徐渭的生平经历和主要作品之后，用大量篇幅论述了其在《南词叙录》中对早期的南戏作品如《赵贞女》《琵琶记》等的评论；尤其对徐渭《四声猿》中的四部短剧进行细致分析和论述，如认为《四声猿》在创作意图上与杜甫的《秋兴》组诗有相通之处，都是作者内心郁结愤懑的迸发；四部杂剧的具体情感指向又有所不同，其中《狂鼓史》和《玉禅师》主要表达了徐渭对人的个性解放的大胆追求；《雌木兰》和《女状元》则是徐渭对女性才能的肯定和地位的尊重以及提倡男女平等。此外，马利诺夫斯卡娅还认为，徐渭在其《四声猿》和《歌代啸》中都十分注意对民间文学经验的化用和吸收，剧中或选用民间曲调，或取材民间传说，或使用谣谚俚语。最后，作者总结了徐渭在杂剧创作方面的主要贡献有两点：一是在杂剧创作体制上改变了题目、曲调、折数等传统的固定程式，根据剧情需要，折数多寡不一，曲调南北兼用；二是在杂剧创作风格方面，在曲律特点上并不反对以沈璟为代表的吴江派，但在具体运用曲律的规则上又与吴江派有着明显的不同，他反对杂剧一定要严守曲律，强调根据题材和角色的不同有所变化，因此他的戏曲风格又与以汤显祖为代表的临川派有相似之处。

　　1991 年莫斯科大学亚非学院的尼科尔斯卡娅发表了《徐渭的剧作〈狂鼓史渔阳三弄〉》（载《第二十二次"中国社会与国家"学术会议论文

---

① Малиновская Т.А.Роль Сюй Вэя(1521 — 1593) в развитии китайской драматургии.—Филология и история стран зарубежной Азии и Африки.Л.,1974,с.30—32.

② Малиновская Т.А.Сюй Вэй(1521—1593) и его драматургического осмысления в Китае.—Теорет. проблемы изучения литератур.вып.3.1977.с.97—107.

集》）。①文章对徐渭《四声猿》组剧中的《狂鼓史渔阳三弄》杂剧进行了专门的研究，首先对三国历史上像祢衡这样的"聪明人"往往遭到压制和打击的现象进行了分析，然后详细介绍了杂剧《狂鼓史渔阳三弄》的主要人物和故事情节，作者认为杂剧中祢衡的形象不仅代表了像徐渭本人一样的不幸遭遇，而且剧中的曹操更是徐渭生活的明代中叶奸臣权势的象征。杂剧以玉皇大帝任命祢衡为御前修文郎之职为结局，这在现实社会中是不会发生的，这无疑是曲折地表达徐渭的理想罢了。

（二）朱有燉、吕天成的杂剧创作

1977 年，马利诺夫斯卡娅发表《朱有燉（1379—1439）的戏剧》（载《列宁格勒大学学报（东方学类）》第 5 期）。②该文首先简要介绍了朱有燉的生平交游以及杂剧创作情况，然后以日本学者青木正儿《中国近世戏曲史》，郑振铎《插图本中国文学史》及陆侃如、冯沅君《中国文学史简编》等著作中对朱有燉杂剧的题材和艺术的论述为参考，尤其针对当时发表在《光明日报》上的朱君毅、孔家的文章《略谈朱有燉杂剧的思想性》所提出的观点，对朱有燉杂剧的题材进行了重新分类。详细分析了朱有燉的庆寿戏、神仙戏、伦理戏和水浒戏：庆寿戏以《蟠桃园》《瑶池会》为代表，神仙戏以《小天香》《悟真如》为代表，伦理剧以《刘盼春》《桃源景》为代表，水浒戏以《自还俗》《黑旋风》为代表。作者尤其对《刘盼春守志香囊怨》等描写歌姬的剧本做了细致的分析，在与同类杂剧《复落娟》《赵贞姬》《继母大贤》等比较之后，认为这部戏采用了悲剧的结尾，摆脱了俗套。文章最后还对朱有燉杂剧创作的艺术创新进行了分析和评论，如在《义勇辞金》和《黑旋风》杂剧中常常通过"探子"的口吻描述舞台上不宜表现的战争场面，通过分析《得驺虞》《牡丹园》《仙官庆会》《神仙会》等杂剧指出朱有燉在杂剧创作中打破了元杂剧一本四折的体制和一人主唱的形式。

1976 年，马利诺夫斯卡娅发表《17 世纪的戏剧〈齐东绝倒〉》（载《列

---

① Никольская С.В. Пьеса Сюй Вэя(1521—1593) История безумного барабанщина, трижды сыгравшего на юйянский лад.—Двадцать вторая научная конференция Общество и государство в Китае. Тезисы и докладов.ч.1. М.1991. с.138—143.

② Малиновская Т.А.Драмы Чжу Ю-дуня(1379—1439).—Ученые записки. Ленингр. ун-та, 1977. №396. Серия востоковед. наук.вып.21. Востоковедение. 5. с.145—157.

宁格勒大学学报（东方学）》第 2 辑）。[①]《齐东绝倒》是吕天成创作于明末的讽刺杂剧，该剧通过历史上虞舜的父亲瞽瞍因杀人获罪，虞舜背负瞽瞍出逃的荒诞故事，讽刺了晚明时期以八股取士的科举制度，戏剧中嘲讽了儒家推崇的唐尧虞舜等古代圣贤。论者认为这在中国古代戏剧史上是史无前例的，整个剧本中没有一个正面歌颂的人物，虞舜也是一个具有两面性的帝王；论者还指出，该剧运用时空倒错的"非逻辑手法"，极大地增强了戏剧的讽刺效果，完全打破了杂剧的古典形式。

（三）孟称舜、叶宪祖等的杂剧创作

1978 年，马利诺夫斯卡娅发表《孟称舜（1599—1684）的杂剧（17世纪上半叶）》（载《远东文学理论的研究问题》1978 年第 2 册）。[②]文章简要介绍孟称舜的生平和主要作品，认为他创作有六部杂剧和三部传奇，除了《贞女记》《娇红记》《二胥记》之外，主要介绍其完整保存下来的四部杂剧，分别是《桃源访》（《人面桃花》）、《眼儿媚》《残唐再创》（《英雄成败》）和《伽蓝救》（《死里逃生》），论者认为《人面桃花》是孟称舜写得最优秀的杂剧，并引用祁彪佳的评价"今而后，他人之传崔舍人者，尽可以不传矣"。又在分析《眼儿媚》之后认为孟称舜的爱情剧继承了汤显祖的《牡丹亭》某些特点，倾向于"临川派"；分析《英雄成败》和《死里逃生》后认为，孟称舜通过这些剧作表达了对晚明时局的极大愤慨，批评魏忠贤等阉党祸乱朝政的史实。文章最后进一步指出孟称舜杂剧在注重剧场演出方面超过了同时代的许多剧作家，并且在杂剧格律和体制方面均有所突破，如《死里逃生》并没有全用北曲，《人面桃花》并非仅四折，而是共有五折，等等。

1979 年，马利诺夫斯卡娅发表《叶宪祖（1566—1641）的戏曲创作》（载《列宁格勒大学学报（东方学）》第 6 辑）。[③]文章首先指出，元杂剧以北杂剧为主，有着固定的一本四折的体制，继王实甫《西厢记》打破这一体制后，明初的朱有燉、贾仲明、刘东升等纷纷创作出所谓的南杂

---

① Малиновская Т.А. О пьесе Все рушится к востоку от Ци(начало XVII века).—Учен.зап. Ленингр.ун-та,1976. №383. Серия востоковед. наук.вып.18. Востоковедение.2. с.118—125。

② Малиновская Т.А.Цзацзюй Мэн Чэншуня(1599—1684) (первая половина XVII века).—Теоретические проблемы изучения литератур Дальнего Востока. 2.М.,1978,с.209—217.

③ Малиновская Т.А. Драматургия Е Сянь-цзу(1566—1641).—Ученые записки. Ленингр.ун-та, 1979. №401. Серия востоковед. наук.вып.6. с.134—145.

剧。然后引出《盛明杂剧》中记载叶宪祖有 24 种杂剧和唯一的传奇《鸾鎞记》，介绍了叶宪祖的生平字号之后，列举其现存的 9 种杂剧，即《寒衣记》《骂座记》《北邙说法》《团花凤》《易水寒》以及合称"四艳记"的《夭桃纨扇》《碧莲绣符》《丹桂钿合》《素梅玉蟾》，与"四艳记"相仿的还有沈采《四节记》、徐渭《四声猿》、杨慎《太合记》（作者应为许潮——笔者）、沈璟《十孝记》等多部短剧组成的一组杂剧。随后论者详细分析了"四艳记"的故事情节和思想倾向，论者尤其注意到这几部杂剧中都有借助某一物件编排剧情的特征，如纨扇、绣符、白玉蟾、定神丹等；接着对另外五部杂剧逐一分析，认为叶宪祖的杂剧创作情节多改编自历史传说或文学故事，通过大量的巧合虚构出滑稽的故事情节，借改编历史或原著来表达对时事的讽刺与批判。

此外，1977 年马利诺夫斯卡娅发表《描写中山狼的两种 16 世纪的戏曲》（载《远东文学理论的研究问题》1977 年）。[1]作者详细比较了王九思《中山狼院本》和康海《东郭先生误救中山狼》，如前者仅一折，后者四折，并根据当时中国学界如郑振铎、陆侃如、刘大杰等学者的观点，简要分析后认为两部中山狼故事作为讽刺剧，主要是对墨家"兼爱"思想的嘲讽，并非为了影射李梦阳忘恩负义而作，二者在艺术成就方面，康海的杂剧胜于王九思的院本。

三、俄罗斯对明清杂剧的专题研究

俄罗斯汉学家在研究明清杂剧作家个案的同时，也从杂剧题材的角度对明清杂剧进行了广泛的探讨，尽管在研究方法及研究视角上并不新颖，但他们对那些不太被学者关注的明清杂剧题材的细致解读和深入分析，在同时期的杂剧研究领域并不落后，甚至超越了国内的相关研究。

1974 年，马利诺夫斯卡娅发表《明代（1368—1644）的批判性戏曲》（载《列宁格勒大学学报（东方学）》第 1 辑）。[2]文章认为与元代的公案剧反映社会黑暗不同的是，明代出现了大量的"批判剧"，即剧作家根据

---

① Малиновская Т.А.Две драмы XVI в. о Чжуншаньском волке..—Теоретические проблемы изучения литератур Дальнего Востока.М,1977, с.156—162。

② Малиновская Т.А. Обличительные драмы эпохи Мин(1368 — 1644).—Ученые записки. Ленинградского университета. № 374. Серия востоковедческих наук. Выпуск 17. Востоковедение. I. Лениград.1974. с.164—174.

历史故事或者传说，创作讽刺和批判社会黑暗的杂剧，并列举了诸如徐复祚《一文钱》、康海《中山狼》、王九思《中山狼院本》、王衡《真傀儡》和《郁轮袍》、茅维《闹门神》、冯惟敏《不服老》、孟称舜的《英雄成败》和《死里逃生》、徐渭《歌代啸》、吕天成《齐东绝倒》、孙仁儒《东郭记》等的一系列明代杂剧，分析其戏剧情节，总结其艺术手法，认为这是明代杂剧的一个重要的题材。

1977 年，马努辛发表《卓文君与昙阳子：思想的对抗》（载《莫斯科大学学报》（东方学）1977 年第 4 期）。[①]文章试图通过戏曲中的人物与现实中人物命运的对比，阐明中国 16 世纪发生的思想冲突，即王阳明思想与宋明理学的对抗，尤其是关于妇女贞洁问题的对抗。昙阳子（原名王焘贞）是当时为夫守节进而选择为夫殉节的女道士，受到许多封建文人的赞美，王世贞站在正统立场上对昙阳子进行颂扬，而李贽则对卓文君和司马相如私奔进行赞美，两者形成对抗。戏曲家孙柚的传奇《琴心记》以及朱权的杂剧《卓文君私奔相如》等剧作，热情赞颂了卓文君坚持自己爱的权利，敢于反抗礼法的束缚。马努辛通过现实与戏曲中女性爱情婚姻的对比，认为这是两种截然相反的理想追求，一个是肯定生活、世俗的选择，一个是禁欲主义的、宗教的理想。

1982 年，马利诺夫斯卡娅发表《成为中国古典戏曲剧中的著名诗人——以关于苏东坡的杂剧为例》（载《远东文学理论的研究问题（第十届学术会议报告提纲）》1982 年第 2 册）。[②]作者注意到 16 世纪下半叶之后的戏曲作品中，苏东坡以不同的思想面貌出现在不同的戏剧舞台上，有的表现了积极用世的儒家思想的苏东坡，如明初无名氏《醉写赤壁赋》；有的塑造了为远离政治而寄情山水的道家思想的苏东坡，如明许潮《游赤壁》；有的则是表现出一个皈依佛法的苏东坡，如明陈太乙《红莲债》等。为了使戏曲中苏东坡的形象符合作者的某种理想，作者不惜改编正史或传说故事，这一定程度上反映了 16 世纪中叶以来儒家正统思想地位的下降，以及佛道思想与儒家思想的抗衡。

1984 年，马利诺夫斯卡娅发表《中国 16 世纪后期到 17 世纪前期杂

---

① Манухин В.С. Чжо Вэньцзюнь и Тань Янцзы идейное противоборство.—Вестн. Моск. ун-та. Сер. 13. Востоковедение. 1977.№ 4.с.43—52.

② Малиновская Т. А. Известные поэты-персонажи китайской классической драмы.—Теоретические проблемы изучения литератур Дальнего Востока . Л.1982. Ч. 2.с.149—157.

第二章 明代杂剧与传奇在俄罗斯

剧里的女性问题》（载《列宁格勒大学学报（东方学）》第 10 辑）。①作者发现在 16 世纪至 17 世纪的杂剧中出现了大量以女性为主要人物的现象，这些作品集中表现女性的聪明、机智和勇敢，这与元明以来女性在作品中被动抗争或甘受迫害的形象形成鲜明的对比。例如梁辰鱼《浣纱记》中的西施、徐渭《雌木兰》中的花木兰、《女状元》中的黄崇嘏、陈与郊《昭君出塞》中的王昭君、《文姬入塞》中的蔡文姬、徐士俊《春波影》中的冯小青、吴伟业《临春阁》中的冼夫人、尤侗《吊琵琶》和薛旦《昭君梦》中的王昭君等。论者详细分析了徐士俊《春波影》中的冯小青的形象，指出"挑灯闲看牡丹亭"成为冯小青艺术形象的真实写照。

1984 年，马利诺夫斯卡娅发表《中国 16 世纪关于和尚与尼姑的戏曲》（载《远东文学理论问题研究：莫斯科第十一次学术会议提纲》1984年）。②文章主要以冯惟敏《僧尼共犯》杂剧、无名氏《张于湖误宿女贞观》杂剧、高濂《玉簪记》传奇等三种戏曲中描写僧尼对清规戒律和传统道德的反叛为例。其中《僧尼共犯》中和尚明进与尼姑惠郎苟合，最后以喜剧收场；《张于湖误宿女贞观》与《玉簪记》中均写潘必正与陈妙常经过种种曲折，最终完婚的故事。论者认为这一方面体现出对青年男女向往美好爱情的提倡，另一方面也是对宗教思想（佛教）戒律的反抗与嘲讽。

另外，1988 年马利诺夫斯卡娅发表《中国 15—17 世纪的戏剧创作对〈西厢记〉的情节发展》（载《远东文学理论问题研究》1988 年），③探讨了明清杂剧和传奇剧对元杂剧《西厢记》情节的发展问题；1984 年罗加乔夫撰写的《吴承恩及其〈西游记〉》（苏联科学出版社 1984 年）④中则有关于吴昌龄《西游记》杂剧的专门论述。

---

① Малиновская Т.А. Женская проблема в китайской драме цзацзю(вторая половина XVI-первая половина XVII в.)—Учен.зап. Ленингр.ун-та, 1984. №414. Серия востоковед.наук.вып.26. с.90—100.

② Малиновская Т.А. Китайские драмы XVIв.о монахах и монахинях.—Теоретические проблемы изучения литератур Дальнего Востока.Тезисы одиннадцатой науч. конф. Ч.1 (Москва,1984). М.1984, с.129—138.

③ Малиновская Т.А.Развитие сюжета драмы "Западный флигель" в китайской драматургии XV-XVII вв.—Теоретические проблемы изучения литератур Дальнего Востока. Часть 1. Тезисы 13-й научной конференции. (Москва.1988). М.с.193—200.

④ Рогачев А. П.У Чэнъэнь и его роман "Путешествие на Запад" : Очерк.М.1984.-118 с.

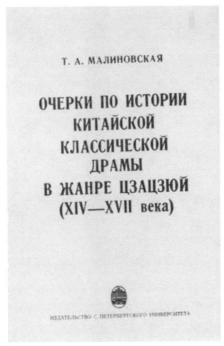

《中国古典戏曲杂剧简史（14—17 世纪）》（1996 年）

《中国古典戏曲杂剧简史（14—17 世纪）》中译本（2023 年）

在完成系列关于明清杂剧的单篇论文的基础上，1996 年马利诺夫斯卡娅出版了专著《中国古典戏曲杂剧简史（14—17 世纪）》。①这是俄罗斯目前唯一一部专门研究明清杂剧的学术著作，作者多年研究明清戏曲，并撰写了一系列有关论文的基础上出版的专著。该书主要从明代杂剧的题材演变角度，把明代杂剧分为明初期、明中期、明末期三个不同的历史时期，分别对不同历史时期的杂剧作家作品进行分析论述。限于篇幅，笔者将该书的目录翻译介绍如下：

引　言

第一章　明代前期的杂剧（14 世纪下半叶至 15 世纪 60 年代）

---

① Малиновская Т. А. Очерки по истории китайской классической драмы в жанре цзацзюй (XIV—XVII вв.). СПб., Издательство СПбГУ, 1996 .-240 с.

从内容上看，马利诺夫斯卡娅的这部研究明代杂剧的著作几乎收录了她二十几年来先后撰写的全部相关单篇论文，其思想观点大体也是上述系列论文的再现。

综上所述，俄罗斯汉学界尽管对明清杂剧文本翻译得很少，但对明清杂剧的研究取得了丰硕的成果，尤其是马利诺夫斯卡娅、索罗金、马努辛等汉学家，他们或者在综论中国古典戏曲时关注到明清杂剧的重要作家作品，或者对明清杂剧作家作品进行十分细致的个案研究，甚至出版了专门研究明清杂剧的学术著作。他们的研究方法、研究视野和研究结论也许在今天看来不见得有多高的水平和创新之处，但在当时的确丰富了中国戏曲的海外传播成果。由于特殊时代的原因，他们的研究成果有些甚至超越了国内的学术界。当然，也是由于时代的发展，特别是 20世纪 90 年代初苏联解体之后，俄罗斯汉学界关注与研究中国古典戏曲的学者明显减少，而原本就不太被海外学界重视的明清杂剧，也就难免遭受冷遇了。

第三章　清代杂剧与传奇在俄罗斯

第一节　李渔研究在俄罗斯

李渔是明末清初影响很大的小说家和戏剧理论家，他的戏剧理论著作《闲情偶寄》早在 20 世纪 60 年代就受到俄罗斯汉学家的关注，他的小说也被俄罗斯汉学家沃斯克列谢斯基（华克生）翻译了许多，早在 1985 年，华克生就翻译出版了李渔的短篇小说集《十二楼》①，他后来又陆续翻译出版了李渔的《肉蒲团》全译本以及《无声戏》和《闲情偶寄》部分内容的俄译本。②至于研究李渔及其作品的学术论文更是成果丰富，但国内学者对李渔小说和戏曲在俄罗斯的翻译和研究情况了解不够全面和深入，相关资料记载缺失严重，且往往错误较多，甚至以讹传讹。

一、国内相关资料记载的缺失和讹误

国内较早提及李渔的作品在俄罗斯翻译情况的是 1987 年出版的王丽娜《中国古典小说戏曲名著在国外》，书中记载李渔的《十二楼》的俄译本的出版时间在 1982 年③。这条信息多次为学术界摘录和引用，但实际上《十二楼》的俄译本问世于 1985 年。

1991 年，江苏古籍出版社出版了由崔子恩校点的《觉世名言十二楼》，该书前言记载"1975 年，苏联出版了华克生（沃斯克列谢斯基）的《十二楼》俄文全译本"，④显然也把俄文《十二楼》的出版时间搞错了。

---

① 俄文书名：《Двенадцать башен》。
② 俄文书名：《Полуночник Вэйян, или Подстилка из плоти》。
③ 王丽娜，《中国古典小说戏曲名著在国外》，上海：学林出版社，1988 年，第 368 页。
④ ［清］李渔著，崔子恩校点，《觉世名言十二楼》，南京：江苏古籍出版社，1991 年，第 3 页。

出版于 1994 年的宋柏年主编的《中国古典文学在国外》对李渔作品在欧美的翻译和研究有简略介绍，但对李渔在俄罗斯的翻译和研究情况则只字未提。

2010 年，浙江古籍出版社出版的《李渔全集》可谓李渔研究资料的集大成之作，《李渔全集》初版于 1991 年问世，共 20 卷，最后一卷收录了由单锦珩和郑美蓉编的"海外李渔研究部分论著及译本目录索引"，该索引对李渔小说的俄文译本只介绍了 1985 年华克生翻译的《十二楼》一种。遗憾的是，2010 年新版《李渔全集》也是只收录了这一种。①

2001 年署名羽离子的两篇文章《欧美的李渔作品及相关研究示要》《李渔作品在海外的传播及海外的有关研究》中论及李渔的作品被译成俄文的情况表述如下："所知的仅有现代苏联汉学家沃斯克列谢斯基据 1947 年亚东图书馆印行的版本翻译了《十二楼》的全部十二个故事，俄文本于 1982 年出版于莫斯科，题名为《失而复得的珍品——19 世纪中国小说》。沃斯克列谢斯基主要从事中国晚清文学的研究论文和专著，仅这方面专著就已出版了 20 余种。"②这段话中的错误信息很多，一是论者未见李渔的其他小说也被翻译成俄文出版，所以说"仅有"；二是李渔俄文译本《十二楼》出版于 1985 年，而不是 1982 年；三是俄文译本《十二楼》根本没有所谓的"题名为……"云云，这里所说的《失而复得的珍品——19 世纪中国小说》大概是论者混淆了 1982 年华克生翻译出版的《银还失主——中国 17 世纪话本集》（书名也有译作"失而复得的珍品"的）所致；四是沃斯克列谢斯基并不从事中国晚清文学的研究，他除了翻译过《儒林外史》之外，主要翻译和研究晚明时期冯梦龙和凌濛初的"三言"和"二拍"，并出版了这方面的大量译著。③但这段错误的信息后来又几乎全盘照搬地被胡元翎《李渔小说戏曲研究》一书作为附录的"李渔研究资料汇编"所采用，④可见资料信息以讹传讹的误导。

2011 年出版的李明滨《中国文学俄罗斯传播史》中的"明代文学在

---

① ［清］李渔，《李渔全集》第二十卷，杭州：浙江古籍出版社，2010 年，第 494 页。
② 羽离子，《欧美的李渔作品及相关研究示要》，载《文献》2001 年第 4 期；《李渔作品在海外的传播及海外的有关研究》，载《四川大学学报》2001 年第 3 期，第 25—28 页。
③ 关于沃斯克列谢斯基翻译"三言二拍"的成就，参见拙文《"三言二拍"俄文翻译的历程》，载《明清小说研究》2013 年第 4 期，第 245—253 页。
④ 胡元翎，《李渔小说戏曲研究》，北京：中华书局，2004 年，第 318—319 页。

俄罗斯"部分介绍了李渔《十二楼》和《肉蒲团》在俄苏的翻译情况，但具体出版时间记载十分混乱，该书称"汉学家沃斯科列辛斯基（华克生 1926—）继翻译李渔《十二楼》（Двенадцать башен 译、序并注解，351 页；1985、1999、2000 年连续印行三版）之后，又译出小说《肉蒲团》（译、序并注，其中诗词由雅罗斯拉夫采夫译，318 页，2003 年）。此前他并已编选一本《中国艳情小说集》（编、译、序并注，2003 年，775 页），作为：'中国文学黄金系列丛书'之一发行"。①这段论述尽管信息很详细，但至少有三处错误：一是"1985、1999、2000 年连续印行三版"应为"1985、1999、2004 年共印行了三版"；二是《肉蒲团》的初版时间应为 1995 年，而不是 2003 年；三是"此前……"应该为"此后……"，而且《中国艳情小说集》出版时间是 2004 年，并非 2003 年。

国内对俄罗斯汉学界李渔研究的论著和论文情况介绍不多，而且也明显存在信息缺失和记载错误。1991 年浙江古籍出版社出版的《李渔全集》附录"海外李渔研究部分论著及译本目录索引"中的论文部分对李渔小说在俄苏的研究情况收录了 4 篇文章目录，且其中一篇还是俄罗斯出版的《世界文学通史》中的部分内容。2010 年新版 20 卷本《李渔全集》在 1991 年初版基础上增加了 1990 年至 2008 年间的部分海外研究资料，但经过笔者与初版《李渔全集》相关内容逐一比对，发现有关李渔研究在俄语世界的论文资料并无任何增补。②

二、李渔小说在俄罗斯的翻译和研究

鉴于上述国内学术界对李渔研究在俄罗斯的情况了解不多，相关资料记载缺失并存在错误，笔者根据近几年目见和查阅相关文献所得，重新梳理李渔小说和戏曲理论在俄罗斯的翻译和研究情况。毋庸讳言，与欧美汉学界相比，俄罗斯汉学界关注李渔及其作品要晚很多，欧美早在 19 世纪初期就出版了李渔《十二楼》部分内容的翻译。俄罗斯最早翻译李渔小说的是汉学家沃斯克列谢斯基（华克生），他在 1985 年出版了李渔《十二楼》的俄文全译本。苏联解体之后，沃斯克列谢斯基（华克生）

① 李明滨，《中国文学俄罗斯传播史》，北京：学苑出版社，2011 年，第 202 页。
② ［清］李渔，《李渔全集》第二十卷，杭州：浙江古籍出版社，2010 年，第 494 页。

在 1995 年翻译出版了李渔长篇小说《肉蒲团》的俄文全译本①，书前序言题为《文学家李渔的世界》，该书分别在 2000 年、2004 年再版发行。2004 年沃斯克列谢斯基（华克生）编辑出版了《中国色情小说集》，②其中收录了《肉蒲团》《十二楼》《闲情偶寄》等李渔作品的部分内容，书前有华克生撰写的长篇序文《李渔：生平与时代》。2008 年，沃斯克列谢斯基（华克生）出版了《李渔：〈肉蒲团〉〈十二楼〉》俄文本，该书作为"世界文学文库"之一种，由莫斯科艾科斯莫出版社出版，其中内容不仅包括了李渔《肉蒲团》的全部内容和《十二楼》的部分内容，而且增加了李渔《无声戏》中的七篇小说，分别是第一回《丑郎君怕娇偏得艳》、第二回《美男子避祸反生疑》、第三回《改八字苦尽甘来》、第四回《失千金福因祸生》、第五回《女陈平计生七出》、第六回《男孟母教合三迁》和第九回《变女为儿菩萨巧》等七篇白话小说。至此，李渔的小说在俄罗斯翻译出版的情况如表 3-1 所示：

表 3-1　李渔小说在俄罗斯的翻译和出版情况

时间	出版者	书名及内容	序言名称	印数
1985 年	文学艺术出版社	《十二楼》：全译本（352 页）	《李渔：作者及其作品》	75000
1995 年	文学艺术出版社	《肉蒲团》：《肉蒲团》全部、《十二楼》七篇、《闲情偶寄》部分内容（560 页）	《李渔的文学世界》	10000
1999 年	古德亚尔-普雷斯	《十二楼》：全译本（416 页）	《李渔：作者及其作品》	3000
2000 年	古德亚尔-普雷斯	《肉蒲团》：全译本（320 页）	《李渔：中国唐璜的命运》	5000
2004 年	北方-西方普雷斯	《中国色情小说》：《十二楼》《肉蒲团》《闲情偶寄》部分内容（776 页）	《李渔及其时代》	3000
2008 年	艾科斯莫出版社 Эксмо	《肉蒲团·十二楼》：《肉蒲团》《十二楼》《无声戏》五篇（896 页）	《李笠翁》	5000

　　苏联解体前后，俄罗斯读者对中国古代的占卜、风水、气功、性文

---

① 俄文书名：《Полуночник Вэйян. Двенадцать башен》。
② 俄文书名：《Китайская эротическая проза》。

化等颇觉神秘，表现在对中国古典小说俄文翻译领域则是出版了许多艳情（也可译作"色情"）小说的俄文译本，但多数内容都是老一辈汉学家翻译的中国古典小说的节选。如马努辛于 20 世纪 70 年代出版的俄文《金瓶梅》在 90 年代至 21 世纪初多次再版；1992 年俄罗斯女汉学家戈雷金娜翻译出版了中国古代艳情小说《杏花天》①，该书封面标有中文书名，并在扉页标明"珍藏秘本"，以引起读者关注；1993 年出版的由科波泽夫编选的《中国色情》一书扉页印有中文"中国色情"字样，内容收录有《赵飞燕外传》以及冯梦龙、李渔、笑笑生、蒲松龄等多篇文言或白话小说的俄文节选，其中收录了李渔《十二楼》中的《十巹楼》第一回、第二回的俄译文，李渔《肉蒲团》中的第三回、第六回的俄译文；②2000 年出版的由李谢维奇编选的《享乐大观——中国言情诗歌与小说》，收录了中国古代大量所谓艳情诗歌和小说，小说部分包括《金瓶梅》的片段和李渔的《肉蒲团》片段。③2004 年出版的《中国色情小说集》则全部是李渔的小说作品及其《闲情偶寄》的部分内容，其实可以看作俄文版李渔作品选集。

李渔《肉蒲团·十二楼》（2000 年）

李渔《肉蒲团》（1995 年）

---

① 俄文书名：《Цветы абрикоса》。

② 俄文书名：《Китайский эрос》。

③ 俄文书名：《Павильон наслаждений. Китайская эротическая поэзия и проза》。

相较而言，俄罗斯汉学界李渔研究的学术论文和论著的出现也晚于欧美汉学界，但论文数量并不少，而且研究也比较深入。早在 1970 年，沃斯克列谢斯基（华克生）就发表了《中国文化（16—18 世纪）中的"奇人"及个性的作用》（载莫斯科出版的《高等学校东方外国文学史学术会议论文集》）①，文章分析了李渔的个性及其时代意义，旨在探讨明清易代之际的李渔种种有悖于传统文人的思想和行为。1972 年，他发表了《中国小说研究中的作者因素——以对李渔创作手法的考察为主》（载《中国文学与文化》论文集）②，从李渔小说中表现出来的作者个性考察了作者与小说创作的关系问题。1985 年，沃斯克列谢斯基（华克生）发表了《李渔的道德与哲学思想问题》（载《远东问题》1985 年第 1 辑）③，则进一步探讨了李渔不同于正统思想的人生哲学。

此外，1987 年苏联科学院高尔基世界文学研究所出版的《世界文学通史》第四卷中由汉学家李福清撰写了有关李渔作品的部分内容。④李福清主要通过对李渔小说《无声戏》中《男孟母教合三迁》的故事分析，认为李渔在小说中所描绘的思想实质上反映了当时讽刺文学的新趋向。但该书并未论及李渔的戏剧理论贡献。

苏联解体以后，俄罗斯的汉学界整体上有所衰落，但老一辈汉学家仍笔耕不辍，尽管也一定程度上迎合了当下庸俗的文化市场的需求。如华克生在 2001 年发表了题为《李渔——引起大量传闻与争议的人》的学术论文⑤，这方面研究成果更多得益于他在翻译出版的李渔相关作品中撰写的长篇序言，这些序言本身也都具有学术论文的性质，如果将华克生不同时期出版的李渔作品的序言联系起来整体考察，则可清晰看出译者对李渔研究的学术历程，是译者对李渔及其作品研究的深入和发展。如 1985 年出版的《十二楼》序言《李渔——作者及其创作》主要介绍李

---

① "Странные люди"(цижэнь) и роль индивидуальности в китайской литературе (XVI-XVIII вв.)—В книге Труды Междузовской научной конференции по истории литератур зарубежного Востока.(Москва.1968).М.1970.с.241—248.

② Авторское начало как предмет исследования в китайской прозе(некоторые наблюдения над особенностями творческой Ли Юя)

③ Этико-Философские Концепции Лиюя—В книге Вопросы Далънег Востока.1985.1.

④ История всемирной литературы. в девяти томах. Том четвертый. М. 1987. С 490—491.

⑤ Ли Юй—человек,породивший множество слухов и толков.—Исторический лексикон. XIV-XVI века. Книга первая.М,2001,с.727—731.

渔的生平和创作[①]；1993 年出版的《中国色情》的《中国唐璜的命运——李渔〈肉蒲团〉》一文首次把李渔的性格和命运与 19 世纪拜伦笔下的唐璜进行了比较，指出了二者的许多共同之处[②]；1995 年出版的《肉蒲团》有序言《李渔的文学世界》，重点分析了李渔小说对世俗社会的描写[③]；1999 年再版的《十二楼》序言《李渔——作者及其创作》与此前同名序言相同[④]；2000 年再版的《肉蒲团》序言《李渔——中国唐璜的命运》与上述同名文章内容相同[⑤]；2004 年出版的《中国色情小说》序言《李渔及其时代》，重点考察了李渔生活的时代及其文学创作[⑥]；2008 年出版的《李渔:〈肉蒲团〉·〈十二楼〉》序言《李笠翁》，可以看作华克生多年对李渔小说翻译和研究的总结性文章[⑦]。

三、李渔戏曲理论在俄罗斯的翻译和研究

国内学术界最初关注李渔研究的学者大多都是讨论李渔的戏剧理论及其创作的得失，也就是说，李渔是以戏剧理论家的身份为学界所称誉，而对李渔小说的研究则较晚。与此不同的是，国外主要翻译和研究李渔的小说，而对其戏剧创作及理论著作的翻译和研究并不多见，对李渔的戏剧理论的研究成果也不多。在俄罗斯研究李渔戏曲创作及其理论的汉学家主要有李福清、马利诺夫斯卡娅、沃斯克列谢斯基（华克生）等。汉学家李福清在 1964 年发表题为《中国戏曲理论——12 世纪至 17 世纪初》的论文[⑧]，作者依据 1959 年国内出版的《中国古典戏曲论著集成》等资料，主要介绍了李渔以前的中国戏曲理论，对李渔戏曲理论涉及不多。李福清在其《中国古典文学研究在苏联》一书中论述中国戏曲理论时说:"苏联汉学界可惜到现在还没有人认真地研究过李渔的戏曲理

---

① 俄文篇名:《Ли Юй—писатель и его творчество》，该书第 3—16 页。

② 俄文篇名:《Судьба китайского Дон Жуана—Заметки о романе （Ли Юй Подстилка из плоти）и его герое》，该书第 393—408 页。

③ 俄文篇名:《Мир литератора Ли Юй》，该书第 5—16 页。

④ 俄文篇名:《Ли Юй—писатель и его творчество》，该书第 5—22 页。

⑤ 俄文篇名:《Судьба китайского Дон Жуана》，该书第 5—22 页。

⑥ 俄文篇名:《Ли Юй: человек и его эпоха》，该书第 5—16 页。

⑦ 俄文篇名:《Старец Ли в бамбуковой шляпе》，该书第 7—19 页。

⑧ Теория китайской драмы, XII-нач.XVII вв. В кн, Проблемы теории литературы и эстетики в странах Востока.М.,1964,с.131—160.

论著作。只有马利诺夫斯卡娅的一篇短文里提到了一下。"①李福清所说的这篇短文指的是 1967 年马利诺夫斯卡娅发表的题为《〈闲情偶寄〉——中国戏曲论著（17 世纪下半叶）》的学术文章（载《列宁格勒大学学术会议报告提纲·亚非国家的历史语文学》）②，作者在这篇短文中认为李渔继承了汤显祖戏曲的情节构思和人物个性，而在讲求音律方面则与沈璟十分接近。因为李渔十分强调剧本要以写情为中心，而在语言形式方面又提倡浅显本色。同时，作者还认为李渔在戏曲理论方面的最大贡献在于阐明了宾白和喜剧场面的写作问题，而且注意到戏曲的社会意义和教育作用，以及戏曲为了让观众容易接受所必须具备的特点。此后马利诺夫斯卡娅一直把研究的重点放在明代杂剧上，没有发表对李渔戏剧研究的新成果。

1975 年，由波兹涅耶娃、谢曼诺夫主编出版的四卷五本《东方文学史》中的《近代东方文学》中则辟有专章论述了李渔的戏剧创作，题目为"李渔的戏剧理论及其美学观点"，探讨了李渔戏剧理论在思想根源、美学风格等方面的特点和成就，并将李渔与古希腊以及德国、法国一些戏剧家进行了比较。论者既指出李渔戏剧思想受到晚明思想家李贽的影响，也强调李渔生活在明清易代之际的思想变革时期的影响。尤为可贵的是，论者将李渔的戏剧理论置于与其同时代或前后的世界戏剧美学范围内予以观照，与西方的戏剧理论家进行了简单的比较，如与希腊喜剧之父阿里斯托芬、法国古典主义戏剧家布瓦洛、法国启蒙思想家狄德罗、德国戏剧家莱辛等进行了比较。最后还指出李渔的戏剧美学对日本戏剧的影响，尤其对日本江户时代戏剧家近松门左卫门的影响，由于国内特殊的学术环境，类似研究视角及研究方法在国内李渔研究领域也是比较超前的。③

比之于李渔的小说，李渔的戏曲以及戏曲理论在欧美的翻译和研究

① ［俄］李福清，《中国古典文学研究在苏联》，田大畏译，北京：书目文献出版社，1987 年，第 105 页。

② Малиновская Т.А.«Случайное пристанище для праздных дум- Трактат по китайской классической драме»，载«Вестник Ленинградского университета. история, язык, литература». 1967, c.25—27.

③ Позднеева Л.Д. Семанов. В.И.«Литература Востока в новое время»1975 年出版，第 418—429 页。

成果都很少，李渔的《闲情偶寄》大概还没有完整的英译本。①笔者至今还未见到李渔的戏曲被翻译成俄文出版，至于李渔的戏剧理论的俄文翻译也几乎没有，俄罗斯汉学家对李渔《闲情偶寄》有选译部分内容，但并非出于对李渔戏曲理论的研究目的来翻译，而是迎合俄罗斯读者对于李渔一些关于生活、养生、美容等方面的兴趣进行摘译的。如1995年华克生翻译出版的《肉蒲团》俄文译本中就包括了李渔《闲情偶寄》中的"颐养部""声容部"的部分内容，经笔者核对，所选译的内容与李渔的戏曲理论基本无关，李渔的戏曲理论由《闲情偶寄》中的词曲部、演习部和声容部中的一部分内容组成，而上述俄文翻译的"声容部"恰恰没有涉及戏曲表演的"习技"部分；②2004年，华克生的《中国色情小说集》中除了收录李渔的《肉蒲团》和《十二楼》之外，也包括李渔《闲情偶寄》的部分内容的俄译文，具体仍是"颐养部""声容部"等与李渔戏曲理论无关的部分。③

综上所述，李渔及其创作的小说和戏曲理论从20世纪60年代起受到俄罗斯学术界的关注，经历了80年代至90年代的不断扩大和深入，直至21世纪初都不同程度上取得了进展。尽管总体上还难以与日本、欧美等国家的汉学界相比，但俄罗斯对李渔及其作品的研究成果仍然是十分丰富的，有些论述值得重视，这一方面说明了李渔在海外的影响极大，另一方面也说明了俄罗斯汉学界所取得的成就不容忽视。

第二节　洪昇《长生殿》在俄罗斯

清代著名剧作家洪昇和孔尚任素有"南洪北孔"之称，他们的戏曲作品在俄罗斯被翻译的很少，目前只见到1976年出版的《东方古典戏剧》中马利诺夫斯卡娅翻译的《长生殿》片段和《桃花扇》片段，但俄罗斯汉学家对洪昇及其《长生殿》、孔尚任及其《桃花扇》的研究文章倒

---

① 参见朱源，《从〈李笠翁曲话〉英译看汉语典籍英译》，载《外语与外语教学》2006年第4期，第48—51页。

② 俄文书名：《Полуночник ВЭЙЯН.Ли Юй》；《闲情偶寄》译作：《Случайное пристанище для праздных дум》，载该书第409—531页。

③ 俄文书名：《Китайская эротическая проза. Ли Юй》；《闲情偶寄》译作：《Случайное пристанище для праздных дум》，载该书第589—727页。

是不少。前者主要是马利诺夫斯卡娅和马努辛的文章，后者主要是古谢娃的系列文章。此外，在一些文学史著作和大型工具书中也可见对他们的简单介绍。

一、"南洪北孔"在俄罗斯的翻译

1976 年出版的《东方古典戏剧：印度、中国、日本》（《世界文学大系》第一种第 17 分册），书前有汉学家索罗金撰写的序言《中国古典戏曲》，正文收有关汉卿的《窦娥冤》（索罗金译）、马致远的《汉宫秋》（谢列布里亚科夫、戈鲁别夫译）、郑廷玉的《忍字记》（索罗金译）、无名氏的《杀狗劝夫》（雅罗斯拉夫采夫译）等四种元杂剧。明清戏曲部分收录了汤显祖的《牡丹亭》第七出"闺塾"、第十出"惊梦"（孟列夫译），洪昇的《长生殿》第十五出"进果"、第二十二出"密誓"、第二十四出"惊变"（马利诺夫斯卡娅译），孔尚任的《桃花扇》第七出"却奁"、第三十六出"逃难"（马利诺夫斯卡娅译）、杨潮观的《罢宴》（索罗金译）等四部戏曲的俄译文。[①]

其中，马利诺夫斯卡娅翻译的《长生殿》内容包括第十五出《进果》、第二十二出《密誓》和第二十四出《惊变》；翻译的《桃花扇》内容包括第七出《却奁》和第三十六出《逃难》。

二、洪昇及其《长生殿》在俄罗斯的研究

俄罗斯汉学家对洪昇及其《长生殿》进行专门研究的主要有两位，一位是翻译《长生殿》选段的马利诺夫斯卡娅，另一位是翻译《金瓶梅》的汉学家马努辛。1970 年马利诺夫斯卡娅以《中国 17 世纪剧作家洪昇及其戏剧〈长生殿〉》为题，完成了她的副博士学位论文。[②]

早在 1959 年，马利诺夫斯卡娅发表了《论洪昇〈长生殿〉的创作意图》（载《列宁格勒大学学报（东方学）》第 281 号）。[③] 作者撰写这篇文

---

① Классическая драма Востока Индия, Китай, Япония. М.: Художественная литература, 1976.—(Библиотека всемирной литературы).с.263—536.

② Малиновская Т.А.Китайский драматург XVII в. Хун Шэн и его драма Дворец долголетия.Автореф. дис....канд. филол.наук.—Л.,Изд-во ЛГУ,1970.—18 с.

③ Малиновская Т.А.О замысле драмы Хун Шэна Дворец долголетия.—Ученые записки ЛГУ. № 281.Востоковедение. наук.1959,выпуск 10,с.147—161.

章的起因主要是对我国 1957 年出版的《元明清戏曲研究论文集》中关于洪昇及其《长生殿》的系列文章的讨论，作者列举了论文集里袁世硕《试论洪昇剧作"长生殿"》、邵曾祺《洪昇的"长生殿"传奇》、钱东甫《关于洪昇和他的戏曲"长生殿"》、关德栋《洪昇和"长生殿"》以及方征《关于山东大学中文系对"长生殿"的讨论》等几篇论文的基本观点，然后考察了洪昇创作《长生殿》时对白朴《梧桐雨》和白居易《长恨歌》等的参考。但洪昇的创作意图与前人并不相同，洪昇主要是想通过《长生殿》来表现生死不渝的爱情的胜利。这位汉学家在引证《长生殿·自序》中"从来传奇家非言情之文，不能擅场"，以及《长生殿·传概》中"先圣不曾删郑卫，吾侪取义翻宫徵"等，认为《长生殿》中唐明皇的形象塑造与此前文学作品里的帝王形象大体相似，只是增添了普通人性软弱的一面；而杨玉环的形象则几乎是一个完全正面的形象，是一个甘愿为爱情、为拯救君王献出生命的女子，作品中的杨玉环不是安史之乱的祸根，而是安史之乱的牺牲品。当时的国内学术界要么只是看到《长生殿》里的爱情冲突，要么只是注意到爱国主义和对封建社会阴暗面的揭露，而否认唐明皇与杨玉环之间存在爱情的可能性显然具有更为客观、更为全面的独到见解。同时，论者也注意到，洪昇在剧作中通过大将郭子仪、贫民郭从瑾、乐师雷海青等人物形象的刻画，极大地增强了《长生殿》的批判意识。

1965 年，马利诺夫斯卡娅发表《中国剧作家洪昇及其时代》（载《亚非国家的语文和历史》，东方系论文报告提纲，第 30—32 页）。[①]这篇论文提纲的全文则在 1966 年以《洪昇及其时代》为题，发表在《亚非国家语文学研究》上。[②]在这篇论文中，作者针对中国 1954 年至 1965 年关于《长生殿》的论争展开论述：首先从章培恒在《光明日报》发表的《〈长生殿〉是否具有"爱国思想"和"民族感情"》谈起，联系清初顾炎武、黄宗羲、王夫之等思想家的主张，剧作家李玉、吴伟业、孔尚任等戏曲创作论述洪昇所处的时代是思想大变革时期，然后主要通过洪昇的诗歌

---

① Малиновская Т.А.Китайский драматург Хун Шэн(1645—1704) и его зпоха.—Филология и история стран зарубежной Азии и Африки.Тезисы научной конференции восточного факультета. 1964/65 учебн.год.Изда.ЛГУ.1965. с.30—32.

② Малиновская Т.А. Хун Шэн и его эпоха.—Исследования по филологии стран Азии и Африки.Л.,1966,с.144—153.

及其与友人的交往揭示《长生殿》创作的时代特色，引用的诗歌如《燕京客舍生日作》《征兵》等作为旁证。通过对吴舒凫为《长生殿》写的序文，分析洪昇在剧作中以艺术化的形式对明末清初中国的民族思想和社会思潮的全面而深刻的反映。

1966 年，马利诺夫斯卡娅发表《洪昇剧作〈长生殿〉的艺术特点》（载《远东文学的文体与风格学术会议论文集》，第 26—27 页）。[①]这篇提纲的全文则在 1969 年以《论洪昇〈长生殿〉的形式兼论它的若干艺术特点》为题发表在《中国和朝鲜文学的体裁与风格》（第 152—157 页）上。[②]在这篇文章中，作者主要分析了《长生殿》的语言特点，尤其是曲词方面的特点，从比洪昇更早的魏良辅改革昆山腔，以及第一部昆山腔作品梁辰鱼的《浣纱记》谈起，她根据王季烈在《螾庐曲谈》中的评论，从洪昇戏曲中曲词的作用不同将其分为三类：一类是"叙述性的"，叙述故事情节或者交代人物身份，如第一出"传概"中的下场诗："唐明皇欢好霓裳宴，杨贵妃魂断渔阳变。鸿都客引会广寒宫，织女星盟证长生殿"；一类是"描写性的"，主要描写人物的外貌或景物等，如第十六出"舞盘"中唐明皇唱的【八声甘州】"风薰日朗，看一叶阶蓂，摇动炎光。华筵初启，南山遥映霞觞。果合欢，桃生千岁；花并蒂，莲开十丈。宜欢赏，恰好殿号长生，境齐蓬阆"；一类是"解释性的"，主要形容人物的心情和环境等，如第二十九出"闻铃"中的【前腔】"淅淅零零，一片凄然心暗惊。遥听隔山隔树，战合风雨，高响低鸣。一点一滴又一声，一点一滴又一声，和愁人血泪交相迸"。此外，论者还注意到了洪昇在描写群众场面时尤其善于通过人物的语言来表现不同人物的身份和性格。

1972 年，马努辛发表《洪昇剧作〈长生殿〉的思想根源》（载《中国文学与文化：纪念阿列克谢耶夫九十周年诞辰文集》，第 238—247 页）。[③]李福清先生在其《中国古典文学研究在苏联》一书中没有评论这篇论文。

---

① Малиновская Т.А.Художественное своеобразие драмы Хун Шэна Дворец долголетия.—Жанры и стили литератур Дальнего Востока.Тезисы докладов научной конференции . (Ленинград. 1966.) М.наука.1966.с.26—27.

② Малиновская Т.А.О форме драмы Хун Шэна Дворец долголетия и о некоторых ее художественных особенностях.—Жанры и стили литератур Китая и Кореи. М.,1969,с.152—157.

③ Манухин В.С.Идейные истоки драмы Хун Шэна (1645—1704) Дворец вечной жизни.—Литература и культура Китая.К 90-летию со дня рождения В.М.Алексеева. М.1972.с.238—247.

作者认为洪昇在其剧作《长生殿》中意在张扬人的个性的解放，而这种思想来源于中晚明时期李贽、汤显祖等。作者还根据陈寅恪《元白诗笺证稿》的相关论断，进一步推论，洪昇的这种关心时事政治的思想根源向上可以追溯至元稹、白居易的新乐府运动。

值得注意的是，1999 年马利诺夫斯卡娅发表了《论洪昇（1645—1704）的诗歌创作》（载《圣彼得堡国立大学学报》（东方学），第 21 辑，第 37 期）。①这是作者多年从事研究洪昇及《长生殿》以来，首次对洪昇的诗歌创作进行的专门研究，文章首先介绍了洪昇所处的时代背景，涉及同时代的著名诗人如王士禛、纳兰性德、朱彝尊、沈德潜、赵执信、顾炎武、吴嘉纪等，引证戴普成为《稗畦集·叙》称"愿以为欲传世行远，宁严勿宽，宁少勿多……凡千余篇，仅存若干首"。根据 1957 年古典文学出版社出版的洪昇《稗畦集》《稗畦续集》及《啸月楼集》中的诗作，论者将洪昇的诗作分为四类，并对每一类诗歌进行了选译和评价：第一类是具有自传性质的诗歌，包括《燕京客舍生日作》《七夕时新昏后》《送翁梦白觐省秦中》《内人书至》《南归》《送父》《别中令弟》《远征》《春日汪山补过访》《和寒尽买裘之作》《遥哭亡女四首》《漫兴》等。第二类是怀友诗歌，包括《与毛玉斯》《途次与风简友》《宴沈楚佩蔚秀园》《奉寄少宰李公》《与俞璦伯》等。第三类是咏史诗，如《望雪》《过旧王府》《夏雨》等。第四类是伤民诗，如《伴城书所见》《征兵》《衢州杂感》《田家雨望》《喜雨》《河南道中》《宿山居》等。在文章结论中，作者认为洪昇的诗歌创作多是抒发自己经历的穷愁苦闷，但也有不少抒发时代兴亡之感和同情民生疾苦之作，不仅题材广泛，而且大多具有真情实感，诗风平易感人。

进入 21 世纪以来，由于俄罗斯总体汉学环境的变化，没有出现如马利诺夫斯卡娅、马努辛那样专门研究洪昇及其《长生殿》的学者，但也有少部分学习中国文学的研究生在学位论文中偶有涉及。

---

① Малиновская Т.А.Поэзия Хун Шэна(1645 — 1704).—Ученые записки С-Петербургского университета. №432.Серия востоковедческих наук выпуск 37.Востоковедение.21. С-Петербург. 1999.c.124—132.

| 80

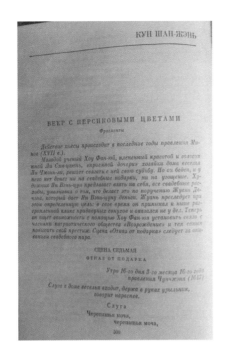

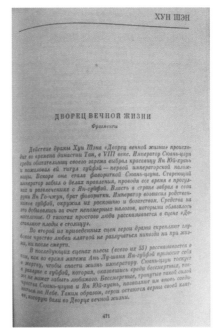

《桃花扇》选译（1976 年）　　　　　《长生殿》选译（1976 年）

第三节　孔尚任《桃花扇》在俄罗斯

一、孔尚任及其《桃花扇》在俄罗斯的研究

1970 年，古谢娃发表《孔尚任〈桃花扇〉（1699）的凡例》（载《远东文学理论问题研究：列宁格勒第四届学术会议报告提纲》，第 20 页）[①]，这是仅有一页的提纲。同年，该提纲的全文仍以《孔尚任〈桃花扇〉的凡例》为题被收入《高等学校东方外国文学史学术会议论文集》（第 266—271 页）。[②]论文的主要依据来源于 1958 年人民文学出版社出版的《桃花

---

① Гусева Л.Н. Кун Шан-жэнь. Предисловие к драме Веер с персиковыми цветами(1699 г.).—Теоретические проблемы изучения литератур Дальнего Востока.Тез.докл.четвертой науч.конф.(Ленинград, 1970).М.,1970,с.20.

② Гусева Л.Н. Кун Шан-жэнь. Предисловие к драме Веер с персиковыми цветами.—Труды Межвузовской научной конференции по истории литературы зарубежного Востока.(Москва.1968).М.1970.с.266—271.

扇》中由王季思撰写的前言:"《桃花扇》传奇不但在戏曲创作上接受了前人的丰富经验,成为划时代的巨著;即原著《凡例》及每出眉批、总批,也为今天研究中国戏曲的人提供了丰富的理论知识。"作者把《凡例》十六条全部翻译成俄文,并对其进行了专门的研究。结合 1959 年出版的《中国古典戏曲论著集成》中的相关资料,如吕天成《曲品》、李渔《闲情偶寄》等戏剧理论,对前者所谓"其不入格者,摒不录"的俗套提出批评;对后者《脱窠臼》中"东施之貌,未必丑于西施,只为效颦于人,遂蒙千古之诮"的言论过于求奇也并不赞同。论者对孔尚任在《凡例》中提出的观点做了详细的阐发并给予了高度的评价,认为孔尚任代表着"对中国戏曲中的守旧的事物持完全否定态度的一派"。尽管有论者认为古谢娃的这种认识值得商榷,在孔尚任之前的明代戏曲家汤显祖也具有同样的主张。另外,在说白与词曲的关系方面,孔尚任强调"其已有说白者,又奚必重入词曲哉",论者指出,这是继承了李渔重视宾白的论述,即所谓"传奇中宾白之繁,实自予始"的观点。更为难能可贵的是,作者在这篇文章中还把孔尚任与英国的艾迪生、德国的狄罗德、意大利的卡尔罗等西方戏剧理论家进行对比,认为"孔尚任是中国最早写出以社会政治问题作为情节主线的公民爱国主义剧作的作家,在这一点上,其和英国的艾迪生相似,孔尚任也接触过法国狄德罗著作里提出的虚构问题,但是孔尚任最为接近的看起来还是意大利人卡尔罗·哥尔多尼,哥尔多尼意识到陈旧的即兴手法在艺术上已经到了末路,所以他在改革中提出了宣传新思想,描写新人物的口号"。这种将中国古典戏曲理论与西方戏曲理论相对照的视野和方法,大大提升和丰富了孔尚任戏曲理论研究成果。

  1972 年,古谢娃发表了《孔尚任〈桃花扇〉中的主要人物》(载《莫斯科大学学报》,总 27 期,东方学系列,第 2 期,第 52—57 页)。[①]文章主要讨论的并非一般读者和观众认为的主要人物,而是提醒读者要关注《桃花扇》第四十出"入道"的追荐文里提到的范景文、李邦华和马世奇等三个人的名字,论者参照《明史》《崇祯长编》里关于东林党人的记载和《清代禁毁书目》等历史文献,认为这些人的著作被列为禁书,而《桃

---

① Гусева Л.Н. Герои драмы Кун Шан-жэня Веер с цветами персика (1699 г).—Вестник Московского универстета.двадцать седьмой год издания.Серия.14. Востоковедение.1972.№2.с.52—57.

花扇》中在追荐文里提到他们，使得戏曲本身便带有了"反动的色彩"。文章还论述到归山入道的仪征张薇（字瑶星）的形象，以及侯方域和李香君的形象，论者将他们与欧洲古典主义典型的"爱情与义务"问题加以考察，认为孔尚任"创造出了一场古典主义式的冲突类型，同时也反映出社会政治斗争中的主要特征，反映出一个特别激烈的时代"。

1972 年，古谢娃发表《孔尚任〈桃花扇〉的命运（1699 年）》（载《远东文学理论问题研究：列宁格勒第五次学术会议论文报告提纲》，第 9—10 页）。①该提纲的全文则在 1974 年仍以《孔尚任〈桃花扇〉的命运》为题发表在《远东文学理论问题研究论文集》（第 120—127 页）。②李福清在其《中国古典文学研究在苏联》一书中对该文评述较详。古谢娃在这篇文章中集中探讨了孔尚任《桃花扇》剧本缘何能在宫廷中演出的问题，论者查考了大量相关历史文献资料，从孔尚任的身世和经历推论《桃花扇》的演出命运及孔尚任去世后没有得到谥号的原因。论文针对刘雁霜《试谈孔尚任罢官问题》一文提出质疑，根据汪蔚林编《孔尚任诗文集》的"后记"中的文献资料，参考孔尚任《出山异数记》、李梾《东林党籍考》、吴应其等《东林始末》等历史文献记载，认为不能简单判定《桃花扇》没有爱国主义思想，进而由孔尚任去世后没有得到谥号，推论出这极有可能也是因为《桃花扇》中存在有碍政治的内容。

1974 年，古谢娃发表《孔尚任〈桃花扇〉中的民间传统》（载《远东文学理论问题研究：列宁格勒第六次学术会议报告提纲》，第 24—25 页）③。该提纲全文在 1977 年仍以《孔尚任〈桃花扇〉中的民间传统》为题发表在《远东文学理论问题研究论文集》（第 163—169 页）。④这篇文章主要通过对《桃花扇》中的老李赞（贾凫西）、江上渔翁（柳敬亭）、山中樵夫（苏昆生）等一系列社会底层人物的分析，认为这是孔尚任在

① Гусева Л.Н.Судьба драмы Кун Шан-жэня Веер с цветами персика(1699 г.).—В кн.Теоретические проблемы изучения литератур Дальнего Востока.Тезисы докл.пятой науч. конф. (Ленинград, 1972).М.1972.с.9—10.

② Гусева Л.Н.Судьба драмы Кун Шан-жэня Веер с цветами персика.—Теоретические проблемы изучения литератур Дальнего Востока.М.,1974, с.120—127.

③ Гусева Л.Н. Народные традиции в драме Кун Шан-жэня Веер с цветами персика(1699 г.).—В кн.Теоретические проблемы изучения литератур Дальнего Востока.Тез.докл.шестой науч.конф. Ленинград. 1974).М.1974.с.24—25.

④ Гусева Л.Н. Народные традиции в драме Кун Шан-жэня Веер с цветами персика (1699 г.)—Теоретические проблемы изучения литератур Дальнего Востока. М,1977, с.163—169.

自己的戏剧中对民间人物的保存，甚至是对人民记忆的赞美。文章还引用第四十出"余韵"中的【沉醉东风】唱词，凭吊南明故宫历史，暗指人民在历史进程中的作用。

1980 年，古谢娃发表《孔尚任：〈桃花扇〉剧本喜剧角色的特征》（载《远东文学理论问题研究：列宁格勒第九次学术会议报告提纲》，第57—58 页）①。这是古谢娃在远东文学研讨会上提交的论文，主要对《桃花扇》中的郑妥娘这一喜剧人物进行分析，体现了孔尚任在戏剧批评理论中对喜剧人物的独特见解，作者认为郑妥娘的形象与《桃花扇·凡例》中的主张互为表里。在《凡例》中，孔尚任明确提出对演员说白的限制，批评"旧本说白，止作三分，优人登场，自增七分；俗态恶虐，往往点金成铁，为文笔之累"，主张"说白详备，不容再添一字"。因此在《桃花扇》中，孔尚任将丑角人物郑妥娘塑造成兼有喜剧和正剧的人物形象。

二、俄罗斯的中国文学史及辞典对"南洪北孔"的介绍

1966 年出版的《简明文学百科全书》第三卷，收有"孔尚任"词条。②该词条由安吉波夫斯基撰写，介绍孔尚任 37 岁之前研究历史、文学和音乐，曾与顾天石（顾采）合作《小忽雷》，作品写的是发生在公元 9 世纪的唐朝宫廷里的故事；后来在考察史料基础上创作传奇《桃花扇》，并评价该剧凭借优美的诗词和精湛的音乐而成为中国最著名的古典戏曲之一，但剧本引起满族统治者的不满，1701 年孔尚任被贬官，后死于家乡；最后也补充介绍孔尚任还有一部十三卷本的诗集《湖海集》。1975 年出版的《简明文学百科全书》第八卷，收有"洪昇"（第 349 页）词条。③索罗金在简要介绍洪昇生平之后，着重指出了洪昇在《长生殿》中没有把杨贵妃写成儒家传统意义上的"祸水"，而是封建王朝斗争的"牺牲品"。作者谴责了封建时代的奢侈和荒淫，作品有着强烈的爱国思想和对广大人民深深的同情。此外，洪昇还有《四婵娟》杂剧以及三部诗集。

---

① Гусева Л.Н. Кун Шан-жэнь. Амплуа и характер (На примере комического амплуа героини драмы Веер с цветами персика,1699 г.).—Теоретические проблемы изучения литератур Дальнего Востока.Тезисы девятой научной конференции. Ч.1. (Ленинград.1980).М. 1980. с.57—58.

② Краткая литературная энциклопедия.М.1966. т.3.с.902.

③ Краткая литературная энциклопедия. М.1975.т.8.с.349.

《近代东方文学史·洪昇与孔尚任》　　　《中国精神文化大典》孔尚任词条
（1975 年）　　　　　　　　　　　　（2008 年）

1975 年莫斯科大学出版社出版的《东方外国文学作品基础》附录的 36 个中国文学基本条目中，有对孔尚任（305—306 页）的简明介绍。①在介绍了孔尚任的时代、籍贯、经历之后，作者专门叙述了《桃花扇》的基本故事情节，并认为《桃花扇》是中国古典戏剧中最出色的作品之一。

1975 年苏联莫斯科大学出版社出版，由波兹涅耶娃、谢曼诺夫（司马文）主编的《近代东方文学史》中有关于中国明清戏曲的论述，设专章论述了洪昇和孔尚任的戏剧。②其中论述洪昇的部分由马努辛撰写，在介绍了洪昇的生平经历之后，作者着重分析了《长生殿》对封建制度，尤其是皇权的嘲讽，也强调作品的人民性。文章认为《长生殿》的意义在于，作者打破了以往对于爱情与政治的定义，朝着先进的思想发展，成为几个世纪以来的经典作品。论孔尚任的专章则对孔尚任的生平经历及其《桃花扇》的故事情节和人物进行了较为详细的介绍和评价，基本观点与古谢娃的相关论文基本相同。

① Основные произведения иностранной художественной литературы. Литература стран Зарубежного Востока. Литературно-библиогр.справочник. М.1975.с.281—314.

② Литература востока в новое время.

1987 年李福清撰写的《中国文学·小说·通俗文学》（载《世界文学史》第四卷，苏联科学出版社，第 486—504 页）①中评价洪昇是 17 世纪下半叶中国最著名的剧作家之一，认为《长生殿》继承了汤显祖的思想，重新以表现爱情与情感的力量为不可战胜的理想，但与前人不同的是，他采用了真实的历史题材和陈旧的故事，"洪昇在剧中将所有的注意力都集中表现在爱情的力量上，如果说儒家的作者在杨贵妃身上看到的是罪恶，那么洪昇则极力表现杨贵妃的迷人之处，使得读者和观众对她和爱她的皇帝表示同情，这一点尤为明显地表现在杨贵妃与唐明皇诀别的那出戏上（指'埋玉'，译者注）"。而且，洪昇戏剧中的爱情甚至战胜了死亡，于是自杀者无处安身的灵魂便升入了天宫。由此，论者还指出《长生殿》明显受到佛教和道教思想的影响。李福清还对《长生殿》的禁演原因进行了推测，认为"外族人安禄山篡夺唐朝皇位被清朝皇帝视为是对满族侵略者的暗示"。此外，论者对《长生殿》的角色、唱词以及下场诗的特点也进行了论述。

李福清在该书中指出孔尚任《桃花扇》是继承了此前戏曲家李玉的《清忠谱》的创作题材，即作品描写的是不久前发生的历史事件，而且作品首先要表现的是政治事件，借用作家的话来说就是"借离合之情，写兴亡之感"。这也是孔尚任的创新之处，将男女私情与政治斗争很好地统一起来，歌姬李香君也不同于其他戏剧中的女主人公，她不仅是一个感情丰富的美丽女子，而且还是一个深谙政治斗争的女人。李福清还注意到，尽管孔尚任一再强调戏剧要忠于历史事实，但生活的现实要比戏剧中反映出来的现实复杂得多。在戏剧结构方面，孔尚任增加了四个序来进一步揭示人物性格，建立起严整的情节结构。在角色功能方面，孔尚任也有所改变，一般来讲，介绍戏剧基本情节的配角不会在故事情节发展中继续出现，而《桃花扇》中的老礼赞则多次出场，直到剧终。

2008 年，由俄罗斯科学院远东研究所出版，季塔连科主编的《中国精神文化大典》第三卷"文学·语言·文字"分卷中有中国古代戏曲作家及相关词条介绍，包括孔尚任、洪昇词条。其中"洪昇"条目的内容

① Рифтин Б.Л.Повествовательная проза:Китайская литература XVII в.—История всемирной литературы.в 8 томах.АН СССР,Ин-т мировой лит.им. А.М.Горьгого. М.Наука.1983—1994. Т.4.1987. с.486—504.

仍由索罗金撰写，他在此删掉了对《长生殿》情节和思想的评价，补充了洪昇除了《长生殿》之外若干部已经失传的传奇，保留了杂剧《四婵娟》，增加了对《四婵娟》的内容介绍，指出《四婵娟》实际上是四出独幕的爱情剧；"孔尚任"条目也由索罗金撰写，比之《简明文学百科全书》中的介绍略有增加和改进，重点介绍了孔尚任的生平经历和创作《桃花扇》的过程，简要介绍《桃花扇》的思想内容和影响；不再介绍孔尚任创作的传奇《小忽雷》以及诗文集。

从以上的文献梳理与分析中，我们可以看出俄罗斯汉学界对洪昇和孔尚任及其戏曲《长生殿》和《桃花扇》的翻译和研究成果主要集中在20世纪下半叶，对他们作品的翻译还仅限于重要情节的节选；而汉学家的研究成果则相对丰富，有些观点和论断在同一时期的学术界处于领先地位。主要表现出以下几个方面的特点和意义：

首先，俄罗斯汉学家在20世纪50年代至70年代对"南洪北孔"的研究一定程度上避免了当时国内学术界单一的以阶级斗争为纲的思想，如马利诺夫斯卡娅关于《长生殿》中李杨爱情的论述，大胆肯定了剧中杨贵妃对爱情的追求与执着；再如古谢娃在《孔尚任〈桃花扇〉中的主要人物》中将侯方域和李香君的爱情与欧洲古典主义典型的"爱情与义务"问题加以考察。其次，俄罗斯汉学家对"南洪北孔"的研究文章还较早地体现出"小题大做"的微观考察方法，如古谢娃根据历史文献资料深入探讨《桃花扇》中容易被读者忽略的范景文、李邦华和马世奇等几位"小人物"，由这些"小人物"推论出戏曲本身的"反动的色彩"。再次，苏联解体之后尽管总体上对"南洪北孔"关注得不多，但俄罗斯学者对洪昇和孔尚任的研究具有"查漏补缺"的意义，如1999年马利诺夫斯卡娅专门探讨洪昇的诗歌创作，对以往国内学术界不够重视的洪昇的诗词创作进行了系统的梳理和细致的分析，这对进一步探究《长生殿》的创作缘起很有启发。最后，进入21世纪以来，俄罗斯汉学界对"南洪北孔"的研究还有一定的总结特征，主要体现在近些年出版的文学史教材和一些大型工具书中，如1984年李福清在《世界文学史》中关于《长生殿》和《桃花扇》的评论，反映了苏联时期俄罗斯汉学界对"南洪北孔"的认知；而在2008年出版的《中国精神文化大典》中汉学家索罗金对"南洪北孔"相关词条的撰写则根据最新研究成果进行增删改写，明显反映出新旧世纪之交时期俄罗斯汉学界的研究成果。当然，客观来说，进入 21 世纪以来，俄罗斯汉学界对"南洪北孔"的研究成果不多，更没有产生《长生殿》和《桃花扇》新的选译本或全译本，个中原因恐怕也非三言两语所能说清楚。

第四章　中国古典戏曲理论在俄罗斯

第一节　关于戏曲的产生和发展

俄罗斯汉学界对中国古典戏曲史的关注大概始于 20 世纪初，尽管在 19 世纪的文献中有题名为"中国戏剧"的短篇文章，但并没有探讨或者涉及戏曲的发展问题，如 1841 年有无名氏写的《中国戏曲》，刊载在《祖国纪事》（1841 年第 17 册第 8 期第 66—67 页）①，但该文只是转译自欧洲语言的有关中国戏曲的故事；1847 年无名氏有《中国戏剧》，刊载在圣彼得堡印刷的《剧目与丛刊》（1847 年第 9 期第 91—93 页），②也只是转述了中国戏曲故事。此外，1890 年伊万诺夫斯基写有《中国人的美文学——中篇小说、章回小说和戏曲》，刊载在《东方评论》（1890 年第 6 期第 4—5 页），③也只是简要地介绍中国文学。

一、20 世纪前期的研究

进入 20 世纪初，1914 年格拉特金写有《中国戏剧的起源、历史发展以及现状》，刊载在《亚洲导报》（《亚细亚时报》第 25—27 期第 22—

---

① Китайская драма.—Отечественные записки, учено-литературный журналъ, издаваемый Андреемъ Краевскимъ.на 1841 годъ.томъ XVII,С Петербургъ.в типографии вородина и коми.№8.Смесь.с.66—67.

② Китайские театры.—Репертуаръ и Пантеонъ театровъ.издаваемый подъ редакцию. 1847.томъ.9.С Петербургъ.в типографии Штаба Отдъльнаго Корпуса Внутренней Стражи.с.91—93.

③ Алексей Осипович Ивановский. Изящная словесность у китайцев, их повесть, роман и драма (Лекция в Музее Восточно-Сибирского отделения Русского географического общества).— Восточное обозрение.СПб.1890. №.6.4—5.

35 页），①这篇文章第一次比较系统地探讨了中国戏剧的起源和发展问题。文章首先论述了中国戏剧的起源，认为可以追溯到《周礼》所记载的"黄金四目"，即古老的"傩戏"，然后证之以传说周穆王时期的巧匠偃师所制的木偶，能歌善舞、恍如活人，可谓是木偶戏的鼻祖。至于最早的皮影戏则起源于汉武帝思念已经故去的李夫人的故事，此外，唐明皇时期所建的教坊与梨园都与戏剧的起源有着密切的关系。至元代产生众多的戏剧作家，创作出近六百种作品，这些作品从题材可分为家庭剧、幻想剧和历史剧等。文章后半部分重点介绍的是中国近代戏剧舞台及演出，尤其对京剧的历史、演出场所、演员角色等进行了较为细致的梳理。

《东方戏剧文集》（1929 年）

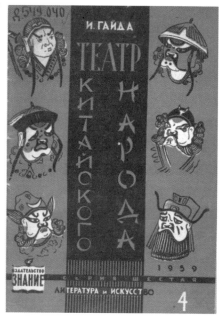

盖达《中国民间戏剧》（1959 年）

1929 年，俄国汉学家瓦西里耶夫（王希礼）发表题为《中国的戏剧》的论文，刊载于列宁格勒出版的《东方戏剧论文集》（第 196—267 页），②这篇 70 多页的长篇论文全面论述了中国古典戏剧的起源、发展和演变

---

① Гладкий П.Китайский театр,его происхождение,историческое развитие и современное состояние,—Вестник Азии.1914,№25-27.22—35.

② Васильев Б.А.Китайский театр.—Восточный театр.Сборник статей.Л. 1929. с.196—267.

的历程，文章分为前言、中国戏剧的历史、中国戏剧的性质三部分。前言部分简要介绍了中国戏曲的繁荣状况，以北京和上海为例充分体现了传统戏曲的普及。"中国戏剧的历史"部分约占 20 页的篇幅，把中国戏剧历史分为五个阶段，即远古（远古时期至公元前 5 世纪）、古代（公元前 3 世纪至公元 6 世纪）、中古期（公元 6 世纪末至 11 世纪）、近古期（公元 12 世纪至 19 世纪中叶）、新近期（19 世纪中叶至 1911 年中国革命）。然后追溯到秦始皇时期阿房宫的舞蹈，而秦腔的起源可以追溯到秦二世胡亥，进而对黄梅腔、梨园戏、杂剧、南戏、昆曲等的发展演进轨迹进行钩沉梳理，最后对兴起于乾隆年间的京剧做简要介绍。文章专门介绍了被誉为"京剧之父"的程长庚。他以《战长沙》闻名，长期为"三庆班"的首席演员，1894 年中日甲午战争之后受留日青年的影响出现了所谓的"文明戏"（话剧），尤其在上海兴盛一时。文章的第三部分"中国戏曲的性质"篇幅最长，在接近 50 页的篇幅里系统介绍了各地方戏曲剧种、演员角色、票友观众、著名演员、表演规范、演员服饰、脸谱化妆、演出场所、伴奏乐器等，为了具体说明京剧表演艺术的程式和特点，瓦西里耶夫还将当时盛演的京剧《空城计》全剧翻译成俄文附在文章中，并列举了《六月雪》《金山寺》《少华山》等大量经典名段与新近的"文明戏"进行对比，后者以郭沫若早期创作的《王昭君》《聂嫈》为例介绍文明戏（话剧）的特点。

随后，瓦西里耶夫（王希礼）又撰写了多篇与中国古典戏剧史相关的文章，如在 1930 年，瓦西里耶夫（王希礼）发表《中国文学和戏剧》（包括中国文学、现代中国戏剧两部分），刊载在《外国文学导报》（第 1 期第 149—164 页）；[①] 1936 年瓦西里耶夫（王希礼）又写有《梨园艺术——中国古代戏剧》一文，刊载在《星星》（第 4 期第 248—256 页）。[②] 前者是简要介绍中国现代戏剧，后者是在梅兰芳赴苏联演出之后所作，在简短回顾梅兰芳来苏联演出的情况之后，具体介绍了京剧艺术的角色行当、音乐体制和主要表演艺术家。为了阐释京剧的表演艺术和角色行当，文章中还翻译了《打渔杀家》剧本。

---

① Васильев Б.А.Китайская и театр.(1.Китайская литература. 2.Театр современного Китая.— "Вестник иностранной литературы", 1930, №1, с. 149—164.

② Васильев Б.А.Искусство Грушевого сада.(Классический китайский театр).—"Звезда", 1936, №4, с.248—256.

二、20 世纪后期至今的研究

20 世纪 50 年代是中苏关系最为友好的时期，这一时期许多苏联汉学家来华学习和深造，在探讨中国古典戏曲发展领域出现不少专论，如1957 年李乔（音译）写的《中国的戏剧》，刊载在《外国文学》（第 9 期第 230—241 页）；① 1958 年瓦依诺娃发表《关于当代中国古典戏剧的几个问题》，刊载在苏联科学学院出版的《艺术史研究所 1958 年年鉴》第369—410 页；② 1959 年阿巴尔金发表《关于中国戏剧》（上、下），分别刊载在《戏剧》杂志第 4 期第 136—146 页和第 7 期第 157—170 页。③相对来说，较为系统地探讨中国戏曲发展问题的是 1959 年女汉学家盖达发表的《论中国戏剧的民间渊源》，刊载在《东方学问题》（第 1 期第105—112 页），④这篇文章参考当时国内戏曲研究的最新成果，如周贻白《中国戏剧的起源和发展》、孙楷第《傀儡戏考原》、黄芝冈《什么是戏曲什么是中国戏曲史》，以及日本学者青木正儿《中国近世戏曲史》等当时有关戏曲起源的研究成果，对中国戏曲起源问题上溯至《诗经·东门之枌》中有关舞蹈的诗句，汉代张衡《西京赋》中角抵戏《东海黄公》的演出情况，以及隋唐时期的代面、乐舞等，进而认为中国戏曲不但起源于民间歌舞，而且尽管有着封建阶层的特征，也无法改变戏曲起源于人民的劳动的事实。文章显然受到国内当时民间文学主流论的影响。

20 世纪 60 年代最有影响的探讨中国戏曲起源与发展的文章是 1963年汉学家齐宾娜发表的《关于中国古典戏剧的产生和发展问题》，刊载在莫斯科大学出版的《中国语文学问题》（第 114—143 页）。⑤这篇文章认为中国戏剧吸收了史诗、抒情诗、绘画、杂技、武术等诸多元素，因而不同于西方的歌剧，它包括歌唱、舞蹈、对话和音律，所以应该称为"音乐剧"。这种音乐剧的起源可以追溯到很久以前。人类对世界最初的认

---

① Ли Чао. В Театрах Китая.—Иностранная литература. 1957.№9. c.230—241.

② Войнова В. Некоторые вопросы современного китайского классического теотра.—Ежегодник Института истории искусств,1958. М,Изд-во АН СССР, 1958,c.369—410.

③ Абалкин Н.Заметки о китайском .театре.—Театр.1959.№4.c.136-146.№ 7.c.157—170.

④ Гайда И. В. О народных истоках китайского театра.—Проблема востоковедения. 1959.№1. c.105—112.

⑤ Цыбина Е. А. К вопросу о зарождении и развитии китайской классической драматургии.—Вопросы китайской филологии. М. 1963. c. 114—143.

识，是猎杀动物和鸟类的时代而产生的自然崇拜和动物崇拜，表现的艺术形式即游戏和舞蹈，而舞蹈是表演的基本要素。根据考古发现汉代的石刻绘画，诸如孔雀和豹子，鱼和龙等图案，可以证明当时人们表演时穿戴兽皮，模仿动物的舞蹈。而且在屈原所作的楚辞作品中也出现了孔雀舞、龙舞和狮子舞等，尤其是在反映西周时期的诗歌中。文章列举了《诗经·陈风》中的《宛丘》，《诗经·邶风》中的《简兮》两首诗歌，舞蹈在戏曲中的核心地位，使得演戏的地方被称作"舞台"。另外，正如恩格斯《家庭、私有制和国家的起源》中所说，"野蛮时代是学会畜牧和农耕的时期，是学会靠人的活动来增加天然产物生产的方法的时期"，劳动者为了增强劳动的效率和减轻劳动的辛苦，也以类似舞蹈的方式有节奏地活动，这也是至今保留下来的秧歌的源头。这种诗歌、音乐、舞蹈相结合的艺术形式，产生了名为"尸"的献祭人，这可以看作最早的戏剧演员，随着这种仪式的发展变化，产生了新的演员——倡和优，《诗经·周颂》中的《武》有"於皇武王！无竞维烈"的诗句，记载当时祭祀周武王时的盛大的舞蹈场面。后来儒家所谓的"八佾"也是类似的舞蹈形式。近些年在山东、河南等地考古发现的洞岩壁画有 52 人共跳不同的舞蹈：七盘舞蹈、孔雀和豹子以及鱼龙舞等。

　　文章还介绍了木偶剧和皮影戏的起源问题，认为在《列子》中记载的周穆王时期"偃师造人"以及《乐府杂录》中记载的"傀儡仔"的故事是中国木偶戏的起源；干宝《搜神记》中记载的"李少翁"的故事则是最早的皮影戏源头。文章讲到唐宋时期诗人在诗词作品中表现对自然的热爱，这"浪漫是一种常见的表达个人情感的形式，所有人都写它，直到仆人，强盗和异性恋"。作者列举了宋代诗人陆游的几首诗歌，如《雪晴行益昌道中颇有春意》《太息二首》和《游山西村》等。文章还根据将故事与诗歌相结合的"变文"的音乐性质，演变为"说唱（故事）"，这种说唱（故事）即是郑振铎在其《中国文学史》中所说的"大曲"，是受诸宫调的影响，从皮影戏、木偶戏中取材，逐渐演变为"杂剧"。文章认为元稹《会真记》经过董解元的《诸宫调》，再到王实甫的《西厢记》正是最典型的杂剧演变的历程。北曲历经金与南宋的时代变化，最终发展为成熟的戏剧样式——杂剧。作者写道："因此，我们有充分的理由相信，无论是在西方还是在东方，戏剧的发展都有一个共同的模式。这种模式可以通过比较希腊戏剧和中国戏剧的发展来发现。史诗和神话是希腊艺术的基础和宝库，因为众所周知，希腊戏剧的大部分情节都来自神话或半历史传说。"在 12—13 世纪的中国产生了成熟的戏剧表演，戏剧有着严格的规范：舞台、演员、音乐、化妆等都有着特殊的规定。

文章后半部分则详细论述了元杂剧的角色行当、演唱形式以及演员服装等诸多问题，演员角色最后简化到只有四种，即生、旦、净、丑四种，在漫长的表演历史中，逐渐形成了规范的舞台动作。演员不仅要表演出角色的性格，还要传递出舞台的环境，例如是否有骑马、上楼等动作，表演规范则有所谓"四状""八形"的经验总结，并列举了所谓"八形"指的是富贵、贫穷、卑鄙、愚蠢、贪婪、疯狂、高贵和醉酒。在演员化妆方面则规定用不同的脸谱表现不同角色的身份地位以及性格，作者还引用了鲁迅《脸谱臆测》中的一段话：看客非常散漫，表现倘不加重，他们就觉不到，看不清。这么一来，各类人物的脸谱，就不能不夸大化，漫画化，甚而至于到得后来，弄得希奇古怪，和实际离得很远，好像象征手法了。尽管这里对鲁迅撰写该文的缘起并没有理解，但还是表达出中国古典戏曲演员脸谱的多样性特征，如红色代表诚实、白色代表狡猾、绿色代表强盗、蓝色代表勇敢、黑色代表力量、黄色代表克制等，每种颜色都代表着不同角色的性格特征。文章最后分别介绍了元杂剧最重要的作家及其作品，认为元杂剧鼎盛时期创作的作品保存至今的有二百种左右，保存有名字的剧作家有 43 位，并重点介绍了关汉卿、王实甫、白朴和马致远四位作家，并对"关王白马"代表戏剧作品的主要情节内容和艺术特点加以介绍，包括关汉卿的《窦娥冤》《谢天香》《救风尘》，王实甫的《西厢记》，马致远的《汉宫秋》，白朴的《梧桐雨》等。

20 世纪 70 年代，苏联汉学家在几乎与中国学界隔绝的背景下仍然坚持研究学术问题，在中国古代戏曲史研究领域可以缅什科夫（孟列夫）和索罗金的成就为代表。1972 年缅什科夫（孟列夫）发表《王国维和他的中国古典戏剧研究》，刊载在莫斯科科学出版社出版的《第三次"中国社会与国家"会议论文集》（第 2 册第 349—360 页）。[①] 孟列夫在这篇文章中全面探讨了王国维在中国戏曲史及戏曲理论领域取得的成就。文章共有六个部分组成：第一部分概述中国五四新文化运动时期在提倡白话

---

① Меньшиков Л.Н. Ван Го-вэй и исследование китайской классической драмы.—В кн.Третья научная конференция. Общество и государство в Китае.Тезисы и доклады. М.1972, вып.2.с.349—360.

文和通俗文学的背景下，王国维完成了对中国古典戏曲的重要研究，在《宋元戏曲考》中提出了"一代有一代之文学"的认识；第二部分介绍了王国维的生平经历和主要著作，指出王国维从 1908 年开始专注于中国古典戏曲研究，并陆续完成了《曲录》《戏曲考源》《录鬼簿校注》《优语录》《唐宋大曲考》《录曲余谈》《古剧脚色考》等系列文献，最终在 1912 年完成了专著《宋元戏曲考》（1915 年出版时改称《宋元戏曲史》）；第三部分是 1912 年之后王国维的学术兴趣的转移，但他的研究对于后来 1928 年胡适发表的《白话文学史》、1932 年郑振铎出版的《插图本中国文学史》以及 1938 年出版的《中国俗文学史》都产生了重要的影响，而在中国古典戏曲研究领域则直接影响了卢前 1935 年出版的《明清戏曲史》、周贻白 1957 年出版的《中国戏曲史》等戏曲研究著作；第四部分简要叙述了辛亥革命之后王国维的经历，指出他是一个坚定的君主主义者，1927 年结束了自己的生命；第五部分分析了王国维哲学思想的根源，指出其受到西方哲学家康德和叔本华影响极大，具有明显的悲观厌世的思想。在王国维之后的林纾和梁启超也是接受西方思潮的影响，一个翻译了大量的外国文学，一个写出了一百多部学术著作；第六部分对王国维所处的五四时期出现的新思想、新学术进行反思，认为这是中国思想史、学术史上重要的转折时期，提倡纯文学和白话文学则是其最为重要的标志之一。

索罗金是苏联时期专门研究中国戏曲，尤其是元杂剧的汉学家，他的关于元杂剧的专著将在下一节介绍，这里先介绍他在 1976 年发表的论文《论中国古典戏曲》，这是为苏联国家文艺出版社出版的《东方古典戏剧：印度、中国、日本》（《世界文学大系》第一种第 17 分册）关于中国戏曲部分的序文，刊载该书第 247—262 页。[①]序文比较详细地介绍了南戏、元杂剧、明清传奇的起源与发展，主要介绍了元代杂剧代表作家关汉卿、马致远、王实甫等及其主要作品，南戏《琵琶记》以及明清时期的《牡丹亭》《长生殿》《桃花扇》等经典名剧。因为是为中国古典戏曲作品选撰写的序言，所以介绍作家作品比较详细，探讨戏曲起源和演出的内容不多。

20 世纪末至 21 世纪初，随着苏联的解体，俄罗斯汉学界对中国古

---

① Сорокин В.Ф. Китайская классическая драма.—Классическая драма Востока Индия, Китай, Япония. М.: Художественная литература, М.1976.с.247—262.

典戏曲的研究略有衰微趋势，但老一辈汉学家仍坚守阵地，也时有力作问世。在研究中国古典戏曲发展史的领域要数女汉学家马利诺夫斯卡娅。她长期致力于明清杂剧的研究，在撰写系列专题论文的基础上，由1996年在圣彼得堡国立大学出版社出版了专著《中国古典戏曲杂剧简史（14—17世纪）》该书共有238页。①这是一部专门研究中国明代杂剧的著作，该书在前言中对当时国内学术界有关明代杂剧的研究情况进行梳理之后，提出有别于前人对明代杂剧演进的历史分期方法，将明代杂剧分为明代早期（约1368—1465）、明代中期（1465—1572）、明代晚期（约1573—1644）三个阶段。同时也指出"杂剧发展阶段的划分界限在一定程度上来讲，只是一种大概的分期，有时候只简单地将某位剧作家的作品列入某一确定的时期是不可能。因为许多剧作家的生卒年代不详，需要通过一些间接的资料来确定"。在具体论述明代杂剧作家作品的章节中，作者是按照主题情节进行阐释和对比分析的，她将明代杂剧按照主题情节分为七种类型：幻想题材、爱情题材、历史题材、讽刺题材、英雄题材、文人题材和妇女题材。当然，这样的划分也存在明显的模糊性和交叉性。作为中国古典戏曲研究的分体断代史，马利诺夫斯卡娅对明代杂剧的演进轨迹进行了较为清晰的勾勒和叙述，书中许多观点也颇为新颖，如对明代杂剧中以著名文学家为题材的作品进行分析，考察了以宋代苏轼为代表的著名文人成为明代杂剧题材中的主要类型的现象。从中国戏曲理论研究的角度来看这部著作，作者还专门设有专章探讨明代杂剧的体制变化、角色发展以及题材的渊源等，如对明代杂剧在折数方面的变化、角色唱词特点的演变、次要人物塑造的特点、题材来源的丰富性等都有细致、深入的分析、探讨，有些问题的阐述令人耳目一新，在很大程度上补充了国内相关研究的不足，丰富了俄罗斯汉学界对中国文学发展史的研究成果。

第二节　关于戏曲的创作和批评

相对于研究中国古典戏曲的起源和发展问题，俄罗斯汉学界关注中

---

① Малиновская Т. А. Очерки по истории китайской классической драмы в жанре цзацзюй (XIV—XVII вв.). СПб., Издательство СПбГУ, 1996 .-240 с.

国古典戏曲创作和批评理论比较晚，大概是从 20 世纪五六十年代受到国内《中国古典戏曲论著集成》出版的影响开始。

一、李福清的戏曲理论研究

1964 年，苏联汉学家李福清发表长篇论文《中国戏曲的理论（12 世纪至 17 世纪初）》，刊载在东方文学出版社出版的《东方国家的文学与美学理论问题》（第 131—160 页）。[①]文章首先认为中国的戏剧理论是由诗歌理论和音乐理论发展而来的，而且戏剧理论几乎伴随着戏剧流派而发展。近些年中国出版了戏剧和音乐资料汇编，如傅惜华的《古典戏曲声乐论著丛编》以及十卷本戏曲理论汇编《中国古典戏曲论著集成》。随后李福清主要围绕着《中国古典戏曲论著集成》所收的重要的戏曲理论资料进行介绍并展开论述，他介绍第一册所收录的《教坊记》《乐府杂录》和《碧鸡漫志》中对于歌、舞的论述。接着对于演唱方法和技巧方面介绍了燕南芝庵的《唱论》《太和正音谱》《曲律》《弦索辨讹》《度曲须知》以及《中原音韵》等；第三部分则是徐渭《南词叙录》《词谑》。文章重点论述的是对曲家和戏曲的批评部分，吕天成《曲品》是"仿钟嵘《诗品》、庾肩吾《书品》、谢赫《画品》例，各著论评"而成，分为"神、妙、能、具"四品，以高则诚"志在笔先……"，为神品，邵给谏、王雨舟被列为妙品，沈练川、姚静山被列为能品，李开先、沈寿卿、邱琼山被列为具品。在吕天成之后的祁彪佳著《曲品》和《剧品》则进一步分为"妙、雅、逸、艳、能、具"等六品。"不及品者，则以杂调黜焉"。接着李福清列举了《剧品》中周藩《团圆梦》、沈自征《鞭歌姬》、陈继儒《真傀儡》等作品说明妙品；周藩《八仙庆寿》《获驺虞》、汪道昆《洛水悲》等论述雅品；袁于令《双莺传》为逸品，《曲品》中的陈与郊《鹦鹉洲》、苏元侨《梦境》等也为逸品，吕天成《金合》《蓝桥》以及郑若庸《玉玦》、沈璟《红渠》等则为艳品。第五类是能品，以《琼台》《赤鲤》《百花》《完贞》《古剑》等为例；具品则以《四美》《鹦哥》《还魂》

---

① Рифтин Б.Л. Теория китайской драмы（XII-началоXVII вв.）—В кн, Проблемы теории литературы и эстетики в странах Востока. М., Наука. 1964,c.131—160.《中国古典文学研究在苏联》注释有误。

第四章　中国古典戏曲理论在俄罗斯

《试剑》《四义》《脱颖》《玉丸》等为例，杂调部分则以《升仙》《赤符》《偷桃》《古城》等为例。最后论述高奕《新传奇品》。

李福清的这篇文章还详细论述了中国 16 世纪后期沈璟与汤显祖的戏曲理论，这个时代产生了叶宪祖、吕天成、王骥德以及后来的冯梦龙、袁于令等著名戏曲家，其中临川派有汤显祖、王思任、茅元仪、孟称舜等。李福清根据 1962 年出版的《汤显祖集》中的有关资料，结合国内学者吴新雷的《论戏曲史上临川派与吴江派之争》（载《江海学刊》1962 年第 12 期）、侯外庐《汤显祖著作中的人民性和思想性》（载《汤显祖集》前言）、祝肇年《重视对古典戏曲理论的研究》（载《文学遗产增刊》第八辑）、赵景深《戏曲笔谈》（上海中华书局，1962 年）等相关史料及观点，论述了汤显祖戏曲理论的主要内容及其贡献。文章引用了《汤显祖集》中收录的《答吕姜山》："'唱曲当知，作曲不尽当知也'，此语大可轩渠。凡文以意趣神色为主。四者到时，或有丽词俊音可用。尔时能一一顾九宫四声否？如必按字摸声，即有室滞进拽之苦，恐不能成句矣。"《与宜伶罗章二》："《牡丹亭记》，要依我原本，其吕家改的，切不可从。虽是增减一二字，以便俗唱，却与我原作的意趣大不同了。"《序丘毛伯稿》："天下文章所有生气者，全在奇士。士奇则心灵，心灵则能飞动，能飞动则上下天地，来去古今，可以屈伸长短，生灭如意，如意则可以无所不如。"《牡丹亭题词》："情不知所起，一往而深，生者可以死，死可以生。生而不可与死，死而不可复生者，皆非情之至也。梦中之情，何必非真……嗟夫，人世之事，非人世所可尽。自非通人，恒以理相格耳。第云理之所必无，安知情之所必有邪！"《臧懋循评牡丹亭》："论者曰：'此案头之书，非筵上之曲'。夫既谓之曲矣，而不可奏于筵上，则又安取彼哉！"等相关文献史料，与凌濛初《谭曲杂札》："沈伯英审于律而短于才，亦知用故实、用套词之非宜，欲作当家本色俊语，却又不能；直以浅言俚句，捆拽牵凑，自谓独得其宗，号称词隐。"以及王骥德《曲律》中的部分论述文字，《曲律》："白乐天作诗，必令老妪听之，问曰：'解否？'曰'解'，则录之；'不解'，则易。作剧戏，亦须令老妪解得，方入众耳，此即本色之说也。""大曲宜施文藻，然忌太深；小曲宜用本色，然忌太俚。须奏之场上，不论士人闺妇，以及村童野老，无不通晓，始称通方。""大抵纯用本色，易觉寂寥；纯用文调，复伤琱镂……至本色之弊，易流俚腐；文词之病，每苦太文。雅俗浅深之辩，介在微茫，又在善用才者酌之而已。"引用焦循《剧说》："相传临川作《还魂记》，运思独苦。一日，家人求之不可得。遍索，乃卧庭中薪上，掩袂痛哭。惊问之，曰：填词至'赏春香还是旧罗裙'句也。"文章征引大量中国古典戏曲理论文献，最后得出汤显祖的戏曲理论是明代戏曲创作高峰背景下的产物，对于清初李渔的戏曲理论有着重要的启示意义。

如果说李福清根据《中国古典戏曲论著集成》系统概述了李渔之前的中国古典戏曲理论的发展，那么马利诺夫斯卡娅的文章则是李福清文章的后续。1967 年，马利诺夫斯卡娅发表《〈闲情偶寄〉——中国戏曲论著（17 世纪下半叶）》，刊载在《列宁格勒大学学术会议报告提纲·亚非国家的历史语文学》（第 25—27 页）。①这是一篇纲要式的论文，先是介绍李渔《闲情偶寄》中有关戏曲的内容由两部分构成，其一是词曲部，其二是演习部。然后主要介绍词曲部中的"结构第一"和"词采第二"以及宾白和科诨部分，如强调结构最为重要，"有奇事，方有奇文，未有命题不佳，而能出其锦心，扬为绣口者也"。同时也指出了词采在戏剧中的重要性，认为李渔与汤显祖同样重视词采，在音律方面则与王骥德、沈璟有相近的看法。李渔不但重视戏曲对话（宾白）的作用，也强调笑话（科诨）在戏曲创作中有严格的规范，认为戏曲中的一个笑话应该在庸俗的边缘，但不要越过这个边缘。即李渔所说"科诨之妙，在于近俗，而所忌者，又在于太俗"，同时也要注意的是"科诨虽不可少，然非有意为之"。文章最后指出李渔《闲情偶寄》对戏曲创作规则及演出规范等许多方面都进行了论述，这是前所未有的戏曲理论著作。

二、马利诺夫斯卡娅等的戏曲理论研究

值得关注的是，在苏联解体之后，马利诺夫斯卡娅仍然孜孜不倦，潜心研究中国古典戏曲理论，1998 年她发表了《李渔（1611—1680）的

① Малиновская Т.А. Случайные заметки праздного-тракат о китайской драме.втрая половина XVII в.—Филология история стран зарубежной Азии и Африки.Тезисы юбилейной научной конференции восточного факулиета, посвященной 50-летию Великого Октября.Л.1967.с.25—27.

戏曲创作活动》，刊载在《圣彼得堡国立大学学报》（东方学、第 20 辑第 36 期第 431 号第 118—127 页）。①文章先是介绍了李渔生平和创作的基本情况，主要有《芥子园画传》《肉蒲团》及《十二楼》等，而《闲情偶寄》则是其最重要的戏曲理论著作；接着具体论述了李渔戏曲创作的"前八种"和"后八种"，共计十六种传奇剧作。目前所见只有十种，最早的是 1640 年创作的《怜香伴》，其他戏曲的创作时间也很清楚：1658 年《玉搔头》、1661 年《比目鱼》、1666 年《凰求凤》、1667 年《慎鸾交》、1668 年《巧团圆》、1678 年《奈何天》、此后又有《蜃中楼》《风筝误》和《意中缘》等。文章概述了李渔这些传奇剧的基本内容，并指出其中一些剧作的题材来源及艺术特点，如指出《蜃中楼》的创作受到唐代传奇《柳毅传书》和《张生煮海》影响较大。文章最后认为李渔尽管没有完全在创作中实现他自己的戏剧理论，但李渔是一个戏剧创新者，在某种程度上引领了戏曲的未来发展趋势。李渔的剧作没有像明代其他戏曲那样复杂的结尾，他试图以一种简单易懂的方式结束；李渔非常注意戏曲人物的对话，他的喜剧语言是生动而自然的，这也使同时代的评论者以粗俗来指责他；而李渔的乐观主义是他性格的写照，也为他赢得了大量的观众，有利于当代读者对当时社会生活的全面了解。

20 世纪 70 年代在中国古典戏曲创作与批评理论研究领域卓有成绩是波兹涅耶娃和索罗金，前者主要研究鲁迅，晚年曾专门探讨过中国戏曲的喜剧和悲剧理论；后者主要研究元杂剧，对元杂剧的创作和批评理论有专著出版。1972 年，波兹涅耶娃撰写了《中国的喜剧和喜剧理论》，刊载在《远东文学理论问题研究：列宁格勒第五次学术会议论文报告提纲》（第 38—39 页），②1974 年全文正式发表，刊载在科学出版社出版的《远东文学理论问题研究论文集》（第 85—93 页）。③文章探讨中国古典

① Малиновская Т.А.Драматургическая деятельность Ли Юя(1611—1680).—Ученые записки С-Петербургского университета. №431. Серия востоковедческих наук выпуск 36.Востоковедение. 20. С-Петербург. 1998. с.118—127.

② Позднеева Л.Д. Комическое и его теоретическое осмысление в Китае.—Теоретические проблемы изучения литературы Дальнего Востока. Тезисы докл. пятой науч. конф. (Ленинград,1972). М.1972.с.38—39.

③ Позднеева Л.Д. Комическое и его теоретическое осмысление в Китае.—В кн. Теоретические проблемы изучения литератур Дальнего Востока.М.,1974, с.85—93.

戏曲中喜剧因素的来源，从《史记·滑稽列传》到《文心雕龙·谐隐》中有关喜剧的元素，从唐代李商隐《杂纂》到明清时期的喜剧理论，重点介绍了李渔在《闲情偶寄》中对喜剧理论的论述：先是追溯《左传·宣公二年》和《左传·襄公四年》分别记载的《宋城者讴》和《侏儒诵》，指出先秦时期是喜剧理论的源头；再从《诗经》中的"郑卫之声"具有欢快戏谑的娱乐性质，发展到《史记·滑稽列传》中的有关滑稽表演；到刘勰《文心雕龙·谐隐》则有了关于谐与隐的具体论述；到清初李渔在《闲情偶寄·科诨》中则明确提出"科诨非科诨，乃看戏之人参汤也"的观点。李渔创作戏曲也是为了突出戏曲为市民阶层服务的娱乐消遣功能，因此他的剧本创作将戏曲的娱乐和消遣功能放在首位，剧本充满了喜剧色彩，且大多情节曲折、关目新颖、引人入胜，总给人耳目一新的感觉，这都很好地体现了他自己提出的理论主张，比如他的代表作《风筝误》等。1974 年，波兹涅耶娃撰写了《中国悲剧及其理论的首次尝试》，刊载在《远东文学理论问题研究：列宁格勒第六次学术会议报告提纲》（第 67 页），[1]1977 年全文正式发表，刊载在科学出版社出版的《远东文学理论问题研究论文集》（第 75—80 页）。[2] 波兹涅耶娃的中国悲剧理论研究也基本按照她研究喜剧理论的方法，追本溯源，从先秦时期的《诗经》和《楚辞》都具有悲剧元素谈起，尤其以《诗经·黄鸟》为痛悼殉葬的秦将奄息、仲行和针虎为例，说明中国悲剧的起源，又以楚辞中的《离骚》《天问》等诗歌中也具有悲剧色彩的诗句为例，梳理古典悲剧文学的发展脉络；再以司马迁《报任少卿书》中有关叙述，及刘勰《文心雕龙·哀吊》《文心雕龙·辨骚》中相关理论为例，勾勒出中国古代文学作品中的悲剧理论发展历程。文章最后谈及中国古典戏曲即使在"团圆"的结局中也往往具有悲剧的色彩，关汉卿《窦娥冤》和孔尚任《桃花扇》为代表的"团圆"结局仍带有强烈的悲剧色彩。

① Позднеева Л.Д.Трагическое и первые попытки его теоретического осмысления в Китае.—Теоретические проблемы изучения литератур Дальнего Востока.М.,1974, c.67.

② Позднеева Л.Д.Трагическое и первые попытки его теоретического осмысления в Китае.—Теоретические проблемы изучения литератур Дальнего Востока. М,1977,c.75—80.

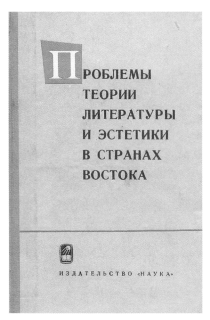

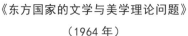

《东方国家的文学与美学理论问题》
（1964 年）

《13—14 世纪中国古典戏曲》
（1979 年）

　　索罗金长期研究中国古典戏曲，尤其以元杂剧为重点。1977 年索罗金发表《中国的古典剧作：体裁的特点问题》，刊载在《远东问题》（第4 期第 190—197 页）。①文章核心观点是认为元杂剧往往具有绝句的"四段式"特点，他以白居易的七言绝句《舟中夜坐》为例，"潭边雾后多清景，桥下凉来足好风。秋鹤一双船一只，夜深相伴月明中"逐句对应杂剧中"起、承、转、合"四折的关系。最后借鉴叶德均《宋元明讲唱文学》中"戏曲是从叙述体的说唱发展而来"的观点，认为元杂剧中的诗词结构正是印证其与诗词的关系。1978 年索罗金以学位论文《论 13 —14 世纪中国古典戏曲的起源、结构、形象和情节》，获得了语文学博士学位。② 第二年索罗金将这篇博士论文正式出版，书名为《13—14 世纪中国古典戏曲：起源·结构·形象·情节》，由苏联科学出版社东方文学

---

　　① Сорокин В.Ф.Китайская классическая драма, вопросы жанровой специфики .—Проблемы Дальнего Востока. 1977, №4.с.190—197.

　　② Сорокин В. Ф. Китайская классическая драма ХIII—ХIV вв.: генезис, структура, образы, сюжеты: Автореф.дис.на соиск.учен.степ.докт. филол.наук.(10.01.06). М.1978.-36 с.

编辑室出版，全书共 334 页。①有学者认为这是"苏联汉学界第一部专论元曲的著作"。②全书主体部分由四章构成，分别是：第一章杂剧体裁的起源、第二章元杂剧的结构、第三章元杂剧的形象、第四章元杂剧的情节。第一章对戏曲艺术的形成、早期的歌舞表演和说唱、元杂剧的演出形式、诸宫调和南戏等诸多问题进行了系统探讨，综合国内外学者的研究成果，提出中国古典戏曲的产生是在各种因素相互作用下演变而来的见解，说唱艺术与早期的歌舞表演、滑稽戏甚至与诗歌、小说等体裁也有着密切的联系；第二章对元杂剧的唱词、曲调、音乐及宾白等结构特征进行了全面分析，作者通过分析元杂剧的结构特征，认为元杂剧的一本四折的构成非常像唐代诗歌中的绝句的结构，即起、承、转、合的结构特点；第三章集中分析了元杂剧中的各类人物形象，包括帝王与将相、法官与罪犯、隐士与书生、妇女和商人、农民及其他等，还时常把元杂剧中的人物性格与欧洲古典戏剧中的人物性格对比分析；第四章则详细介绍了保存至今的 162 种元杂剧的基本情节，并罗列出其中的人物表和角色说明，这部分内容尽管并不复杂，但对于不易读到或读懂元杂剧文本的俄罗斯读者来说具有较高价值。

另外，俄罗斯也有汉学家专注于对中国戏曲理论中某种特殊体裁进行专题研究，如缅什科夫（孟列夫）对诸宫调的专门研究。《刘知远诸宫调》发现于俄罗斯的圣彼得堡，原本共十二则，20 世纪 30 年代郑振铎整理出存世的五则。1961 年孟列夫撰写《论诸宫调的形式与〈刘知远诸宫调〉》，刊载在《苏联和东方外国的历史和语文学问题》（第 78—82 页），③文章首先列出郑振铎整理的五则题目，然后结合王国维《宋元戏曲史》、郑振铎《插图本中国文学史》以及吴则虞发表在《文学遗产增刊》的文章《试谈诸宫调的几个问题》中的相关论述，对《刘知远诸宫调》从弹词、宝卷、子弟书、变文、鼓子词、转踏、曲破、赚词等诸多角度进行分析，并参照现存完整的董解元《西厢记诸宫调》，认为《刘知远诸宫调》在探讨诸宫调的起源、形式以及演变等方面具有不可替代的学术

---

① Сорокин В. Ф. Китайская классическая драма XIII—XIV вв.: Генезис, структура, образы, сюжеты. М.: Наука, 1979. -334 с.

② 李明滨，《中国文学俄罗斯传播史》，北京：学苑出版社 2011 年，第 184 页。

③ Меньшиков Л.Н.О жанре чжугундяо и Лю Чжи-юань чжугундяо.—Вопросы филологии и истории стран Советского и зарубежного Востока.М.1961.с.78—82.

价值。

此外，俄罗斯对中国古典戏曲理论的研究还注意到其他国家学者关注的视角，这对于研究者来说不但要熟悉中文，还要掌握其他国家的语言。如1969年，李福清发表《评H.马汉茂〈李立翁论戏曲〉；M.吉姆〈段成式乐府杂论〉》两篇评论，刊载在《亚非人民》第2期第219—222页。①分别对德国汉学家黑尔默特·马丁（HelmutMartin，汉名马汉茂，1940—1999）在1966年出版的《李笠翁论戏曲》和马丁·吉姆（Gimm，Martin，1930—）在1966年出版的《段安节及其〈乐府杂录〉》进行评论；1970年，谢罗娃发表《梅耶荷德的戏剧理念和中国戏剧理论》，刊载在《远东文学理论问题研究论文集》（第140—148页）。②将俄国戏剧理论家梅耶荷德的戏剧理念与中国古典戏曲理论进行对比研究；1974年，艾德林发表书评《波兰汉学家关于中国戏剧起源的研究——评波兰汉学家日比科夫斯基1974年出版的〈南宋早期南戏研究〉》，刊载在《远东问题》（第4期第183—186页），③对波兰汉学家日比科夫斯基（Tadeusz Zbikowski，1930—1989）在1974年出版的汉学著作《南宋早期南戏研究》进行了评论。

第三节　关于戏曲的角色和演出

角色和演出是中国古典戏曲理论中重要的范畴，但相较于戏曲创作和评论史料的丰富性，关于角色和演出的论述不多，尤其是关于演员装扮、舞台动作、唱腔宾白等演出理论的记载极其少见。俄罗斯汉学界对中国古典戏曲的关注也大多侧重于文本，或是对戏曲角色行当的研究，但中国古典戏曲研究家索罗金和谢罗娃长期深耕于中国古典戏曲角色和演出领域，取得了丰硕的研究成果。

---

① Рифтин Б.Л. М.Гимм.Разные записи о Музыкальной Палате Дуань Ань-цзе, исследование по истории музыки, представлений и танца в период Тан.—Висбаден.1966. Х.Мартин.Ли Ли-Вэн о театре.Китайская драматургия XVII столетия.—Гейдельберг.1966.—На немецком языке.—Народы Азии и Африки.1969,№2.с.219—222.

② Серова С.А.Театральная концепция В.Э.Мейерхольда и китайская театральная теория.—Теоретические проблемы изучения литератур Дальнего Востока.М.1970.С.140—148.

③ Эйдлин Л.З.Польский синолог об истоках китайской драмы.—Проблемы Дальнего Востока.1974.№4.с.183—186.

一、索罗金等早期的戏曲理论研究

20 世纪前后，俄罗斯出现少量的关于中国古典戏曲音乐或演员的评论文章，如 1894 年格罗斯特维茨发表《中国的戏剧和音乐》，刊载在《欧洲公报》杂志（第 6 期第 594—616 页），① 1911 年涅夫罗多夫发表《中国的戏剧和演员》，刊载在《戏剧与艺术》杂志（第 13 期第 275—277 页）。② 这两篇文章或专论音乐，或侧重演员，都是简明扼要地介绍。直至 20 世纪五六十年代，苏联与我国在包括古典戏曲在内的文化领域展开广泛而深入的交流，苏联的一些汉学家开始有计划、系统地研究中国古典戏曲的角色与演出理论。这一时期的主要文章如 1951 年尤特金维奇发表《中国古典戏剧的面具（脸谱）和形式》，刊载在莫斯科出版的《戏剧》杂志（第 10 期第 101—106 页），③ 1955 年谢尔盖·奥布拉兹卓夫发表《中国人民的戏剧》，刊载在《外国文学》杂志（第 1 期第 230—254 页），④1955 年谢尔盖·奥布拉兹卓夫发表《论角色》，刊载在《戏剧》杂志（第 8 期第 125—136 页），⑤1966 年索罗金撰写《元曲：角色与冲突》提纲，刊载在《东方文学理论问题会议报告提纲》（第 106—107 页），⑥1969 年索罗金正式发表了《元曲：角色与冲突》全文，刊载在《东方文学的理论问题》论文集（第 339—347 页）。⑦这些论文对中国古典戏曲中的演员装扮、角色行当等进行了较为全面的探讨，但主要集中在京剧和元杂剧上。

1967 年，索罗金发表《〈唱论〉译注》，刊载在东方文献出版社出版的《历史语文学研究》（纪念康拉德院士诞辰七十五周年诞辰特刊）第

---

① Коростовец И. Театр и музыка в Китае.—Вестник Европы.Журналъ. историиполитики.двадцать-девятый год. книга 6-я.1894.№6. с.594—616.

② Невродов П. Китайский театр и артисты.—Театр и искусство. 1911.№13.с.275—277.

③ Юткевич С. Маски и образы китайского классического театра.—Театр.1951. №10.с.101—106.

④ С.Образов.Театр китайского народа.—Иностранная литература.1955. №.1. с.230—254.

⑤ Сергей Образцов В.Роль.—Театр.1955.№ 8.с.125—136.

⑥ Сорокин В.ф. Юаньская драма: герои и конфликты.—Тезисы докладов симпозиума по теоретическим проблемам восточных литератур. М.1966. с.106—107.

⑦ Сорокин В.ф. Юаньская драма: герои и конфликты.—Теоретические проблемы восточных литератур. М., 1969. с. 339—347.

487—492 页。①索罗金翻译的这篇《唱论》的作者是元代的燕南芝庵，被收入 1959 年出版的《中国古典戏曲论著集成》第一册，这是中国古典戏曲理论中关于戏曲表演极为重要的文献资料，苏联汉学家李福清在其1987 年出版的中译本《中国古典文学研究者苏联》里误认为这是对《曲品》的翻译和注释。②在新近出版的由姜明宇翻译的《14—17 世纪中国古典戏剧：杂剧史纲》中则误译作《诗经》，③由此可见国内外学者对《唱论》的误解。在这篇文章中索罗金首先根据此前国内学术界对《唱论》的整理和研究情况，简要介绍了《唱论》在散曲、小令、套数以及杂剧中楔子、折数，尤其是演唱方面的论述，然后他根据 1962 年周贻白《戏曲演唱论著集释》中对《唱论》的注释，结合 1957 年刘念慈发表的《元杂剧演出形式的几点初步看法》等相关史料，对《唱论》的内容和价值进行了简要论述，认为《唱论》在中国戏曲理论史上具有不可替代的价值，文章最后附录了《唱论》全文 27 则的俄文翻译。

二、谢罗娃对《明心鉴》的翻译和研究

真正长期把中国古典戏曲表演理论作为研究对象，并取得令人瞩目成就的是苏联时期女汉学家谢罗娃。出生于 1933 年的谢罗娃汉语名字叫谢雪兰，她坚持研究中国古典戏剧几十年，早年关注中国现代戏的研究，1970 年出版了《19 世纪中叶至 20 世纪 40 年代的京剧》，④用不足200 页的篇幅首次全面介绍了京剧的起源与发展过程。此后，她的研究兴趣偏向中国古典戏曲表演理论的探究，20 世纪 70 年代谢罗娃连续发表了一系列关于清代黄幡绰《明心鉴》的研究文章，最终完成了迄今为止俄罗斯唯一一本探讨《明心鉴》的学术专著。

1970 年，谢罗娃发表《中国戏曲表演典型手势的渊源》，刊载在《亚

---

① Сорокин В.Ф.Трактат "Рассуждение о пении"—Историко- филологические исследования. M.1967.c.487—492.

② ［苏联］李福清，《中国古典文学研究在苏联》，北京：书目文献出版社 1987 年，第 128 页。

③ ［俄］T.A.马利诺夫斯卡娅，《14—17 世纪中国古典戏剧：杂剧史纲》，姜明宇译，北京：团结出版社 2023 年，第 243 页。

④ Серова С.A. Пекинская музыкальная драма (середина XIX — 40-е годы XX в.). M.Наука.1970.-196 c.

非人民》（第 5 期第 114—122 页）。①文章从戏曲表演的身段、眼法、身法和步法等四个方面论述演员在舞台表演时的身形动作和面部表情，她根据《东京梦华录》等文献的记载，结合当时国内学者熊伯履的《相国考》、郑法祥的《谈悟空戏表演艺术》、程砚秋的《戏曲表演的四功五法》等著作中的有关论述，对《明心鉴》中记载的舞台规范动作和演员表情进行了详尽的论述。1972 年谢罗娃又发表《剧场理论在中国戏剧美学史上的地位——根据〈明心鉴〉的材料》一文，刊载在《第三次"中国社会与国家"会议论文集》（第 1 册第 220—221 页）。②在这篇只是提纲式的文字中简要罗列了谢罗娃对《明心鉴》的一些基本观点：如她认为《明心鉴》是继燕南芝庵的《唱论》、潘之恒的《鸾啸小品》之后第三部专门论述演员在舞台表演艺术的戏曲文献；尽管《明心鉴》被收录到十卷本的《中国古典戏曲论著集成》中，但在被收录的 33 种清代戏曲理论著作中几乎被淹没，人们更注意在这部著作之前的李渔《闲情偶寄》；《明心鉴》的许多论述借鉴了中国古代绘画艺术理论的术语，如"真""品""传神"等；《明心鉴》具有与佛道思想相近的哲学意义，这从该书的名称就可以看到，因为"明""心""鉴"三个字有明心、心灵、镜影的含义。这些观点在她后来发表的文章中都得到了进一步的探究。

1974 年和 1975 年，谢罗娃发表了两篇关于《明心鉴》研究的论文纲要，一篇是 1974 年的《〈明心鉴〉中戏剧理论对舞台形象的规定》纲要，刊载在《远东文学理论问题研究：列宁格勒第六次学术会议报告提纲》（第 75—76 页）；③一篇是 1975 年发表的《18 世纪的〈明心鉴〉对四种舞台形象（"四状"）的规定》纲要，刊载在《第六次"中国社会与国家"会议论文集》（第 1 册第 206—207 页）。④前者列出《明心鉴》中

---

① Серова С.А.Истоки канонического жеста в китайском театре.—Народы Азии и Африки.1970.№5.с114—122.

② Серова С.А.Место теории театра в эстетике китайского искусства в целом(на материале трактата Зеркало Просветленного духа).—В кн.Третья научная конференция. Общество и государство в Китае.Тезисы и доклады. М.1972, вып.1.с.220—221.

③ Серова С.А.Канон сценического образа в теории Зеркало Просветленного разума(Мин син цзянь,вторая пол. XVIII в).—Теоретические проблемы изучения литератур Дальнего Востока. Тез.докл.шестой науч.конф.(Ленинград.1974).М.1974. с.75—76.

④ С.А. Серова. «Четыре эмоциональных состояния» в системе сценического образа («Мин синь цзянь», XVIII в,)—Шестая научная конференция "Общество и государство в Китае" .тезисы и доклады. ч.1, М., 1975, с.206—207.

所谓的"八形"与另一版本中所谓的"八象",认为二者尽管略有区别,但实质都是强调演员的面容、眼睛、声音和步态,这类似于"四象",与《易经》的"八卦"有一定的联系;《明心鉴》中的"四状"(喜怒哀惊)则指演员在舞台上的四种面部表情。后者先是列出《明心鉴》所说的"分四状"指的是喜、怒、哀、惊,然后将《礼记·乐记》中记载的"乐者,音之所由生也,其本在人心感于物也。是故其哀心感也,其声噍以杀"与《明心鉴》"四状"要诀"但看儿童有事物触心,则面发其状,口发其声;喜怒哀经现于面,欢恨悲竭发于声"进行相互印证,指出"四状"的渊源及其特点。

《19 世纪中叶至 20 世纪 40 年代的京剧》(1970 年)

《黄幡绰〈明心鉴〉和中国古典戏剧美学》(1979 年)

1977 年,谢罗娃发表《〈明心鉴〉中论规范形象与社会道德之间的关系》,见于《中国国家与社会》论文集(第 302—310 页)。[①]这篇文章是在前面几篇提纲的基础上对《明心鉴》演员舞台演出的具体深入的探讨,主要是对"八形"和"四状"的系统论述。谢罗娃罗列出收录到《中国古典戏曲论著集成》中《明心鉴》里的"辨八形",即贵、富、贫、贱、

---

① С. А. Серова.Соотношение канона и социально-этического содержания образа в трактате «Мин синь цзянь»(«Зеркало просветленного духа»).—Китай государство и общество. Сборник статей. М.Наука.1977.c.302—310.

痴、疯、病、醉等，又罗列出国内学者吴新雷在《介绍吴永嘉重编本〈明心鉴〉》一文里的"八形象"，即老、少、文、武、醉、癫、贫、富等，进而对比并分析"八形"的不同含义。谢罗娃引用《管子·心术》"形不正者，德不来；中不精者，心不治。正形饰德，万物必得"等文献，强调演员舞台表演时外在形象的重要性，谢罗娃还借凌濛初《拍案惊奇》中《姚滴珠避羞惹羞》里"面庞怪到能相似，相法看来也不差"的诗句印证演员表演形貌的重要性。对于演员饰演的君子形象，谢罗娃从《诗经》《韩非子》《荀子》《礼记》等文献中旁征博引，如《诗经·假乐》中君子指的是天子，《韩非子·解老》说："人有富，则富贵至；富贵至，则衣食美；衣食美，则骄心生。"《荀子·富国》称："礼者，贵贱有等，长幼有序，贫富轻重皆有称者也"。《礼记·礼运》说："死亡贫苦，人之大恶存焉，心之大端也。"文章最后认为《明心鉴》对于"八形"的经验总结可以看作清初李渔《闲情偶寄》中相关论述的补充与发展。李渔对于戏曲舞台上"近则蓝衫与青衫并用，即以之别君子小人"的衣冠恶习提出严厉的批评，而《明心鉴》在"辨八形"中则对于富贵贫贱的各种形态进行了严格的区分和限定，这是《明心鉴》的经验总结。当然，《明心鉴》的"八形"论述并非完全符合实际，明清易代之后，富贵贫贱等服饰衣着可能会有一些变化，但痴疯病醉则基本保持不变。例如对于醉者的形态，谢罗娃还引证了冯梦龙《醒世恒言》中《十五贯戏言成巧祸》的开篇诗词"时因酒色亡家国，几见诗书误好人"一句，指出古往今来饰演醉酒者的固定程式。在文章结尾，谢罗娃认为《明心鉴》在戏剧舞台和表演方面的探索具有人类社会道德教育的意义，她引用德国戏剧家席勒《论作为一种道德机构的剧院》中的论述："罪恶在它令人恐怖的镜子里令人厌恶地显现出来，正如美得令人欣喜地显现出来一样。……我们可以期待剧院具有这种作用的大部分，这种作用在于剧院给高级种类的蠢人照镜子，而以有益的嘲笑使形形色色的蠢人感到羞愧。……剧院比其他任何公开的国家机构，更多地是一所实际生活经验的学校，一座通向公民生活的路标。"①

在撰写系列关于《明心鉴》的单篇文章的基础上，1979年谢罗娃在

① 此处据俄文原文翻译，并核对《论作为一种道德机构的剧院》中译文，见［德］席勒，《秀美与尊严——席勒艺术和美学文集》，张玉能译，北京：文化艺术出版社1996年，第14—15页。

莫斯科东方科学出版社出版了专著《黄幡绰〈明心鉴〉和中国古典戏剧美学》，①在该书中联系中国古代哲学、宗教，在广阔的历史文化背景下研究中国古典戏曲表演的美学特征，从表演程式、演员技巧、剧场观念等三个层面深入剖析《明心鉴》的戏曲美学价值，提出了许多独特的见解。限于篇幅，将该书目录翻译如下：

上编《明心鉴》翻译

一、《明心鉴》和昆曲

二、《明心鉴》的历史

三、《明心鉴》序跋文

四、《明心鉴》（《梨园原》）正文

五、《梨园原》注释

下编《明心鉴》研究

六、舞台演出的规则

    1. 八形

    2. 四状

    3. 脚色

七、演员表演技巧

    1. 舞台动作

    2. 演员规范身段的渊源

    3. 演员的审美标准

八、剧场观念

    1. 剧——游戏场所

    2. 剧——公众讲坛

    3. 神——演员的保护者和剧场观念

九、参考文献

十、插图列表

十一、术语索引

十二、人名索引

---

① Серова С. А. "Зеркало Просветленного духа" Хуан Фань-чо и эстетика китайского классического театра. М. : Наука, 1979.– 223 с.

在该书中，谢罗娃对前期发表的系列论文进行系统整理并深化研究，例如在论述"四状"时，对"喜则令人悦，怒则教人恼，苦则动人惨，惊则使人懊，虽则为戏，意当为真"进行逐字逐句的分析阐释，为了准确表达演员练习其中的"苦则动人惨"，她引用《礼记》、明清小说等大量文献史料，如《礼记》中"仲尼曰：'君子中庸，小人反中庸。君子之中庸也，君子而时中。小人之中庸也，小人而无忌惮也。'"并且引证白话小说《白玉娘忍苦成夫》中"世上万般哀苦事，无非死别与生离"的诗句，进而深化对"四状"的理解。因此，谢罗娃的这部研究《明心鉴》的专著，被学界认为是"苏联汉学界关于中国剧场和舞台艺术理论的第一部研究著作"。[①]

值得注意的是，谢罗娃并不是孤单地以《明心鉴》记载的戏曲表演文献为研究对象，她还注意把《明心鉴》与其他有关戏曲表演理论的著作进行对比研究，如1983年谢洛娃发表了《李调元的戏曲理论》一文，刊载在《第十四次"中国社会与国家"学术会议论文集》（第1册第205—211页）。[②]这是迄今为止俄罗斯仅见的专门关注清代戏曲理论家李调元的学术文章，李调元的《剧话》和《曲话》被收入十卷本《中国古典戏曲论著集成》第八册，他在书中多摘引前人的戏曲评论，间杂自己的评论。相较而言，《剧话》重在记载故事，《曲话》重在论述词采。李调元记载当时流行的吹腔、秦腔、二黄腔、女儿腔的流布情况，对弋阳腔、高腔的发展脉络进行了细致的探索，在研究地方戏曲史尤其是剧种声腔史方面很有价值。谢罗娃的这篇文章首先全文翻译了李调元的《剧话序》，并以注释的方式对作者李调元、《剧话》、剧场、兴观群怨、尤侗等词语加以详细解说；然后简要分析并归纳李调元对戏剧与人生关系的看法，指出李调元所强调的"戏也，非戏也；非戏也，戏也"的意思是"舞台演出的戏剧并不是戏，而是历史和现实的生活，历史和现实的生活虽然不是戏，却隐喻在戏中"。最后将李调元的戏曲表演理论与黄幡绰《明心鉴》联系起来，认为李调元是极少数关注古典戏曲表演，并且辩证看待戏曲与社会生活的关系的理论家之一。难能可贵的是，谢罗娃还以柏拉图、阿维森纳、塞万提斯等西方哲学家、美学家和文学家的论述观照李

---

① 李福清，《中国古典文学研究在苏联》，田大畏译，北京：书目文献出版社1987年，第109页。

② Серова С.А. Концепция театра Ли Дяо-юаня（1734）.—Общество и государство в Китае. Тезисы и доклады, т.1, 1983, c.205—211.

调元的戏剧表演理论，如她引用阿维森纳的"死神不停地在下棋，而我们每个人只是棋子，世界是巨大的棋盘，白昼和黑夜犹如天上的两根骨头"。（大意）塞万提斯也有类似的比喻，他认为每个人就如棋子一样，活在世上的时候都有自己的价值，死去之后犹如被装进口袋里的棋子，失去了任何意义。李调元对"人生如戏，戏如人生"的看法尽管不被时人及后人理解，甚至招致嘲讽，二百年之后的俄罗斯汉学家谢罗娃对李调元戏曲理论的解读，可谓是知音之论了。

　　进入 21 世纪以来，谢罗娃仍然坚持研究中国古典戏曲，但关注点更为广泛，研究也更为深入，如 2005 年谢罗娃在东方文学出版社出版了专著《中国戏剧：世界美学形象》，① 2012 年谢罗娃又出版了《宗教仪式和中国戏曲》。②前者广泛探讨中国戏剧美学在世界美学史上的地位和影响，后者深入探究东方早期的傩戏等具有宗教特色的戏曲表演。

---

① Серова С.А. Китайский театр - эстетический образ мира.М.2005.-176с.
② Серова С.А. Религиозный ритуал и китайский театр. М.2012.-168с.

第五章　中国古典戏曲改良在俄罗斯

第一节　明清小说改编戏曲在俄罗斯的翻译

明清小说是中国古典戏曲及地方戏题材的一个重要来源，著名的长篇小说几乎都曾被改编成戏曲在舞台搬演或供文人案头阅读，有的甚至被改编为规模宏大的连台戏曲。据笔者的搜求与梳理，被翻译成俄文的这类戏曲主要取材于明代以四大奇书为代表的长篇小说，也有少量改编自清代的中长篇小说。包括取材于李渔《无声戏》的《三娘教子》，取材于《水浒传》的《乌龙院》，取材于《三国演义》的《空城计》，取材于《水浒后传》的《打渔杀家》，以及取材于《西游记》的《闹天宫》等五部戏曲。

一、《三娘教子》

1914 年，俄国人巴拉诺夫将京剧《三娘教子》译成俄文，发表在《亚洲导报》（《亚细亚时报》（第 23、24 期，第 83—91 页）。[1]

京剧《三娘教子》是晚清和民国时期极为流行的宣扬封建时代忠孝节义思想的戏曲剧目，关于戏曲题材的来源有多种说法，或说取材于明代传奇《断机记》及《双官诰》（一作《双冠诰》），或说取材于清初李渔的小说《无声戏》第十二回。考察上述戏曲和小说，故事的主要人物姓名都完全不同，只是思想或情节有相似之处。巴拉诺夫在 20 世纪初翻译过多篇取自中国笔记小说的传统故事，且大多发表在《亚细亚时报》上，但他翻译的戏曲却仅此一篇。俄文题名"中国戏剧——《三娘教子》"，

---

① Сан-нянь-цзяо-цзы.(Третья жена воспитывает сына (Полная проверенная пьеса по столичному напеву). Пер.Баранова И.—Вестник Азии.1914.№23-24.c.83—91.

戏文前面有"内容简介",叙述了戏曲的故事情节并对其进行了简要的分析和评价,译者认为"这个不寻常的故事让人们理解皇帝的思想并在家庭中宣扬和推广的四个方面:忠、孝、节、义。其中薛广代表忠,薛倚代表孝,春娥代表节,薛保代表义"。巴拉诺夫还写道:"《三娘教子》刻画了春娥这个善于教育儿子的妇女形象,而帮助她教育儿子的仆人薛保也是观众极其喜爱的人物。"译者结论是:"《三娘教子》尽管是很久以前的作品(可能至今有三百年左右的时间),但直到现在于戏曲舞台上仍盛演不衰。"当时的《亚细亚时报》时常刊载一些反映忠孝节义、颂扬妻贤子孝的小说或故事,但刊载古典戏曲并不多见,这部《三娘教子》篇幅不长,又颇符合该报刊的宣传理念,因此被译成俄文发表。

俄文版《三娘教子》内容为全剧最为精彩的"教子风波",即第一场。正文前面列有人物表:薛春娥、薛倚、薛保。正文采用直译加注释的形式,全文共有 17 处注释,分别是"贞节""镇江""雾密不知天早晚,雪深哪知路高低""将脸朝外""曾子""喂猫喂狗""秦甘罗""三国""薛子鲁""阎罗""火上浇油""子不教,父之过""教子终身有靠""人无千日好,花无百日娇""断机杼""胆颤心寒""改换门庭"。从《亚细亚时报》的发行与传播方式来看,这些注释应该是以方便读者阅读为目的。

二、《乌龙院》

1914 年,有署名奎丹京(音译)的译者将京剧《空城计》《乌龙院》译成俄文,刊载在《亚洲导报》(《亚细亚时报》(第 25—27 期,第 36—46 页)。①

《乌龙院》是根据《水浒传》中的故事情节改编的一个传统京剧曲目,由《水浒传》中宋江杀惜的故事情节改编而成。最初在京剧中,小说里阎婆惜的名字就被改成了阎惜姣,乌龙院则类似于丽春院这种妓院。阎婆惜在剧中是个妓女,宋江则成了嫖客,而且宋江杀阎婆惜的动机也是情杀。完整的《乌龙院》全剧实际上包括"宋江闹院"和"宋江杀惜"两部分。建国后,著名京剧表演艺术家周信芳先生把这出戏改得更接近原著了,也就是我们现在看到的版本。改编后的版本删除了老戏中把宋

---

① Кун-чень-цзи.(Оборона пустого города),У-Лунь-юань.(Двор Черного Дракона), Пьесы.—Перевод с китайского Куй Дан-тина.—Вестник Азии. 1914.№ 25—26—27. с.36—46.

江处理成嫖客及情杀的描绘，增加了"刘唐下书"这折戏，突出了宋江对梁山好汉的同情，也为后面宋江杀阎惜姣埋下伏笔。同时，改编后的剧本将阎惜姣刻画为放荡狠毒、忘恩负义的反面人物。全剧有的统称为《坐楼杀惜》。

刊载在1914年《亚洲导报》上面的俄译文《乌龙院》内容并不完整，实际上只是全本京剧《乌龙院》中的"宋江闹院"部分，译文从张文远上场到宋江愤而离开乌龙院止，此时，张文远和阎惜姣欲设计陷害宋江。阎惜姣道："宋江啊！宋江！管教你明枪容易躲，暗箭最难防。"译文基本逐字逐句翻译了剧中的全部对话和唱词，并且对戏文中的疑难词语采取了注释说明的方法，共有四个注释，分别是："龙心凤肝""描龙绣凤""在理教""乌龟"，其中"在理教"指的是白莲教的一个支流，为清代民间的秘密结社之一。

三、《空城计》

1914年发表在《亚细亚时报》上的还有京剧《空城计》的俄译文，尽管只有两页篇幅，但也基本上包括了《空城计》的全部内容：从诸葛亮得知街亭失守，到采取空城计策，最后到司马懿退兵止。但人物主要只包括诸葛亮（译文作"侯爵"，即丞相）、司马懿及士兵和探子（译文作"信使"）等四人，全文总共24次对话，其中诸葛亮一人就有18次，司马懿2次，士兵3次，探子1次。当然也有简单的提示语，如"自语""唱道""说道""表演"等。

关于京剧《空城计》，本书前文提到的汉学家瓦西里耶夫（王希礼）在1929年曾发表论文《中国的戏剧》，刊载在《东方戏剧论文集》（第196—267页）。[1]在文后附有瓦西里耶夫（王希礼）翻译的俄文《空城计》。[2]瓦西里耶夫翻译的《空城计》内容是全剧的第11场至第16场，即通常所说的《失空斩》中的"空城计"部分。剧本译文前面有角色介绍：分别介绍了诸葛亮（老生）、赵云（武老生）、司马懿（大花脸）、司马昭（武生）、司马师（净）以及棋牌（末）、探子（末）、老军甲乙（丑）、琴童

---

[1] Васильев Б.А.Китайский театр.—Восточный театр.Сборник статей.Л.*Academia*. 1929.c.196—267.

[2] Хитрость с пустым городом.Перевод Васильева Б.А.Китайский театр.—Восточный театр. Сборник статей. Л. *Academia* 1929.c.247—259.

（末）、侦察兵（末）等。瓦西里耶夫的译本不但将戏文的宾白、唱词、动作全部译出，而且注释也十分详细，对重要或难解的词语均加以解释，包括"岐山""王平""列柳城""马谡""街亭""西城""汉室""先帝""卧龙岗""阴阳""周文王""渭南"，等等。但这本俄译文的《空城计》不分场次，且唱词只标注"唱"或"接唱"，也没有译出唱词曲牌，如【西皮摇板】【西皮慢板】【西皮原板】等。可见该译文翻译也并非为了演出，而是仅供阅读。

四、《打渔杀家》

1936 年，汉学家瓦西里耶夫（王希礼）发表《梨园艺术——中国古代戏剧》，刊载在《星星》杂志（第 4 期第 248—256 页），[①]在文章的最后瓦西里耶夫翻译了京剧《打渔杀家》戏文，在该书的第 257—272 页。[②]

瓦西里耶夫这篇文章主要是评论梅兰芳在苏联的访问和演出。1935 年梅兰芳率京剧团共 24 人赴苏联莫斯科、列宁格勒等地演出，演出正剧曲目有《打渔杀家》《宇宙锋》《汾河湾》《刺虎》《虹霓关》《贵妃醉酒》等六种京剧，其中在莫斯科演出六场，在列宁格勒演出八场，最后又在莫斯科大剧院加演一场《打渔杀家》《虹霓关》和《盗丹》，可见《打渔杀家》是此次赴苏联演出的重要曲目之一。

《打渔杀家》在 20 世纪 50 年代上海京剧院赴苏联演出时也是重要的曲目之一。1956 年中国著名京剧艺术大师周信芳率领上海京剧院一行 75 人出访苏联，共演出 53 场，包括京剧《十五贯》《四进士》《拾玉镯》《挑滑车》《打渔杀家》《雁荡山》《盗仙草》《贵妃醉酒》《八仙过海》《秋江》《芭蕉扇》《追韩信》《徐策跑城》《三岔口》《双射雁》《投军别窑》《泗州城》等 19 个传统京剧剧目，《打渔杀家》的主人公萧恩即由周信芳扮演。此外，1959 年塔拉诺夫发表《京剧复兴》一文，刊载在《戏剧生活》（第 18 期第 2 页），也介绍了京剧《打渔杀家》和《李陵碑》等。[③]

《打渔杀家》是根据明末清初陈忱的《水浒后传》改编的京剧，全剧

---

① Васильев Б.А.Искусство Грушевого сада.(Классический китайский театр).—Звезда, 1936, №4, с.248—256.

② Месть рыбака (Да-юй ша-цзя).Пер. Васильева Б.А.(В тексте статьи Васильев Б.А. Искусство Грушевого сада).—Звезда, 1936, №4, с.257—272.

③ Таранов М. Возрождение.—Театральная жизнь.1959.№18.с.2.

共有六场。瓦西里耶夫翻译的俄文《打渔杀家》共 16 页，除了在第六场萧恩被丁府责打四十大板后，萧桂英的一段唱词没有译出之外，全剧文字都被译出，可以看作京剧《打渔杀家》的全译本。译文附有注释 12 条，包括"方腊起义""蟒袍玉带""江湖""幕内""六部公文""两""担""子期访伯牙""搭轿""七窍""茶壶""麒麟"等。尽管如此，仍有一些词语外国读者不借助注释是难以理解的，如第三场最后有一段对话：

> 大教师：徒弟们，谁认识肖恩这厮？
> 四小教师：我们认识。
> 大教师：好，一路捡鹅毛。
> 四小教师：此话怎么讲？
> 大教师：凑胆子走。

这里的对话暗用了歇后语"一路捡鹅毛——凑胆子走"，"凑胆子"谐音"凑掸子"，俄文翻译了，但意思并不好理解。

《打渔杀家》剧照（1956 年）

《国外经典木偶戏剧集》（1959 年）

五、《闹天宫》

取材于明清小说的戏曲被翻译成俄文发表的上述几部曲目，都是在20世纪初的民国时期。此外有一部取材于《西游记》的京剧在俄罗斯颇有影响，这就是多次在俄罗斯演出，并被翻译成俄文出版的《闹天宫》。1959年，苏联学者瓦赫金把无名氏著的《大闹天宫》（根据《西游记》改编）翻译成俄文，刊载在国际艺术出版社出版的《国外经典木偶戏剧集》。①

笔者粗略统计了《闹天宫》从20世纪50年代至今在俄罗斯的演出情况：1956年中国旅大歌舞团、旅大京剧团一行75人赴苏联，先后在伊尔库兹克和新西伯利亚等地演出了《贵妃醉酒》《霸王别姬》《穆柯寨》《甘宁百骑劫魏营》《闹天宫》《猎虎记》《三岔口》《秋江》《水漫金山》等京剧剧目；1993年以綦军为团长，刘玉举、尚绪朝为副团长的黑龙江省京剧院演出团一行50多人赴俄罗斯、乌克兰演出，演出剧目有《战洪州》《闹天宫》等折子戏；1997年以刘礼恒为团长，张新民为副团长的黑龙江省京剧院一行36人赴俄罗斯演出，在阿穆尔州等地演出5场，主要剧目有《盗库银》《闹天宫》等折子戏；1997年黑龙江省京剧院演员刘洪涛、孟昭权等4人与黑龙江省杂技团、黑龙江省歌舞团组成黑龙江省飞龙公司艺术团赴俄罗斯演出20场，主要剧目有《三岔口》《闹天宫》等；2001年北京京剧院"梅兰芳京剧团"赴俄罗斯莫斯科参加北京市政府举办的"北京文化节"活动，李师友、吴燕、张淑景、高云霄、张立媛、何威、纪烈祥等演出了《闹天宫》《天女散花》《盗库银》《三岔口》《金山寺》等京剧剧目。由此可见《闹天宫》在俄罗斯的演出情况。

1959年瓦赫金翻译的俄文《闹天宫》的底本是1953年由中国京剧团演员李少春整理的，并多次在国内外演出，这个整理本共有5场。整理本将原本（指晚清民国时期的旧本《闹天宫》）中孙悟空在蟠桃园中偷吃蟠桃，摘桃仙女发现蟠桃被偷等情节均改为暗场，并削删了一些油滑的唱词；原本中孙悟空与天兵天将每打一场均有李天王的唱词一支，在改本中多处被删掉；原本的结尾是孙悟空终于被擒，新本改为孙悟空得

---

① Б.Б.Вахтин. неизвестный автор."Переполох в небесном царстве"—Театр кукол зарубежных стран.Ленинград, Москва. Искусство. 1959г. −528 с.

胜之后回到花果山。俄译文基本遵照了李少春的改写本内容，但也根据俄国读者或观众的阅读欣赏习惯有所改动，主要表现在：第一场孙悟空盘问摘桃仙女的问话中，本来有孙悟空问："蟠桃会上，请的是哪些神仙？"四仙女回答："请的是西天如来佛祖、南海观世音、五百阿罗汉、赤脚大仙、上中下八洞神仙等。"俄文译本删除了这段问答，改为孙悟空直接问道："可有俺老孙在内？"原本第四场开头赵天君上场，孙悟空上场有一段【水仙子】唱词，也被删掉了。此外，原本第五场中李天王召集天兵天将一段文字中，删去了鸿鸾、天喜、九曜星君、月孛星斗、南北星斗、六丁六甲等，这样删改都是为了更加适合俄罗斯读者的阅读和理解习惯。

以上我们考察了20世纪上半叶俄罗斯对改编自明清小说的中国古典戏曲（主要是京剧）的翻译情况，他们选取的基本都是根据中国古典文学名著的故事情节改编的传统剧目，尤以《三国演义》《水浒传》《西游记》《水浒后传》等为主。经过梳理和研究，可以得出如下一些结论：

首先，从翻译目的来看，主要是介绍中国戏剧知识，如瓦西里耶夫（王希礼）翻译的《空城计》是其在1929年发表的长篇文章《中国的戏剧》中的一部分，并非独立发表的译作；同样，他翻译的《打渔杀家》则是其在1936年发表的论文《论梨园艺术》的一部分，也不是独立发表的。

其次，从传播效果来看，早期译者选取的剧目多是传统题材改编的京剧曲目，这些戏曲的主要思想多是宣扬忠孝节义和夫贵妻贤，如1914年巴拉诺夫翻译的《三娘教子》宣扬忠孝节义；或是为民众喜闻乐见、广为流传的反映世俗趣味的曲目，如《乌龙院》《空城计》《打渔杀家》等。相对来讲，20世纪50年代翻译的《闹天宫》则是对传统旧剧的改编之作，反映了那个时代以阶级斗争为纲的思想。

最后，从翻译技巧来看，早期的戏曲翻译者更注重的是戏曲故事情节的传达，对俄罗斯读者不容易理解的词语，尤其是谚语、俗语或历史地理等专有名词以注释的方式来补充正文的缺陷。同时也起到学习汉语和了解中国传统文化的作用，对于戏曲中的唱词韵语则译成叙述的对话形式，而对于戏曲的唱腔、曲牌则几乎省略不译。

第二节　中国古典戏曲新编在俄罗斯的翻译

中国古典戏曲新编指的是在中华人民共和国成立之后由政府主导推行的一系列戏剧改革中改编过的古剧。由于 20 世纪五六十年代中苏关系的变化，在俄罗斯有不少新编古剧被翻译成俄文出版，笔者所了解到的主要有 1954 年翻译改编的京剧《白蛇传》、1957 年翻译的昆曲《十五贯》、1968 年翻译的越剧《梁山伯与祝英台》三部，广义上讲也可以把 1951 年翻译的新编历史剧《屈原》、1958 年翻译的新编话剧《关汉卿》归为此类。

一、京剧《白蛇传》

1954 年，苏联的埃尔贝格和卡拉诺夫合作编译了剧本《白蛇传》，扉页标注"根据中国古代同名传说改编，三幕八场剧本"，由苏联国家艺术出版社出版，共 84 页。[①]由于编译者没有注明改编自哪种版本的《白蛇传》传说，我们只能根据译本出版的时间及其内容进行推断，篇首"人物表"包括天神、寿星（长寿神）、文昌星（文学神）、关王爷（战争神）、灶王爷（家庭神）、小白（白蛇）、小青（青蛇）、许仙、张密（农民）、风叔（渔民）、杭州太守、法海（金山寺长老）、尚司（房屋主人）、税吏、总督副官、狱卒、胖和尚，以及众和尚、士兵队、乐队等。剧本的情节和人物不同于国内任何版本的《白蛇传》剧本，前面有长达 18 页的序幕，讲述天庭神仙的故事，正文首先是白蛇与青蛇出场，偶遇许仙，产生爱情，后来遭到金山寺长老法海的破坏，白蛇被法海压在雷峰塔下，最后是雷峰塔倒掉。基本情节与京剧《白蛇传》相近。此俄文本《白蛇传》出版于 1954 年，笔者未见国内外对这个改编本的文字介绍和研究，但 1954 年中国文化代表团曾访问苏联，以时任文化部部长钱俊瑞为团长，成员主要有张光年、柯仲平、王朝闻、高莽、陈伯华、周小燕等，其中陈伯华表演了汉剧《白蛇传》等。笔者推测这个译本可能与此次演出有关。

另外，作为中国古代四大传说之一的《白蛇传》在俄罗斯的翻译和

---

① Эрберг О.Е.,Каранов А.Г.Белая змейка: Пьеса в 3 д.,8 карт. с прологом, по мотивам одноименной китайской легенды. О.Е.Эрберг, А.Г.Каранов. Москва: Искусство, 1954.–84 с.

研究也远远落后于《孟姜女》《牛郎织女》和《梁山伯与祝英台》，后者在李福清编译的《中国民间故事》中都有翻译，在 21 世纪初俄罗斯出版的《中国精神文化大典》"神话卷"中的"梁山伯与祝英台"条目中，李福清说他在《中国民间故事》一书中翻译了《白蛇传》故事，但笔者核实原书并参证该书序文的内容，证实该书中并没有关于《白蛇传》的任何内容，大概李福清的记忆有误。①

俄文《白蛇传》(1954 年)

俄文《十五贯》(1957 年)

二、昆曲《十五贯》

　　1957 年，苏联汉学家吉什科夫出版了译自朱素臣的《十五贯》俄文单行本，果列姆贝翻译诗词，由莫斯科艺术出版社出版，共 73 页。这个译本根据当时浙江整理小组整理的《十五贯》翻译，共 8 场。②在扉页有对《十五贯》故事来源的简要介绍，故事为清代朱素臣取材于明末冯梦龙的《十五贯戏言成巧祸》，并注明该译本是根据浙江昆苏剧团整理本翻

　　① Титаренко М.Л.Духовная культура Китая.литература язык и письменность. Восточная литервтура РАН. М.2008. с.355.
　　② Тишков А., Големб А. Пятнадцать тысяч монет.Муз.драма в 8-ми карт. М.1957. -73 с.

译的，还提到了 1956 年上海京剧团访问苏联期间，周信芳等演出了《十五贯》的历史事实。

这版《十五贯》译本的人物基本与浙江整理小组整理的昆曲《十五贯》相同，正文翻译也忠实原文，只是省略了原本中对部分唱词曲调的标注，如第一场尤葫芦的唱词【六幺令】、苏戍娟的唱词【山坡羊】等均被省略未译。为了更适宜俄罗斯读者阅读和理解，译者在正文之外还增加了若干条注释，主要有第四场"包拯"，第五场"中军""令箭"，第七场"老鼠偷油"等。此外，该译本还有国内著名画家叶浅予为昆曲《十五贯》绘制的六幅插图，每幅插图均注明饰演者的姓名：苏戍娟（张世萼饰）、娄阿鼠（王传淞饰）、熊友兰（龚祥南饰）、过于执（朱国梁饰）、况钟（周传瑛饰）、况钟和娄阿鼠等。译本插图的选用说明译者不是根据1956 年周信芳等京剧团演员赴苏联演出时的脚本翻译的，当时在苏联演出《十五贯》，剧中苏戍娟的扮演者是赵晓岚，况钟的扮演者是周信芳。

三、越剧《梁山伯与祝英台》

中国民间四大传说中的"梁祝"很早就流传到海外了，但梁祝故事在俄罗斯的传播一般认为是 20 世纪中叶越剧代表团赴苏联演出之后的事情。其实，早在 1898 年俄罗斯出版的《朝鲜民间故事集》中就有了"梁祝故事"，只是题目被改成了《誓约》。这是俄国旅行家、作家加林·米哈伊洛夫斯基当年在朝鲜半岛旅行时记录下来的关于梁山伯与祝英台的传说故事。[1]1955 年中国越剧团赴苏联演出，最主要的两部戏曲就是越剧《西厢记》和越剧《梁山伯与祝英台》，后者由范瑞娟饰梁山伯、傅全香饰祝英台，演出获得了巨大的成功。此后，俄罗斯汉学家李福清在 1957年出版的《中国民间故事集》中翻译了题为《梁山伯和祝英台的化蝶》的故事，该书在 1959 年出版了第二版，1972 年重新编定出版，1993 年又以《中国传说故事》为书名再次出版。

1958 年，苏联汉学家杰柳辛、伊林、吉什科夫等翻译的俄文《梁山伯与祝英台》（十三折戏曲剧本）由苏联国家艺术出版社出版单行本，共94 页。[2]封套边缘有对梁山伯与祝英台传说的简要介绍，并指出 1955 年

---

① Н.Г.Гарин.Михайловский.Корейские сказки (сборник).«Public Domain».1898, с,103—105.

② Лян Шань-бо и Чжу Ин-тай: Пьеса в тринадцати картинах.М. Искусство. 1958. -94 с.

中国越剧团曾赴苏联演出过这个剧目，而且取得了巨大的成功，强调这是梁祝故事首次被翻译成俄语出版。正文前列有"人物表"，分别是：祝公远、银心、祝英台、梁山伯、四九、老师、师母、祝家家丁、马家家丁及其他。俄文版的场次尽管也是十三场，但场次名称与上海越剧团演出本略有不同，对照如表 5-1 所示：

表 5-1　《梁山伯与祝英台》上海越剧团演出与俄文译本场次名称对照

场次	上海越剧团演出本	俄文译本
第一场	别亲	别家
第二场	草桥结拜	桥边长亭
第三场	托媒	书房
第四场	十八相送	（无）
第五场	思祝下山	思祝上路
第六场	回忆	路上回忆
第七场	劝婚、访祝	英台出嫁、山伯来访
第八场	楼台会	楼台相会
第九场	送兄	送别
第十场	山伯临终	祝家书信
第十一场	吊孝哭灵	上坟
第十二场	逼嫁	英台出嫁
第十三场	祷墓化蝶	山伯墓前

　　此外，关于《梁山伯与祝英台》的传说还在俄罗斯编撰的一些词典或工具书中有相关介绍，如 1967 年出版的《简明文艺百科全书》第四卷有"梁山伯与祝英台"词条，①简要介绍了梁祝故事的起源和发展情况，认为其起源于公元 3 至 5 世纪的中国南方，形成于唐代梁载言和张读的笔记小说中，然后介绍梁祝故事的基本情节，这个故事很早就传播到了朝鲜、日本、越南以及印度尼西亚等国家和地区。2008 年，俄罗斯科学院远东研究所出版的由季塔连科主编的《中国精神文化大典》第三卷"文

---

① Краткая литературная энциклопедия. М.1967.т.4.с.402.с.482..

第五章　中国古典戏曲改良在俄罗斯

123

学·语言·文字"分卷，其中也有"梁山伯与祝英台"条目。①这个条目也是由李福清撰写的，在《简明文艺百科全书》中同名词条的基础上有所增益，如叙述梁祝的故事情节更加详细，指出故事形成于唐代梁载言编著的《十道四藩志》和张读编写的《宣室志》中，该故事在20世纪中叶被改编成各种戏曲样式广泛流传，尤其是越剧的改编最为成功，此后多次被改编成电影或电视广泛传播到日本、越南以及印度尼西亚等地。

俄文《梁山伯与祝英台》（1958 年）

《朝鲜民间故事集》（1898 年）

四、新编历史剧《屈原》

新编历史剧《屈原》是我国著名文学家郭沫若在 20 世纪 40 年代创作的一部话剧，也是郭沫若影响最大的、最震撼人心的剧作。郭沫若以 10 天时间完成的 5 幕话剧剧作《屈原》于 1942 年 4 月由中华剧艺社在重庆国泰大剧院公演。1951 年，费德林翻译了《屈原》（五幕历史剧），

---

① Титаренко М.Л.Духовная культура Китая.литература язык и письменность. Восточная литервтура РАН. М.2008. с.355.

由苏联外国文学出版社出版单行本，共 120 页。①该译本的扉页印有中文"郭沫若著，群益出版社刊行"字样，群益出版社最初在重庆，新中国成立之后迁至上海。正文前附郭沫若先生近照一幅，然后是译者费德林撰写的序言——《郭沫若和他的〈屈原〉》，序言在对郭沫若的生平简介之后，主要对诗人屈原进行了详细介绍。郭沫若是国内研究屈原及其楚辞的著名学者，费德林是苏联汉学界研究屈原的著名专家，早在 1943 年费德林就以《屈原的生平及其创作之研究》为学位论文获得了博士学位，此后长期关注和研究屈原及楚辞。而且，郭沫若与费德林之间有着深厚的友谊，因此由费德林翻译郭沫若的《屈原》是最合适不过的。该译本在费德林撰写的序言之后还有郭沫若在 1950 年 10 月专门为《屈原》俄文译本撰写的《作者为俄文版写的序言》，郭沫若简要介绍了《屈原》的创作经过及对费德林博士的感谢。译本正文完整地翻译了《屈原》剧本的所有内容，还增加了一些必要的注释以方便俄罗斯读者的阅读和剧场的演出。

郭沫若的《屈原》俄译本在苏联具有很大的影响，1952 年苏联《戏剧》杂志第 12 期在报道了《西厢记》（俄文演出名称《溢出来的酒》）在苏联的演出情况之后，对俄译本话剧《屈原》及《白毛女》在苏联的翻译和传播情况也进行了报道。②据史料记载，早在 1949 年汉学家费德林便开始翻译郭沫若的历史剧《屈原》了，1951 年在莫斯科以单行本发行之后，1953 年莫斯科国家文艺出版社出版的《郭沫若选集》，收录其创作的诗歌、短篇小说、戏剧和文章等，话剧《棠棣之花》和《屈原》也包含在内，此后出版的郭沫若的各种选集大多收入这部历史剧。1954 年历史剧《屈原》被成功搬上了苏联的戏剧舞台，在莫斯科叶尔莫洛娃剧院进行了首演，导演为科米萨尔热夫斯基。该剧的演出引起了苏联观众的极大关注和各界的广泛好评，其中《星火》杂志的一篇剧评写道：科米萨尔热夫斯基指导的话剧《屈原》深刻传神地再现了时代特征、语言和作者的风格，极为生动地讲述了屈原这一伟大诗人、思想家、斗士的形象。

---

① Го Мо-жо.Цюй Юань.Историческая трагедия в пяти действиях.Пер.и встп.статья Н.Федоренко.М.1951.-120 с.

② Месячник китайско-советскойдружбы.—Театр.1952.№12.с.144—145.

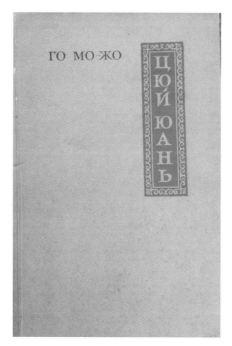

俄文《屈原》（1951 年）　　　　　　俄文《关汉卿》（1959 年）

五、新编话剧《关汉卿》

关汉卿是家喻户晓的中国古代戏剧大家，而更为国际所广泛知晓是在 1958 年关汉卿被列为世界文化名人之后。1958 年，我国和苏联为纪念关汉卿戏曲创作七百周年举办了各种各样的文化活动，苏联发表或出版了介绍和研究关汉卿的多篇文章和书籍，我国著名戏曲家田汉当年完成了话剧《关汉卿》的创作。

1959 年，苏联著名汉学家费什曼翻译了田汉创作的剧本《关汉卿》，剧本中的诗词部分由列维托娜翻译，尼科利斯卡娅撰写了后记，苏联艺术出版社出版单行本，共 98 页。该译本扉页注明是根据中国戏剧出版社 1958 年出版的田汉《关汉卿》话剧翻译的。[①]该书在扉页和末页对田汉的生平进行了简要介绍，指出其话剧《关汉卿》所取得的舞台成就，书末还有尼科尔斯卡娅撰写的后记。为了让俄罗斯读者更易理解剧本，译者在最后还增加了注释，主要解释剧本中的与关汉卿同时代的历史人物、

① О. Фишман.Гуаньхань-цин.Тянь Хань.М.Искусство.1959.-98 с.

戏曲专有名词以及中国的俗语、谚语，如杨显之、王实甫、包待制、瓦舍、鲁斋郎、折柳、荆轲刺秦王等。

另外，1973 年尼科尔斯卡娅还发表了《田汉戏剧〈关汉卿〉中的人民传统和现代性——纪念戏剧家诞辰 75 周年》译文，刊载在《亚非人民》（第 6 期第 118—123 页）。①尼科尔斯卡娅是苏联研究田汉及其剧作的专家，这篇文章概述了元朝"人分四等、汉人最末"以及"七匠、八娼、九儒、十丐"的历史背景；介绍了《关汉卿》话剧的基本情节冲突以及田汉对关汉卿、朱帘秀等主要角色的把握和刻画，并指出田汉的戏剧结构更接近传统，剧本不是由典型的欧洲戏剧幕次构成，而是由舞台片段构成的特点。此外，俄罗斯汉学家阿芝马穆托娃在其《世纪背景下的田汉肖像》中对田汉的《关汉卿》也有评论②，她认为田汉创作该剧的原因是为纪念关汉卿诞辰，也描述了其创作过程中因缺少史料而面对的种种困难，认为田汉出于"文如其人"的观点而选择围绕关汉卿的《窦娥冤》构建整部剧作，"田汉不仅讲述了关汉卿创作《窦娥冤》的前后时间，更分析了艺术目标、艺术家使命以及自我坚守"③。

以上梳理了五部由中国古典戏曲或历史传说改编的剧目在俄罗斯的翻译、研究和演出情况，这五部作品在戏曲形式上属于不同的类型：《白蛇传》是京剧、《十五贯》是昆曲、《梁山伯与祝英台》是越剧、《屈原》是新编历史剧、《关汉卿》是话剧，但它们在俄罗斯的传播具有以下几方面的共同特点：

首先，从五部戏曲的翻译背景来看，20 世纪中叶是新中国刚刚成立，也是我国和苏联关系最为友好的时期。这十年期间，两国在政治、经济、文化等诸多领域都进行了极为广泛而密切的交流与合作，戏曲文化交流是其中的重要组成部分。五部改编的戏曲翻译均出现在这个时期也是自然而然、水到渠成的。

其次，从五部戏曲的翻译目的来看，都与特殊的时代背景相关，这五部戏曲的思想主题几乎都是强调阶级斗争或歌颂清明政治，以及广大

---

① Никольская Л.Н.Национальная традиция и современность в драме ТяньХаня Гуань Хань-цин.(К 75-летию со дня рождея драматурга).—Народы Азии и Африки. 1973.№6.с.118—123.

② Аджимамудова В.С.Тянь Хань.Портрет на фоне эпохи.М.1993.с.216.

③ 参见王立业等，《中国现代文学作家在俄罗斯》，北京：北京大学出版社，2018 年，第 430—431 页.

人民为争取美好生活而进行不懈的抗争。《白蛇传》歌颂白蛇的反抗,《梁山伯与祝英台》歌颂反对家长制,《十五贯》颂扬清官断案,《屈原》和《关汉卿》都是歌颂正义终究战胜邪恶的历史剧。

再次,从五部戏曲翻译的缘起来看,几乎都是在同名戏曲演出前后进行翻译并出版的,具有明显的后续性质或互动特点。换句话说,这几部戏曲的翻译都与戏曲的演出互为补充,只是演出和翻译的时间先后不同。

最后,从五部戏曲的译介方式来看,正因为这五部戏曲的翻译是从国家政府的层面积极提倡并促成的,因此五部戏曲的翻译都是以单行本的形式出版,而且发行量都比较大,这在苏联解体之后的俄罗斯是绝不可能出现的。

第三节　中国古典戏曲在俄罗斯的演出

中国古典戏曲由于本身具有的显著的民族性特征,尤其是在唱词唱腔方面的特殊性,再加上演出场地及服饰脸谱的复杂性等因素,导致中国戏曲在国外的传播主要是戏曲文本的翻译和研究。至于中国古典戏曲在国外的演出,则主要是作为文化交流的中国演员在国外的演出,当然,也有一些中国的经典戏曲经过改编之后由外国演员演出,如本书中提到的 1952 年苏联演员演出《西厢记》。根据中国古典戏曲在俄罗斯传播的实际情况,本节内容分别介绍 1935 年梅兰芳率团赴苏联的演出,1955 年上海越剧团由许广平率团赴苏联的演出,以及 1956 年周信芳率上海京剧团赴苏联的演出等三次规模较大、影响深远的中国古典戏曲在俄罗斯的演出和交流活动。

一、1935 年梅兰芳赴苏联演出

据中苏有关史料记载,1935 年 3 月至 4 月间,中国著名京剧演员梅兰芳率团在苏联的莫斯科、列宁格勒等地进行演出。关于梅兰芳的这次访苏演出,国内许多戏曲界专家学者都进行了深入研究,发表了大量相关论文,出版了不少相关著作。如吴开英著《梅兰芳艺事新考》、梁艳主编《梅兰芳与京剧艺术在海外》、周丽娟著《雪国琐忆:梅兰芳在苏联》、陈世雄编译《梅兰芳菲——梅兰芳在苏联》等,但对这次访问苏联演出的具体戏曲剧目则介绍不多，甚至语焉不详。莫斯科从 3 月 5 日即开始售票，不到一周全部戏票便告售罄，苏联对外友协联合会为了使观众更好地了解中国戏剧及剧情，专门编印了《梅兰芳与中国戏剧》《梅兰芳在苏联所表演之六种戏及六种舞之说明》和《大剧院所演三种戏之对白》三种俄文书籍，在剧场出售。3 月 23 日首场演出的剧目是：梅兰芳、王少亭的《汾河湾》，刘连荣、杨盛春的《嫁妹》，梅兰芳的"剑舞"，朱桂芳、吴玉玲、王少亭的《青石山》，梅兰芳、刘连荣的《刺虎》。观众反响十分强烈，梅兰芳谢幕 10 次之多。另外几天梅兰芳演出的剧目有《宇宙锋》《打渔杀家》《虹霓关》《贵妃醉酒》以及《西施》的"羽舞"、《木兰从军》的"走边"、《思凡》的"拂尘舞"、《麻姑献寿》的"袖舞"等。

《梅兰芳在苏联所表演之说明》（1935 年）　　《梅兰芳与中国戏剧》（1935 年）

　　笔者对梅兰芳剧团演出的戏曲剧目进行了梳理。梅兰芳率京剧团共 24 人赴苏联莫斯科、列宁格勒等地演出，根据苏联对外友协联合会编印的三种俄文书籍之一的《梅兰芳在苏联所表演之六种戏及六种舞之说

第五章　中国古典戏曲改良在俄罗斯

明》①可知，剧团演出的正剧曲目有《打渔杀家》《宇宙锋》《汾河湾》《刺虎》《虹霓关》《贵妃醉酒》等六种京剧，以及《思凡》（拂尘舞）、《西施》（羽舞）、《红线盗盒》（剑舞）、《木兰从军》（戟舞）、《麻姑献寿》（袖舞）、《抗金兵》（戎装舞）等六种舞蹈。此外，还有《夜奔》（姿态剧）、《盗丹》（武术剧）、《嫁妹》（姿态剧）、《盗仙草》（武术剧）、《青石山》（武术剧）等五部折子戏。剧团在莫斯科演出六场，在列宁格勒演出八场，又在莫斯科大剧院加演一场《打渔杀家》《虹霓关》和《盗丹》。梅兰芳演出后与苏联戏剧大师斯坦尼斯拉夫、戏剧家梅耶荷德、电影大师爱森斯坦等均有交流与讨论。②

《汾河湾》，俄文译为"睡鞋的秘密"，剧写唐代薛仁贵投军多年杳无音信，其妻柳迎春与子薛丁山相依为命，其子每日打雁以维持生计。十八年后，薛仁贵立功受封爵，被封为平辽王。一日，他返乡祭祖探妻，行至汾河湾时，见一少年一箭射中双雁，惊其箭法，心中赞赏，欲带其回朝。忽然猛虎突至，薛仁贵恐虎伤及少年，急向老虎发出袖箭，却不慎失手误伤少年，少年又被猛虎衔去。薛仁贵仓皇来到寒窑，夫妻团聚。忽见床下有男鞋一双，薛仁贵怀疑其妻行为不轨，柳迎春也乘机戏弄薛仁贵，见其恼怒方告知是薛丁山所穿。薛仁贵大惊，方知误射少年便是自己的孩子，夫妻悲伤不已，遂同去汾河湾寻找。

《刺虎》，俄文译为"费贞娥和虎将军"，讲述的是亡明宫女费贞娥假扮亡国公主意图行刺李自成，不想李自成将其赐给虎将李固为妻。新婚之夜，费贞娥把李固刺死，然后自杀身亡。

《打渔杀家》，俄文译为"被压迫者复仇"，剧写梁山好汉萧恩与其女桂英以打渔为生。偶遇故人李俊携友倪荣来访，同饮舟中。土豪丁自燮派丁郎催讨渔税，李、倪斥之。丁郎回报，丁自燮又派大教师至萧恩家中勒索，被萧恩痛殴而逃。萧恩担心恶人先告状，遂至县衙首告，反被县官吕子秋杖责，且逼其过江向丁自燮赔礼。萧恩忍无可忍，携女儿桂英黑夜过江，以假献庆顶珠为名，闯入丁府，杀死其全家后逃亡。

---

① Гастроли Китайского театра под руководством известного режиссера и артиста Мэй Лань-Фана Либретго спектаклей. М-Л.тип.Искра революции.1935.-24 с.портр.Мэй Лань-фана. (Всесоюзн. об-во культ.связи с заграницей).(Шесть пьес,их содержание и шесть танцев.)

② 北京艺术研究所、上海艺术研究所编著，《中国京剧史》（中卷上），北京：中国戏剧出版社，2005年，第789—796页。

《宇宙锋》，俄文译为"疯癫"，写秦二世时，赵高、匡洪同殿为臣，且是儿女亲家。赵高专权，匡洪不满。赵高遣人盗出匡家所藏"宇宙锋"宝剑，后持剑行刺秦二世以嫁祸匡洪。秦二世震怒，抄斩匡门。匡洪之子匡扶逃亡，其妻赵艳容回赵家独居。秦二世胡亥见赵艳容貌美，欲立为嫔妃。赵艳容既恨父亲诬陷匡家，又恨二世荒淫无道，断然拒绝。在使女哑奴（有剧称为哑乳娘）的帮助下，赵艳容假装疯癫，以抗强暴。

《虹霓关》，俄文译为"彩虹色的山口"，写隋朝末年瓦岗军将领秦琼攻打虹霓关，守将隋将辛文礼出战，被谢映登射死，辛妻东方氏夫人为夫报仇，阵上擒获王伯当，因为慕名其英俊，促丫环作说客，降顺瓦岗寨，改嫁王伯当。在洞房中王指斥东方氏不为夫报仇，遂杀死东方氏。

《贵妃醉酒》，俄文译为"醉美人"，该剧描写的是杨玉环深受唐明皇的荣宠，本是约唐明皇来百花亭赴筵，但久候不至，随后知道他早已转驾西宫，于是羞怒交加，万端愁绪无以排遣，遂命高力士、裴力士添杯奉盏，饮至大醉，后来怅然返宫。

另外六种舞剧《思凡》（拂尘舞）、《西施》（羽舞）、《红线盗盒》（剑舞）、《木兰从军》（戟舞）、《麻姑献寿》（袖舞）、《抗金兵》（戎装舞），此不详述。

二、1955年上海越剧团赴苏联演出

1955年，中国著名越剧演员袁雪芬、范瑞娟、傅全香、徐玉兰、张桂凤、吕瑞英、金彩凤等率上海越剧团共 63 人赴苏联的明斯克、莫斯科、列宁格勒等地访问并演出，以许广平为团长。该团演出了根据王实甫《西厢记》改编的越剧，其中袁雪芬饰崔莺莺、徐玉兰饰张生、吕瑞英饰红娘、张桂凤饰崔夫人，因此苏联演员曾根据改编自《西厢记》的《倾杯记》，因此名称仍为《溢出来的酒》（即《倾杯记》）。该越剧团还演出了越剧《梁山伯与祝英台》，其中范瑞娟饰梁山伯、傅全香饰祝英台、张桂凤饰祝公远、吕瑞英饰银心。此外，该剧团还演出了《断桥》《打金枝》《拾玉镯》《盘夫》等经典剧目的片段。

这次上海越剧团赴苏联演出，据观看演出的苏联木偶剧专家奥布拉兹卓夫回忆，演员在表演《梁山伯与祝英台》时观众的表情是："他们绝大多数是第一次看中国戏，但是使我非常高兴的是，尽管这样，他们仍然都被戏的主题和情节吸引住了，梁山伯和祝英台这一对恋人的命运使

他们激动得完全忘记了舞台上的青年和女主角的严厉的父亲都是女人扮演的。而当梁山伯咳嗽后，把手帕从自己惨白的唇边拿开，及他的爱人恐惧地凝视着手帕上的血迹时，我看见许多人的眼眶里都闪烁着泪水"。①

关于这次访问苏联和演出的具体情况，1955 年苏联印制的《中华人民共和国国家越剧院 1955 年苏联演出之旅——明斯克、莫斯科、列宁格勒、斯维尔德洛夫斯克、新西伯利亚》有比较详细的介绍和大量演出照片。②此外，当时苏联的各大报刊均予以报道，笔者统计主要如下：1955年 8 月 11 日，阿纳斯塔西耶夫在苏联《共青团真理报》报道《西厢记》演出情况。③1955 年 8 月 13 日，科瓦里发表《中国人民精湛的艺术》报道《西厢记》演出情况，刊载在苏联《劳动报》。④ 1955 年 8 月 11 日，施维施尼科夫发表《令人鼓舞的艺术》，刊载在苏联《文化报》。⑤1955 年8 月 11 日，互保夫发表《具有高尚爱情的诗篇》，刊载在苏联《真理报》。⑥1955 年 8 月 11 日，艾德林撰写《天才的艺术》，刊载在苏联《文学报》。⑦发表在期刊杂志上的文章主要有：谢尔盖·奥布拉兹卓夫《中国人民的戏剧》，刊载在《外国文学》杂志 1955 年第 1 期⑧，谢尔盖·奥布拉兹卓夫《论角色》，刊载在《戏剧》杂志 1955 年第 8 期⑨，格拉德施泰因《越剧〈西厢记〉在莫斯科演出》剧照，刊载在《戏剧》杂志 1955 年第 10期封面，并有说明文字，⑩ 艾德林《越剧在莫斯科》，刊载在《戏剧》杂志 1955 年第 11 期。⑪上述报刊杂志对中国越剧团在苏联的演出均给予了极高的评价，如《真理报》评价《西厢记》演出写道："《西厢记》在

① ［苏联］奥布拉兹卓夫，《中国人民的戏剧》，林耘译，北京：中国戏剧出版社，1961 年，第 213 页。

② Гастроли Государственного театра Шаосинской оперы Китайской Народной Республики : Минск, Москва, Ленинград, Свердловск, Новосибирск, 1955 Г.М.1955.-48с.

③ Анастасьев А.—Комсомольская правда. 11 августа 1955.

④ Коваль М.Прекрасное искусство народного Китая.—Труд. 13 августа 1955.

⑤ Свешников А.Вдохновенное искусство.—Советская культура. 11 августа 1955.

⑥ ХубовГ.Поэма высокой любви.—Правда. 11 августа 1955.

⑦ Эйдлин Л.Торжество таланта .—Литературная газета. 11 августа 1955.

⑧ С.Образов.Театр китайского народа.—Иностранная литература.1955. №.1. с.230—254.

⑨ Сергей Образцов В.Роль.—Театр.1955.№ 8.с.125—136.

⑩ Гладштейн А.На обложке,гастроли Шаосинской оперы в Москве.Пролитая чаша.Хун-нян—Люй Жуй-ин，Чжан Гун—Сюй Юй-лань，Цуй Ин-ин—Юань Сюе-фэнь.

⑪ Эйдлин Л.Шаосинская опера в Москве.—Театр.1955.№ 11.с.151—154.

越剧中得到了高度真实的、非常细致的、令人鼓舞的演绎。""该剧的真正的音乐性、美感，导演的才能，演员技巧的精炼，特别是将台上表演——故事——的全部发展统一的内在规律，令人入迷。"报道称《梁山伯与祝英台》是"中国的《罗密欧与朱丽叶》"，"袁雪芬的舞台动作迷人的优美"。①

《中国越剧院赴苏联演出之旅》　　　《上海京剧院在苏联的巡回演出》
（1955 年）　　　　　　　　　　（1956 年）

三、1956 年周信芳赴苏联演出

继 1955 年上海越剧团赴苏联访问和演出之后，1956 年 10 月 28 日起，中国著名京剧艺术大师周信芳率领上海京剧院一行 75 人出访苏联，周信芳任团长，伊兵任副团长，吴石坚、陶雄任正副秘书长。据苏联木偶剧专家奥布拉兹卓夫回忆，代表团中有时任《剧本》月刊主编张光年、批评家王朝闻、沈阳话剧院导演严正、上海导演黄佐临、北京京剧院的演员李和曾、汉剧女演员陈伯华、上海卓越的女歌唱家周小燕、川剧女

---

① 李何、苏蓝，《越剧在莫斯科》，载《人民日报》1955 年 8 月 19 日。

演员陈书舫、外国文学专家高莽等。①代表团的演员则有名角李玉茹、王金璐、赵晓岚、沈金波、张美娟、孙正阳、黄正勤、贺永华、汪志奎等。代表团在莫斯科、列宁格勒、塔林、里加、维尔纽斯、明斯克、基辅等9个城市共演出53场，演出剧目包括京剧《十五贯》《四进士》《拾玉镯》《挑滑车》《打渔杀家》《雁荡山》《盗仙草》《贵妃醉酒》《八仙过海》《秋江》《芭蕉扇》《追韩信》《徐策跑城》《三岔口》《双射雁》《投军别窑》《泗州城》等19出传统京剧剧目。其中《雁荡山》演出21场，《十五贯》演出8场。②据奥布拉兹卓夫在其1957年出版的《中国人民的戏剧》一书中回忆：这次演出的头一出戏是历史剧《雁荡山》，第二出戏是《盗仙草》——这是《白蛇传》中的一折，第三出戏是《贵妃醉酒》。幕间休息之后演出的是社会生活的悲剧《打渔杀家》，周信芳扮演戏中的主角，③但具体演出了哪些戏曲剧目，学术界相关史料记载不详。

此次上海京剧团赴苏联的具体演出剧目笔者主要根据1956年奥布拉兹卓夫等编写的《上海京剧院在苏联的巡回演出》进行梳理和统计，该书由苏联外事演出局出版，共64页。④卷首有奥布拉兹卓夫撰写的《中国人民的戏剧》，文章简要介绍了中国古典戏曲的一些基本情况，并以《白蛇传》《梁山伯与与祝英台》为例分析了这些戏曲的主题思想和艺术特点，最后简要对本书中介绍的17种戏曲进行了褒扬。之后是未署名的《关于京剧的简介》，这篇短文简要介绍了京剧的来源，从最初的唐代歌舞到宋元时期的杂剧，再到明清的昆曲，直至清代中后期京剧的兴起。还列举了程长庚、谭鑫培、杨小楼、王瑶卿以及梅兰芳、周信芳、欧阳予倩、程砚秋等戏剧大家的名字，也简要介绍了京剧的生旦净丑四大角色、演员基本动作、舞台语言规范等戏曲知识，最后指出新中国成立之后国家对传统戏曲的重视和改良，在"百花齐放、百家争鸣"方针的指导下京剧改良取得的成就，以及此次上海京剧团来苏联演出的重大意义。

---

① ［苏联］奥布拉兹卓夫，《中国人民的戏剧》，林耘译，北京：中国戏剧出版社，1961年，第219页。

② 参考北京艺术研究所、上海艺术研究所编著，《中国京剧史》（下卷第二分册·上），北京：中国戏剧出版社，2005年，第2406—2407页；沈鸿鑫《1956年中国京剧轰动莫斯科》，载《世纪》2007年第3期。

③ Образцов. С. В.Театр китайского народа.М.1957.-375 с.

④ Образцов. С. В.Шанхайский театр Пекинской Музыкальной Драмы. Гастроли в СССР. Ноябрь-декабрь .Гастрольбюро СССР.1956 года.-64 с.

此外，该书还重点介绍了团长周信芳和副团长伊兵——《周信芳——著名京剧演员》（附《伊兵——访苏京剧演出团助理》），接着在《主要演员简介》中分别介绍了李玉芬、王金璐、张美娟、刘斌昆、沈金波、赵晓岚、孙正阳、黄正勤、汪志奎、张森林、张鑫海等 11 位主要演员。从第 24 页到第 63 页的剧目部分则具体介绍了此次演出的戏曲剧目、主要内容及演员表，包括《十五贯》等 17 部戏曲，列为表 5-2：

表 5-2 上海京剧团赴苏联的巡回演出剧目概况

戏曲剧目	演员及剧情简介	场次	剧照插图
《十五贯》	尤葫芦（刘斌昆）、苏戌娟（赵晓岚）、娄阿鼠（孙正阳）、况钟（周信芳）、过于执（王金璐）	8 场	6 幅
《拾玉镯》	孙玉姣（李玉茹）、傅朋（黄正勤）、刘媒婆（孙正阳）	2 场	1 幅（孙玉姣）
《雁荡山》	孟海公（王金璐）、贺天龙（孙仁齐）	4 场	2 幅（孟海公、贺天龙）
《追韩信》	萧何（周信芳）、夏侯婴（刘斌昆）、韩信（齐英才）、刘邦（刘少椿）、樊哙（汪志奎）	11 场	1 幅（萧何）
《贵妃醉酒》	杨贵妃（李玉茹）、高力士（孙正阳）、裴力士（黄正勤）	1 场	1 幅（杨贵妃）
《泗州城》	水母（张美娟）、杨戬（齐英才）	1 场	1 幅（水母）
《打渔杀家》	萧恩（周信芳）、桂英（赵晓岚）、丁兰（孙正阳）	4 场	1 幅（萧恩和萧桂英）
《四进士》	杨素贞（李玉茹）、宋世杰（周信芳）、王氏（赵晓岚）	18 场	2 幅（宋世杰、杨素贞）
《三岔口》	刘利华（汪林琛）、任堂惠（贺孟礼）、焦赞（孙新齐）	1 场	1 幅（刘利华、焦赞）
《芭蕉扇》	铁扇公主（李玉茹）、孙悟空（陈正洙）	2 场	1 幅（孙悟空、铁扇公主）
《杨排风》	杨延昭（郝鑫涛）、杨排风（张美娟）	3 场	无
《双射雁》	穆桂英（王丽娟）、杨忠保（王金璐）	2 场	无
《徐策跑城》	徐策（周信芳）、薛姣（黄正勤）、薛刚（汪志奎）	1 场	1 幅（徐策）

戏曲剧目	演员及剧情简介	场次	剧照插图
《秋江》	陈妙常（李玉茹）、船夫（孙正阳）	1场	1幅（陈妙常、船夫）
《挑滑车》	高宠（王金璐）、张宪（王云鹏）、岳飞（刘少椿）	4场	1幅（高宠）
《盗仙草》	白素贞（张美娟）、南极仙翁（熊志林）	1场	无
《投军别窑》	王宝钏（李玉茹）、薛仁贵（周信芳）	2场	无

上海京剧院此次赴苏联共在莫斯科、列宁格勒等9个城市演出53场，观众达5.5万多人次。苏联当时主要的报纸如《真理报》《文化报》《文学报》《共青团真理报》等均刊登了介绍中国京剧艺术和上海京剧院演出情况的报道和文章，特别是周信芳主演的《十五贯》更是获得亿万观众普遍的好评，如苏联《真理报》说："这出戏的非凡的生命力，它的鲜明而独特的现实主义使人感到惊奇。"①1957年艾德林发表《戏剧与演员——评上海京剧院的巡回演出情况》，刊载在《戏剧》杂志第2期，②伊克尼科夫撰写的《上海京剧院在莫斯科的演出》，刊载在《当代音乐》杂志第2期，这两篇文章也对此次上海京剧团的演出给予了非常高的评价。③

---

① 李野光，《好花处处开——记我国艺术团在各国的访问演出》，载《戏剧报》1958年第8期。

② Эйдлин Л.З. Театр и актеры, К гостролям Шанхайского театра пекинской музыкальной драмы.—Театр.1957.№2.c.163—167.

③ Иконнико А. Шанхайский театр пекинской музыкальной драмы.—Современная музыка.1957. №2. c.158—164. (Гастроли в Москве.)

附录一 中国古典戏曲在俄罗斯的翻译和研究史料编年

一、18、19 世纪

1759 年：俄国诗人兼剧作家苏马罗科夫从德文转译了《赵氏孤儿》（《中国孤儿的独白》），载《勤劳的蜜蜂》杂志，1959 年，9 月号，第 570 页。这是中国古典戏曲在俄罗斯最早的片段译文。Сумароков в 1759 году с немецкого переводит „Монолог из китайской трагедии, называемой Сирота" („Трудолюбивая пчела" 1759, сент. стр. 570).

1774 年：据王丽娜《中国古典小说戏曲名著在国外》介绍，1774 年【法】迪·哈尔德编著（Du Halde）《中华帝国全志》（共四卷）出版了第一卷的俄文译本，因为法文版《中华帝国全志》收有《赵氏孤儿》译文，致使许多中国学者以为俄文版也有《赵氏孤儿》，据李福清查证，俄文版是简译本，其中并没有《赵氏孤儿》。

1788 年：俄国人涅恰耶夫从法文转译《赵氏孤儿》俄文本，圣彼得堡，1788 年，68 页。Нечаев В. Китайская сирота, в 5 действиях г. Вольтера; перевел с французского стихами Василий Нечаев; Санкт-Петербург, 1788 г.—68 с.

1829 年，关汉卿的《窦娥冤》（俄文译名《学者之女雪恨记》，也译作《士女雪冤录》）、曾瑞的《元夜留鞋记》故事梗概，载《雅典娜神庙》杂志，1829 年，6 月第 11 期，第 453—458 页。据英国汉学家多玛斯·东当的英译《异域录》转译。Дочь ученого отмщенная.Оставленная туфель в первый вечер новолуния.—Атеней .1829.ч.2(июнь,№11).с.453—458.

1835 年：列昂季耶夫斯基《旅行者》小说，根据中国古典戏曲《西厢记》翻译而成，圣彼得堡，168 页。Леонтьевским З.Ф. Путешественник.

Повесть.переведеная с китайского языка З.Леонтьевским.СПб.: тип. департ. Внешней торговли. 1835.—168 с.

1839 年，郑光祖（字德辉）《伯梅香翰林风月》（俄文译名《樊素：善骗的侍女》），恰克图学者巴伊巴科夫译自中文，载《读书丛刊》杂志，圣彼得堡,1839 年,第 35 卷，第二部分——外国文学部分，第 53—140 页。Фаньсу,или плутовка горничная, Китайская комедия.знаменитаго Джинъ-Дыхуэя. Пуквальносъ китайского переводилъ на Кяхтъ,десятого класса Разумникъ Артамоновъсынъ. Байбаковъ. — Библиотека для чтения. 1839.т.35.Санкт-петербургъ. раздел ШИностранная словесность. с.53—140.

1840 年：无名氏《中国戏剧》，载《万神殿：俄罗斯与欧洲戏剧》，圣彼得堡，1840 年，第 11 辑，第 27—30 页。又载《剧目与丛刊》1847 年，第 9 期，第 91—93 页；又载某杂志 1853 年，第 4 辑，第 21—26 页。Театр китайцев.—Пантеон русского и всех европейских театров. Санкт-Петербург 1840.XI.с.27—30;1847.IX.с.91—93;1853.IV.с.21—26.

1841 年：无名氏《中国戏曲》，载《祖国纪事》，圣彼得堡，1841 年，第 17 册，第 8 期，第 66—67 页。Китайская драма.—Отечественные записки, учено-литературный журналъ, издаваемый Андреемъ Краевскимъ.на 1841 годъ.томъXVII, С-Петербургъ.в типографии вородина и коми.№8. Смесь. с.66—67.

1847 年：无名氏翻译了高则诚的《琵琶记》单行本，译者从法文转译，无前言后记，翻译者难以考证。圣彼得堡，摩尔多瓦印刷厂，1847 年，102 页。Као Тонг-кіа.История Лютни.Китайская драма. Пер. Буквально перевелъ В.М. — С.Петербургъ. Въ Типографии Мордвинова. 1847.—102с.

1847 年：无名氏《中国戏剧》，载《剧目与丛刊》，圣彼得堡印刷厂，1847 年，第 9 期，第 91—93 页。Китайские театры.—Репертуаръ и Пантеонъ театровъ.издаваемый подъ редакцию.1847.томъ.9.С Петербургъ.в типографии Штаба Отдѣльнаго Корпуса Внутренней Стражи.с.91—93.

1849 年：《中国戏剧》，载《军校学生阅读杂志》，1849 年，第 310 期，第 244—247 页。Китайские театры.—Журнал для чтения воспитанников военно -учебных заведений.№310.1849.с.244—247.

1875 年:《中国人古老的乐器》,载《自然》杂志,1875 年,第 3 期,第 78—84 页。Древние музыкальные инструменты китайцев.—Природа. 1875.3. c.78—84.

1880 年:瓦西里耶夫(王西里)《中国文学史纲要》,柯尔施主编《世界文学史》之一,圣彼得堡,第 581—584 页。同年出版单行本,168 页。书中有对《西厢记》故事梗概的叙述和简要的评价文字。Васильев В.А. Очерк истории китайской литературы.—Всеобщая история литературы. СПб, 1880.c,581—584.

1890 年:伊万诺夫斯基《中国人的美文学——中篇小说、章回小说和戏曲》,载《东方评论》杂志,1890 年,第 6 期,第 4—5 页。Алексей Осипович Ивановский. Изящная словесность у китайцев, их повесть, роман и драма (Лекция в Музее Восточно-Сибирского отделения Русского географического общества). — Восточное обозрение. СПб. 1890.№.6.4—5.

1891 年:伊万诺夫斯基《北满的戏剧》,载《东方评论》杂志,1891 年,第 11 期,第 7—8 页。Алексей Осипович Ивановский. Театр в Северной Маньчжурии.—Восточное обозрение.1891.№11.c.7—8.

1894 年:格罗斯特维茨发表《中国的戏剧和音乐》,载《欧洲通报》杂志,1894 年 6 月,第 6 期,第 594—616 页。Коростовец И. Театр и музыка в Китае. — Вестник Европы. Журналъ. истории-политики. двадцать-девятый год. книга 6-я.1894.№6. c.594—616.

二、20 世纪上半叶

1910 年:孔策《纪念中国 2450 年前的文学的展览:周朝时代的历史剧》,什库尔金从德文翻译的。载《亚西亚时报》(《亚洲导报》),1910 年,第 4 期,总第 6 卷,第 94—116 页。Кунце(J.Kunze).Художественная выставка в Китае 2450 лет назад (Историческая драма времени династия Чжоу).Перевод с немецкого.П.Шкуркина.—Вестник Азии, 1910, IV. №6, c.94—116.

1910 年:列维斯基《中国的戏剧》,载《满洲里密林》杂志,敖德萨,1910 年,第 520 期,第 98—126 页。Левитский М.Н. Китайский театр.

Очерк.—В трущобах Маньчжурии. Одесса.1910.520 с.98—126.

1910 年：《中国新戏剧的舞台》（两幅插图），载《亚细亚通报》，1910年，第 3 期，第 1 页。刊载时事新剧《20 世纪新茶花》的两幅图片。Сцены из новых театральных пьес в Китае.(Иллюстрация).—Вестник Азии.1910.№3.1 с.

1910 年：阿列克谢耶夫《中国民间年画和灵符表现的几种重要的术士形象》，圣彼得堡，1910 年，76 页。亦载《俄国皇家考古学会东方部论丛》，1911 年，第 20 卷，第 2—3 辑，第 1—76 页。Алексеев В.М.О некоторых главных типах китайских заклинательных изображений по народным картинах и амулетам.СПб.1910. — 76 с.то же Записки Восточного отделения Русского археологического общества.СПб.1911.т XX.выпуск II-III.с.1—76.

1911 年：涅夫罗多夫《中国的戏剧和演员》，载《戏剧与艺术》杂志，1911 年，第 13 期，第 275—277 页。Невродов П. Китайский театр и артисты.—Театр и искусство.1911.№13.с.275—277.

1913 年：耶夫列伊诺夫《墨尔波墨涅（悲剧）和"明皇"》，载《戏剧和艺术》杂志，1913 年，第 38 期，第 741—744 页。Евреинов Н.Мельпомена и Мин-хуан.(К постановке китайской пьесы Желтая кофта на сцене Кривого Зеркала.)—Театр и искусство.1913.№38.с.741—744.

1914 年：巴拉诺夫译京剧《三娘教子》，载《亚洲导报》（《亚细亚时报》），哈尔滨，第 23、24 期，第 83—91 页。Сан-нянь-цзяо-цзы.(Третья жена воспитывает сына (Полная проверенная пьеса по столичному напеву). Пер.Баранова И.—Вестник Азии.1914.№23—24.с.83—91.

1914 年：格拉特金《中国戏剧的起源、发展历史及其现状》，载《亚洲导报》（《亚细亚时报》），第 25—27 期，第 22—35 页。Гладкий П.Китайский театр,его происхождение,историческое развитие и современное состояние.—Вестник Азии.1914,№25—27.22—35.

1914 年：奎丹京（音译）译京剧《空城计》《乌龙院》，载《亚洲导报》（《亚细亚时报》），哈尔滨，1914 年，第 25—27 期，第 36—46 页。Кун-чень-цзи.(Оборона пустого города),У-Лунь-юань.(Двор Черного Дракона), Пьесы.—Перевод с китайского Куй Дан-тина.—Вестник Азии.

1914.№ 25—26—27. c.36—46.

1918 年：阿列克谢耶夫《和合二仙与作为财神随从的刘海戏金蟾》，载《俄罗斯科学院彼得大帝人类学与民族学博物馆文集》，1918 年，第 5 卷，第 1 册，第 253—318 页。Алексеев В.М. Бессмертные двойники идаос с золотой жабой в свите бога богатства. — Сборник Музея антропологии и этнографии Академии наук.1918.т.V.вып.1.c.253—318.

1923 年：京剧演员高百岁、李多奎、高庆奎、周信芳等到海参崴（符拉迪沃斯托克）演出。

1923 年：阿列克谢耶夫发表《中国的戏剧舞台》，载《艺术生活》杂志，1923 年，第 5 期，第 6—7 页。Алексеев В.М. Китайская сцена.—Жизнь искусства.1923.№5.c.6—7.

1924 年：克·伊·伊《什么是中国戏剧？》，载《亚细亚时报》，1924 年，第 52 期，第 372—373 页。К.И.И.Что такое китайская драма?—Вестник Азии.1924.№52.c.372—373.

1925 年：利克奈茨基《中国戏剧》，载《新观众》，1925 年 5 月号，总第 18 期。陈世雄中译文载《梅兰芳与京剧的传播：第五届京剧学国际学术研讨会论文集》上册，第 128—129 页；又见正式出版的同名论文集，傅瑾主编，文化艺术出版社，2015 年，第 195—197 页。Б.Ликнайцкий. Китайский театр.—Новый зритель.1925. май.№18.

1926 年：阿雷莫夫·谢尔盖·雅科夫列维奇在《满洲里通报》（又译作《满洲里新闻》）1926 年第 7 期发表《中国戏剧》，哈尔滨，1926 年，123—134 页。见于阿妮金娜和瓦罗波夫娃编著的《中国古代文学》文选附录 4，第 126—135 页。Алымов Сергей Яковлевич (1892—1948). Китайский театр.—Вестник Манчжурии. Харбин.1926.№ 7.c.123—134.

1926 年：柳杰·弗拉特《中国戏剧在苏联》，载《当代艺术》，1926 年，第 2 期，第 32—35 页。Люце Влад.Китайский театр в СССР.(Письмо с Дальнего Востока).—Современное искусство.1926.№2.c.32—35.

1926 年：特列季亚科夫《中国戏剧》，载《当代艺术》，1926 年，第 8—9 期，第 17—25 页。Третьяков С.Китайский театр.—Современное искусство. 1926.№8—9. c.17—25.

1926 年：《中国微型戏剧节目单》，符拉迪沃斯托克，华世泰（音译），1926 年，16 页。Список китайских пьес-миниатюр.Владивосток.тип. Xyaшин-тай.1926.—16 с.

1927 年：阿列克谢耶夫《中国东方人民剧场》，载《1927 年 3 月 26 日—4 月 9 日在苏联科学院大会议厅举办的展览指南》，苏联科学院出版，1927 年，第 3—5 页。Алексеев В.М.Китай.Театр народов Востока. Путеводитель по выставке,устроенной в Большом конференц-зале Академии 26 марта-9 апреля 1927 г.Л.изд.АН СССР.1927.с.3—5.

1927 年：阿雷莫夫·谢尔盖·雅科夫列维奇《挥动的衣袖——在中国剧院里》，载《新世界》，1927 年，第 4 期，第 186—198 页。Алымов Сергей Яковлевич. Порхающие полотенца.(В китайском театре). — Новый мир.1927.№4.c.186—198.

1927 年：《爪哇和中国的剪影戏》，载《当代艺术》，1927 年，第 8 期，第 52—53 页。Театр силуэтов.(Яванский и китайский театры).— Современное искусство.1927.№8.c.52—53.фото.

1928 年：梅·克译自英文《中国农村的戏剧》，载《艺术和文学消息》杂志，1928 年，第 1 期，第 41—45 页。Деревенский театр в Китае.— Новости искусства и литературы.1928.№1.c.41 — 45.(Перевод с английского М.К.)

1928 年：尤雷涅瓦维拉《关于中国剧院的笔记》，莫斯科影视印刷厂，1928 年，36 页。内容是关于梅兰芳演在北京的演出。Юренева Вера.Мо записки о китайском театре. — М.изд.Теакинопечать.1928. — 36 с.(Ночной Пекин. Театр. Актеры.Мэй Лань-фан.)

1929 年：瓦西里耶夫（王希礼）发表《中国的戏剧》论文，载《东方戏剧论文集》，列宁格勒，1929 年，第 196—267 页。Васильев Б.А. Китайский театр. — Восточный театр.Сборник статей. Л.Academia. 1929.c.196—267.

1929 年：瓦西里耶夫（王希礼）译《空城计》戏剧，见其《中国的戏剧》一文，载《东方戏剧论文集》，列宁格勒，1929 年，第 247—259 页。Хитрость с пустым городом.Перевод Васильева Б.А.Китайский театр.—Восточный театр. Сборник статей. Л. Academia 1929.c.247-259.

1930 年：瓦西里耶夫（王希礼）发表《中国文学和戏剧》（包括中国文学、现代中国戏剧两部分），载《外国文学导报》杂志，1930 年，第 1 期，第 149—164 页。Васильев Б.А.Китайская и театр.(1.Китайская литература. 2.Театр современного Китая. — Вестник иностранной литературы, 1930, №1, с. 149—164.

1935 年：阿列克谢耶夫（阿理克）发表《中国历史上的优伶英雄》，载《苏联科学院远东分院学报》，1935 年，第 11 期，第 107—120 页。后收入其《中国文学论集》，第 353—365 页，莫斯科 1978 年；后又入 2002 年李福清编辑的两卷本阿列克谢耶夫的《中国文学论著集》第一册，第 489—505 页。Алексеев В.М. Актеры-герои на страницах китайской истории.—Вестник Дальневосточного филиала АН СССР, 1935. №11. с.107—120.

1935 年：梅兰芳率京剧团共 24 人赴苏联莫斯科、列宁格勒等地演出，苏联对外文化协会特意编印了三种俄文书籍在剧院销售。演出正剧曲目有《打渔杀家》《宇宙锋》《汾河湾》《刺虎》《虹霓关》《贵妃醉酒》等六种京剧，以及《思凡》（拂尘舞）、《西施》（羽舞）、《红线盗盒》（剑舞）、《木兰从军》（戟舞）、《麻姑献寿》（袖舞）、《抗金兵》（戎装舞）等六种舞蹈。此外，还有《夜奔》（姿态剧）、《盗丹》（武术剧）、《嫁妹》（姿态剧）、《盗仙草》（武术剧）、《青石山》（武术剧）等五个折子戏。在莫斯科演出六场，在列宁格勒演出八场，又在莫斯科大剧院加演一场《打渔杀家》《虹霓关》和《盗丹》。梅兰芳演出后与苏联戏剧大师斯坦尼斯拉夫、戏剧家梅耶荷德、电影大师爱森斯坦等均有交流与讨论。（《中国京剧史》中卷上册，第 789—796 页）

1935 年：《梅兰芳与中国戏剧》，莫斯科-列宁格勒，1935 年，35 页。Мэй Лань-фан и китайский театр.К гастролям в СССР.М-Л.Всесоюзн.об-во культ.вязи с заграницей.1935.—35 с.портр.(Сборник.)

1935 年：《梅兰芳在苏联上演的六种戏曲和六种舞蹈之解说》，莫斯科 - 列宁格勒，1935 年，24 页。Гастроли Китайского театра под руководством известного режиссера и артиста Мэй Лань-Фана Либретго спектаклей. М-Л.тип.Искра революции.1935. — 24 с.портр.Мэй Лань-фана. (Всесоюзн. об-во культ.связи с заграницей).(Шесть пьес,их содержание и шесть танцев.)

1935 年：《1935 年 4 月 13 日梅兰芳博士在莫斯科大剧院所演三种京剧的对白》，莫斯科，1935 年，16 页。Либретго заключительного спектакля китайского театра под руководством доктора Мэй Лань-Фана в Московском Государственном Академическом Большом театре. 13 апреля 1935 года.М.тип.Искра Революции.1935.—16 с.(Всесоюзн.об-во культ.связи с заграницей). (Содержание трех пьес:Месть угнетенных, Дух обезьяны, Радужная занавеска.)

1935 年：记者《梅兰芳在列宁格勒》广告，载《工人与戏剧》杂志，1935 年，3 月号，第 6 期，第 1 页。Мэй-лань-фан в Лениграде.—Рабочий и театр. 1935.No6.с.1.

1935 年：瓦西里耶夫（王希礼）发表《中国古典戏曲——论梅兰芳的表演》，载《工人与戏剧》杂志，1935 年，4 月号，第 8 期，第 5—7 页。中译文载陈世雄编译《梅兰芳在苏联》，江苏人民出版社，2023 年，第 222—224 页。Васильев.Б.А. Китайский классический театр—На спектаклях Мэй Лань-фана.—Рабочий и театр.1935,No8.с.5—7.

1935 年：鲁德曼《中国戏剧中的音乐》，载《工人与戏剧》杂志，1935 年，4 月号，第 8 期，第 8—9 页。中译文载陈世雄编译《梅兰芳在苏联》，江苏人民出版社，2023 年，第 217—221 页。Рудман В.Л.Музыка китайского театра.—Рабочий и театр.1935,No8.с.8—9.

1935 年：鲁德曼《中国戏剧》，载《知识通报》，1935 年，第 6 期，第 465—472 页。附五张演员梅兰芳的照片。Рудман В.Л.Театр Китая.—Вестник знания.1935.№6.с.465—472.(5 фото на отд.Мэй Лань-фан.)

1935 年：查尔斯基《梅兰芳》，载《红色的夜晚》，1935 年，第 6 期，第 222—226 页。Чарский В.Мэй Лань-фнь.—Красная ночь. 1935. №6. с.222—226.

1935 年：列文《苏维埃的中国戏剧》，载《当代戏剧》，1935 年，第 5—6 期，第 23 页。Левин И.Советский китайский театр.—Современный театр. 1935.№5\6.с.23.

1935 年：谢·爱森斯坦《梅兰芳的戏剧》，载《共青团真理报》，莫斯科，1935 年 3 月 11 日。中译文载陈世雄编译《梅兰芳在苏联》，江苏人民出版社，2023 年，第 25—31 页。Эйзенштейн С.М.Театр Мэй Лань-фана.—Комсомольская Правда.III.11.М.1935.

1935 年：谢·特列季亚科夫《梅兰芳来莫斯科》，载《真理报》，莫斯科，1935 年 3 月 13 日。中译文载陈世雄编译《梅兰芳在苏联》，江苏人民出版社，2023 年，第 58—60 页。Третьяков С.М.МэйЛань-фан в

Москве.—Правда. III.13.M.1935.

1935 年：瓦西里耶夫（王希礼）《梅兰芳和中国戏剧》，载《消息报》，莫斯科，1935 年 3 月 12 日。Васильев Б.А.Мэй Лань-фан и китайский театр.—Извествия.III.12.M.1935.

1935 年：特列季亚科夫《五亿观众》，载《文学报》，列宁格勒，1935 年 3 月 15 日。中译文载陈世雄编译《梅兰芳在苏联》，江苏人民出版社，2023 年，第 76—81 页。Третьяков С.М.Полмиллиарда зрителей.—Литературная газета.III.15.Л.1935.

1935 年：特列季亚科夫《千年剧场》，载《劳动报》，莫斯科，1935 年 3 月 15 日。Третьяков С.М.Театр,которому тысяч лет.—Труд.III.15.M.1935.

1935 年：伏尔曼斯基《千年文化的剧场》，载《共产主义教育报》，莫斯科，1935 年 3 月 20 日。中译文载陈世雄编译《梅兰芳在苏联》，江苏人民出版社,2023 年,第 90—92 页。Фурманский П.Театр тысячелетней культулы.(К спектаклям театр д-ра Мэй Лань-фана) — За комунистическое просвещение. III.20.M.1935.

1935 年：苏联对外文化交流协会列宁格勒分部编制《梅兰芳和中国戏剧》手册，内容包括阿拉谢夫《欢迎伟大的艺术家》、瓦西里耶夫（王希礼）《伟大的中国舞台大师梅兰芳》、爱森斯坦《梨园魔法师》、特列季亚科夫《五亿观众》等多篇文章。莫斯科-列宁格勒，全苏对外文化联络协会印制，1935 年，35 页。其中爱森斯坦《梨园魔法师》的中译文载陈世雄编译《梅兰芳在苏联》，江苏人民出版社，2023 年，第 312—326 页。АросевА.Привет великому артисту., ВасильевБ.А.Мэй Лань-Фан, великий матер китайской сцены., Эйзенштейн С.М.Чародело Грушевого Сада., Третьяков С.М. Полмиллиарда зрителей.СССР.М.-Л. ВОКС（Всесоюзное общество культурных связей с заграницей）.1935.—35 с.

1936 年：瓦西里耶夫（王希礼）《梨园艺术——中国古代戏剧》，载《星星》杂志，1936 年，第 4 期，第 248—256 页。Васильев Б.А.Искусство Грушевого сада.(Классический китайский театр).—Звезда, 1936, №4, с.248—256.

1936 年：瓦西里耶夫（王希礼）译京剧《打渔杀家》，见于其《梨园艺术——中国古代戏剧》一文，载《星星》杂志，1936 年，第 4 期，第

257—272 页。Месть рыбака (Да-юй ша-цзя).Пер. Васильева Б.А.(В тексте статьи Васильев Б.А. Искусство Грушевого сада).—Звезда, 1936, №4, с.257—272.

1937 年：鲁德曼《中国戏剧中的音乐》，载《现代音乐》，1937 年，第 8 期，第 37—54 页。Рудман В.Л.Музыка в китайском театре.—Современная музыка.1937.8.с.37—54.

1937 年：鲁德曼《当代中国的戏曲与戏剧》，载《戏剧》，1937 年，第 5 期，第 121—129 页。Рудман В.Л.Драма и театр современного Китая.—Театр.1937.№5.с.121—129.(Жанр,тематика классического театра.)

1938 年：斯密德里《喷泉剧院》（来自前线的信件），载《戏剧》，1938 年，第 1 期，第 151—152 页。Смидли А.Театр на фонте.(Письмо с фронта).—Театр.1938.№1.с.151—152.

1946 年：波兹涅耶娃《论西厢记的题材——兼论元稹的莺莺传》，副博士论文，莫斯科大学东方学院，莫斯科，1946 年，共 10 页。Позднеева Л.Д. Повесть об Ин-ин,ЮаньЧжэнь,История сюжета Люъовь в монастыре с IX по XIII вв.Автореф.канд.дис.Изд.МИВ.1946.—10 с.

1946 年：乌格列夫《满洲里的戏剧》，载《戏剧》，1946 年，第 5—6 期，第 90—96 页。Углев К.Театр в Маньчжурии.—Театр.1946. № 5—6. с.90—96.

1947 年：盖达《中国古代音乐艺术》，载《东方文艺作品集》，第一辑，1947 年，第 19—27 页。Гайда И.Музыкальная культура древннго Китая.—Восточный альманах.I. изд. МИВ. 1947. с.19—27.

1949 年：彼得罗夫《走向现实道路的中国民间戏剧》，载《当代民族学》，1949 年，第 3 期，第 171—177 页。Петров Н.А. Китайский народный театр на пути к реализму.—Современная этнография.1949. № 3.с 171—177.

三、20 世纪下半叶

1950 年：吴迪洪（音译）发表《新中国的木偶戏》，载俄文版《友好报》，北京，1950 年 6 月 8 日。У Дин-хун,Театр кукол в новом Китае.—Дружба, 8.VI.1950.

1950 年：卡切托娃发表《人民民主斗争的中国戏剧》，载《星星》杂志，1950 年，第 7 期，第 164—168 页。Кочетова С.Китайский театр в борьбе за народную демократию.—Звезда.1950,№7,с.164—168.

1951 年：缅什科夫（孟列夫）《中国戏剧的民间因素》，载《中国语言学》，国立列宁格勒大学，1951 年，第 1 期，第 78—104 页。Меньшиков Л.Народные элементы в китайской драме.—Китаист-филолог. ЛГУ. 1951, №1. с.78—104.

1951 年：尤特金维奇发表《中国古典戏剧的面具（脸谱）和形式》，载《戏剧》杂志，1951 年，第 10 期，第 101—106 页。Юткевич С. Маски и образы китайского классического театра.(Из дневника советского режиссера).—Театр.1951.№10.с.101—106.

1951 年：费德林译、郭沫若著《屈原》（五幕历史剧），莫斯科，外国文学出版社，1951 年，120 页。Го Мо-жо.Цюй Юань.Историческая трагедия в пяти действиях.Пер.и встп.статья Н.Федоренко.М.1951.—120 с.

1951 年：费德林《郭沫若和他的〈屈原〉戏剧》，载俄文版五幕历史剧《屈原》，1951 年，第 3—20 页。Н.Федоренко.Го Мо-жо и его пьеса оЦюй Юане (Вступительная стаья)—Цюй Юань.Историческая трагедия в пяти действиях.Пер.и встп.статья Н.Федоренко.М.1951. с.3—20с.

1951 年 12 月至 1952 年 2 月：中国青年文工团赴苏联演出，其中的京剧队由张云溪任队长，在莫斯科、列宁格勒、明斯克、喀山、基辅等地演出了《三岔口》《闹龙宫》《扈家庄》《武松打虎》《雁荡山》等剧目。

1952 年：施涅耶尔索《中国音乐艺术》，卡巴列夫斯基前言，莫斯科音乐出版社，1952 年，251 页。Шнеерсон Григорий Михайлович. Музыкальная культура Китая.Предисл. Д. Кабалевского. Москва : Музгиз, 1952.—251 с.

1952 年：苏联作家安德烈·格罗巴（АндрейГлоба）根据汉学家波兹涅耶娃（Позднеева Л.Д.）的译述把王实甫的《西厢记》改编成剧本，由彼得罗夫和普鲁契克任导演，在苏联莫斯科"讽刺话剧院"上演，名称《溢出来的酒》（Пролитаячаша）（按：译作《掷杯记》）。这是新中国成立之后由苏联艺术家演出的第一部中国戏剧作品。剧本收入安德烈·格罗巴《戏剧和喜剧》1960 年。另，《文汇报》1952 年 5 月 11 日有陈德康摘译。

1952 年：苏联《共青团真理报》1952 年 2 月 3 日有报道。Лордкипанидзе. Пролитая чаша. — Комсомольская правда.3 февраля 1952.

1952 年：苏联《莫斯科真理报》1952 年 2 月 12 日有报道。Малахова Л.—Московская правда.12 фефраля 1952.

1952 年：苏联《文学报》2012 年 4 月 19 日有报道。Сухаревич В.В театре Сатиры.—Литературная газета.19 апреля 1952.（据《元曲百科大辞典》）

1952 年：苏联《戏剧》1952 年第 12 期杂志报道《西厢记》（俄文演出名称《溢出来的酒》）的演出情况，及话剧《屈原》《白毛女》等在苏联的翻译情况。Месячник китайско-советскойдружбы. — Театр.1952. №12.с.144—145.

1953 年：由安德烈·格罗巴改编的《西厢记》（《掷杯记》）在卡累利阿-芬兰剧院演出。Пролитая чаша.Спектакль театр Сатиры.1953.

1953 年：尼基京在《列宁旗帜》报纸上发表题为《卡累利阿-芬兰剧院舞台上的中国戏剧——〈倾杯记〉》的文章，评论王实甫《西厢记》，名称《溢出来的酒》(Пролитая чаша)，1953 年 7 月 17 日。Никитин П.Китайская пьеса на сцене карело-финского театра.—Ленинское знамя. Петрозаводск. 17 июля 1953.

1953 年：中国青年艺术团赴罗马尼亚参加第四届青年联欢节途经苏联，赴苏联莫斯科演出折子戏《雁荡山》等。

1953 年：《梅兰芳在莫斯科的演出》，载《戏剧》杂志，1953 年，第 3 期，第 152—153 页。Выступление Мэй Лань-фана в Москве.—Театр. 1953.№ 3. с.152—153.

1953 年：梅兰芳《回忆斯坦尼斯拉夫》，载《戏剧》杂志，1953 年，第 9 期，第 164—168 页。Мэй Лань-фан. Памяти Станиславского.—Театр. 1953.№ 9.с.164—168.

1953 年：谢尔盖·尤特可维奇《解放了的中国的戏剧和电影——苏联导演笔记》，苏联国家艺术出版社，莫斯科，1953 年，174 页。В театрах и кино свободного Китая.Записки советского режиссера.1953.—174 с.

1954 年：中国人民解放军歌舞团赴苏联演出了《闹龙宫》等京剧

节目。

1954 年：中国文化代表团访问苏联，以时任文化部部长钱俊瑞为团长，成员主要有张光年、柯仲平、王朝闻、高莽、陈伯华、周小燕等，其中陈伯华表演了汉剧《白蛇传》等。

1954 年：埃尔贝格编《白蛇传》，根据中国古代同名传说"白蛇传"改编，三幕八场剧本，苏联国家艺术出版社，莫斯科，1954 年，84 页。Эрберг О.Е.Белая змейка: Пьеса в 3 д.,8 карт. с прологом, по мотивам одноименной китайской легенды. О.Е.Эрберг, А.Г.Каранов.Москва: Искусство,1954.—84 с.

1954 年：梅兰芳《在新的征途中》，载《戏剧》杂志，1954 年，第 10 期，第 151—157 页。Мэй Лань-фан.В новом пути.—Театр.1954.№ 10. с.151—157.

1955 年：缅什科夫（孟列夫）《中国古典戏曲的现代改革》，副博士学位论文，莫斯科，1955 年，15 页。Меньшиков Л.Н. Современная реформа китайской классической драмы.Автореф.дис.М.1955.—15 с.

1955 年：中国著名越剧演员袁雪芬、范瑞娟、傅全香、徐玉兰、张桂凤、吕瑞英、金彩凤等率上海越剧团 63 人，以许广平为团长赴苏联的明斯克、莫斯科、列宁格勒等地访问。王实甫《西厢记》的越剧在苏联上演（袁雪芬饰崔莺莺、徐玉兰饰张生、吕瑞英饰红娘、张桂凤饰崔夫人），名称仍为《溢出来的酒》。还演出了越剧《梁山伯与祝英台》（范瑞娟饰梁山伯、傅全香饰祝英台、张桂凤饰祝公远、吕瑞英饰银心）。此外，还演出了《断桥》《打金枝》《拾玉镯》《盘夫》等剧目片段。

1955 年：《中华人民共和国国家越剧院 1955 年苏联演出之旅——明斯克、莫斯科、列宁格勒、斯维尔德洛夫斯克、新西伯利亚》，莫斯科，1955 年，48 页。Гастроли Государственного театра Шаосинской оперы Китайской Народной Республики : Минск, Москва, Ленинград, Свердловск, Новосибирск, 1955 Г.М.1955.—48с.

1955 年：阿纳斯塔西耶夫在苏联《共青团真理报》报道《西厢记》演出情况，1955 年 8 月 11 日。Анастасьев А.—Комсомольская правда. 11 августа 1955.

1955 年：科瓦里《中国人民精湛的艺术》，载苏联《劳动报》报道《西厢记》演出情况，1955 年 8 月 13 日。Коваль М.Прекрасное искусство народного Китая.—Труд. 13 августа 1955.

1955 年：施维施尼科夫《令人鼓舞的艺术》,载苏联《文化报》，1955 年 8 月 11 日 。 Свешников А.Вдохновенное искусство. — Советская культура. 11 августа 1955.

1955 年：互保夫《具有高尚爱情的诗篇》,载苏联《真理报》，1955 年 8 月 11 日。ХубовГ.Поэма высокой любви.—Правда. 11 августа 1955.

1955 年：艾德林《天才的艺术》,载苏联《文学报》，1955 年 8 月 11 日 。 Эйдлин Л.Торжество таланта.—Литературная газета. 11 августа 1955.

1955 年：谢尔盖·奥布拉兹卓夫《中国人民的戏剧》，载《外国文学》杂志，1955 年，第 1 期，第 230—254 页。С.Образов.Театр китайского народа.—Иностранная литература.1955.№.1.с.230—254.

1955 年：谢尔盖·奥布拉兹卓夫《论角色》,载《戏剧》杂志，1955 年，第 8 期，第 125—136 页。Сергей Образцов В.Роль.—Театр.1955.№ 8.с.125—136.

1955 年：格拉德施泰因《越剧〈西厢记〉在莫斯科演出》剧照，载《戏剧》杂志，1955 年，第 10 期封面，并有说明文字。Гладштейн А.На обложке,гастроли Шаосинской оперы в Москве.Пролитая чаша. Хуннян—Люй Жуй-ин, Чжан Гун—Сюй Юй-лань, Цуй Ин-ин—Юань Сюе-фэнь.

1955 年：艾德林《越剧在莫斯科》，载《戏剧》杂志，1955 年，第 11 期，第 151—154 页 。 Эйдлин Л.Шаосинская опера в Москве.— Театр.1955.№ 11.с.151—154.

1956 年：费德林《中国文学（中国文学简史）》,苏联国家文学出版社，莫斯科，1956 年，730 页。该书第一章专门论述中国古代文学发展的历史。Федренко Н.Т. Китайская литература.очерки по истории китайской литературы.М. Государственное издательство художественной литературы. 1956.—730 с.

1956 年：费德林《伟大的演员（梅兰芳）》,载《十月》杂志，1956 年，第 9 期，第 163—171 页。Федренко Н.Т.Великий актер.—Октябрь. 1956.№9. с.163—171. (О встречах с китайским атером Мэй Лань-фаном.)

1956 年：别罗乌索夫《〈戏曲报〉和〈曲本〉——关于中国戏曲和歌

剧杂志形象》，载《戏剧》，1956 年，第 5 期，第 158—159 页。Белоусов Р. Сицзюйбао, №1. Цзюйбэнь, №2. (Обзор китайских журналов Театр и Пьесы).—Театр.1956.№5.с.158—159.

1956 年：中国旅大歌舞团、旅大京剧团一行 75 人赴苏联，先后在伊尔库兹克和新西伯利亚等地演出了《贵妃醉酒》《霸王别姬》《穆柯寨》《甘宁百骑劫魏营》《闹天宫》《猎虎记》《三岔口》《秋江》《水漫金山》等京剧剧目。

1956 年：中国著名京剧艺术大师周信芳率领上海京剧院一行 75 人出访苏联，周信芳任团长，伊兵任副团长。由名角李玉茹、王金璐、赵晓岚、沈金波、张美娟等在莫斯科、列宁格勒、塔林、里加、维尔纽斯、明斯克、基辅等 9 个城市演出 53 场，包括京剧《十五贯》《四进士》《拾玉镯》《挑滑车》《打渔杀家》《雁荡山》《盗仙草》《贵妃醉酒》《八仙过海》《秋江》《芭蕉扇》《追韩信》《徐策跑城》《三岔口》《双射雁》《投军别窑》《泗州城》等 19 出传统京剧剧目。其中《雁荡山》演出 21 场，《十五贯》演出 8 场。（《中国京剧史》下卷第二分册上，第 2406—2407 页，沈鸿鑫《1956 年中国京剧轰动莫斯科》，载《世纪》2007 年第 3 期）

1956 年：奥布拉兹卓夫等《上海京剧院在苏联的巡回演出》，苏联外事演出局出版，1956 年 11—12 月，64 页。Образцов. С. В.Шанхайский театр Пекинской Музыкальной Драмы. Гастроли в СССР. Ноябрь-декабрь .Гастрольбюро СССР.1956 года.—64 с.

1956 年：奥布拉兹卓夫《我的同行们》，载《外国文学》，1956 年，第 1 期，第 237—250 页。Образцов С.Мои коллеги. — Иностранная литература. 1956.№1. с.237—250. (О китайском театре кукол.Гава из книги Театр китайского народа.С сокращением.)

1956 年：穆里昂《旧中国木版年画反映的生活题材及发展历程》，（副博士学位论文），莫斯科，1956 年，共 16 页。Муриан И.Ф.Пути развития бытового жанра в старом китайском лубке. Автореферат канд.дисс.М.1956.—16 с.

1957 年：阿纳斯塔西耶夫《在中国的剧院里》，苏联作家出版社，莫斯科，1957 年，69 页。Анастасьев А.Н.В китайском театре : Путевые заметки. М.изд.Советский писатель.1957.—69 с.

1957 年：艾德林《戏剧与演员——评上海京剧院的巡回演出情况》，

载《戏剧》杂志 1957 年，第 2 期，第 163—167 页。Эйдлин Л.З. Теотр и актеры, К гостролям Шанхайского театра пекинской музыкальной драмы.—Театр.1957.№2.с.163—167.

1957 年：伊克尼科夫《上海京剧院在莫斯科的演出》，载《当代音乐》杂志，1957 年，第 2 期，第 158—164 页。Иконнико А. Шанхайский театр пекинской музыкальной драмы.—Современная музыка.1957. №2. с.158—164. (Гастроли в Москве.)

1957 年：俄文关汉卿的《窦娥冤》，载《友好报》俄文版，北京,1957 年 9 月 12—21 日。Гуань Хань-цин. Обида Доу Э.—Дружба. Пекин. 1957. 12—21 сент.

1957 年：吉什科夫译自朱素臣的《十五贯》，果列姆贝翻译诗词，莫斯科艺术出版社，1957 年，73 页。据浙江整理小组的《十五贯》翻译，共 8 场。Тишков А., Големб А. Пятнадцать тысяч монет.Муз.драма в 8-ми карт.М.1957.—73 с.

1957 年：郭沫若、费德林主编的《中国诗歌》，第三卷，苏联国家文学出版社，莫斯科，1957 年。收有白朴《天净沙·春》1 首，马致远《天净沙·秋思》《双调·寿阳曲》（含 5 首）等 7 首曲子，译者格里高利昂、斯塔洛斯基。Го Мо-жо и Н.Т.Федоренко.Антология китайской поэзии.М. 1957.т.3.с.108—111.

1957 年：奥布拉兹卓夫《中国人民的戏剧》，莫斯科艺术出版社，1957 年，375 页。Образцов. С. В.Театр китайского народа.М.1957.—375 с.

1957 年：李乔（音译）《中国的戏剧》，载《外国文学》杂志，1957 年，第 9 期，第 230—241 页。Ли Чао.В Театрах Китая.—Иностранная литература. 1957.№9.с.230—241.

1957 年：王叔晖绘《西厢记》工笔画六幅，并介绍王实甫《西厢记》，载《外国文学》杂志，1957 年，第 9 期插页。Ван Шу-хуэй Иллюстрации к классической пьесе Западный флигель. — Иностранная литература. 1957.№9.

1957 年：在苏联莫斯科举办的第六届世界青年联欢节，中国演员杜近芳京剧清唱获金质奖，马长礼、郝庆海京剧清唱获银质奖，李世济京剧清唱获银质奖；杜近芳、李金鸿演出的京剧《拾玉镯》获金质奖，关肃霜、张韵斌演出的京剧《打焦赞》获金质奖，李少春等演出的京剧《哪吒闹海》获金质奖，杜近芳、杨鸣庆演出的京剧《嫦娥奔月》获银质奖，关肃霜等演出的京剧《猪婆龙》获银质奖，王静等演出的川剧《放裴》获银质奖。（据《中国对外文化交流概览》1259 页）

1958 年：费德林《关汉卿——伟大的中国剧作家》，知识出版社，莫斯科，1958 年，31 页。对关汉卿《窦娥冤》和《救风尘》做了评述。Федоренко Н. Т. Гуань Хань-цин—великий драматург Китая. М.Знание. 1958.—31 с.

1958 年：艾德琳《关汉卿》，载《文学报》，1958 年 6 月 19 日。Эйдлин Л. Гуань Хань-цин.—Литературная газета.1958,19 июня.

1958 年：瓦赫金《伟大的戏曲家关汉卿》，载《劳动报》，1958 年 6 月 20 日。Вахтин Б.Великий китайский драматург.—Труд.1958.20. июня.

1958 年：盖达《伟大的戏曲家关汉卿》，载《星火报》，1958 年，第 25 号，第 5 版。Гайда И.В. Великий китайский драматург.—Огонек.1958. № 25. с.5.

1958 年：缅什科夫（孟列夫）《关汉卿——中国戏曲之父》，载《苏维埃》，1958 年 6 月 19 日。Меньшиков Л.Гуань Хань-цин – отец китайской драмы.—Сов.Россия.1958.19.июня.

1958 年：巴哈莫夫《关汉卿》，载《文学与生活》，1958 年 6 月 20 日。Пахонов Н. Гуань Хань-цин. – Литература и жизнь .1958.20. июня.

1958 年：谢曼诺夫（司马文）《他（关汉卿）属于全世界》，载《共青团真理报》，1958 年 6 月 19 日。Семанов В.Он принадлежит миру.—Комс.правда. 1958. 19. июня.

1958 年：索罗金《中国杰出的戏剧家》，载《消息报》，1958 年 6 月 19 日。Сорокин В.ф. Замечательный драматург Китая.—Известия. 1958, 19. июня.

1958 年：吉什科夫《中国伟大的戏剧家》，载《苏联文化报》，1958 年 6 月 19 日。Тишков А.Великий драматург Китая.—Советская курьтура. 1958, 19, июня.

1958 年：费德林《关汉卿》，载《真理报》，1958 年 6 月 19 日。Федоренко Н. Гуань Хань-цин.—Правда.1958,19. июня.

1958 年：索罗金《伟大的戏剧家关汉卿——纪念关汉卿戏曲创作活

动 700 周年》，载《苏联中国学》，1958 年，第 2 期，第 105—110 页。对关汉卿做了全面评述。Сорокин В.Ф. Великий китайский драматург Гуань Хань-цин.К 700-летию со времени творческой деятельности.— Советское китаеведение. 1958. №2.с.105—110.

1958 年：在苏联莫斯科工会大厦圆柱大厅举办的纪念关汉卿活动晚会中，苏联艺术家米哈伊洛夫、德罗沃赛科娃演出了关汉卿《窦娥冤》中的一折戏。

1958 年：索罗金译《关汉卿的〈窦娥冤〉》之第三折和第四折，载《外国文学》杂志，1958 年，第 9 期，第 177—190 页。Гуань Хань-ции, Обида Доу Э (3 и 4 акты),пер.Сорокина В.Ф. — Иностранная литература.1958. № 9.с.177—190.

1958 年：杰柳辛、伊林、吉什科夫等翻译的俄文《梁山伯与祝英台》（十三折戏曲剧本），艺术出版社，莫斯科，1958 年，94 页。Лян Шань-бо и Чжу Ин-тай: Пьеса в тринадцати картинах.М.Искусство.1958.— 94 с.

1958 年：盖达《中华人民共和国的舞台艺术》，载《世界文化史通报》,1958 年,第 6 期,第 114—122 页。Гайда И. В. Театральное искусство Китайской Народной Республики.—Вестник истории мировой культуры. 1958. №6.с.114—122.

1958 年：瓦依诺娃《关于当代中国古典戏剧的几个问题》，载《艺术史研究所 1958 年鉴》，苏联科学学院出版社，莫斯科，第 369—410 页。Войнова В. Некоторые вопросы современного китайского классического театра. — Ежегодник Института истории искусств,1958.М,Изд-во АН СССР, 1958, с.369—410.

1958 年：鲁多娃《中国戏出年画》，载《国立艾尔米塔什博物馆文丛》,1958 年,第 2 卷,第 239—251 页。Рудова М.Л.Китайская театральная лубочная картина.—Труды Государственного Эрмитажа.1958.т.2.с.239— 251.

1958 年：穆里昂《现代中国木版年画》，苏联国立美术出版社，莫斯科，1958 年，110 页。Муриан И.Ф.Современный китайский лубок. М. Государственное издательство изобразительного искусства.1958.—110 с.

1958 年：查柏林《中国舞蹈的起源》，载《戏剧》杂志，1958 年，第 4 期，第 191—192 页。Цаплин В. У истоков китайского танца.—Театр.1958. № 4. c.191—192.

1958 年：库里涅夫《与中国演员相处的两年时间——选自导演的日记》，载《戏剧》杂志，1958 年，第 5 期，第 166—174 页。Кульнев Б.Два года среди китайских актеров.из дневника режиссера.—Театр.1958.№ 5.c.166—174.

1958 年：费德林《关汉卿——纪念其创作活动 700 周年》，并选刊谢曼诺夫（司马文）、雅罗斯拉采夫翻译的《救风尘》第三折。载康拉德等《东方文艺作品集》，第二辑，莫斯科，国家文学出版社，1958 年，第 156—175 页。Федоренко Н.Гуань Хань-цин.—Корад Н.И.Восточный альманах. Сборник. вып.2.М.1958. c.156—175.

1958 年：谢曼诺夫（司马文）、雅罗斯拉夫采夫合译关汉卿的《救风尘》第三折，载《东方文艺选集》，第 2 辑，莫斯科，1958 年，第 165—175 页。Гуань Хань-ции, Спасение падшей,пер.Семанова В. и Ярославцева Г.—Восточный альманах. М.1958.вып.2.c.165—175.

1959 年：施卡连科夫等《我们的朋友》中收有"关汉卿"（408 页）、"王实甫"(397 页)等戏曲作家词条。Г.Шкаренков.Наш друг Китай. Словарь -справочник. М.1959.c.408.c.397.

1959 年：缅什科夫（孟列夫）《中国古典戏曲的改革》，东方文学出版社，莫斯科，1959 年，239 页。Меньшиков Л.Н. Реформа китайской классической драмы.М.1959.—239 c.

1959 年：盖达《论中国戏剧的民间渊源》，载《东方学问题》，1959 年，第 1 期，第 105—112 页。Гайда И. В.О народных истоках китайского театра.—Проблема востоковедения.1959.№1.c.105—112.

1959 年：盖达《中国的民间戏剧》，知识出版社，莫斯科，1959 年，32 页。ГайдаИ.В. Театр китайского народа.М.Знание.1959.—32 c.

1959 年：马利诺夫斯卡娅《论洪昇〈长生殿〉的创作意图》，载《列宁格勒大学学报（东方学）》，第 281 号，第 10 期，中国历史和语文专号，列宁格勒大学出版社，1959 年，第 147—161 页。Малиновская Т.А.О замысле драмы Хун Шэна Дворец долголетия.—Ученые записки ЛГУ. № 281. Востоковедение. наук.1959,выпуск 10,c.147—161.

1959 年：费什曼翻译了田汉创作的《关汉卿》剧本，费什曼注释，列维托娜翻译诗词，尼科利斯卡娅撰写后记，艺术出版社，莫斯科，1959年，98 页。根据中国戏剧出版社 1958 年出版的田汉《关汉卿》话剧翻译。О. Фишман.Гуаньхань-цин.Тянь Хань.М.Искусство.1959.—98 с.

1959 年：苏联新西伯利亚剧院移植了中国的舞剧《宝莲灯》，为庆祝中华人民共和国成立十周年在苏联演出获得成功，主演齐米娜。苏联《新西伯利亚晚报》有评论文章。

1959 年：瓦赫金译无名氏著《大闹天宫》（根据《西游记》改编），载《国外经典木偶戏剧集》，列宁格勒-莫斯科，艺术出版社，1959 年，528 页。Б.Б.Вахтин.неизвестный автор."Переполох в небесном царстве"—Театр кукол зарубежных стран.Ленинград, Москва. Искусство. 1959г.—528 с.

1959 年：缅什科夫（孟列夫）《阿列克谢耶夫院士的中国收藏品（木版年画、拓片、笺纸及艺术信封）》，载《东方国家与民族》，第 1 辑，莫斯科，1959 年，第 302—313 页。Меньшиков Л.Н.Китайские коллекции академика В.М.Алексеева(лубок,эстампаж,почтовая бумага и художественный конверт). — Страны и народы Востока. М.1959. вып.1.с.302—313.

1959 年：塔拉诺夫《京剧复兴》，载《戏剧生活》，1959 年，第 18 期，第 2 页。介绍京剧《打渔杀家》《李陵碑》等。Таранов М. Возрождение.—Театральная жизнь.1959.№18.с.2.

1959 年：吉什科夫《伟大的当代演员》，载《戏剧生活》，1959 年，第 18 期，第 3 页。介绍梅兰芳与斯坦尼斯莱夫斯基的见面。Тишков А. Великий актер современности.—Театральная жизнь.1959.№18.с.3.

1959 年：阿巴尔金《关于中国戏剧》（上、下），载《戏剧》杂志，1959 年，第 4 期，第 136—146 页；第 7 期，第 157—170 页。Абалкин Н.Заметки о китайском .театре.—Театр.1959.№4.с.136—146.№ 7.с.157—170.

1959 年：梅兰芳《中国京剧表演艺术——给苏联专家的讲稿》（俄文），译者不详，中华人民共和国国务院外事管理局，1959 年，99 页。Мэй Лань-фан. Пекинская музыкальная драма.(Лекция для специалистов). Управление по делам иностранных специалистов при Государственном Совете КНР.1959 год.—99 с.

1959 年：夫鲁格《宋代（10—13 世纪）中国书籍印刷史》，苏联科学院出版社，莫斯科-列宁格勒，1959 年，398 页。Флуг К.К.История китайской печатной книги сунской эпохи:X-XIII вв.М.-Л.Издательство АН СССР.1959.—398c.

1960 年：缅什科夫（孟列夫）翻译了王实甫的杂剧《崔莺莺待月西厢记》，苏联国家文学出版社，莫斯科-列宁格勒分社，1960 年，283 页。底本据中华书局上海编辑所 1954 年王季思校注本翻译，译文还参考了作家出版社 1954 年吴晓玲校注本。俄译本每折附有中国木刻插图一幅，共计二十幅。扉页印有木刻莺莺"双文小像"一幅。有译者撰写的长篇序言《〈西厢记〉及其在中国戏剧史上的地位》和注释。Меньшиков Л.Н. Ван Ши-фу. Западный флигель, где Цуй Ин-ин ожидала луну. М-Л.1960.—283 c.

1960 年：缅什科夫（孟列夫）《〈西厢记〉及其在中国戏剧史上的地位》，载孟列夫译俄文版《西厢记》，莫斯科-列宁格勒，1960 年，第 5—18 页。中译文发表在《传统文化与现代化》，1998 年，第 1 期，译者张梦新。Меньшиков Л.Н. Западный флигель и его место в истории китайской драмы. — Западный флигель,где Цуй Ин-ин ожидала луну. М-Л.1960. c.5—18.

1960 年：穆里昂《中国民间木版年画》，艺术出版社，莫斯科，1960 年，122 页。Муриан И.Ф.Китайский народный лубок. М.Искусство. 1960.— 122 c.

1960 年：鲁多娃《阿列克谢夫院士藏品"中国文化艺术文物"》，载《国立艾尔米塔什博物馆通讯》，1960 年，第 19 期，第 38—41 页。Рудова М.Л.Коллекция В.М.Алексеева (Памятники культуры и искусства Китая.)—Сообщения Гос.Эрмитажа.XIX.1960.c.38—41.

1960 年：谢曼诺夫（司马文）《论关汉卿剧作的特色》，载《东方学问题》，1960 年，第 4 期，75—83 页。中译文载《外国戏剧》，1988 年，第 4 期。Семанов В.И. Освоебразии драм Гуань Хань-цина.—Проблемы востоковедения. 1960.№4.c.75—83.

1960 年：索罗金《中国话剧发展的主要阶段》，载《中国文化革命问题》，莫斯科，1960 年，第 251—270 页。Сорокин В.ф.Основые этапы развития драматического театра в Китае. — Вопросы культурной революции в КНР.М.1960.с.251—270.

1960 年：缅什科夫（孟列夫）《古典戏剧和戏曲的改革》，载《中国文化革命问题》，莫斯科，1960 年，第 230—250 页。Меньшиков Л.Н. Реформа классического театра и драмы. — Вопросы культурной революции в КНР. М.1960.с.230—250.

1960 年：梅兰芳《梅兰芳谈中国戏剧的风格》，载《戏剧》杂志，1960 年，第 6 期，第 189 页。Мэй Лань-фан о стилистике китайского театра.—Театр. 1960.№ 6.с.189.

1960 年：艾德林《梅兰芳与中国传统戏剧的象征性》，载《戏剧》杂志，1960 年，第 12 期，第 167—174 页。Эйдлин Л.З. Мэй Лань-фан и условность китайского традиционного театр.—Театр.1960.№12.с.167—174.

1960 年：布莱希特(德)《中国戏剧表演艺术的陌生化效果》（俄文），载布莱希特《关于戏剧》，外国文学出版社，莫斯科，1960 年，364 页。Брехт Б. Эффект отчуждения в китайском театре. — в кн. Б.Брехт, О театре. М.1960.—364 с.

1960 年：鲍里斯·沃尔金《中国戏剧作品在苏联舞台上——为〈戏剧报〉而作》（中文），伊珂译，载《戏剧报》杂志，1960 年，第 2 期，第 34—35 页。

1961 年：缅什科夫（孟列夫）《关于〈西厢记〉的最新版本》，载《亚非人民》，1961 年，第 6 期，第 165—167 页。Меньшиков Л.Н.О новейших изданиях пьесы Западный флигель.—Народы Азии Африки. 1961. №6, с.165—167.

1961 年：缅什科夫（孟列夫）《关于〈西厢记〉的作者问题》，载《东方学问题》，1961 年，第 1 期，第 149—151 页。Меньшиков Л.Н.К вопросу об авторе Западного флигеля. — Проблемы востоковедения. 1961.№1.с.149—151.

1961 年：缅什科夫（孟列夫）《论诸宫调的形式与〈刘知远诸宫调〉》，载《苏联和东方外国的历史和语文学问题》，莫斯科，1961 年，第 78—82 页。Меньшиков Л.Н.О жанречжугундяо и Лю Чжи-юань чжугундяо.—Вопросы филологии и истории стран Советского и зарубежного Востока. М.1961.с.78—82.

1961 年：奥布拉兹卓夫（Образцов. С. В）《中国人民的戏剧》中文译本，林来云译，北京中国戏剧出版社，1961 年。

1961 年：彼得罗夫《论梁启超的爱国戏剧》，载《中国和日本——历史和语文》（纪念康拉德院士 70 诞辰纪念文集），莫斯科，1961 年，第 145—151 页。Петров Н.А. Патриотическая драматургия Лян Ци-чао.— Китай и Япония. История и филология. (Сб.статей, посвященных 70-летию академика Н.И.Канрада.) М,1961. с.145—151.

1961 年：艾德林《梅兰芳饰演的穆桂英》，载《戏剧》杂志，1961 年，第 6 期，第 184—186 页。Эйдлин.Л.Му Гуй-ин ведет войска.—Театр. 1961. № 6.с.184—186.

1961 年：鲁多娃《列宁格勒藏中国民间年画载录》，载《国立艾尔米塔什博物馆文丛》，1961 年，第 5 卷，第 286—297 页。Рудова М.Л. Систематизация китайских новогодних картин(няньхуа) ленинградских собраний.—Труды Гос.Эрмитажа.т.5.1961.с.286—298.

1961 年：加拉宁《阿里克谢耶夫收藏的中国民间吉祥年画》，载《宗教历史与无神论博物馆年刊》，1961 年，第 5 卷，第 315—327 页。Гаранин И.П.Китайский благопожелательный лубок из коллекции В.М.Алексеева.— Ежегодник Музея истории религии и атеизма. 1961.т.V.с.315—327.

1961 年：中央歌舞剧院一行 60 多人在波兰演出后转赴苏联访问，在莫斯科、列宁格勒、明斯克等地演出了《宝莲灯》《雷峰塔》和《小刀会》三个大型民族舞剧。

1962 年：《简明文学百科全书》，第一卷，1962 年。收有"白朴"（693 页）、"王实甫"(856 — 857 页) 等词条。Краткая литературная энциклопедия. М.1962.т.1.с.693.с.856—857.

1962 年：艾德林《传统与创新——关于中国的民间芭蕾舞剧》，载《戏剧》，1962 年，第 1 期，第 186—192 页。Эйдлин Л.З. Традиция и новаторство.о китайском национальном балете. — Театр.1962.№1. с.186—192.

1962 年：索罗金、艾德林合编《中国文学简编》，莫斯科东方文学出版社，1962 年。论述中国古代文学部分有"戏剧"专题，第 90—107 页。Сорокин В.Ф.,Эйдлин Л.З. Китайская литература.М.1962.с.90—107.

1963 年：谢列布里亚科夫《论元代剧作家马致远的剧本〈汉宫秋〉》，

载《东方国家语文学》，列宁格勒大学出版社，列宁格勒，1963 年，第 110—125 页。Серебряков Е.А. О пьесе юаньского драматурга Ма Чжи-юаня Осень в Ханьских дворцах.—Филология стран Востока : сборник статей.Л.1963. c.110—125.

1963 年：齐宾娜《关于中国古典戏剧的产生和发展问题》，载《中国语文学问题》，莫斯科大学出版社，1963 年，第 114—143 页。Цыбина Е.А. К вопросу о зарождении и развитии китайской классической драматургии.—Вопросы китайской филологии. М. 1963. c. 114—143.

1963 年：科米萨尔热夫斯基《梅兰芳和他的书》，载俄文版《舞台生活四十年》，莫斯科艺术出版社，莫斯科，1963 年，第 3—14 页。中译文载陈世雄编译《梅兰芳在苏联》，江苏人民出版社，2023 年，第 341—354 页。В. Комиссаржевский. Мэй Лань-фан и его книга.—Мэй Лань-фан.Сорок лет на сцене, запись Сюй Цзи-чуаня.1963.c.3—14.

1963 年：罗日杰斯特文斯卡娅翻译，科米萨尔热夫斯基前言，塔斯金注释的梅兰芳述、许姬传记《舞台生活四十年》俄文版，据人民文学出版社 1957 年译，莫斯科艺术出版社，莫斯科，1963 年，499 页。Мэй Лань-фан.Сорок лет на сцене, запись Сюй Цзи-чуаня. [пер. с китайского Рождественская.Е.И; вступит. статья В. Комиссаржевского ; примеч. В. Таскина]. М.Искусство. 1963. —499c.

1964 年：李福清发表《中国戏曲的理论（12 世纪至 17 世纪初）》，载《东方国家的文学与美学理论问题》，东方文学出版社，莫斯科，1964 年，第 131—160 页。Рифтин Б.Л. Теория китайской драмы (XII-началоXVIIвв.) — В кн, Проблемы теории литературы и эстетики в странах Востока. М.,Наука. 1964,c.131—160.《中国古典文学研究在苏联》注释有误。

1964 年：盖达《中国传统戏剧的形成》（副博士学位论文），艺术科学类，苏联科学院世界社会主义体系经济研究所；苏联文化部艺术史研究所，莫斯科，1964 年，共 16 页。Гайда Ирина Владимировна. Становление китайского традиционного театра. Автореф. дис. на соиск. учен. степ. канд. Искусствоведения.Институт экономики мировой социалистической системы АН СССР ; Институт истории искусств Министерства культуры СССР. Москва, 1964. — 16 c.

1964 年：《简明文学百科全书》，第二卷，1964 年。收有"高则诚"（62 页）、索罗金撰写的"关汉卿"（426—427 页）等词条。Краткая литературная энциклопедия. М.1964.т.2.с.62.с.426—427.

1964 年：《戏剧百科辞典》，第三册，1964 年，收有索罗金撰写的"中国戏曲和戏剧"词条，第 884—889 页。Сорокин В.Ф. Китайская драматургия и театр.—Театральная энциклопедия.т.3.1964.с. 884—889.

1965 年：马利诺夫斯卡娅《中国剧作家洪昇及其时代》，载《亚非国家的语文和历史》（东方系论文报告提纲，1964—1965 年），列宁格勒大学出版社，1965 年，第 30—32 页。Малиновская Т.А.Китайский драматург Хун Шэн (1645 — 1704) и его зпоха. — Филология и история стран зарубежной Азии и Африки.Тезисы научной конференции восточного факультета. 1964/65 учебн.год.Изда.ЛГУ.1965.с.30—32.

1965 年：彼得罗夫《瓦西里耶夫（王希礼）（1899—1946）的科学研究活动》，载《亚非国家的语文和历史》（东方系论文报告提纲，1964—1965 年），列宁格勒大学出版社，1965 年，第 71—73 页。Петров В.В.Научно-педагогическая деятельность Б.А.Восильева(1899—1946).—Филология и история стран зарубежной Азии и Африки.Тезисы научной конференции восточного факультета.1964/65 учебн.год.Изда. ЛГУ. 1965. с.71—73

1965 年：谢罗娃发表《现代戏的初步和中国的革命运动（19 世纪末至 20 世纪初）》，载《亚洲民族研究所简报》（文艺理论），莫斯科 1965 年。Серова С.А.Первые шаги нового театра и революционное движение в Китае(конец XIX-начало XXв.) — Краткие сообщения Института народов Азии АН СССР.М.1965, вып.84, с. 54—61.

1965 年：李福清《中国的说书与韩起祥的革新》，载《民族传统与社会主义现实主义的起源》，科学出版社，莫斯科，1965 年，第 564—580 页。中译文见《国外社会科学》，北京，2008 年，第 5 期，第 104—109 页。Рифтин Б.Л. Устный сказ в Китае и новаторстве Хань Ци-сяна (40-е годы). — В кн.Национальные традиции и генезе социалистического реализма. М.1965.с.564—580.

1966 年：阿列克谢耶夫生前论文《中国民间戏剧和中国民间绘画》发表，见李福清编辑的《中国民间风情录——民间绘画》论文集，东方文献出版社，莫斯科，1966 年，第 58—112 页。Алексеев В.М. Китайский народный театр и китайская народная картина — Китайская народная картина. М.1966. с.58—112.

1966 年：马利诺夫斯卡娅《洪昇及其时代》，载《亚非国家语文学研究》列宁格勒，1966 年，第 144—153 页。Малиновская Т.А. Хун Шэн и его эпоха. — Исследования по филологии стран Азии и Африки. Л.,1966,с.144—153.

1966 年：马利诺夫斯卡娅《洪昇剧作〈长生殿〉的艺术特点》，载《远东文学的文体与风格学术会议论文集（列宁格勒 1966 年）》，莫斯科科学出版社，1966 年，第 26—27 页。Малиновская Т.А.Художественное своеобразие драмы Хун Шэна 《Дворец долголетия》.—Жанры и стили литератур Дальнего Востока.Тезисы докладов научной конференции. (Ленинград.1966.) М.наука.1966.с.26—27.

1966 年：施别施涅夫（司格林）《中国民间的相声表演》，载《远东文学的文体与风格学术会议论文集（列宁格勒 1966 年）》，科学出版社，莫斯科，1966 年，第 42—43 页。Спешнев Н.А.Китайсккое народное представление сяншэн. — Жанры и стили литератур Дальнего Востока.Тезисы докладов научной конференции. (Ленинград.1966.) М.наука.1966.с.42—43.

1966 年：彼得罗夫编辑、缅什科夫（孟列夫）校注《元杂剧选译》，苏联国家艺术出版社，莫斯科，1966 年，511 页。书前有彼得罗夫撰写的《前言》。共收有 11 种元代杂剧的俄译文，均为全译本，依次包括关汉卿的《窦娥冤》（斯佩什涅夫译）、关汉卿的《望江亭》（马斯金斯卡娅译，基托维奇译诗）、关汉卿的《单刀会》（马斯金斯卡娅译，基托维奇译诗）、白朴的《墙头马上》（马利诺夫斯卡娅译，鲍特维尼科译诗）、白朴的《梧桐雨》（马利诺夫斯卡娅译，鲍特维尼科译诗）、马致远的《汉宫秋》（谢列布里亚科夫译）、康进之的《李逵负荆》（斯佩什涅夫译）、李好古的《张生煮海》（孟列夫译）、石君宝的《秋胡戏妻》（费什曼译，列维托纳译诗）、张国宾的《合汗衫》（费什曼译，列维托纳译诗）、郑光祖的《倩女离魂》（孟列夫译）等。Петров В.,Меньшиков Л. Юаньская драма. М.: Искусство, 1966. —(Библиотека драматурга)，—511 с.

1966 年：庞英《论梁山泊英雄的元杂剧》，载《亚非国家的历史语言研究》（学术报告提纲），列宁格勒大学出版社，列宁格勒，1966 年，第 38—39 页。Пан Ин.Юаньские драмы на сюжеты о героях Ляншаньбо.— Филология и история стран зарубежной Азии и Африки.Тезисы докладов научной Конференции Восточного факультета.1965/1966. ЛГУ.Л.1966. с.38—39.

1966 年：索罗金《元曲：角色与冲突》，载《东方文学理论问题会议报告提纲》，1966 年，莫斯科，第 106—107 页。Сорокин В.ф. Юаньская драма: герои и конфликты. — Тезисы докладов симпозиума по теоретическим проблемам восточных литератур. М.1966. с.106—107.

1966 年：谢罗娃《中国时装新戏——19 世纪末至 20 世纪初》，载《亚非人民》，1966 年，第 3 期，第 102—109 页。Серова С.А.Пьесы в современных костюмах в китайской музыкальной драме (конец XIX-начало XXв.).—Народы Азии и Африки.1966.№3.с.102—109.

1966 年：《简明文学百科全书》，第三卷，1966 年。收有"孔尚任"（902 页）等词条。Краткая литературная энциклопедия.М.1966. т.3.с.902.

1967 年：索罗金《〈唱论〉译注》，载《历史语文学研究》（纪念康拉德院士诞辰七十五周年诞辰特刊），东方文献出版社，莫斯科，1967 年，第 487—492 页。Сорокин В.Ф.Трактат "Рассуждениеопении"—Историко-филологические исследования. Сборник статей к 75-летию академика Н.И. Конрада.М.1967.с.487—492.

1967 年：马利诺夫斯卡娅《〈闲情偶寄〉——中国戏曲论著（17 世纪下半叶）》，载《列宁格勒大学学术会议报告提纲·亚非国家的历史语文学》，列宁格勒，1967 年，第 25—27 页。Малиновская Т.А. Случайные заметки праздного -тракато китайской драме. втрая половина XVII в.—Филология история стран зарубежной Азии и Африки.Тезисыюбилейной научной конференции восточного факулитета,посвященной 50-летию Великого Октября.Л.1967.с.25—27.

1967 年：沃斯克列谢斯基（华克生）、扎沃特斯卡娅、波兹涅耶娃等《评 1966 年出版的阿列克谢耶夫的〈中国民间绘画〉》，载《亚非人民》，1967 年，第 5 期，第 196—205 页。Воскресенский Д.Н.Завадская Е.В.Позднеева Л.Д. Китайская народная картина.Духовная жизнь старого Китая в народных изображениях. Алексеева В. — Народы Азии и

Африки.1967. №5. с.196—205.

1967 年：《简明文艺百科全书》，第四卷，有"李渔"（402 页）、"梁山伯与祝英台"（482 页）、"马致远"（704—705 页）等词条。Краткая литературная энциклопедия. М.1967.т.4.с.402.с.482.с.704—705.

1968 年：爱森斯坦（1898—1948）《梨园魔法师》，载六卷本《爱森斯坦文集》，第五卷，莫斯科，1968 年，第 311—324 页。该文写于 1935 年梅兰芳访问苏联时期，后收入《爱森斯坦文集》，内容是讨论中国戏曲及梅兰芳的表演艺术，中译文载陈世雄编译《梅兰芳在苏联》，江苏人民出版社，2023 年，第 312—326 页。Эйзенштейн С.Чародею Грушевого сада. — Избранные произведения в шести томах.Москва.1968.Том 5, с.311—324.

1968 年：谢罗娃《梅耶荷德和中国戏剧》，载《远东文学理论问题研究：列宁格勒第三次学术会议提纲》，科学出版社，莫斯科，1968 年，第 44—45 页。Серова С.А.Мейерхольд и китайский театр.—Теоретические проблемы изучения литературы Дальнего Востока.Тезисы докладов третьей научной конференции (Ленинград 1968).М.1968.с.44—45.

1969 年：索罗金《道教剧——13 至 14 世纪杂剧的一种特殊体裁》，载《中国和朝鲜文学的体裁与风格》，莫斯科，东方文献出版社，1969 年，第 118 — 124 页。Сорокин В.ф. Пьесы даосского цикла – жанровая разновидность цзацзюйXIII-XIV вв.—Жанры и стилилитературКитая и Кореи》. М. 1969, с.118—124.

1969 年：马利诺夫斯卡娅《论洪昇〈长生殿〉的形式兼论它的若干艺术特点》，载《中国和朝鲜文学的体裁与风格》，莫斯科，东方文献出版社，1969 年，第 152—157 页。Малиновская Т.А. О форме драмы Хун Шэна Дворец долголетия и о некоторых ее художественных особенностях.—Жанры и стили литератур Китая и Кореи. М. 1969, с.152—157.

1969 年：施别施涅夫（司格林）《中国人民的相声艺术》，载《中国和朝鲜文学的体裁与风格》，东方文献出版社，莫斯科，1969 年，第 188—193 页。Спешнев Н.А. Китайское народное представление сяншэн.—Жанры и стили литератур Китая и Кореи. М.,1969. с.188—193.

1969 年：索罗金《元曲：角色与冲突》，载《东方文学的理论问题》

论文集，莫斯科，1969 年，第 339—347 页。Сорокин В.ф. Юаньская драма: герои и конфликты. — Теоретические проблемы восточных литератур. М. 1969. c. 339—347.

1969 年：李福清《论中国民间说书的艺术结构》，载《亚非人民》，1969 年，第 1 期，第 87—106 页。Рифтин Б.Л. О художественной структуре китайского устного прозаического сказа. — Народы Азии и Африки. 1969.№1, c.87—106.

1969 年：李福清《评马汉茂〈李立翁论戏曲〉；M.吉姆〈段成式乐府杂论〉》，载《亚非人民》，1969 年，第 2 期，第 219—222 页。Рифтин Б.Л. М.Гимм.Разные записи о Музыкальной Палате Дуань Ань-цзе, исследование по истории музыки, представлений и танца в период Тан. — Висбаден.1966. Х.Мартин.Ли Ли-Вэн о театре.Китайская драматургия XVII столетия. — Гейдельберг. 1966. — На немецком языке.—Народы Азии и Африки.1969. №2. c.219—222.

1970 年：索罗金《14—15 世纪中国戏剧中的佛教情节》，载《远东文学理论问题研究论文集》（艾德林教授六十寿辰纪念文集），东方文献出版社，莫斯科，1970 年，第 104—111 页。Сорокин В.Ф.Буддийские сюжеты в китайской драме XIV-XV вв.—В кн. Теоретические проблемы изучения литератур Дальнего востока.М.1970. c.104—111.

1970 年：谢罗娃《梅耶荷德的戏剧理念和中国戏剧理论》，载《远东文学理论问题研究论文集》，莫斯科，1970 年，第 140—148 页。中译文载童道明编选《梅耶荷德论集》，华东师范大学出版社，1994 年，第 119—125 页。Серова С.А.Театральная концепция В.Э.Мейерхольда и китайская театральная теория. — Теоретические проблемы изучения литератур Дальнего Востока.М.1970. c.140—148.

1970 年：马利诺夫斯卡娅发表《17 世纪下半叶的中国杂剧》，载《远东文学理论问题研究：列宁格勒第四届学术会议报告提纲》，科学出版社，莫斯科，1970 年，第 31—33 页。Малиновская Т. А. Китайская драма цзацзюй второй половины XVIIстолетия. — Теоретические проблемы изучения литератур Дальнего Востока. Тезисыдокл. четвертой науч. конф. (Ленинград.1970). М. 1970. c.31—33.

1970 年：斯佩什涅夫（司格林）《"快书"的形式及其文学特征》，载

附录一　中国古典戏曲在俄罗斯的翻译和研究史料编年

《远东文学理论问题研究：列宁格勒第四届学术会议报告提纲》，科学出版社，莫斯科，1970 年，第 58—61 页。Спешнев Н.А. Жанркуайшу и его художественные особенности — Теоретические проблемы изучения литератур Дальнего Востока. (Тезисы докладов четвертой научной конференции) . (Ленинград.1970) . М. 1970. с.58—61.

1970 年：古谢娃《孔尚任〈桃花扇〉的凡例》，载《高等学校东方外国文学史学术会议论文集》，莫斯科大学出版社，莫斯科，1970 年，第 266—271 页。Гусева Л.Н. Кун Шан-жэнь. Предисловие к драме Веер с персиковыми цветами.—Труды Межвузовской научной конференции по истории литератур зарубежного Востока.(Москва.1968).М.1970.с.266—271.

1970 年：古谢娃《孔尚任〈桃花扇〉(1699)的凡例》，载《远东文学理论问题研究：列宁格勒第四届学术会议报告提纲》，科学出版社，莫斯科，1970 年，第 20 页。Гусева Л.Н. Кун Шан-жэнь. Предисловие к драме Веер с персиковыми цветами(1699 г). — Теоретические проблемы изучения литератур Дальнего Востока.Тез.докл.четвертой науч.конф. (Ленинград,1970). М. 1970. с.20.

1970 年：谢罗娃《19 世纪中叶至 20 世纪 40 年代的京剧》，科学出版社，莫斯科，1970 年，196 页。Серова С.А. Пекинская музыкальная драма (середина XIX--40-е годы XX в.). М.Наука.1970.—196 с.

1970 年：谢罗娃《中国戏曲规范身段（或译程式化动作）的渊源》，载《亚非人民》，1970 年，第 5 期，第 114—122 页。Серова С.А.Истоки канонического жеста в китайском театре. — Народы Азии и Африки.1970.№5.с114—122.

1970 年：马利诺夫斯卡娅《中国 17 世纪剧作家洪昇及其戏剧〈长生殿〉》（副博士学位论文），列宁格勒大学出版社，列宁格勒，1970 年，18 页。Малиновская Т. А. Китайский драматург XVII в. Хун Шэн и его драма Дворец долголетия. Автореф. дис....канд. филол. наук.Л.,Изд-во ЛГУ,1970.—18 с.

1970 年：佐格拉夫《论元代戏曲中的否定语句》，载《东方民族的书面文献和文化史问题论文集》，莫斯科，1970 年，第 151—154 页。Зограф И.Т.Отрицания в языке юаньскихпьес. — Письменные памятники и проблемы истории культуры народов Востока.(ПИКНВ). (Краткие сообщения и автоаннотации VI годичная научная сессия ЛО ИВАН СССР,посвященная 100-летию со дня рождения В.И.Ленина). М.1970. с.151—154.

1970 年：苏联莫斯科大学出版社出版，由波兹涅耶娃、谢曼诺夫（司马文）主编的《中世纪东方文学史》第一册，中国文学部分有对元代戏曲的论述，第 180—205 页。Позднеева Л.Д.Семанова В.И.Литература востока в средние века. издательство Московского университет. 1970.Ч.1.с.180—205.

1971 年：盖达《中国传统戏剧——戏曲》，科学出版社，莫斯科，1971 年，126 页。Гайда И. В. Китайский традиционный театр: сицюй. М.Наука, 1971. —126с.

1971 年：谢罗娃《五四运动时期的戏剧观》，载《中国 1919 年的五四运动》，莫斯科，1971 年，第 269—284 页。Серова С.А.Театральные концепции периода 4 мая.—Движение 4 мая 1919 г.в Китае.М.1971. с.269—284.

1971 年：索罗金《13—14 世纪中国剧本的版本考订问题》，载《亚非人民》，1971 年，第 6 期，第 76—87 页。Сорокин В.Ф. Проблемы текстологии китайской драмы XIII-XIV веков. — Народы Азии и Африки.1971. №6. с.76—87.

1972 年：古谢娃《孔尚任〈桃花扇〉中的主要人物》，载《莫斯科大学学报》，总 27 期，东方学系列，1972 年，第 2 期，第 52—57 页。Гусева Л.Н. Герои драмы Кун Шан-жэня Веер с цветами персика (1699 г). — Вестник Московского универстета. двадцать седьмой год издания. Серия.14. Востоковедение. 1972.№2.с.52—57.

1972 年：马努辛《洪昇剧作〈长生殿〉的思想根源》，载《中国文学与文化：纪念阿列克谢耶夫九十周年诞辰文集》，莫斯科，1972 年，第 238—247 页。Манухин В.С.Идейные истоки драмы Хун Шэна (1645—1704) Дворец вечной жизни.—Литература и культура Китая.К 90-летию со дня рождения В.М.Алексеева.М.1972.с.238—247.

1972 年：马利诺夫斯卡娅《17 世纪的中国杂剧》，载《中国文学与文化：纪念阿列克谢耶夫九十周年诞辰文集》，莫斯科，1972 年，第 248—

167

253 页 。 Малиновская Т.А.Китайская драма цзацзюйXVII века. — Литература и культура Китая.К 90-летию со дня рождения В.М. Алексеева. М.1972. с.248—253.

1972 年：斯佩什涅夫（司格林）《"快书"的诗歌特点与中国古代诗歌的结构》，载《中国文学与文化：纪念阿列克谢耶夫九十周年诞辰文集》，莫斯科，1972 年，第 304—311 页。Спешнев Н.А. Поэтическая форма жанра куайшу и система китайского стихосложения. — Литература и культура Китая.К 90-летию со дня рождения В.М.Алексеева.М.1972. с.304—311.

1972 年：马利诺夫斯卡娅《明代的暴露戏曲》，载《亚非国家的历史语言研究》（学术报告提纲），列宁格勒大学出版社，1972 年，第 34—35 页。Малиновская Т.А. Обличительные драмы эпохи Мин (1368—1644).— Филология и история стран зарубежной Азии и Африки.Краткие тезисы научной конференции Восточного факультета.1972. ЛГУ.Л.1972. с.34—35.

1972 年：马利诺夫斯卡娅《孙仁孺的戏曲〈东郭记〉》，载《远东文学理论问题研究：列宁格勒第五次学术会议论文报告提纲》，科学出版社，莫斯科，1972 年。第 24—26 页。Малиновская Т.А. Драма Сунь Жэнь-жу Восточное предместье. — Теоретические проблемы изучения литератур Дальнего Востока.Тезисы докл.пятый науч.конф. (Ленинград. 1972). М. 1972. с.24—26.

1972 年：马努辛《论汤显祖的第一部没有完成的戏曲》，载《远东文学理论问题研究：列宁格勒第五次学术会议论文报告提纲》，科学出版社，莫斯科 1972 年，第 27—28 页。В.С.Манухин.О первой незавершенной драме Тан Сянь-цзу. — Теоретические проблемы изучения литератур Дальнего Востока. Тезисы докл.пятой науч. конф. (Ленинград,1972). М.1972. с.27—28.

1972 年：古谢娃《孔尚任〈桃花扇〉的命运（1699 年）》，载《远东文学理论问题研究：列宁格勒第五次学术会议论文报告提纲》，科学出版社，莫斯科，1972 年，第 9—10 页。Гусева Л.Н.Судьба драмы Кун Шан-жэня Веер с цветами персика(1699 г). — В кн.Теоретические проблемы изучения литератур Дальнего Востока. Тезисыдокл. пятой науч. конф.

(Ленинград,1972). M.1972.c.9—10.

1972 年：波兹涅耶娃《中国的喜剧和喜剧理论》，载《远东文学理论问题研究：列宁格勒第五次学术会议论文报告提纲》，科学出版社，莫斯科，1972 年，第 38—39 页。Позднеева Л.Д. Комическое и его теоретическое осмысление в Китае. — Теоретические проблемы изучения литератур Дальнего Востока. Тезисы докл.пятой науч. конф. (Ленинград,1972). M.1972. c.38—39.

1972 年：斯佩什涅夫（司格林）《关于清代"子弟书"的问题》，《远东文学理论问题研究：列宁格勒第五次学术会议论文报告提纲》，科学出版社，莫斯科，1972 年，第 48—50 页。Спешнев Н.А.К вопросу о цинских цзыдишу. — Теоретические проблемы изучения литератур Дальнего Востока. Тезисы докл.пятой науч. конф. (Ленинград,1972). M.1972. c.48—50.

1972 年：谢罗娃《剧场理论在中国戏剧美学史上的地位——根据〈明心鉴〉的材料》，载《第三次"中国社会与国家"会议论文集》，科学出版社，莫斯科，1972 年，第 1 册，220—221 页。Серова С.А.Место теории театра в эстетике китайского искусства в целом (на материале трактата Зеркало Просветленного духа). — В кн.Третья научная конференция. Общество и государство в Китае.Тезисы и доклады. М.1972, вып.1. c.220—221.

1972 年：缅什科夫（孟列夫）《王国维和他的中国古典戏剧研究》，载《第三次"中国社会与国家"会议论文集》，科学出版社，莫斯科，1972 年，第 2 册，第 349—360 页。Меньшиков Л.Н. Ван Го-вэй и исследование китайской классической драмы. — В кн.Третья научная конференция. Общество и государство в Китае.Тезисы и доклады.М.1972, вып.2. c.349—360.

1972 年：李福清《介绍一本关于京剧的书：评谢罗娃的 1970 年的〈京剧〉》，载《苏联妇女》（中文版），1972 年，第 2 期。

1972 年：塔拉索娃《中国戏剧的命运》，载《远东问题》，1972 年，第 1 期，第 150—160 页。Тарасова М.В.Судьба китайского театра.— Проблемы Дальнего Востока.1972. № 2. c.150—160.

1972 年：库切拉《元代的中国文化和历史的继承性问题》，载《中国文化和历史传统的意义》，科学出版社东方文献编辑室，莫斯科，1971 年，第 276 — 308 页。Кучера С.Проблема преемственности китайской культурной традиции при династии Юань.—Роль традиций в истории и культуре Китая.М.Наука.1972.с.276—308.

1972 年：格里果里耶娃《中国哲学对日本人世界观的一种影响（语文学家的笔记）》，载《中国文化和历史传统的意义》，科学出版社东方文献编辑室，莫斯科，1971 年，第 87—115 页。Григорьева Т.П.Один из случаев влияния китайской философии на мировоззрение японцев (Заметки филолога). — Роль традиций в истории и культуре Китая. М.Наука. 1972.с.87—115.

1972 年：《简明文学百科全书》，第七卷，1972 年。收有"汤显祖"（381 页）、"弹词"（382—383 页）等词条。Краткая литературная энциклопедия. М.1972.т.7.с.381.с.382—383.

1973 年：斯佩什涅夫（司格林）《"快书"的形式及其文学特征》，载《亚非国家语文问题》，1973 年，第 2 期，第 180—187 页。Спешнев Н.А. Жанркуайшу и его художественные особенности—Вопросы филологии стран Азии и Африки.вып.2. Л.1973.с.180—187.

1973 年：索罗金《13—16 世纪的中国古典戏曲》，载《苏联对中国文学的研究：庆祝费德林六十寿辰文集》，莫斯科科学出版社，莫斯科，1973 年，第 57—85 页。Сорокин В.Ф.Классическая драма Китаяв XIII-XVI веках. Очерк.—Изучение китайской литературы в СССР.М.Наука. 1973.с.57—85.

1973 年：斯佩什涅夫（司格林）《关于清代"子弟书"的问题》，载《苏联对中国文学的研究：庆祝费德林六十寿辰文集》，莫斯科科学出版社，莫斯科，1973 年，第 174—193 页。Спешнев Н.А.К вопросу о цинских цзыдишу.—Изучение китайской литературы в СССР.М.1973. с.174—193.

1973 年：艾德林《3—13 世纪的中国文学发展的历史》，载《苏联的中国文学研究》，莫斯科 1973 年，第 349—381 页。ЭйдлинЛ.З.К истории развития китайской литературы в III-XIII веках.—Изучение китайской литературы в СССР.М.Наука.1973.с.349—381.

1973 年：尼科尔斯卡娅《田汉戏剧〈关汉卿〉中的人民传统和现代性——纪念戏剧家诞辰 75 周年》，载《亚非人民》，1973 年，第 6 期，第

118—123 页。Никольская Л.Н.Национальная традиция и современность в драме ТяньХаня Гуань Хань-цин.(К 75-летию со дня рождея драматурга).—Народы Азии и Африки. 1973.№6.с.118—123.

1974 年：艾德林《波兰汉学家关于中国戏剧起源的研究——评波兰汉学家日比科夫斯基 1974 年出版的〈南宋早期南戏研究〉》，载《远东问题》，1974 年，第 4 期，第 183—186 页。ЭйдлинЛ.З.Польский синолог об истоках китайской драмы. — Проблемы Дальнего Востока.1974. №4.с.183—186.

1974 年：索罗金、李福清《中国文学》，载《世界文学史》，第三卷（讨论稿），莫斯科，1974 年，第 3 卷，第 9 编，第 9—42 页。Сорокин В.Ф., Рифтин Б.Л.Китайская литература. — История всемирной литературы. (Макет для обсуждения). М.1974. т.3. вып.9. с.9—42.

1974 年：马利诺夫斯卡娅《徐渭（1521—1593）在中国戏曲理论史的作用》，载《亚非国家的语文与历史》，纪念列宁格勒大学东方学系成立 120 周年（1854—1974），列宁格勒，1974 年，第 30—32 页。Малиновская Т.А. Роль Сюй Вэя(1521—1593) вразвитии китайской драматургии.— Филология и история стран зарубежной Азиии Африки.Тезисы докладо в научной конференции, посвященной 120-летию основания Восточного факультета. ЛГУ (1854—1974) Л. 1974. с.30—32.

1974 年：波兹涅耶娃《中国的喜剧和喜剧理论》，载《远东文学理论问题研究论文集》，科学出版社,莫斯科,1974 年,第 85—93 页。Позднеева Л.Д. Комическое и его теоретическое осмысление в Китае. — В кн. Теоретические проблемы изучения литератур Дальнего Востока.М. 1974. с.85—93.

1974 年：马利诺夫斯卡娅《明代（1368—1644）的暴露戏曲》，载《列宁格勒大学学报（东方学）》,第 374 号，第 1 辑，第 17 期，列宁格勒大学出版社，1974 年，第 164—174 页。Малиновская Т.А. Обличительные драмы эпохи Мин(1368 — 1644). — Ученые записки. Ленинградского университета .№374. Серия востоковедческих наук. Выпуск 17. Востоковедение. I. Лениград.1974. с.164—174.

1974 年：马努辛《论汤显祖的〈紫箫记〉》，载《远东文学理论问题研究论文集》，科学出版社，莫斯科，1974 年，第 103—113 页。В.С.

Манухин.О драме Тан Сянь-цзу Пурпурная свирель. — Теоретические проблемы изучения литератур Дальнего востока.М. 1974.с.103—112.

1974 年：马利诺夫斯卡娅《孙仁孺的戏曲〈东郭记〉》，载《远东文学理论问题研究论文集》，科学出版社，莫斯科，1974 年，第 113—119 页。Малиновская Т.А.Драма Сунь Жэнь-жу Восточное предместье. — Теоретические проблемы изучения литератур Дальнего Востока. М. 1974. с.113—119.

1974 年：古谢娃《孔尚任〈桃花扇〉的命运》，载《远东文学理论问题研究论文集》，科学出版社，莫斯科，1974 年，第 120—127 页。Гусева Л.Н.Судьба драмы Кун Шан-жэня Веер с цветами персика. — Теоретические проблемы изучения литератур Дальнего Востока.М. 1974. с.120—127.

1974 年：古谢娃《孔尚任〈桃花扇〉中的民间传统》，载《远东文学理论问题研究：列宁格勒第六次学术会议报告提纲》，科学出版社，莫斯科，1974 年，第 24—25 页。Гусева Л.Н. Народные традиции в драме Кун Шан-жэня Веер с цветами персика(1699г). — В кн. Теоретические проблемы изучения литератур Дальнего Востока.Тез.докл.шестой науч.конф. Ленинград. 1974). М.1974.с.24—25.

1974 年：马利诺夫斯卡娅《描写中山狼的两种 16 世纪的戏曲》，载《远东文学理论问题研究：列宁格勒第六次学术会议报告提纲》，科学出版社，莫斯科，1974 年，第 43—44 页。Малиновская Т.А.Две драмы XVI в. о Чжуншаньском волке. — Теоретические проблемы изучения литератур Дальнего Востока.Тез.докл.шестой науч.конф.Ленинград. 1974). М.1974.с.43—44.

1974 年：波兹涅耶娃《中国悲剧及其理论的首次尝试》，载《远东文学理论问题研究：列宁格勒第六次学术会议报告提纲》，莫斯科，1974 年，第 67 页。Позднеева Л.Д. Трагическое и первые попытки его теоретического осмысления в Китае. — Теоретические проблемы изучения литератур Дальнего Востока.М.,1974, с.67.

1974 年：谢罗娃《〈明心鉴〉对舞台戏剧理论形象的规定》，载《远东文学理论问题研究:列宁格勒第六次学术会议报告提纲》,科学出版社，莫斯科，1974 年，第 75—76 页。Серова С.А.Канон сценического образа в теории Зеркало Просветленного разума (Мин синцзянь, вторая пол. XVIII в). — Теоретические проблемы изучения литератур Дальнего Востока. Тез. докл. шестой науч. конф. (Ленинград.1974).М.1974. с.75—76.

1974 年：马利诺夫斯卡娅《冯梦龙（1574—1646）的戏剧创作活动》，载《历史语文学研究》（康拉德院士纪念论文集），莫斯科，1974 年。第 209—216 页。Малиновская Т.А.Драматургическая деятельность Фэн Мэн-луна. — Историко-филологические исследовния. М.1974, с.209—216.

1974 年：马努辛《论汤显祖戏曲〈霍小玉〉（又称〈紫钗记〉）》，载《中国语文学问题》，莫斯科，1974 年。第 74—88 页。此据李逸津。（海按：王丽娜记为《汤显祖戏曲紫钗记与紫箫记》？李明滨也稀里糊涂 174 页）В.С.Манухин.Драма Тан Сянь-цзу Хо Сяо-юй,или История пурпурной шпильки—Вопросы китайской филологии.М.1974.с.74—88.

1974 年：库切拉《古代中国的“杂耍场”》，载《第五次“中国社会与国家”会议论文集》，科学出版社，莫斯科，1974 年，第 1 册，第 49—59 页。Кучера С. Древнекитайское варьете.—Пятая научная конфереция Общество и государство в Китае.Тезсы и доклады.ч.1. М.1974. с.49—59.

1974 年：李福清《说唱艺人石玉昆和他的清官包公及侠义故事》，载俄文版《三侠五义》卷首，苏联国家文艺出版社，莫斯科，1974 年，第 5—18 页。中译文《说唱艺人石玉昆和他的清官包公及侠义故事》（陈瑜译），载《曲艺艺术论丛》，1982 年，第 3 辑，第 83—90 页；亦见李福清《汉文古小说论衡》，江苏古籍出版社，南京，1992 年，第 150—164 页。Рифтин Б.Л.Сказатель Ши Юй-кунь и его истории о мудром судье Бао и храбрых защитнтках справедливости. — Трое храбрых, пятеро справедливых. Роман. М.1974. с.5—18.

1975 年：谢罗娃《18 世纪的〈明心鉴〉对四种舞台形象的规定》，载《第六次“中国社会与国家”会议论文集》，科学出版社，莫斯科，1975 年，第 1 册，第 206—207 页。С.А. Серова. «Четыре эмоциональных состояния» в системе сценического образа («Мин синь цзянь», XVIII в,)—Шестая научная конференция "Общество и государство в Китае". тезисы и доклады. ч.1, М. 1975. с.206—207.

附录一 中国古典戏曲在俄罗斯的翻译和研究史料编年

1975 年：《东方外国文学作品基础》对白朴（293 页），关汉卿（295—297 页），王实甫（298—299 页），马致远（299—300 页），孔尚任（305—306 页）等有简明介绍。Основные произведения иностранной художественной литературы. Литература стран Зарубежного Востока. Литературно -библиогр. справочник.М.1975. с.281—314.

1975 年：苏联莫斯科大学出版社出版，由波兹涅耶娃、谢曼诺夫（司马文）主编的《近代东方文学史》有关于中国明清戏曲的论述，有专章论述李渔的戏剧。Позднеева Л.Д. Семанова В.И.Литература востока в новоевремя. М.Издательство Московского университета.1975. с.148—429.

1975 年：《简明文学百科全书》，第八卷，1975 年。收有 "冯梦龙"（174 页）、"洪昇"（349 页）、"杂剧"（395 页）、"京剧"（395—396 页）、"曲"（412 页）、"诸宫调"（515 页）、"石玉昆 "（737 页）、"元曲"（999—1000 页）、"越剧"（1032 页）等词条。Краткая литературная энциклопедия. М.1975, т.8.с.174.с.349.с.395.с.395—396.с.412.с.515.с.737.с.999—1000.с.1032.

1976 年：索罗金等译《中国古典戏曲》，载《东方古典戏剧：印度、中国、日本》(《世界文学大系》第一种第 17 分册），苏联国家文艺出版社，莫斯科，1976 年，第 263—536 页。收有关汉卿的《窦娥冤》(索罗金译）、马致远的《汉宫秋》(谢列布里亚科夫、戈鲁别夫译）、郑廷玉的《忍字记》(索罗金译）、无名氏的《杀狗劝夫》(雅罗斯拉夫采夫译）、汤显祖的《牡丹亭》第七出 "闺塾"、第十出 "惊梦"（孟列夫译）、洪昇的《长生殿》第十五出 "进果"、第二十四出 "惊变"（马利诺夫斯卡娅译）、孔尚任的《桃花扇》第七出 "却奁"、第三十六出 "逃难"（马利诺夫斯卡娅译）、杨潮观的《罢宴》(索罗金译）等 8 篇中国古典戏曲的俄译文。Сорокин В.Ф. Китйская классическая драма. — Классическая драма Востока Индия, Китай, Япония. М.: Художественная литература,М.1976. с.247—536. —(Библиотека всемирной литературы).

1976 年：索罗金《论中国古典戏曲》，载《东方古典戏剧：印度、中国、日本》(《世界文学大系》第一种第 17 分册），苏联国家文艺出版社，莫斯科，1976 年，第 247—262 页。Сорокин В.Ф.Китайская классическая драма. — Классическая драма Востока Индия, Китай, Япония. М.:

Художественная литература, М.1976.с.247—262.

1976 年：马利诺夫斯卡娅发表《17 世纪的戏剧〈齐东绝倒〉》，载《列宁格勒大学学报（东方学）》，第 2 辑，第 18 期，第 383 号，列宁格勒，1976 年，第 118—125 页。Малиновская Т.А. О пьесе 《Все рушится к востоку от Ци》 (начало XVII века).—Учен.зап. Ленингр.ун-та,1976. № 383. Серия востоковед.наук.вып.18. Востоковедение.2. с.118—125。

1976 年：马利诺夫斯卡娅《明初杂剧：14 世纪下半叶至 15 世纪上半叶》，载《远东文学理论问题研究：列宁格勒第七次学术会议论文集》，科学出版社，莫斯科 1976 年，第 50—51 页。Малиновская Т.А. Раннеминские цзацзюй (вторая половина XIV-первая половина XV века) — Теоретические проблемы изучения литератур Дальнего Востока.Тезисы докл.седьмой науч.конф.(Ленинград,1976).М.1976. с.50—51.

1976 年：斯佩什涅夫（司格林）《河南"坠子"》，载《远东文学理论问题研究：列宁格勒第七次学术会议论文集》，科学出版社，莫斯科 1976 年，第 84—86 页。Спешнев Н.А. Хэнаньские чжуйцза.—Теоретические проблемы изучения литератур Дальнего Востока.Тезисы докл.седьмой науч. конф. (Ленинград,1976). М.1976. с.84—86.

1977 年：马利诺夫斯卡娅《徐渭（1521—1593）及其戏曲遗产》，载《列宁格勒大学学报（东方学）》，第 3 辑，第 19 期，第 389 号，列宁格勒大学出版社，1977 年，第 97—107 页。Малиновская Т.А.Сюй Вэй (1521 — 1593) и его драматургического наследие. — Ученые записки. Ленинградского университета,1977. № 389. Серия востоковедческих наук.вып.19. востоковедение. 3.с.97—107.

1977 年：马努辛《卓文君与昙阳子：思想的对抗》，载《莫斯科大学学报》，东方学系列，1977 年，第 4 期，第 43—52 页。Манухин В.С. Чжо Вэнь-цзюнь и Тань Ян-цзы, идейное против оборство. — Вестник Московского университета.Серия.13.Востоковедение.1977.№4. с.43—52.

1977 年：斯佩什涅夫（司格林）《相声的滑稽开端——中国音乐叙事文学的风格》，载《列宁格勒大学学报》（东方学），第 3 辑，第 19 期，第 389 号，1977 年，第 123—131 页。Спешнев Н.А.Комическое начало в сяншэнах—жанре песенно—повествовательной литературы Китая.—

Ученые записки. Ленигр.ун-та.1977, №389. Серия востоковед. наук.вып.19. Востоковедение.3. с.123—131.

1977 年：马利诺夫斯卡娅《朱有燉（1379—1439）的戏剧创作》，载《列宁格勒大学学报》（东方学），第 5 辑，第 21 期，第 396 号，列宁格勒，第 145—157 页。Малиновская Т.А.Драмы Чжу Ю-дуня(1379—1439).—Ученые записки. Ленингр.ун-та, 1977. №396. Серия востоковед. наук.вып.21. Востоковедение.5. с.145—157.

1977 年：波兹涅耶娃《中国悲剧及其理论的首次尝试》，载《远东文学理论问题研究论文集》，科学出版社，莫斯科，1977 年，第 75—80 页。Позднеева Л.Д. Трагическое и первые попытки его теоретического осмысления в Китае. — Теоретические проблемы изучения литератур Дальнего Востока. М. 1977. с.75—80.

1977 年：索罗金《元杂剧中的人物与命运》，载《远东文学理论问题研究论文集》，科学出版社，莫斯科，1977 年，第 146—155 页。Сорокин В.Ф. Человек и судьба в юаньском театре. — Теоретические проблемы изучения литератур Дальнего Востока.М. 1977. с.146—155.

1977 年：马利诺夫斯卡娅《描写中山狼的两种 16 世纪的戏曲》，载《远东文学理论问题研究论文集》，科学出版社，莫斯科，1977 年，第 156—162 页。Малиновская Т.А. Две драмы XVI в. о Чжуншаньском волке.—Теоретические проблемы изучения литератур Дальнего Востока. М. 1977. с.156—162.

1977 年：古谢娃《孔尚任〈桃花扇〉中的民间传统》，载《远东文学理论问题研究论文集》，科学出版社，莫斯科，1977 年，第 163—169 页。Гусева Л.Н. Народные традиции в драме Кун Шан-жэня Веер с цветами персика (1699 г.) — Теоретические проблемы изучения литератур Дальнего Востока. М. 1977. с.163—169.

1977 年：索罗金《中国古典戏剧的形象世界》，载《远东问题》，1977 年，第 3 期，第 183—185 页。Сорокин В.Ф. В мире образов китайской классической драмы. — Проблемы Дальнего Востока.1977.№3.с.183—185.

1977 年：索罗金《中国的古典剧作：体裁的特点问题》，载《远东问题》，1977 年，第 4 期，第 190—197 页。Сорокин В.Ф.Китайская классическая драма, вопросы жанровой специфики. — Проблемы Дальнего Востока. 1977. №4. с.190—197.

1977 年：谢罗娃《〈明心鉴〉中论典范与形象的社会道德之间的关系》，载《中国国家与社会》论文集，莫斯科，科学出版社，1977 年，第302—310 页。С. А. Серова. Соотношение канона и социально-этического содержания образа в трактате Мин синь цзян (Зеркало просветленного духа).—Китай государство и общество. Сборник статей.М.Наука. 1977. с.302—310.

1977 年：李福清《东干民间故事情节的渊源与分析》，载李福清《东干民间故事与传说》，莫斯科，1977 年，第 403—505 页。Рифтин Б.Л.Источники и анализ сюжетов Дунганских сказок. — Дунганские народные сказки и предания.М.Наука.1977.с.403—505.

1978 年：马利诺夫斯卡娅《孟称舜（1599—1684）的杂剧》（17 世纪上半叶），载《远东文学理论问题研究：（列宁格勒第八次学术会议论文提纲）》，科学出版社，第二册，莫斯科，1978 年，第 209—217 页。Малиновская Т.А. Цзацзюй Мэн Чэн-шуня (первая половина XVII века). — Теоретические проблемы изучения литератур Дальнего Востока.Тезисы и доклады восьмой научной конференции Ленинград 1978.ч.2. М.1978.с.209—217.

1978 年：斯米尔诺夫《中国古代的散曲》，载《山里来的人：东方文学作品集》，第 6 辑，苏联国家文学出版社，莫斯科，1978 年，第 523—526 页。Смирнов М.Китайская поэзия в жанре цюй.—Человек с гор. Восточный альманах.М.1978. вып.6.с.523—526.

1978 年：斯米尔诺夫、维特科夫斯基译《中国古代散曲选译》，载《山里来的人：东方文学作品集》，第 6 辑，苏联国家文学出版社，莫斯科，1978 年，第 527—539 页。收有元代散曲作品多首，包括关汉卿 6 首、张可久 4 首、白朴《双调·沉醉东风·渔夫》等 2 首、张养浩 1 首、贯云石 1 首、王恽 1 首、白贲 1 首、薛昂夫 1 首、任昱 1 首（以上斯米尔诺夫译），马致远《秋思》等 4 首、杨果 1 首、胡祗遹 1 首、姚燧 1 首（以上维特科夫斯基译）。Смирнов М. Китайская поэзия в жанре цюй.— Человек с гор. Восточный альманах.М.1978. вып.6.с.527—539.

1978 年：康拉德《文学与戏剧论文选》，莫斯科，科学出版社，462

页。Конрад Н.И. Избранныетруды.Литература и театр.М.1978.—462с.

1978 年：拖罗波采夫译梅兰芳《我的电影生活》，载《远东问题》，1978 年，第 3 期，第 150—155 页。Торопцев С.А.Мэй Лань-фан. Мая жизнь в кино.—Проблемы Дальнего Востока.1978.№ 3,с.150—155.Из книги воспоминаний.Русский перевод выполен по тексту, опубликованному в жузналеДяньин ишу.1959.№ 3,6.

1978 年：别洛乌索夫《回忆梅兰芳》，载《远东问题》，1978 年，第 3 期，第 156—159 页。Белоусов Р.С.О воспоминаниях Мэй Лань-фана.— Проблемы Дальнего Востока.1978.№ 3.с.156—159.

1978 年：索罗金《论 13—14 世纪中国古典戏曲的起源、结构、形象和情节》（语文学博士学位论文），莫斯科，1978 年，共 36 页。Сорокин В. Ф. Китайская классическая драма XIII—XIV вв.: генезис, структура, образы, сюжеты: Автореф.дис.насоиск.учен.степ.докт.филол.наук. (10.01.06). М.1978.—36 с.

1978 年：《简明文学百科全书》，第九卷，1978 年。收有索罗金撰写的"王世贞"（174—175 页）、"康海"（345 页）、"徐渭"（719）、"杨潮观"（803 页）等词条。Краткая литературная энциклопедия. М.1978.т.9. с.174—175. с.345.с.719.803.с.

1979 年：索罗金《13—14 世纪中国古典戏曲：起源·结构·形象·情节》，有论文附录（304—320 页），科学出版社东方文学编辑室出版，莫斯科，1979 年，334 页。Сорокин В. Ф. Китайская классическая драма XIII—XIV вв.: Генезис, структура, образы, сюжеты. М.: Наука, 1979. — 334 с.

1979 年：李福清《研究元曲的力作：评索罗金的〈元杂剧研究〉》，载《远东问题》，1979 年，第 4 期，第 179—182 页。又见《中国文学》（美国），1982 年，第 4 卷，第 1 期，第 104—108 页。Рифтин Б.Л. Фундаментальное исследоавние юаньской драмы.—Проблема Дальнего Востока.1979.№4. с.179—182.

1979 年：谢罗娃《黄幡绰〈明心鉴〉和中国古典戏剧美学》，莫斯科东方科学出版社 1979 年。苏联科学院东方学研究所（1991 年后改称俄罗斯科学院东方学研究所）的汉学家谢洛娃在中国戏曲研究方面成绩显著。她的《〈明心鉴〉与中国古典戏曲美学》（1979）一书联系中国古代哲学、宗教，在广阔的历史文化背景下研究中国戏曲的美学特征，分表演程式、演员技巧、戏剧观念三部分深入剖析，提出了独特的见解。Серова С. А. "Зеркало Просветленного духа" Хуан Фань-чо и эстетика китайского классического театра. М.: Наука, 1979.—223 с.

1979 年：马利诺夫斯卡娅《叶宪祖（1566—1641）的戏曲创作》，载《列宁格勒大学学报（东方学）》，第 6 辑，第 22 期，第 401 号，列宁格勒，1979 年，第 134—145 页。Малиновская Т.А. Драматургия Е Сянь-цзу (1566—1641).—Ученые записки. Ленингр.ун-та, 1979. №401. Серия востоковед. наук. вып.6. с.134—145.

1979 年：马利诺夫斯卡娅《晚明的中国杂剧：16 世纪末至 17 世纪上半叶》，载《列宁格勒大学学报》（历史·语言·文学），1979 年，第 20 辑，第 4 期。第 53—60 页。Малиновская Т.А.Позднеминская китайская классическая драма в жанре цзацзюй. — Вестник Ленинградского университета. 1979. №20. История-язык-литература.вып.4. с.53—60.

1979 年：马利诺夫斯卡娅《明初杂剧：14 世纪下半叶至 15 世纪上半叶》，载《远东国家的文学》，莫斯科，科学出版社，1979 年，第 44—53 页。也见于 1976 年《远东文学理论问题研究》。Малиновская Т.А. Раннеминские цзацзюй (вторая половина XIV-первая половина XV века)—Литературы стран Дальнего Востока. М.1979.с.44—53.

1979 年：苏哈尔丘克《元稹〈莺莺传〉与蒲伽丘〈弗莱敏达〉：情节比较探研》，载《两大陆文学》，1979 年，莫斯科，第 16—24 页。Сухарчук Т.Г.《Повесть об Ин-Ин》Юань Чжэня и 《Франнеска》 Боккаччо: опыт сюжетного сравнения.—Литература двухконтинентов.М.с. 16—24.

1979 年：斯米尔诺夫等翻译《中国 8—14 世纪抒情诗集：王维·苏轼·关汉卿·高启》，莫斯科，科学出版社，1979 年，第 141—169 页。收有斯米尔诺夫翻译的关汉卿的散曲、小令 29 首。Смирнов И. Из китайской лирики VIII-XIVвеков. Ван Вэй,Су Ши,Гуань Ханьцин,Гао Ци.М.1979.с.141—169.

1979 年：苏联对外友好和文化协会与苏中友好协会 10 月 22 日在莫斯科举行纪念中国著名京剧演员周信芳的晚会，出席晚会的有苏中友协副主席罗果夫、中国驻苏联大使参赞洪潮等，晚会上放映了周信芳主演的影片《宋士杰》。

1980 年：马利诺夫斯卡娅《明代中期的中国杂剧的发展：15 世纪末至 16 世纪末》，载《远东文学理论问题研究：列宁格勒第九次学术会议报告提纲》，科学出版社，莫斯科，1980 年，第 130—139 页。Малиновская Т.А. Среднеминский период в развитих китайской классической драмы в жанре цзанзюй (последняя треть XV-последняя треть XVI вв. — Теоретические проблемы изучения литератур Дальнего Востока.Тезисы девятой научной конференции. Ч.1. (Ленинград.1980).М. 1980. с.130-139.

1980 年：古谢娃《孔尚任：〈桃花扇〉剧本喜剧角色的特征》，载《远东文学理论问题研究：列宁格勒第九次学术会议报告提纲》，科学出版社，莫斯科，1980 年，第 57—58 页。Гусева Л.Н. Кун Шан-жэнь.Амплуа и характер (На примере комического амплуа героини драмы Веер с цветами персика,1699г.). — Теоретические проблемы изучения литератур Дальнего Востока. Тезисы девятой научной конференции. Ч.1. (Ленинград. 1980). М. 1980. с.57—58.

1980 年：费德林《中国戏曲的若干问题》，载《远东问题》，1980 年，第 3 期，第 170—177 页。Федоренко Н.Т. Проблемы китайской драмы.— Проблемы Дальнего Востока.1980.№3.с.170—177.

1980 年：斯佩什涅夫（司格林）《论北京说书——单弦》，载《远东文学理论问题研究：列宁格勒第九次学术会议报告提纲》，科学出版社，莫斯科，1980 年，第 219—221 页。Спешнев Н.А.Пекинский сказ—даньсяр. — Теоретические проблемы изучения литератур Дальнего Востока.Тезисы девятой научной конференции. Ч.1. (Ленинград.1980).М. 1980.с.219—221.

1980 年：谢列布里亚科夫《中国 13—14 世纪的戏曲艺术——评索罗金 1979 年著作〈13—14 世纪中国古典戏曲：起源·结构·形象·情节〉》，载《文学问题》，1980 年，第 8 期，第 272—279 页。Серебряков Е.А. Китайская драматургия XIII-XIV веков. — Вопросы литературы. 1980. №8. с.272—279.

1981 年：斯佩什涅夫（司格林）《中华人民共和国的说唱文学（1949—1979）》，载《远东问题》，1981 年，第 2 期，第 140—147 页。Спешнев Н.А. Песенно-повествовательная литература в КНР (1949 — 1979). —

Проблемы Дальнего Востока.1981.№2.с.140—147.

1981 年：马良文《评 1979 年出版的谢罗娃〈黄幡绰〈明心鉴〉和中国古典戏剧美学〉》，载《亚非人民》，1981 年，第 4 期，第 215—220 页。Малявин В.В.С. А. Серова."Зеркало Просветленного духа" Хуан Фань-чо и эстетика китайского классического театра.—Народы Азии и Африка. 1981.№6.с.215—220.

1981 年：沃斯克列谢斯基（华克生）《苏联对中国文学的翻译和研究：60 至 70 年代》，载《远东问题》，1981 年，第 4 期，第 174—182 页。中译文载《现代外国哲学社会科学文摘》1982 年，第 5 期，译者李良佑。Воскресенский Д.Н. Переводы и исследования китайской литературы В Советском Союзе.—Проблемы Дальнего Востока. 1981. №4. с.174—182.

1981 年：佐格拉夫《论明代刊刻元杂剧语言的可靠性问题》，载《东方民族的书面文献和文化史问题论文集》，莫斯科，1981 年，第 61—65 页。Зограф И.Т.О лингвистической достоверности минских изданий юаньскихпьес.—Письменные памятники и памятники культуры народов Востока. СессияXV.ЛО ИВ АН СССР. ч1(2). М.1981.с.61—65.

1981 年：马利诺夫斯卡娅《17 世纪后期中国古典戏曲的杂剧体裁》，载《列宁格勒大学学报》，第 8 辑，第 24 期，第 405 号，列宁格勒，1981 年，第 85—97 页。Малиновская Т.А. Китайская классическая драма в жанре цзацзюй второй половины XVII в. — Учен.зап. Ленингр.ун-та,1981. №405. Серия востоковед. наук.вып.24. Востоковедение.8. с.85—97.

1982 年：马利诺夫斯卡娅《成为中国古典戏曲剧中的著名诗人——以关于苏东坡的杂剧为例》，载《远东文学理论问题研究：列宁格勒第十次学术会议报告提纲》，科学出版社，莫斯科，1982 年，第 149—157 页。Малиновская Т. А.Известные поэты-персонажи китайской классической драмы(На примере цзацзюй о Су Дунпо).—Теоретические проблемы изучения литератур Дальнего Востока .Тезисы докл. десятой науч. Конф. (Ленинград.1982). Ч. 2. М.1982.с.149—157.

1982 年：斯佩什涅夫（司格林）《中国说唱文学体裁中"鼓词"的风格特征》，载《远东文学理论问题研究：列宁格勒第十次学术会议报告提纲》，科学出版社，莫斯科，1982 年，第 231—235 页。Спешнев Н.А.Жанры мелодий под барабан(гуцюй) в системе песенно-повествовательной литературы Китая. — Теоретические проблемы изучения литератур Дальнего Востока .Тезисы докл.десятойнауч.конф.(Ленинград.1982). Ч. 2.М.1982. с.231—235.

1982 年：谢罗娃《道家人生观与戏剧（16—17 世纪）》，载《中国的道和道教》，科学出版社，莫斯科，1982 年，第 229—243 页。Серова С.А. Даосская концепция жизни и театр: XVI-XVII вв.—Дао и Даосизм в Китае. ред. Л.С.Васильев и др.М.Наука.1982.с.229—243.

1982 年：斯佩什涅夫（司格林）《论中国说唱文学体裁的变化》，载《列宁格勒大学学报》（历史·语言·文学类），1982 年，第 3 期，第 71—77 页。Спешнев Н.А. О трансформации жанров песенно- повествотельной литературы Китая.—Вестн. Ленингр. ун-та. 1982.№14. История, язык. литература. вып.3. с.71—77.

1982 年：缅什科夫（孟列夫）《论〈彩楼配〉的婚礼习俗》，载《东方国家与民族》，第 23 辑，莫斯科，1982 年，第 159—174 页。Меньшиков Л.Н.Об обычае свадьбы с цветной вышкой (Цайлоу пэй,1)—Страны и народы Востока. вып.23.(Дальний восток).Москва.1982.с.159—174.

1983 年：谢罗娃《李调元的戏曲理论》，载《第十四次"中国社会与国家"学术会议论文集》，科学出版社，莫斯科，1982 年,第 1 册，第 205—211 页。Серова С.А. Концепция театра Ли Дяоюаня（1734）.—Общество и государство в Китае. Тезисы и доклады, т.1, 1983, с.205—211.

1983 年：索罗金《阿列克谢耶夫及其中国的戏剧和戏剧家研究》，载《中国传统文化：纪念阿列克谢耶夫诞辰一百周年文集》，莫斯科，1983 年，第 52－57 页。Сорокин В.Ф. В.М.Алексеев и изучение китайского театра и драматургии.—Традиционная культура Китая: Сборник статей к 100- летию со дня рождения академика Василия Михайловича Алексеева. М.1983. с.52—57.

1984 年：马利诺夫斯卡娅《中国 16 世纪后期至 17 世纪前期杂剧里的女性问题》，载《列宁格勒大学学报（东方学）》，第 10 辑，第 26 期，第 414 号，列宁格勒，1984 年，第 90—100 页。Малиновская Т.А. Женская проблема в китайской драме цзацзю(вторая половина XVI-первая половина XVII в.) — Учен.зап. Ленингр.ун-та,1984. №414. Серия востоковед. наук. вып.26. с.90—100.

1984 年：马利诺夫斯卡娅《中国 16 世纪关于和尚与尼姑的戏曲》，载《远东文学理论问题研究：莫斯科第十一次学术会议提纲》，科学出版社，莫斯科，1984 年，第 129—138 页。Малиновская Т.А. Китайские драмы XVI в.о монахах и монахинях. — Теоретические проблемы изучения литератур Дальнего Востока.Тезисы одиннадцатой науч. конф. Ч.1 (Москва,1984). М.1984. с.129—138.

1984 年：谢曼诺夫（司马文）编《中国 3 世纪至 14 世纪的写景诗歌集》，收有托罗比耶夫翻译的白朴、马致远、关汉卿的散曲多篇。Китайская пейзажная лирика III-XIV вв. (Стихи, поэмы, романсы, арии). ред. Семанова В.И. М.1984.—255 с.

1984 年：罗加乔夫《吴承恩及其〈西游记〉》，苏联科学出版社，莫斯科 1984 年。118 页。有关于吴昌龄《西游记》杂剧的论述。А. П. Рогачев. У Чэнъэнь и его роман "Путешествие на Запад" : Очерк.М.1984.—118 с.

1985 年：尼科尔斯卡娅《关于徐渭生平的一种说法》，载《第十六次"中国社会与国家"学术会议论文集》，科学出版社，莫斯科，1985 年，第 1 册，第 215—221 页。Никольская С.В. Одна из версий биографии Сюй Вэя.—Шестнадцатая научная конференция Общество и государство в Китае. Тезисы и доклады.ч.1. М.1985.с.215—221.

1985 年：索罗金《中国 13—16 世纪的戏剧》，载《世界文学史》，第三卷，科学出版社，莫斯科，1985 年，第 631—639 页。Сорокин В. Ф. Китайская литература. Драма XIII—XVI вв.—История всемирной литературы: В 9 томах. АН СССР; Ин-т мировой лит. им. А. М. Горького. Т. 3. М.: Наука, 1985. с. 631—639.

1985 年：斯契夫《周锡保在〈戏曲艺术〉所发文章中对宋代服饰的分析》，载《亚非人民》，1985 年，第 2 期，第 169—181 页。Сычев Л.П. Размышления о сунском мужском в связи со статьей Чжоу Си-бао.—Народы Азии и Африки. 1985.№2.с.169—181.

1986 年：费德林《苏联对中国文学的研究与翻译（上）》，载《远东问题》，1986 年，第 4 期，第 121—129 页。中译文载《岱宗学刊》2000 年第 2 期、2000 年第四期，宋绍香翻译。Федоренко Н.Т.Исследование и переводы китайской литературы в СССР. — Проблемы Дальнего

附录一　中国古典戏曲在俄罗斯的翻译和研究史料编年

Востока.1986.№4. с.121—129.

1986 年：斯佩什涅夫（司格林）《中国俗文学》，科学出版社，莫斯科，1986 年，319 页。Спешнев Н.А. Китайская простонародная литература: Песенно-повествовательные жанры. М.1986.—319 с.

1986 年：马利诺夫斯卡娅发表《论苏州的戏曲作家群》，载《列宁格勒大学学报（东方学）》，第 12 辑，第 28 期，第 418 号，列宁格勒，1986 年，第 140—150 页。Малиновская Т.А. Сучжоуская группа драматургов.— Ученые записки ЛГУ №418.вып.28. Востоковедение. 12.с.140—150.

1986 年：维娜格拉托娃《戏剧年画与京剧》，载《东方民族的书面文献和文化史问题论文集》，莫斯科，1986 年，第 112—116 页。Виноградова Т.И. Театральная няньхуа и пекинская музыкальная драма. — Письменные памятники и проблемы изучения культуры народов Востока. XX ППиПИКНВ. 1986.Ч.1.с.112—116.

1986 年：马利诺夫斯卡娅《论明代文学作品中的科举考试》，载《远东文学理论问题研究：莫斯科第十二次学术会议报告提纲》，科学出版社，莫斯科，1986 年，第 258—264 页。Малиновская Т.А. Тема государственных экзаменов в произведемиях минских драматургов. — Теоретические проблемы изучения литератур Дальнего Востока.Тезисы двенадцатой научной конференции. Ч.1(Москва,1986). М.1986. с.258—264.

1986 年：尼科尔斯卡娅《徐渭绝句中的人与自然》，载《远东文学理论问题研究：莫斯科第十二次学术会议报告提纲》，科学出版社，莫斯科，1986 年，第 302—306 页。Никольская С.В.Человек и природа в оборванных строках СюйВэя. — Теоретические проблемы изучения литератур Дальнего Востока.Тезисы двенадцатой научной конференции. Ч.1(Москва,1986). М.1986. с.302—306.

1986 年：尼科尔斯卡娅《论徐渭的绝句》，载《第十七次"中国社会与国家"学术会议论文集》，科学出版社，莫斯科，1986 年，第 1 册，第 181—186 页。Никольская С.В.Оборванные строки Сюй Вэя.—Семнадцатая научная конференция Общество и государство в Китае.Тезисы и доклады.ч.1. М.1986.с.181—186.

1986 年：维娜格拉托娃《中国民间年画——分类与分期问题》，载《第十七次"中国社会与国家"学术会议论文集》，科学出版社，莫斯科，

1986 年，第 2 册，第 50—55 页。Виноградова Т.И.Китайская народная картина-няньхуа: проблемы систематизации и периодизации. — Семнадцатая научная конференция Общество и государство в Китае. Тезисы и доклады.ч.2. М.1986.с.50—55.

1986 年：维娜格拉托娃《戏出年画与京剧》，载《东方民族的书面文献和文化史问题：苏联科学院东方学研究所列宁格勒分所第 20 届年度学术会议论文集》（1985 年），莫斯科，1986 年，第 1 册，第 109—113 页。Виноградова Т.И. Театральнаяняньхуа и пекитнская музыкальная драма.—Письменные памятники и проблемы истории культуры народов Востока,XX годичная научная сессия ЛО ИВ АН СССР(доклады и сообщения).1985.М.1986. ч.1.с.109—113.

1987 年：马利诺夫斯卡娅《梁辰鱼（1520—1595）的剧作〈浣纱记〉》，载《列宁格勒大学学报（东方学）》，第 13 辑，第 29 期，第 419 号，列宁格勒，1987 年，第 89—100 页。Малиновская Т.А. Драма Лян Чэнь-юя (1520—1595) Красавица моетшелко в уюпряжу.—Ученые записки ЛГУ №419. вып.29.Востоковедение.13.с.89—100.

1987 年：李福清《17 世纪的中国戏曲》，载九卷本《世界文学史》，第四册，苏联科学院高尔基世界文学研究所编，科学出版社，莫斯科，1987 年，第 499—504 页。Рифтин Б. Л. Драматургия Китайская литература XVII в.—История всемирной литературы: В 9 томах .АН СССР; Ин-т мировой лит. им. А. М. Горького. Т. 4. М.: Наука, 1987. с. 499—504.

1987 年：谢罗娃《汤显祖〈南柯记〉的社会理想》，载《中国社会乌托邦》论文集，科学出版社，莫斯科，1987 年，第 125—157 页。Серова С.А. Социальный идеал в пьесе Тан Сянь-цзу "СоноНанькэ." — Китайские социальные утопии. Сборник статей. П. Наука, 1987. - с.125—157.

1987 年：维娜格拉托娃《中国戏出年画表现的风景》，载《东方民族的书面文献和文化史问题：苏联科学院东方学研究所列宁格勒分所第 21 届年度学术会议论文集》（1986 年），莫斯科，1987 年，第 74—77 页。Виноградова Т.И. Пейзаж на китайской театральной народной картине. — Письменные памятники и проблемы истории культуры народов Востока,XXI годичная научная сессия ЛО ИВ АН СССР (доклады и сообщения).1986. М.1987. ч.1.с.74—77.

1987 年：以房果大为团长，姜葆礼为艺术顾问的中国辽宁青年京剧团一行 50 人赴苏联莫斯科、明斯克、维尔纽斯等地演出，王玉兰、薛俊秋、赵辉、马超、罗怡春等演出的京剧目有《天门阵》(《穆桂英》)、《三岔口》、《柜中缘》、《醉打山门》、《虹桥赠珠》等。

1988 年：马利诺夫斯卡娅《中国 15 世纪至 17 世纪的戏剧创作对〈西厢记〉的情节发展》，载《远东文学理论问题研究：莫斯科第十三次学术会议提纲》，科学出版社，莫斯科，1988 年，第 193—200 页。Малиновская Т.А. Развитие сюжета драмы 〈Западный флигель〉 в китайской драматургии XV-XVII вв.—Теоретические проблемы изучения литератур Дальнего Востока. Часть 1. Тезисы 13-й научной конференции. (Москва. 1988). М.с.193—200.

1988 年：索罗金《中国戏曲文化研究的里程碑》，载《远东问题》，1988 年，第 1 期，第 138—145 页。Сорокин В.Ф.Важные вехи в изучении культуры Китаи.—ПрмоблеыДальнего Востока.1988.№1. с.138—145.

1988 年：维娜格拉托娃《中国戏出年画上的动物形象》，载《第十九次"中国社会与国家"学术会议论文集》，科学出版社，莫斯科，1988 年，第 2 册，第 64—70 页。Виноградова Т.И. Изображение животных на китайской театральной народной картине. — Девятнадцатая научная конференция Общество и государство в Китае.Тезисы и докладов.ч.2. М.1988. с.64—70.

1989 年：马利诺夫斯卡娅《汤显祖(1550—1616)的宗教哲理剧作》，载《列宁格勒大学学报（东方学类)》，第 15 辑，第 31 期，第 423 号，列宁格勒，1989 年，第 104—112 页。Малиновская Т.А.Философско-религиозные драмы Тан Сянь-цзу.—Ученыезаписки ЛГУ. № 423. 1989. Сер. востоковед, наук, вып. 31; Востоковедение, 15, с. 104—112.

1989 年：维娜格拉托娃《中国戏剧舞台上的装饰品与真实的室内物品》，载《东方民族的书面文献和文化史问题论文集》，莫斯科，1989 年，第 67—72 页。Виноградова Т.И.Сценическая бутафория и предметы реального интерьера на китайской театральной народной картине. — Письменные памятники и проблемы истории культуры народов Востока. XXII годичная научная сессия ЛО ИВ АН СССР(доклады и сообщения).

M. 1989.Ч.1.С.67—72.

1989 年：尼科尔斯卡娅《徐渭的词作》，载《第二十次"中国社会与国家"学术会议论文集》，科学出版社，莫斯科，1989 年，第 2 册，第 236—240 页。Никольская С.В. Стансы(цы) Сюй Вэя.—Двадцатая научная конференция Общество и государство в Китае.Тезисы и докладов.ч.2. M.1989. с.236—240.

1989 年：维娜格拉托娃《在中国民间年画系统中的民间戏曲题材》，载《第二十次"中国社会与国家"学术会议论文集》，科学出版社，莫斯科，1989 年，第 2 册，第 255—259 页。Виноградова Т.И. Китайская театральная народная картина в системе жанров народной картины няньхуа.—Двадцатая научная конференция Общество и государство в Китае.Тезисы и докладов.ч.2. M.1989. с.255—259.

1989 年：谢罗娃《戏剧与中国社会传统》，副博士学位论文，苏联科学院东方学研究所，莫斯科，1989 年，共 32 页。Серова С. А. Театр и тратиционное китайское общество (проблемы личности социального идеала) (середина XVI- серелинаXVIIвв). Автореф. дис… д.и.н. ИВ .M. 1989. —32c.

1989 年：莫斯科"真理出版社"出版《中世纪的中国、朝鲜、越南诗歌选》，收录斯米尔诺夫翻译的关汉卿散曲和小令 22 首，白朴散曲 2 首，维特科夫斯基翻译的马致远散曲《秋思》等 3 首，套数【双调】夜行船《秋思》1 套。Дьяковская Е.,Смирнов И.Светлый источнил. Средневековая поэтия Китая,Кореи , Вьетнама. М.Правда.1989. с.480.

1990 年：维娜格拉托娃《中国戏出年画上的城市传统建筑》，载《东方城市艺术文化论文集》，莫斯科，1990 年，第 28—37 页。Виноградова Т.И. Изображение традиционной городской архитектуры на китайской театрльной народной картине. — Городская художественная культура Востока. Сборник статей.M.1990. с.28—37.

1990 年：维娜格拉托娃《中国民间戏剧年画中的战争场景》，载《东方民族的书面文献和文化史问题论文集》（1988 年），莫斯科，1990 年，第 1 册，第 148—154 页。Виноградова Т.И.Изображение батальных сцен на китайской театральной народной картине-няньхуа. — Письменные памятники и проблемы истории культуры народов Востока. XX III научная сессия ЛО ИВ АН СССР(доклады и сообщения). 1988. М.1990.Ч.1.С.148—154.

1990 年：维娜格拉托娃《戏剧和儿童——基于中国戏曲民间年画的资料考察》，载《第二十一次"中国社会与国家"学术会议论文集》，科学出版社，莫斯科，1990 年，第 1 册，第 207—212 页。Виноградова Т.И.Театр и дети (по материанам китайских театральрых народных картин нянь-хуа).—Двадцать первая научная конференция Общество и государство в Китае.Тезисы и докладов.ч.1. М.1990. с.207—212.

1990 年：尼科尔斯卡娅《徐渭的人物传记》，载《第二十一次"中国社会与国家"学术会议论文集》，科学出版社，莫斯科，1990 年，第 1 册，第 173—177 页。Никольская С.В. Жизнеописания Сюй Вэя.—Двадцать первая научная конференция Общество и государство в Китае.Тезисы и докладов. ч.1. М.1990. с.173—177.

1990 年：李福清《1990 年中国民间年画的新发现》（中文），载《民间文学论坛》，1990 年，第 5 期，第 4—10 页。

1990 年：谢罗娃《中国戏剧与 16—17 世纪的中国社会》，科学出版社东方文学编辑室，莫斯科，1990 年，278 页。Серова С.А.Китайский театр и традиционное китайское общество (XVI-XVII вв.).М. : Наука, 1990.—278с.

1990 年：上海京剧院《曹操与杨修》剧组一行 79 人赴苏联进行了为期 22 天的访问演出，其中尚长荣、何澍、夏慧华、郭睿玥、萧润年、杨扬、严庆谷、殷玉忠、奚培民、李达成、陈宇、陈明发、刘长江、朱忠勇等演出了全本《曹操与杨修》及一些折子戏。

1991 年：李福清、王树村、刘玉山《苏联藏中国民间年画珍品集》，北京-列宁格勒，1991 年，210 页。收录苏联藏中国珍稀年画 206 幅。Рифтин Б.Л., Ван Шу-цунь, Лю Юй-шань. Редкие китайские народные картины из советских собраний. Пекин-Лениград.1991.—210 с.

1991 年：维娜格拉托娃《中国民间戏曲年画上的题字》，载《东方民族的书面文献和文化史问题论文集》，莫斯科，1991 年，第 1 册，第 126—133 页。Виноградова Т.И.Надписи на китайской театральной народной картине. — Письменные памятники и проблемы истории культуры народов Востока. XXIV годичная научная сессия ЛО ИВ АН СССР (доклады и сообщения). М.1991.Ч.1.С.126—133.

1991 年：维娜格拉托娃《民间戏曲年画——图说文学作品传统的诞生》，载《第二十二次"中国社会与国家"学术会议论文集》，科学出版社，莫斯科，1991 年，第 1 册，第 105—108 页。Виноградова Т.И. Театральная народная картина:зарождение традиций иллюстриаования литературных произведений.—Двадцать вторая научная конференция Общество и государство в Китае.Тезисы и докладов.ч.1. М.1991. с.105—108.

1991 年：尼科尔斯卡娅《徐渭的剧作〈狂鼓史渔阳三弄〉》，载《第二十二次"中国社会与国家"学术会议论文集》，科学出版社，莫斯科，1991 年，第 1 册，第 138—143 页。Никольская С.В.Пьеса Сюй Вэя История безумного барабанщина,трижды сыгравшего на юйянский лад. — Двадцать вторая научная конференция Общество и государство в Китае.Тезисы и докладов.ч.1. М.1991. с.138—143.

1991 年：维娜格拉托娃《民间戏曲年画反映的中国文化名人形象》，载《第二十三次"中国社会与国家"学术会议论文集》，科学出版社，莫斯科，1991 年，第 1 册，第 157—163 页。Виноградова Т.И. Образы деятелей китайской культуры в трактовке народной картины няньхуа.—Двадцать третья научная конференция Общество и государство в Китае.Тезисы и докладов.ч.1. М.1991. с.157—163.

1991 年：斯佩什涅夫（司格林）《纪念斯佩什涅夫（司格林）六十寿辰》，附斯佩什涅夫汉学著作目录，载《列宁格勒大学学报（东方学）》，第 17 辑，第 33 期，第 428 号，列宁格勒，1991 年，第 17—26 页。Спешнев Н.А. К шестидесялетию Николая Алексеевича Спешнева.—Ученые записки Лениградского университета. №428. Серия востоковедческих наук. выпуск.33. Востоноведение. 17. с.17—26.

1991 年：斯佩什涅夫（司格林）《中国现代戏曲的若干技巧问题》，载《列宁格勒大学学报（东方学）》，第 17 辑，第 33 期，第 428 号，列宁格勒，1991 年，第 127—134 页。Спешнев Н.А. О некоторых тендевциях в современной китайской драме. — Ученые записки Лениградского университета. №428. Серия востоковедческих наук. выпуск. 33. Востоноведение. 17. с.127—134.

四、苏联解体至今

1992 年：以薛宝书为团长的中国北方昆曲剧院巡回演出团一行 44 人，赴俄罗斯联邦演出，洪雪飞、侯少奎等在莫斯科、圣彼得堡等城市演出了昆曲《白蛇传》《西游记》等。

1992 年：拉斯·克雷别格《艺术的活力》，载《电影艺术》，1992 年，第 1 期，第 132—139 页。详细记载了 1935 年梅兰芳与苏联电影和戏剧专家们的会谈。Ларс.Клеберг.Живые импульсы искусства.—Искусство кино.1992. №.1. с.132—139.

1992 年：谢罗娃《16—17 世纪戏剧的个性创造》，载《中国传统中的个性》，莫斯科，1992 年，第 181—204 页。СероваС. А. Творческая личность в театре XVI-XVII вв. —Личность в традиционном Китае. М.1992. С.181—204.

1993 年：李福清、李平合编《海外孤本晚明戏剧选集三种》（中文），上海古籍出版社，上海，1993 年，650 页。

1993 年：以綦军为团长，刘玉举、尚绪朝为副团长的黑龙江省京剧院演出团一行 50 多人赴俄罗斯、乌克兰演出，主要演员有邢美珠、孟昭权等，演出剧目有《战洪州》《闹天宫》等折子戏。

1993 年：尼阔里斯卡娅《徐渭的"榜联"》，载《第二十四次"中国社会与国家"学术会议论文集》，科学出版社，莫斯科，1993 年，第 1 册，第 72—75 页。Никольская С.В. «Парные надписи» СюйВэя.—Двадцать четвёртая научная конференция Общество и государство в Китае.Тезисы и докладов.ч.1. М.1993. с.72—75.

1993 年：维娜格拉托娃《中国民间戏曲年画中的题字与表现》，载《第二十四次"中国社会与国家"学术会议论文集》，科学出版社，莫斯科，1993 年，第 1 册，第 82—85 页。Виноградова Т.И. Слоао и изображение в народной культуре Китая.—Двадцать четвертая научная конференция Общество и государство в Китае.Тезисы и докладов.ч.1. М.1993. с.82—85.

1994 年：马利诺夫斯卡娅《祈福戏剧》，载《远东与东南亚语言与文学》（1994 年 1 月 18—20 日圣彼得堡学术会议论文集），圣彼得堡，1994

年，第 118—123 页。Малиновская Т. А. Благопожелательные Драмы.—
Языки и литература Дальнего Востока и Юго-Восточной Азии.
Материалы конференции (18 — 20 января 1994 г.С.-Петербург).
СПб.1994. c.118—123.

1994 年：维娜格拉托娃《鬼王钟馗崇拜——民间年画、文学、戏曲、
仪式》，载《珍宝馆民族学手记》，第四辑，圣彼得堡，1994 年，第 53—
72 页。Виноградова Т.И. Культ Чжун Куя - повелителя бесов:народная
картина, литература, театр,ритуал. — Кунсткамера.Этнографические
тетради. вып.4.СПб.1994. c. 53—72.

1994 年：维娜格拉托娃《关于关羽神像的若干方面》，载《第二十五
次"中国社会与国家"学术会议论文集》，科学出版社，莫斯科，1994 年，
第 265—271 页。Виноградова Т.И. Некоторые аспекты иконографии
Гуань Юя. — Двадцать пятая научная конференция Общество и
государство в Китае. Тезисы и докладов.М.1994. c.265—271.

1995 年：沃斯克列谢斯基（华克生）译李渔的《肉蒲团》，书中除
《肉蒲团》全文之外，还选录了李渔《闲情偶寄》部分俄译文。
Воскресенский Д.Н. Полуночник Вэйян,или Подстилка из плоти.
Двенадцать башен. Случайное пристанище для праздных умов.
М.1995.—556 c.

1995 年：维娜格拉托娃《〈封神演义〉题材的年画》，载《第二十六
次"中国社会与国家"学术会议论文集》，科学出版社，莫斯科，1995 年，
第 308—314 页。Виноградова Т.И. Иллюстрации в жанре театрально-
литературных народных картин *няньхуа* к роману-эпопее «Возведение в
ранг божеств».—Двадцать шестая научная конференция Общество и
государство в Китае.Тезисы и докладов. М.1995. c.308—314.

1995 年：维娜格拉托娃《中国戏出年画题材的起源》，载《珍宝馆民
族学手记》，第七辑，圣彼得堡，1995 年，第 38—57 页。Виноградова
Т.И.Происхождение жанра китайской театральной народной картины.—
Кунсткамера. Этнографические тетради. вып.7.СПб.1994.c. 38—57.

1996 年：萨扎诺娃编《东方中世纪文选》，莫斯科，莫斯科大学出版
社，1996 年，480 页。收录关汉卿《望江亭中秋切鲙》（片段）、徐渭《雌
木兰》（片段）、汤显祖《牡丹亭》（第一出"标目"）等戏曲作品的俄译

文。Н.М.Сазанова. Литература Востока в средние века：текст.М.МГУ；Сиринъ.1996.—480 с.

1996 年：马利诺夫斯卡娅《中国古典戏曲杂剧简史（14—17 世纪）》，圣彼得堡国立大学出版社，圣彼得堡，1996 年，238 页。Малиновская Т. А. Очерки по истории китайской классической драмы в жанре цзацзюй (XIV—XVII вв.). СПб., Издательство СПбГУ, 1996.—240 с.

1996 年：维娜格拉托娃《中国各种民间艺术中的包公情节》，载《第二十七次 "中国社会与国家" 学术会议论文集》，科学出版社，莫斯科，1996 年，第 137—140 页。Виноградова Т.И. Сюжеты о судье Бао в разных видах народного искусства Китая. — Двадцать седьмая научная конференция Общество и государство в Китае.Тезисы и докладов. М.1996. с.137—140.

1997 年：以刘礼恒为团长，张新民为副团长的黑龙江省京剧院一行 36 人赴俄罗斯演出，在阿穆尔州等地演出 5 场。主要演员有邢美珠、孟昭权等，主要剧目有《盗库银》《闹天宫》等折子戏。

1997 年：黑龙江省京剧院演员刘洪涛、孟昭权等 4 人与黑龙江省杂技团、黑龙江省歌舞团组成黑龙江省飞龙公司艺术团赴俄罗斯演出 20 场，主要剧目有《三岔口》《闹天宫》等。

1997 年：维娜格拉托娃《戏出年画与清朝禁戏》，载《第十九届亚非国家历史文献与史料学术研讨会》（报告提纲），圣彼得堡，1997 年，第 25—26 页。Виноградова Т.И. Театральная народная картина и запреты на драму в империи Цин.—XIX научная конференция по историографии и источниковедению истории стран Азии и Африки.Тезисы докладов. СПб.1997.с.25—26.

1998 年：北京大学附属小学民族艺术团（娃娃京剧团）赴俄罗斯莫斯科参加第二届国际儿童民间舞蹈节，史辰、王卓等演出了京剧片段《三岔口》《小放牛》《剑舞》等节目。

1998 年：维娜格拉托娃《京剧和戏剧反映的周朝的素材》，载《第二十八次"中国社会与国家"学术会议论文集》，科学出版社，莫斯科，1998 年，第 2 册，第 403—410 页。Виноградова Т.И.Династия Чжоу в интерпретации Пекинской музыкальной драмы и театральной картины. — XXVIII научная конференция Общество и государство в

Китае.Тезисы и докладов.ч.2. М.1998. с.403—410.

1998 年：马利诺夫斯卡娅《李渔（1611—1680）的戏曲创作活动》，载《圣彼得堡国立大学学报》（东方学），第 20 辑，第 36 期，第 431 号，圣彼得堡，1998 年，第 118—127 页。Малиновская Т.А.Драматургическая деятельность Ли Юя (1611—1680).—Ученые записки С-Петербургского университета. №431.Серия востоковедческих наук выпуск 36. Востоковедение.20. С-Петербург.1998. с.118—127.

1999 年：谢罗娃《白银时代戏剧文化与东方的文艺传统》或称《白银时代戏剧与东方：中国、日本与印度》，莫斯科，1999 年，219 页。Серова С.А. Театральная культура Серебряного века в России и художественные традиции Востока (Китай, Япония, Индия). М.1999.— 219 с.

1999 年：李福清发表《新发现的广东俗曲书目》（中文），载《汉学研究》，台北，1999 年，第 17 卷，第 1 期，第 201—227 页。

1999 年，李福清发表《中国说书"三国"比较研究》，载《中国说唱文学》（英国伦敦），易德波主编，1999 年，第 137—160 页。

1999 年：维娜格拉托娃《中国年画中的民间曲艺——花鼓、鼓曲、三弦、秧歌等》，载《第二十九次"中国社会与国家"学术会议论文集》，科学出版社，莫斯科，1999 年，第 251—254 页。Виноградова Т.И. Сказ на народной картине няньхуа.—XXIX научная конференция Общество и государство в Китае.Тезисы и докладов. М.1999. с.251—254.

1999 年：马利诺夫斯卡娅《论洪昇（1645—1704）的诗歌创作》，载《圣彼得堡国立大学学报》（东方学），第 21 辑，第 37 期，第 432 号，圣彼得堡，1999 年，第 124—132 页。Малиновская Т.А. Поэзия Хун Шэна (1645 — 1704). — Ученые записки С-Петербургского университета. №432.Серия востоковедческих наук выпуск 37. Востоковедение.21. С-Петербург.1999. с.124—132.

2000 年：乌瓦洛娃《评 1999 年出版的谢罗娃著〈白银时代戏剧文化与东方的文艺传统〉或称〈白银时代戏剧与东方：中国、日本与印度〉，载《东方》杂志，2000 年，第 5 期，第 202—207 页。Уварова И.П.Серова С.А.Театральная культура Серебряного века в России и художественные традиции Востока (Китай, Япония, Индия).—Восток.2000.№5.с.202—

2000 年：维娜格拉托娃《中国民间年画上的中国民间戏曲——作为中国传统文化研究素材的戏出年画》，（历史学副博士学位论文），圣彼得堡国立大学，2000 年，共 16 页。Виноградова Т.И.Китайский народный театрна китайской народной картине (театральные няньхуа как источник изучения традиционной культуры Китая).Автореферат диссертации на соискание ученой степени кандидата исторических наук.СПб.2000.— 16 с.

2001 年：维娜格拉托娃《论中国有声戏剧中的无声插图提示》，载《第三十一次"中国社会与国家"学术会议论文集》，东方文献出版社，莫斯科，2001 年，第 243—247 页。Виноградова Т.И. Немузыкальные иллюстрации к музыкальному театру. — Тридцать первая научная конференция Общество и государство в Китае. Москва.2001. c.243—247.

2001 年：北京京剧院"梅兰芳京剧团"赴俄罗斯莫斯科参加北京市政府举办的"北京文化节"活动，李师友、吴燕、张淑景、高云霄、张立媛、何威、纪烈祥等演出了《闹天宫》《天女散花》《盗库银》《三岔口》《金山寺》等京剧剧目。

2002 年：维娜格拉托娃《"群英会"——旧传统的新生活》，载《第三十二次"中国社会与国家"学术会议论文集》，东方文献出版社，莫斯科，2002 年，第 297—302 页。Виноградова Т.И. Встреча героев-новая жизнь старой традиции. — Тридцать вторая научная конференция Общество и государство в Китае. Москва.2002. c.297—302.

2002 年：维娜格拉托娃《中国民间年画上的题字与题词》，载《俄罗斯地理学会东方部论丛》(新版)，2002 年，第一册，总第 25 卷，第 82—95 页。Виноградова Т.И. Надписи и тексты китайских народных картин няньхуа. — Записки Восточного отдела Русского географического общества.Новая серия.т.1.(XXV).M.2002.c.82—95.

2002 年：李福清《节日喜庆年画——俄罗斯国立图书馆藏稀见中国年画》，载《东方文物收藏》，2002 年，第 2（9）期，第 104—119 页。Рифтин Б.Праздничные картинки няньхуа.Редкие китайские лубки из фондов РГБ.—Восточная коллекция.M.2002.№2.(9).c.104—119.

2003 年：缅什科夫（孟列夫）译《中国古典戏曲》包括李好古的《张

生煮海》、郑光祖的《倩女离魂》和王实甫的《西厢记》，所选戏曲都是孟列夫早年的译作。该书系"中国文学黄金系列丛书"之一种，圣彼得堡北方-西方出版社。Меньшиков Л.Н.Китайская классическая драма. СПб: Северо-Запад Пресс, 2003.c.414. — (Золотая серия китайской литературы).

2003 年：维娜格拉托娃《文学作品的游戏和版刻年画》，载《第三十三次"中国社会与国家"学术会议论文集》，东方文献出版社，莫斯科，2003 年，第 219—227 页。Винаградова Т.И. Литературные игры и ксилография. — Тридцать третья научная конференция Общество и государство в Китае. Москва.2003. c.219—227.

2004 年：沃斯克列谢斯基（华克生）译《中国色情小说》，书前有译者序文《李渔：生平与时代》，正文除收录李渔的《肉蒲团》《十二楼》外，还包括《闲情偶寄》的部分俄译文，其中包括《闲情偶寄》中的"颐养部""声容部"等部分内容的俄译文。莫斯科，2004 年，第 590—727 页。Воскресенский Д.Н. Случайное пристанище для праздных дум авторы—Китайская эротическая проза.СПб.2004. c.581—727.

2004 年：克拉芙佐娃编《中国文学作品选》，选录了六朝小说、唐代传奇、宋元话本、明清小说多篇。戏曲方面选有关汉卿《窦娥冤》第四折（斯佩什涅夫译），马致远《汉宫秋》第三折（谢列布里亚科夫译），郑光祖《倩女离魂》第二折（缅什科夫译），石君宝《秋胡戏妻》第三折（费什曼译），王实甫《西厢记》第五本（缅什科夫译）等元杂剧俄译文。收有元散曲 14 首，包括王和卿 2 首，白朴 5 首，张可久 7 首。俄罗斯圣彼得堡古典文学出版社，2004 年。Кравцова М.Е.Хрестоматия по литературе Китая.СПб.2004.—765 с.

2004 年：索罗金、戈雷金娜《俄罗斯的中国文学研究》，东方文献出版社，莫斯科，2004 年，64 页。其中包括戈雷金娜撰写的中国戏剧在俄罗斯的研究介绍。中译文载阎纯德主编的《汉学研究》第九集，中华书局 2006 年。译者阎国栋等。Голыгина К.И.СорокинВ.Ф.Изучение китайской литературы в России.М.2004.—58 с.

2004 年：斯托拉茹克（索嘉威）《纪念斯佩什涅夫（司格林）七十寿辰》，附斯佩什涅夫汉学著作目录（1987—2001 年），载《圣彼得堡国立大学学报（东方学）》，第 23 辑，圣彼得堡，2004 年，第 3—10 页。

Сторожук А.Г. Николай Алексеевич Спешнев(к 70-летию со дня рождения). — Ученые записки С-Петербургского университета. Востоноведение. 23. с.3—10.

2004 年：维娜格拉托娃《小型水彩画和中国戏曲民间绘画》，载《第三十四次"中国社会与国家"学术会议论文集》，东方文献出版社，莫斯科，2004 年，第 205—211 页。Виноградова Т.И. Акварельные миниатюры и китайская театральная народная картина. — Тридцать четвертая научная конференция Общество и государство в Китае. Москва.2004. с.205—211.

2004 年：马亚茨基（马义德）《20 世纪 50 年代后期对〈琵琶记〉主题思想的讨论》，载《远东文学问题国际学术研讨会论文集》，第一届，圣彼得堡国立大学，2004 年，第 1 卷，第 104—112 页。Маяцкий Д.И. Обсуждение во второй половине 50-х годов XX века проблемы идейного содержания знаменитой пьесы Пипацзи китайского драматурга Гао Мина (1304? — 1370?). — Проблемы литератур Дальнего Востока. Материалы Международной научной конференции. — СПб,2004.Т.1. с.104—112.

2005 年：谢罗娃《中国戏剧：世界美学形象》，东方文学出版社，莫斯科，2005 年，176 页。Серова С.А.Китайский театр – эстетический образмира. М.2005.—176с.

2005 年：谢列布里亚科夫、罗季奥诺夫、罗季奥诺娃编著《中国文学史手册（公元前 12 世纪至公元 21 世纪初）》，东方-西方出版社，莫斯科，2005 年，335 页。Серебряков Е.А.Родионов А.А.Родионова О.П. Справочник по истории литературы Китая (XII в. до н.э.- начало XXI в.). М.Восток -Запад,2005.—335с.

2005 年：维娜格拉托娃《在职业艺术和民间艺术中"图"和"画"的使用差异》，载《第三十五次"中国社会与国家"学术会议论文集》，东方文献出版社，莫斯科，2005 年，第 250—256 页。Виноградова Т.И. О разнице в употреблении слов ту и хуа в профессиональном и народном искусстве. — Тридцать пятая научная конференция Общество и государство в Китае. Москва.2005. с.250—256.

2006 年：谢罗娃《宗教仪式，仪式和仪式剧院》，载《第三十六次

"中国社会与国家"学术会议论文集》，东方文献出版社，莫斯科，2006年，第 257—259 页。Серова С.А.Религиозный ритуал, обряды и обрядовый театр.—Тридцать шестая научная конференция Общество и государство в Китае. Москва.2006. с.257—259.

2006 年：李福清《16—17 世纪插图中的"三国演义"》，载《东方语言与智慧：文学、民俗、文化》（纪念库杰林院士六十寿辰文集），科学出版社，莫斯科，2006 年，第 365—388 页。Рифтин Б.Л.Эпопея Троецарствие в иллюстрациях XVI-XVII вв. — Слово и мудрость Востока: литература, фольклор,культура:к 60-летию акад.А.Б.Куделина. М.Наука. 2006. с.365—388.

2007 年：以吴江为艺术总监，刘惠平为团长，邓敏为副团长的中国京剧院一行 57 人赴俄罗斯演出，邓敏、李红梅、黄炳强、赵鸿、张玲、张晨、张美琴、张佳春、吴桐、张连祥、魏积军、毕杨、金星等演出了大型京剧《图兰朵公主》。

2007 年：马亚茨基（马义德）《高明的〈琵琶记〉及其在戏剧史上的意义》，载《第十四届亚非国家历史学国际学术研讨会文集》，圣彼得堡，2007 年，第 224—225 页。Маяцкий Д.И.ПиесаГао Мина Пипа цзи (Лютня) и ее значение в китайской драматургии—XXIVМеждународная научная конференция Источниковедение и историография стран Азии и Африки.Тезисы докладов.СПБ.2007.с.224—225.

2007 年：维娜格拉托娃《印刷历史背景下的民间版画》，载《第三十七次"中国社会与国家"学术会议论文集》，东方文献出版社，莫斯科，2007 年，第 205—210 页。Виноградова Т.И. Народная гравюра в контексте истории книгопечатания. — Тридцать седьмая научная конференция Общество и государство в Китае. Москва.2007. с.205—210.

2007 年：维娜格拉托娃《中国民间的月份牌》，载《第二十四届亚非国家史料与文献国际学术研讨会》（报告提纲），圣彼得堡，2007 年，第 47—48 页。Виноградова Т.И. Китайская народная картина-календарь.—24 международная конференция Источниковедение и историграфия стран Азии и Африки.Тезисы докладов. СПб.2007. с.47—48.

2008 年：俄罗斯科学院远东研究所出版，季塔连科主编的《中国精神文化大典》第三卷"文学·语言·文字"分卷，有中国古代戏曲作家及相关词条介绍，具体包括白朴、王实甫（244—245）、高明、关汉卿、孔尚任、李渔、《梁山伯与祝英台》、马致远、徐渭（误作"许胃"）、汤显祖、冯梦龙、洪昇、杂剧、纪君祥、曲、朱有燉、郑光祖、石玉昆、元好问等词条。Титаренко М.Л.Духовная культура Китая.литература язык и письменность.Восточная литервтура РАН. М.2008. —855 с.

2008 年：莫斯科"艾科斯莫出版社"出版《中国古典诗歌：10—17世纪》，收录斯米尔诺夫翻译的关汉卿散曲和小令 28 首，张可久散曲 4 首，白朴 2 首，张养浩 1 首，贯云石 1 首，白贲 1 首，杨果 1 首，姚遂 1 首，赵孟頫 1 首……。Смирнов И.Китайская классическая поэзия(X-XVII вв.)М.Эксмо.2008. —480 с.

2008 年：马亚茨基（马义德）《关于〈琵琶记〉戏曲情节起源问题》，载《圣彼得堡国立大学学报》（语言文字、东方学、新闻学），2008 年，第 9 号，第 2 期，第 119—124 页。Маяцкий Д.И. К вопросу о генезисе сюжетной основы пьесы Пипа цзи (Лютня). — Вестник Санкт-Петербургского университета. Филология, востоковедение, журналистика. СПБ.2008. Сер.9. Вып.2. Ч.1. с.119—124.

2008 年：谢罗娃《关于"文"的概念问题》，载《第三十八次"中国社会与国家"学术会议论文集》，东方文献出版社，莫斯科，2008 年，第 144—147 页。Серова С.А. К проблеме понятия вэнь (культура). — Тридцать восьмая научная конференция Общество и государство в Китае. Москва.2008 с.144—147.

2008 年：马亚茨基（马义德）《郑振铎关于中国古典戏曲与戏剧的起源及版本研究》，载《远东文学问题国际学术研讨会论文集》，第三届，圣彼得堡国立大学，2008 年，第 1 卷，第 33—39 页。Маяцкий Д.И. ЧжэнЧжэньдои его версия о происхождении китайского классического театра и драмы.—Проблемы литератур Дальнего Востока. Материалы III Международной научной конференции. СПБ, 2008.Т.1. с.33—39.

2009 年：阿凯耶娃《宋元时期中国民间的器乐与乐器》，载《第三十九次"中国社会与国家"学术会议论文集》，东方文献出版社，莫斯科，2009 年，第 390—396 页。Агеева Н.Ю. Китайская народная инструментальная музыка и музыкальные инструменты при динасдиях Сун (960—1279) и Юань (1279—1368).—Тридцать девятая научная конференция Общество и государство в Китае. Москва.2009 с.390—396.

2009 年：维娜格拉托娃《钟馗缩影》，载《俄罗斯和中国：纪念中华人民共和国成立 60 周年文集》，俄罗斯科学院图书馆，圣彼得堡，2009 年，第 121—144 页。Виноградова Т.И.Ракурсы Чжун Куя.—Россия и Китай.Сборник научных статей. К 60-летию КНР.СПб.БАН, Альфарет. 2009.с.121—144.

2010 年：俄罗斯科学院远东研究所出版，季塔连科主编的《中国精神文化大典》第六卷"艺术"分卷，有中国传统戏剧（京剧、木偶戏、皮影戏、现代剧等介绍），第 357—404 页。另有相关词条如梅兰芳、评剧、徐渭、京剧、周信芳、粤剧、越剧等。Титаренко М.Л.Духовная культура Китая.Искусство.Восточная литервтура РАН. М.2010. —1031 с.

2010 年：斯托拉茹克（索嘉威）《三教与中国文化——唐代文学作品中的儒释道》，圣彼得堡国立大学出版社，2010 年，552 页。СторожукА.Г. Три учения и культура Китая: Конфуцианство, буддизм и даосизм в художественном творчестве эпохи Тан.СПб.ООО Типография Береста. 2010.—552 с.

2010 年：维娜格拉托娃《中国民间版画在俄罗斯的搜集与保存》，载《东方收藏》，2010 年，夏季卷，第 119—129 页。Виноградова Т.И. Собрали и сохранили: Китайский лубок в России. — Восточная коллекция. Журнал для всех, кому интересен Восток. 2010. Лето. с.119—129.

2010 年：维娜格拉托娃《通俗文学与民间版画》，载《中国及其邻国的神话·民俗·文学——俄罗斯科学院院士李福清诞辰 75 周年纪念文集》，第 380 — 400 页。Виноградова Т.И. Лубочная литература и литературный лубок. — Китай и окрестности. Мифология, фольклор, литература. К 75-летию академика Б.Л.Рифтина. М.2010. с.380—400.

2010 年：马亚茨基（马义德）《关于元代剧作家高则诚的生平创作问题》，载《远东文学问题国际学术研讨会论文集》，第四届，圣彼得堡国立大学，2010 年，第 1 卷，第 316—350 页。Маяцкий Д.И.Проблемы создания научного жизнеописания юаньского драматура Гао Цзэ-чэна (1305?—1360?).—Проблемы литератур Дальнего Востока. Материалы IV Международной научной конференции. СПб,2010. Т.1. с.316—350.

附录一 中国古典戏曲在俄罗斯的翻译和研究史料编年

2010 年：李福清《杨柳青——中国民间画的北方中心》，载《远东文学问题国际学术研讨会论文集》，第四届，圣彼得堡国立大学，2010 年，第 1 卷，第 470—485 页。Рифтин Б.Л. Яндюцин—северный центр народных картин.—Проблемы литератур Дальнего Востока. Материалы IV Международной научной конференции. СПб,2010. Т.1. с.470—485.

2010 年：中国浙江遂昌"龙谷丽人"昆曲茶艺表演团赴俄罗斯演出，译汤显祖《牡丹亭》中的"劝农"所描写的戏剧情节和昆曲音乐，编排茶艺歌舞，表现劝农、采茶、咏茶、泡茶、敬茶等系列歌舞活动。这是首次在俄罗斯表演与《牡丹亭》戏曲有关的文化活动。（林庆雄等《遂昌昆曲茶艺俄罗斯放异彩》，载《丽水日报》2010 年 9 月 8 日）

2011 年：维娜格拉托娃《从民间年画中的苏轼看传说故事情节的重构》，载《第四十一次"中国社会与国家"学术会议论文集》，东方文献出版社，莫斯科，2011 年，第 421—425 页。Виноградова Т.И. Народная картина-няньхуа с изображением Су Ши: опыт реконструкции сюжет.—Сорок первая научная конференция Общество и государство в Китае. Москва.2011 с.421—425.

2012 年：维娜格拉托娃《展示世界——中国文学插图》，阿兹布克出版社，俄罗斯科学院图书馆出版，圣彼得堡，2012 年，332 页。Виноградова Т.И.Мир как представление: Китайакая литературная иллюстрация. СПБ.БАН, Альфарет.2012.—332.

2012 年：谢罗娃《宗教仪式和中国戏曲》，东方文学出版社，莫斯科，2012 年，168 页。Серова С.А.Религиозный ритуал и китайский театр. М. 2012. —168с.

2012 年：北京京剧院一行 80 人在李恩杰、王蓉蓉的带领下赴俄罗斯，参加中国文化部和俄罗斯文化部共同主办的 2012 年俄罗斯"中国文化节"活动，在开幕式上演出京剧专场，演出了传统剧目《霸王别姬》《三岔口》《四郎探母》《贵妃醉酒》等精彩片段。

2012 年：维娜格拉托娃《中国文学作品插图手法的正式确立——观察者的出现》，载《第四十二次"中国社会与国家"学术会议论文集》，东方文献出版社，莫斯科，2012 年，第 2 册，第 368—372 页。Виноградова Т.И. Формальные приемы иллюстраторов китайской художественной литературы: присутствие наблюдателя. — Сорок вторая научная конференция Общество и государство в Китае. Москва.2012 с.368—372.

2012 年：马亚茨基（马义德）《中国 14 世纪剧作家高则诚〈琵琶记〉中的文学作品》，载《远东文学问题国际学术研讨会论文集》，第五届，圣彼得堡国立大学，2012 年，第 2 卷，第 283—315 页。Маяцкий Д.И. Художественное изображение в пьесе Пипа цзи (Лютня) китайского драматурга XIV века ГаоЦзэчэна (опыт словаря ключевых типов лексических образов и интерполяций).—Проблемы литератур Дальнего Востока. Материалы V Международной научной конференции. СПб,2012. Т.2. с.283—315.

2012 年：马亚茨基（马义德）《〈琵琶记〉的故事结构及剧作家高则诚的文学接受》，载《远东文学问题国际学术研讨会论文集》，第五届，圣彼得堡国立大学，2012 年，第 2 卷，第 315—336 页。Маяцкий Д.И. Структурные элементы в пьесе Пипа цзи (Лютня) и художественные приемы драматурга Гао Цзэ-чэна (1305—1360).—Проблемы литератур Дальнего Востока. Материалы V Международной научной конференции. СПб,2012. Т.2. с.315—336.

2012 年：李福清《苏州——古老的中国民间绘画中心》，载《远东文学问题国际学术研讨会论文集》，第五届，圣彼得堡国立大学，2012 年，第 2 卷，第 344—367 页。Рифтин Б.Л.Сучжоу—старейший цетр китайских народных картин.—Проблемы литератур Дальнего Востока. Материалы V Международной научной конференции. СПб,2012. Т.2. с.344—367.

2013 年：维娜格拉托娃《科学院院士阿列克谢耶夫收藏的中国老画报》，载《第四十三次"中国社会与国家"学术会议论文集》，东方文献出版社，莫斯科，2013 年，第 1 册，第 555—562 页。Виноградова Т.И. Китайские иллюстрированные газеты из коллекции академика В.М.Алексеева. — Сорок третьянаучная конференция Общество и государство в Китае. Москва.2013с.555—562.

2013 年：库兹涅佐娃《"庄子休鼓盆成大道"的故事及其戏剧性的演变》，载《第四十三次"中国社会与国家"学术会议论文集》，东方文献出版社，莫斯科，2013 年，第 1 册，第 609—618 页。Кузнецова Ю.А. Традиционный сюжет Жена Чжуан-цзы вскрывает гроб своего мужа и его драматические переложения. — Сорок третьянаучная конференция

附录一　中国古典戏曲在俄罗斯的翻译和研究史料编年

Общество и государство в Китае. Москва.2013c.609—618.

2014 年：斯米尔诺夫译杨显之《临江驿潇湘秋夜雨》杂剧，载斯米尔诺夫《中国诗歌·研究、翻译和杂记》，俄罗斯国立人文大学出版社，莫斯科，2014 年，第 191—235 页。Смирнов И.С.,Ян Сянь-чжи. На почтовой станции Линьцзян близ реки Сяосян осенней ночью льет дождь. — Китайская поэзия в исследованиях заметках, переводах, толкованиях. Российский государственный гумаиитарный университет. Москва. 2014. c. 191-235.

2014 年：扎韦德夫斯卡娅（叶可嘉）《梅兰芳 1935 年在苏联》，载圣彼得堡国立大学出版的《孔子学院》，2014 年 11 月，总 27 期，第 6 期，第 32—34 页。Завидовская Е. Мэй Ланьфан в Советском Союзе (1935).—Институт Конфуция. Ноябрь 2014. Выпуск 27.№ 6. C.32—34.

2014 年：列缅什科《民间年画上的教育保护神——文昌》，载《第四十四次"中国社会与国家"学术会议论文集》，东方文献出版社，莫斯科，2014 年，第 2 册，第 750—757 页。Лемешко Ю.Г. Покровитель просвещения Вэнь-чан на народной картине няньхуа.—Сорок четвертая научная конференция Общество и государство в Китае. Москва. 2014 c.750—757.

2014 年：维娜格拉托娃《"年画来了，买年画了！"》，载《第四十四次"中国社会与国家"学术会议论文集》，东方文献出版社，莫斯科，2014 年，第 2 册，第 765—772 页。Виноградова Т.И. Картинки прибыли, покупайте картинки!—Сорок четвертая научная конференция Общество и государство в Китае. Москва.2014c.765—772.

2014 年：维娜格拉托娃《在中国民间版画和水彩画的题词表达的内容》，载《远东文学问题国际学术研讨会论文集》，第六届，圣彼得堡国立大学，2014 年，第 2 卷，第 127—132 页。Виноградова Т.И. Междустрок: что могут рассказать надписи на китайских гравюрах и акварелях массового спроса. — Проблемы литератур Дальнего Востока. МатериалыVI Международной научной конференции. СПб,2014. Т.2. c.127—132.

2015 年：马亚茨基（马义德）《高则诚和他的〈琵琶记〉》，圣彼得堡国立大学出版，圣彼得堡，2015 年，462 页。Маяцкий, Дмитрий Иванович.

Гао Цзэ-чэн и его пьеса "Пипацзи".СПб.2015.—462 с.

2015 年：谢罗娃发表《戏曲艺术中的丝线》，载《中国》杂志，2015 年，第 6 期，第 76—77 页。Серова Светлана Андреевна (доктор исторических наук; главный научный сотрудник). Шелковая нить театрального искусства.—Китай. 2015. № 6. с. 76—77.

2015 年：维娜格拉托娃《关于新发现的民间绘画》，载《第四十五次 "中国社会与国家" 学术会议论文集》，东方文献出版社，莫斯科，2015 年，第 2 册，第 390—401 页。Виноградова Т.И. О НОВИЗНЕ "НОВЫХ НАРОДНЫХ КАРТИН"—Сорок пятая научная конференция Общество и государство в Китае. Москва.2015. № 2. С. 390—401.

2015 年：在莫斯科举行的第 12 届契科夫国际戏剧节中，中国福建闽剧艺术传承发展中心表演了闽剧《杨门女将》，这是《杨门女将》在俄罗斯的首次整本演出，此前演出过折子戏。

2016 年：孟列夫译《西厢记》（汉俄对照版），"大中华文库"，人民教育出版社，2016 年，459 页。Ван Шифу"Западный флигель" *(на русском и китайском языках)* переводчик - Лев Меньшиков

2016 年：李英男译《牡丹亭》（汉俄对照版），两卷本，"大中华文库"，湖南人民出版社，2016 年。Тан Сяньцзу"Пионовая беседка"(в двух томах) *(на русском и китайском языках)*

2016 年：马亚茨基（马义德）《19 世纪至 20 世纪中国传统音乐剧对高则诚〈琵琶记〉情节展开问题的研究》，载《远东文学问题国际学术研讨会论文集》，第七届，圣彼得堡国立大学，2016 年，第 1 卷，第 450—456 页。Маяцкий Д.И.К вопросу о распространении сюжета пьесы Пипа цзиГаоЦзэчэна в традиционном музыкальном театре Китая в XIX-XX вв. — Проблемы литературы Дальнего Востока. Материалы VII Международной научной конференции. СПб,2016. Т.1. с.450—456.

2018 年：马亚茨基（马义德）《13 世纪至 14 世纪元杂剧中的 "艳词" 使用》，载《远东文学问题国际学术研讨会论文集》，第八届，圣彼得堡国立大学，2018 年，第 1 卷，第 165—176 页。Маяцкий Д.И. Употреблениеяньцзы в юаньцзюйXIII-XIV вв. — Проблемы литератур Дальнего Востока. Материалы VII IМеждународной научной конференции. СПб,2018. Т.1. с.165—176.

附录一　中国古典戏曲在俄罗斯的翻译和研究史料编年

2019 年：孟列夫、索罗金译《元代戏曲选》（包括王实甫《西厢记》和关汉卿《窦娥冤》），莫斯科，尚斯出版社，2019 年，279 页。Юаньская драма (сборник). Хань-цин Гуань, Ши-фу Ван.Переводчик: Сорокин В. Ф., Меньшиков Л. Н., Международная издательская компания «Шанс».2019.—279 с.

2019 年：刘文峰《中国戏曲史》俄文版，特鲁诺娃译，莫斯科，2019 年，632 页。Вэньфэн Лю.История китайской музыкальной драмы. Трунова А. С. Издательство.Международная издательская компания Шанс.2019. с.632.

2020 年：维娜格拉托娃译、叶德辉著《藏书十约》，俄罗斯科学院图书馆出版，圣彼得堡，2020 年，70 页。Виноградова Т.И.Е Дэхуй.Десять руководств для тех,кто собирает книги.СПб.БАН.2020.—70 с.

附录二 俄罗斯翻译和研究中国古典戏曲的汉学家简介

别列斯基（白若思），Березкий.Р.В（1982—）。 圣彼得堡国立大学语文学副博士，美国宾夕法尼亚大学东亚语言文明系博士，现受聘为复旦大学文史研究院研究员。主要研究方向为中国明清时期讲唱文学（以宝卷为主）、中国宗教与社会史、中俄交往与文化交流史等。著有两部俄文专著，英文专著《千面目连：明清时期中国宝卷》于 2017 年美国西雅图华盛顿大学出版社出版。发表关于中国古典戏曲研究领域的论文有《中国戏曲和讲唱文学在俄罗斯研究的综述》（合作，2019）、《救度的故事：梁武帝皇后的故事在 16—19 世纪宝卷文献中流传演变》（2019）、《江苏常熟地区宝卷与地方保护神的庙会》（2019）、《当代常熟〈香山宝卷〉的讲唱和相关仪式》（2017）、《15—16 世纪初明朝宫廷中通俗佛教故事的图像：绘画、文本和表演的交织》（2017）、《宝卷文本在台湾的流传及其使用（1855—2011 年）》（2017）、《早期宝卷版本中的插图（15—16 世纪）及"看图讲故事"的理论问题》（2019）等。

瓦西里耶夫（王西里），Васильев.В.П（1818—1900）。 俄国科学院院士，俄国中国学派集大成者。1837 年毕业于喀山大学语文系东方学班，留校任教。1839 年以《论佛教的哲学原理》获硕士研究生学位，1851 年任喀山大学教授，1955 年任圣彼得堡国立大学东方系教授、汉语教研室主任。1866 年当选俄罗斯科学院通讯院士，1886 年为科学院院士。主要著作有《佛教及其教义、历史与文献》（1857—1860）、《东方宗教：儒、释、道》（1873）、《初级满语文选》（1863）、三卷本《汉语文选》（1868—1896）、《中国文学史资料》（1888）等。在 1880 年出版的《中国文学史纲要》被认为是世界上第一部中国文学史著作，书中最后一章"戏曲、文言小说、章回小说"中论及王实甫的《西厢记》，叙述了故事梗概并进行了简要的评论。

瓦西里耶夫（王希礼），Васильев.Б.А（1899—1937）。一说 1946 年，误。出生于圣彼得堡，1922 年毕业于列宁格勒大学社会科学系中国部，1935 年以《儒家观念对于〈水浒传〉的影响》为学位论文获副博士学位，曾多次来中国，1937 年在苏联大规模"肃反"时遇难。文艺学副博士，教授，主要研究中国文学和语言。在研究中国古典戏曲领域撰写有《中国的戏剧》（1929）、《中国文学和戏剧》（1930）、《中国古典戏曲》（1935）、《梅兰芳和中国戏剧》（1935）、《梨园艺术——中国古典戏剧》（1936）等，并翻译了京剧《空城计》《乌龙院》《打渔杀家》等传统戏曲。

维娜格拉托娃，Виноградова.Т.И（1961—）。中国历史学博士，1984 年毕业于圣彼得堡国立大学东方系中文专业，2000 年以《中国民间年画中的民间戏曲——作为中国传统文化研究素材的戏出年画》为学位论文获历史学副博士学位，现任俄罗斯圣彼得堡科学院图书馆东方部主任。科研成果集中在中国民间文化、文学、中国书籍和版画领域，关于中国古典戏曲研究领域发表有《戏曲（戏出）年画与京剧》（1986）、《中国戏剧舞台上的装饰品和真是的室内物品》（1989）、《在中国民间年画系统中的民间戏曲题材》（1989）、《中国戏出年华上的城市传统建筑》（1990）、《中国民间戏出年画中的战争场景》（1990）、《戏剧和儿童——基于中国民间戏曲年画的资料考察》（1990）、《中国民间戏出年画上的题字》（1991）、《民间戏出年画——图说文学作品传统的诞生》（1991）、《鬼王钟馗崇拜——民间年画、文学、戏曲、仪式》（1994）、《中国戏出年画题材的起源》（1995）、《戏出年画与清朝禁戏》（1997）、《京剧和戏剧反映的周代素材》（1998）、《论中国有声戏曲中的无声插图提示》（2001）等多篇学术论文。

沃斯克列谢斯基（华克生），Воскресенский.Д.Н（1926—2017）。出生于莫斯科，1950 年毕业于军事外语学院，1957—1959 年在北京大学学习，1963 年以《18 世纪中国讽刺小说家吴敬梓及其〈儒林外史〉》或语文学副博士学位，在莫斯科大学东方学院任副教授、教授，主要研究中国文学。在中国古典戏曲研究领域翻译了李渔《闲情偶寄》的部分内容（1995）。另写有《苏联对中国文学的翻译和研究》（载《远东问题》1981 年第 4 期）等学术论文多篇。

盖达，Гайда.И.В（1926—）。出生于莫斯科职员家庭，1951 年毕业于莫斯科东方学院，主要研究中国戏剧。1964 年以《中国传统戏剧的形成》为学位论文，获艺术学副博士学位。1948—1950 年、1961—1962 年为苏联驻中国大使馆翻译。主要著作《中国的民间戏剧》（1959）；《中国的传统戏曲》（1971）等。另有《伟大的戏曲家关汉卿》（1958）、《论中国戏剧的民间渊源》（1959）、《中华人民共和国的戏剧（1967—1968）》（1972）等关于中国古典戏曲及当代戏剧的论文多篇。

古谢娃，Гусева.Л.Н（不详）。主要研究中国古典戏曲。重点研究清代戏曲家孔尚任及其《桃花扇》，20 世纪 70 年代发表相关学术论文如《孔尚任〈桃花扇〉的凡例》（载《国外东方文学史校际学术会议论文集》，莫斯科 1970）、《孔尚任〈桃花扇〉中的主要人物》（载《莫斯科大学学报》1972）、《孔尚任〈桃花扇〉的命运》（载《远东文学理论问题研究论文集》1974）、《孔尚任〈桃花扇〉的民间传统》（载《远东文学理论问题研究论文集》1977）、《孔尚任〈桃花扇〉喜剧角色的特征》（载《远东文学理论问题研究第九次学术会议报告提纲》1980）等多篇。

佐格拉夫，Зограф.И.Т（1931—）。出生于北奥塞梯苏维埃社会主义共和国默兹多克职员家庭，1954 年毕业于列宁格勒大学东方系，1962 年以《12—14 世纪汉语的语法特点——以〈京本通俗小说〉为依据》为学位论文获副博士学位，1980 年以《中世纪中国的语言——形成和发展的趋势》为学位论文获博士学位。1954 年起为苏联科学院东方学研究所列宁格勒分所研究人员，主要研究中国古代汉语。在中国古典戏曲研究领域发表有《论元代戏曲中的否定语句》（1970）、《论明代刊刻元杂剧语言的可靠性问题》（1981）等。

马利诺夫斯卡娅，Малиновская.Т.А（1922—2014）。1950 年毕业于列宁格勒大学东方系中文专业，留校任教，1970 年以《中国戏曲家洪昇及其〈长生殿〉》为学位论文获语文学副博士学位，历任副教授、教授。主要研究中国中世纪的戏曲艺术。曾翻译了元代戏曲家白朴的《墙头马上》《梧桐雨》等杂剧作品，翻译洪昇的《长生殿》（选译）等传奇。专门研究明代及其清初的杂剧，主要著作《中国古典戏曲杂剧简史（14—17 世纪）》（1996）等，另发表有《〈闲情偶寄〉：中国戏曲论著（17 世纪下半叶）》（1967）、《17 世纪的中国杂剧》（1972）、《徐渭在中国戏曲理论史的贡献》（1974）、《冯梦龙的戏曲创作活动》（1974）、《明初朱有燉的戏曲创作》（1977）、《晚明的中国杂剧》（1979）、《梁辰鱼的剧作〈浣纱记〉》（1987）、《祈福戏剧》（1994）、《李渔的戏曲创作活动》（1998）等关中国古典戏曲学术论文多篇。

马努辛，Манухин.В.С（1926—1974）。出生于莫斯科，1951 年毕业于莫斯科东方学院，1956 年起在莫斯科大学东方语言学院任教，1964年以《由传统到创新的社会揭露小说〈金瓶梅〉》为学位论文获语文学副博士学位，1969 年晋升为副教授。主要研究中国文学，翻译《金瓶梅》（1977）。发表有关中国戏曲论文有《洪昇剧作〈长生殿〉的思想根源》（1972）、《汤显祖的戏剧〈紫钗记〉》（1974）、《论汤显祖的戏曲〈霍小玉〉（紫钗记）》（1974）、《卓文君与坛阳子：思想的对抗》（1977）等多篇。

马斯金斯卡娅，Мастинская.Б.Б（不详）。在莫斯科 20 世纪 60 年代出版的《元杂剧选译》（1966）中翻译了关汉卿的《单刀会》《望江亭》等两部戏曲作品。

马亚茨基（马义德），Маяцкий.Д.И（1982—）。2004 年毕业于圣彼得堡国立大学东方学院，获硕士学位，2009 年以《南戏作家高则诚及其〈琵琶记〉研究》为学位论文获博士学位，留校任教，现为副教授，兼任圣彼得堡国立大学孔子学院俄方院长，主要研究中国古典文学、中国古典戏曲。曾翻译出版有《高则诚和他的〈琵琶记〉》（2015），另发表有《20世纪 50 年代后期对〈琵琶记〉主题思想的讨论》（2004）、《高明的〈琵琶记〉及其在戏曲史的地位》（2007）、《关于〈琵琶记〉戏曲情节来源问题》（2008）、《关于元代剧作家高则诚的生平及创作问题》（2010）、《〈琵琶记〉的故事结构及剧作家高则诚的文学接受》（2012）、《19 世纪至 20世纪中国传统音乐对高则诚〈琵琶记〉情节展开开问题的研究》（2016）、《13 世纪至 14 世纪元杂剧中"艳词"的使用》（2018）等多篇关于中国古典戏曲研究的学术论文。

缅什科夫（孟列夫），Меньшиков.Л.Н（1926—2005）。出生于列宁格勒，1952 年毕业于列宁格勒大学东方系，语文学博士，高级研究员。主要研究中国敦煌文献和中国古典文学。1955 年以《中国古典戏曲的现代改革》为学位论文，获语文学副博士学位，1970 年晋升为博士。关于中国戏剧方面的著作有《中国古典戏剧的改革》（1959）；翻译王实甫的《西厢记》（1960）；李好古的《张生煮海》（1966）、郑光祖的《倩女离魂》（1966）、汤显祖的《牡丹亭（节选）》（1976）等，出版俄文本《中国古典戏曲》（2003）等。另写有《中国戏曲的民间因素》（1951）、《〈西厢记〉及其在中国戏剧史的地位》（1960）、《关于〈西厢记〉的最新版本》（1961）、

《关于〈西厢记〉的作者问题》（1961）、《论诸宫调的形式及〈刘知远诸宫调〉》（1961）、《王国维和他的中国古典戏曲研究》（1972）、《论〈彩楼记〉的婚礼习俗》（1982）等关于中国戏曲方面论文多篇。

尼科尔斯卡娅，Никольская.С.В（不详）。 1983 年以《16 世纪中国古代小说的幻想与现实——对吴承恩〈西游记〉的研究》为学位论文获副博士学位，莫斯科大学亚非研究院中文系副教授，主要研究中国古典文学。在中国古典戏曲研究领域主要研究明代戏曲家徐渭，发表有《关于徐渭生平的一种说法》（1985）、《徐渭绝句中的人与自然》（1986）、《徐渭的人物传记》（1990）、《徐渭的剧作〈狂鼓史渔阳三弄〉》（1991）、《徐渭的"榜联"创作》（1993）等相关学术论文多篇。

奥布拉兹卓夫，Образцов. С. В（1901—1992）。 苏联木偶艺术家，苏联现代木偶艺术的奠基人。曾于 1952 年随苏联文化代表团来华访问，看到各种民间表演，出版关于中国戏剧艺术的专著《中国人民的戏剧》（1957，中译本 1961）等，另有《中国人民的戏剧》（1955）、《论角色》（1955）、《我的同行们》（1956）、《上海京剧院在苏联的巡回演出》（1956）等研究中国戏曲的论文及访华随笔多篇。

彼得罗夫，Петров.В.В（1929—1987）。 出生于列宁格勒，1951 年毕业于列宁格勒大学东方系，留校任教，语文学博士，主要研究中国文学，尤其关注鲁迅、老舍、巴金、艾青等现代文学作家及其著作。1959—1960 年来中国学习。关于中国古典戏曲方面的著作有编辑并作序的《元杂剧选译》（1966），另发表多篇研究中国古典戏曲的学术论文。

彼得罗夫，Петров.Н.А（1908—1973）。 1933 年毕业于列宁格勒东方学院，1935—1937 年曾来华工作，1938 年起在苏联科学院东方学研究所工作。1955 年以《黄遵宪——19 世纪末的中国爱国诗人》为学位论文获副博士学位，主要研究中国近现代文学。在中国古典戏曲研究领域发表有《走向现实道路的中国民间戏剧》（1949）、《论梁启超的爱国戏剧》（1961）等论文。

波兹涅耶娃，Позднеева.Л.Д（1908—1974）。 出生于圣彼得堡，1932 年毕业于列宁格勒大学，语文学博士，教授，高级研究员。主要研究中国文学。1946 年以《论〈西厢记〉的题材来源——兼论元稹的〈莺莺传〉》为学位论文获副博士学位，1956 年以《鲁迅的创作道路》获博士学位。与谢曼诺夫（司马文）合作主编了四卷本《东方文学史》，包括《古代东方文学史》（1962 初版，1971 修订版）、《中世纪东方文学史》（上、下册，1970）、《近代东方文学史》（1975）和《1917 年至 1945 年现代东方文学史》（1977）等四卷五册。另有《中国的喜剧和喜剧理论》（1974）、《中国悲剧及其理论的首次尝试》（1977）等专门探讨中国古典戏曲理论的文章。

里弗京（李福清），Рифтин.Б.Л（1932—2012）。语文学博士，高级研究员，主要研究中国文学。有关中国戏曲方面的主要著作有《中国古典文学研究在苏联（小说·戏曲）》（1987 北京，1991 台北），与李平合编《海外孤本晚明戏剧选集三种》（1993）等。另有《中国戏曲的理论（12世纪至 17 世纪初）》（1964）、《论中国民间说书的艺术结构》（1969）、《17世纪的中国戏曲》（1987 年，为《世界文学史》第四册中的内容）、《评马汉茂〈李笠翁论戏曲〉和 М·吉姆〈段成式乐府杂论〉》（1969）、《评谢洛娃 1970 年出版的〈京剧〉》（1972）、《研究元曲的力作——评索罗金的〈元杂剧研究〉》（1979）等研究中国戏曲的论文及书评多篇。

罗加乔夫（罗高寿），Рогачёв.А.П（1900—1981）。出生于东哈萨克斯坦，1928 年毕业于莫斯科东方学院，1924—1928 年在中国进修。1951年以《借固定词组表现的汉语成语》为学位论文获语文学副博士学位，之后获博士学位，1962 年晋升为教授，主要研究中国古代文学和汉语，曾任莫斯科大学东方语言教研室主任。《西游记》俄文版主要翻译者，其研究《西游记》的专著《吴承恩及其〈西游记〉》（1984）中对吴昌龄的《西游记杂剧》有专门评述。

谢曼诺夫（司马文），Семанов.В.И（1933—）。出生于列宁格勒职员家庭，1955 年毕业于列宁格勒大学东方系，1958 年在中国进修，1962年以《19 世纪至 20 世纪初的中国文学和鲁迅》为学位论文获语文学副博士学位，1968 年以《18 世纪末至 20 世纪初中国长篇小说的演变》为学位论文获语文学博士学位。苏联科学院世界文学研究所研究员，曾任亚非文学部主任，1978 年起在莫斯科大学亚非学院任教，主要翻译和研究中国近现代小说。与波兹涅耶娃合作主编四卷本《东方文学史》（1962—1977），另在中国古典戏曲研究领域发表有《关汉卿属于全世界》（1958）、《论关汉卿剧作的特色》（1960）等文章。

谢列布里亚科夫，Серебряков.Е.А（1928—2014）。出生于列宁格勒，1950 年毕业于列宁格勒大学东方系，留校任教。1954 年以《中国伟大诗人杜甫的爱国主义与人民性》为学位论文获语文学副博士学位，1973年以《陆游的生平与创作》为学位论文获语文学博士学位，教授，曾担任中国语文教研室主任、系主任，主要研究中国古典诗歌和戏剧。在中国古典戏曲研究领域亦有贡献，翻译了马致远的《汉宫秋》剧本（1966、1976）。另写有《论元代剧作家马致远的剧本〈汉宫秋〉》（载《东方国家语文学》1963年）、《中国13—14世纪的戏曲艺术——评索罗金1979年〈13—14世纪的中国古典戏曲：起源·结构·形象·情节〉》（载《文学问题》1980年）等论文及书评。

谢罗娃（谢雪兰），Серова.С.А（1933—）。出生于莫斯科职员家庭，1957年毕业于莫斯科国际关系学院，1966年以《传统戏剧（京剧）和中国争取新文化运动的斗争（19世纪中叶至20世纪中叶）》为学位论文获历史学副博士学位。1989年以《中国戏曲与传统中国社会》一书通过了院士申请。长期从事中国戏曲研究工作，主要著作有《19世纪中叶至20世纪40年代的京剧》（莫斯科1970）、《黄幡绰〈明心鉴〉和中国古典戏剧的美学》（莫斯科1979）、《中国戏剧与16至17世纪的中国社会》（莫斯科1990）、《白银时代戏剧文化与东方的文艺传统》（莫斯科1999）、《中国戏剧：世界美学形象》（莫斯科2005）、《宗教仪式和中国戏曲》（莫斯科2012）等。另有《中国戏剧中程式化动作的起源》（1970）、《剧场理论在中国戏剧美学史的地位》（1972）、《〈明心鉴〉中论典范与形象的社会道德之关系》（1977）、《道家人生观与戏剧（16—17世纪）》（1982）、《李调元的戏曲理论》（1983）、《汤显祖〈南柯记〉的社会理想》（1987）、《16—17世纪戏曲艺术的个性创造》（1992）、《宗教仪式、仪式和仪式戏剧》（2006）、《戏曲艺术中的丝线》（2015）等多篇研究中国古典戏曲的论文。

斯米尔诺夫，Смирнов.И.С.（1948—）。1971年毕业于莫斯科大学，1978年以《高启（1336—1374）的生平与创作》为学位论文获副博士学位，曾在科学出版社东方文学编辑部和东方文学研究所工作，1994年起任俄罗斯人文大学东方文化与古代研究所所长。主要翻译和研究中国古典诗词和散曲，为俄文版《水浒传》《三国演义》《西游记》等多部小说翻译诗词部分；曾翻译关汉卿、白朴等元代戏曲家的散曲和小令（1978—2008），并翻译了元代杨显之的《潇湘雨》杂剧（2014）等。

索罗金，Сорокин.В.Ф（1927—）。出生于萨马拉市，1950年毕业于

莫斯科东方学院，1958 年以《鲁迅创作道路的开始：短篇小说集〈呐喊〉》为学位论文获语文学副博士学位，1978 年以《论 13—14 世纪中国古典戏曲的起源、结构、形象、情节》为学位论文获博士学位，1962 年获高级研究员职称。主要研究中国文学，在中国古典戏曲翻译和研究领域成果卓著：翻译了关汉卿的《窦娥冤》（1976）、郑廷玉的《忍字记》（1976）、杨潮观的《罢宴》（1976）等戏剧作品。在中国古典戏曲领域主要研究著作有《13—14 世纪中国古典戏曲：起源·结构·形象·情节》（1979）、《俄罗斯的中国文学研究》（合作，2004）、《元代戏曲选译》（合作，2019）等。另写有《伟大的戏曲家关汉卿》（1958）、《〈唱论〉译注》（1967）、《元曲：角色与冲突》（1969）、《14—15 世纪中国戏曲中的佛教情节》（1970）、《13—14 世纪中国戏曲剧本的版本考订问题》（1971）、《论中国古典戏曲》（1976）、《元杂剧中的人物与命运》（1977）、《阿列克谢耶夫及其中国戏剧与戏剧家研究》（1983）、《中国戏曲文化研究的里程碑》（1983）等研究中国戏曲的论文多篇。

斯佩什涅夫（司格林），Спешнев.Н.А（1931—2011）。出生于中国北京，1957 年毕业于列宁格勒大学东方系中文专业，留校任教。1968 年以《中文元音的声学特征》为学位论文获语文学副博士学位，1987 年获博士学位，教授，主要研究中国语言和语音学。1970 年开始研究中国曲艺，在中国戏曲和曲艺研究领域成果颇丰：翻译过关汉卿的《窦娥冤》（1966）、康进之的《李逵负荆》（1966）等，出版与中国戏曲、曲艺相关的著作有《中国俗文学》（1987）等，另写有《中国人民的相声艺术》（1969）、《"快书"的形式及其文学特征》（1973）、《关于清代"子弟书"的问题》（1973）、《河南"坠子"》（1976）、《相声的滑稽开端——中国音乐叙事文学的风格》（1977）、《论北京说书——单弦》（1980）、《论中国说唱文学体裁的变化》（1982）、《中国现代戏曲的若干技巧问题》（1991）等研究中国戏曲和曲艺的学术论文多篇。

吉什科夫，Тишков.А.А（1921—1982）。苏联时期的中国文学翻译家和学者，翻译过许多中国古典小说和戏曲作品。在中国古典戏曲和曲艺翻译与研究领域亦有贡献，主要翻译了朱素臣的昆曲《十五贯》（1957）、十三场剧本《梁山伯与祝英台》（合作，1958）等，另发表有《中国伟大的戏曲家》（1958）、《伟大的当代演员》（1959）等文章。

费德林，Фёдоренко.Н.Т（1912—2002）。出生于皮亚吉戈尔斯克，

1937 年毕业于莫斯科东方学院中国部，以《论鲁迅的创作》为题获副博士学位，1944 年以《屈原的生平及其创作》为学位论文获语文学博士学位，1955 年获教授职称，1958 年当选为苏联科学院通讯院士。长期在苏联外交部任职，著有《中国文学·中国文学史略》（1956）、《中国文学研究问题》（1974）、《中国古典文学名著》（1978）等。在中国古典戏曲及当代戏曲研究领域翻译有郭沫若的历史剧《屈原》（1951），出版有著作《伟大的中国戏剧作家关汉卿》（1958）等，另发表有《伟大的戏曲演员梅兰芳》（1956）、《关汉卿——纪念其戏曲创作 700 周年》（1958）、《中国戏曲的若干问题》（1980）等论文多篇。

费什曼，Фишман.О.Л（1919—1986）。出生于敖德萨，1941 年毕业于列宁格勒大学语文学系，1946 年以《欧洲对李白的学术研究》为学位论文获语文学副博士学位，1965 年以《启蒙时代的中国章回讽刺小说》为学位论文获博士学位，1958 年起为苏联科学院东方学研究所列宁格勒分所研究员，1962 年获高级研究员职称，主要研究中国古典文学，尤专注于翻译和研究清代文言笔记小说。在中国古典戏曲翻译和研究领域曾翻译过石君宝的《秋胡戏妻》（1966）、张国宾的《合汗衫》（1966）等，1959 年翻译了田汉创作的话剧剧本《关汉卿》。

齐宾娜，Цыбина.Е.А（1928—1986）。出生于西伯利亚边疆区职员家庭，1951 年毕业于莫斯科大学东方系，1955 年以《抗日战争时期的郭沫若的剧作》为学位论文获语文学副博士学位。后获博士学位，1970 年获高级研究员职称，长期在莫斯科大学东方语言学院任教。主要研究中国戏剧，发表过《关于中国古典剧作的产生和发展问题》（载《中国语文学问题》1963）等。

雅罗斯拉夫采夫，Ярославцев.Г.Б（1930—）。1954 年毕业于莫斯科东方学院，在人文学出版社任编辑，记者协会会员。主要研究中国文学，在中国古典戏曲翻译和研究领域翻译有关汉卿的《救风尘》（合作，1958）、无名氏《杀狗劝夫》（1976）等。

附录三 中国古典戏曲剧目中文、俄文对照表

一、元杂剧、南戏

戏曲名称	作者	俄译名
《张协状元》	无名氏	Чжань Се,победитель на экзаменах. Первый кандидат Чжан Се
《小孙屠》	无名氏	Сунь-мясник
《宦门子弟错立身》	无名氏	Ошибка знатного юноши
《西厢记诸宫调》	董解元	Западный флигель чжугундяо
《汉宫秋》	马致远	Осень в ханьском дворце
《金钱记》	乔吉（石君宝）	Золотые монеты
《陈州粜米》	无名氏	Продажа риса в Чэньчжоу
《鸳鸯被》	无名氏	Вышитое одеяло
《赚蒯通》	无名氏	Разоблачение Куай туна
《玉镜台》	关汉卿	Нефритовая подставка
《杀狗劝夫》	无名氏	Убить собаку,чтобы образумить мужа
《合汗衫》	张国宾	Рубашка,сложенная из половинок
《谢天香》	关汉卿	Се Тянь-сян
《争报恩》	无名氏	Плата за добро
《张天师》	吴昌龄	Первоосвященник Чжан

戏曲名称	作者	俄译名
《救风尘》	关汉卿	Спасение обманутой
《东堂老》	秦简夫	Старец из восточного зала
《燕青博鱼》	李文蔚	Янь цин проигрывает рыбу
《潇湘夜雨》	杨显之	Дождь на реке Сяосян
《曲江池》	石君宝	Озеро Цюйцзян
《楚昭公》	郑廷玉	Царь Чжао из Чу
《来生债》	无名氏	Долг на будущую жизнь
《薛仁贵》	张国宾	Сюэ Жэнь-гуй
《墙头马上》	白朴	Верхом у ограды
《梧桐雨》	白朴	Дождь в платанах
《老生儿》	武汉臣	Сын на старости лет
《朱砂担》	无名氏	Корзина с киноварью
《虎头牌》	李直夫	Тигровая табличка
《合同文字》	无名氏	Сохранная грамота
《冻苏秦》	无名氏	Мерзнущий Су Цинь
《两团圆》	杨文奎（高茂卿）	Счастье молодой пары
《玉壶春》	武汉臣（贾仲明）	Нефритовая ваза весной
《铁拐李》	岳伯川	Ли с железным посохом
《小尉迟》	无名氏	Младший Юйчи
《风光好》	戴善夫	Красиво вокруг
《秋胡戏妻》	石君宝	Цю-ху соблазняет свою жену
《神奴儿》	无名氏	Шэнь-нур
《荐福碑》	马致远	Стела из храма Цзяньфу
《谢金吾》	无名氏	Се Цзинь-у
《岳阳楼》	马致远	Юэянская башня
《蝴蝶梦》	关汉卿	Сон о бабочках
《伍员吹箫》	李寿卿	У Юнь играет на свирели

附录三　中国古典戏曲剧目中文、俄文对照表

戏曲名称	作者	俄译名
《勘头巾》	孙仲章（陆登善）	Дело о платке
《双献功》	高文秀	Черный вихрь
《倩女离魂》	郑光祖	Душа расстается с телом
《陈抟高卧》	马致远	Чэнь Туань возлежит в горах
《马陵道》	无名氏	Дорого на Малин
《救孝子》	王仲文	Спасение почтительного сына
《黄粱梦》	马致远	Пока варилась каша
《扬州梦》	乔吉	Сон о Янчжоу
《王粲登楼》	郑光祖	Ван Цань на башне
《昊天塔》	朱凯	Храм Хатянь
《鲁斋郎》	关汉卿	Лу Чжай-лан
《渔樵记》	无名氏	Рыбак и дровосек
《青衫泪》	马致远	Слезы на синей рубашке
《丽春堂》	王实甫	Зал прекрасной весны
《举案齐眉》	无名氏	Почтенте к мужу
《后庭花》	郑廷玉	Цветы на заднем дворе
《范张鸡黍》	宫天挺	Фань,Чжан и курица с кашей
《两世姻缘》	乔吉	Брак во втором воплощении
《赵礼让肥》	秦简夫	Чжао Ли предлагает скбя в жертву
《酷寒亭》	杨显之（花李郎）	Холодная беседка
《桃花女》	无名氏（王晔）	Цветок персика
《竹叶舟》	范康	Лодка из бамбукового листа
《忍字记》	郑廷玉	Знак терпение
《红梨花》	张寿康	Цветы алой груши
《金童玉女》	贾仲明	Цзинь Ань-шоу.Золотой отрок и Яшмовая дева

戏曲名称	作者	俄译名
《灰阑记》	李行道	Меловой круг
《怨家债主》	无名氏	Обиженные и обидчики
《㑇梅香》	郑光祖	Ловкая наперсница
《单鞭夺槊》	尚仲贤	С плетью против копья
《城南柳》	谷子敬	Тополь к югу от города
《谇范叔》	高文秀	Допрос Фань Шу
《梧桐叶》	李唐宾	Лист платана
《东波梦》	吴昌龄	Сон Дун-по
《金线池》	关汉卿	Пруд золотых нитей
《留鞋记》	曾瑞卿	Оставленная туфелька
《气英布》	无名氏	Рассерженный Ин Бу
《隔江斗智》	无名氏	Состязание в хитрости
《刘行首》	杨景贤	Певичка Лю
《度柳翠》	李寿卿	Обращение Лю Цуй
《误入桃源》	王子一	Нечаянный приход к персиковому источнику
《魔盒罗》	孟汉卿	Глиняная фигурка
《盆儿鬼》	无名氏	Дух в сосуде
《对玉梳》	贾仲明	Нефритовый гребень
《百花亭》	无名氏	Беседка сиа цветов
《竹坞听琴》	石子章	Лютня у бамбуковой ограды
《梳妆盒》	无名氏	Спасенный ларец
《赵氏孤儿》	纪君祥	Сирота из рода Чжао.Сирота Чжао
《窦娥冤》	关汉卿	Обида Доу Э
《李逵负荆》	康进之	Ли Куй приносит повинную
《萧淑兰》	贾仲明	Сяо Шу-лань
《连环计》	无名氏	Цепочка интриг
《罗李朗》	张国宾	Тюлевый Ли
《看钱奴》	郑廷玉	Раб чужих денег

中国古典戏曲 在 俄罗斯的翻译和研究

戏曲名称	作者	俄译名
《还牢末》	李志远	Возвращение в темницу
《柳毅传书》	尚仲贤	Лю И доставляет письмо
《货郎担》	无名氏	Песня разносчика
《望江亭》	关汉卿	Беседка над рекой
《任疯子》	马致远	Бешеный Жэнь
《碧桃花》	无名氏	Цветы Битао
《张生煮海》	李好古	Студент Чжан кипятит море
《生金阁》	武汉臣	Золотой ларец
《冯玉兰》	无名氏	Фэн Юй-лань
《双雄梦》	关汉卿	Сон о двух героях
《拜月亭》	关汉卿	Беседка поклонения луне
《裴度还带》	关汉卿（贾仲明）	Пэй Ду возвращает пояс
《哭存孝》	关汉卿	Плач по Цунь-сяо
《单刀会》	关汉卿	С одним мечом на пир
《绯衣梦》	关汉卿	Сон о красном платье
《调风月》	关汉卿	Разбитная служанка
《陈母教子》	关汉卿	Матушка Чэнь поучает сына
《武侯宴》	关汉卿	Пир пяти князей
《遇上皇》	高文秀	Встреча с государем
《襄阳会》	高文秀	На пиру в Сянъяне
《渑池会》	高文秀	Пир в Миньчи
《金凤钗》	郑廷玉	Золотые шпильки
《东墙记》	白朴	Восточная стена
《圯桥进履》	李文蔚	Туфли под мостом
《蒋神灵应》	李文蔚	Божество Цзян являет чудо
《西厢记》	王实甫	Западный флигель
《破窑记》	王实甫	Заброшенная гончарня
《三夺槊》	尚仲贤	Трижды отнятое копье

戏曲名称	作者	俄译名
《紫云亭》	石君宝	Павильон багряных облаков
《贬黄州》	费唐臣	Ссылка в Хуанчжоу
《贬夜郎》	王伯成	Ссылка в Елан
《庄周梦》	史九敬先	Сон Чжуан Чжоу
《介子推》	狄君厚	Цзе Цзы-туй
《东窗事犯》	孔文卿	Преступление у восточного окна
《降桑葚》	刘唐卿	Тутовые ягоды с неба
《七里滩》	宫天挺	Цилитань
《周公摄政》	郑光祖	Чжоу-гун становится регентом
《三战吕布》	郑光祖（武汉臣）	Три схватки с Люй Бу
《智勇定齐》	郑光祖	Мудрость и мужество возвышают Ци
《伊尹耕莘》	郑光祖	И Инь-землепашец
《老君堂》	郑光祖	Храм Лао-цзюня
《追韩信》	金仁杰	Погоня за Хань Синем
《雁门关》	陈以人	Заставая Яньмэнь
《剪发待宾》	秦简夫	Отрезанные волосы
《霍光鬼谏》	杨梓	Дух Хо Гуана
《豫让吞炭》	杨梓	Юй Жан глотает уголь
《敬德不服老》	杨梓	Нестареющий Цзин-дэ
《风云会》	罗贯中	Встреча героев
《西游记》	杨景贤	Путешествие на Запад
《升仙梦》	贾仲明	Приобщение к бессмертным во сне
《替杀妻》	无名氏	Убийство жены побратима
《小张屠》	无名氏	Чжан-мясник
《博望烧屯》	无名氏	Поджог крепости Бован
《千里独行》	无名氏	Один в дальнем пути
《赤壁赋》	无名氏	Ода о красной стене
《云窗梦》	无名氏	Сон у окна

戏曲名称	作者	俄译名
《独角牛》	无名氏	Однорогий бык
《刘弘嫁婢》	无名氏	Лю Хун выдает замуж наложницу
《黄鹤楼》	无名氏	Башня желтого журавля
《衣袄车》	无名氏	Носилки с одеждой
《飞刀对箭》	无名氏	Ножи против стрел
《玩江亭》	戴善夫	Павильон игр над рекой
《村乐堂》	无名氏	Зал сельских радостей
《延安府》	无名氏	Переполох в Яньани
《黄花峪》	无名氏	Ущелье желтых цветов
《猿听经》	无名氏	Обезьяна слушает сутру
《锁魔镜》	无名氏	Зеркало,смиряющее демонов
《蓝采和》	无名氏	Лань Цай-хэ
《符金锭》	无名氏	Фу цзинь-дин
《九世同居》	无名氏	Девять поколений под одной крышей
《谢柳蕤丸》	无名氏	Состязание в воинском искусстве
《白头吟》	孙仲章	Плач по седой голове
《蔡琰还朝》	金仁杰	Цай Янь возвращается ко двору
《白兔记》	无名氏	Белый заяц
《拜月亭》	施惠	Беседка поклонения луне
《杀狗记》	无名氏	Убитая собака
《荆钗记》	柯丹邱	Терновая булавка
《琵琶记》	高则诚	Пипа цзи(Лютня)

二、明清杂剧

戏曲名称	作者	俄译名
《八仙庆寿》	朱有燉	Восемь святых желают долголетия
《豹子和尚》	朱有燉	Монах по прозвищу Барс
《霸亭秋》	沈自征	Осенью в храме Сян Юя

中国古典戏曲在俄罗斯的翻译和研究

戏曲名称	作者	俄译名
《碧莲绣符》	叶宪祖	Головное украшение Билянь
《不服老》	冯惟敏	Не сдавшийся старец
《北邙说法》	叶宪祖	Проповедь на горе Бэйман
《鞭歌妓》	沈自征	Избивает плетью певиц
《王兰卿》	康海	Ван Ланьцин
《文姬入塞》	陈与郊	Вэньцзи возвращается на родину
《高唐梦》	汪道昆	Сон в горах Высокие Тан
《广陵月》	汪廷讷	В Гуанлине при луне
《鱼篮记》	无名氏	Корзина с рыбой бодисатвы Гуаньинь
《鲠诗谶》	土室遗民	Пророчество в стихах
《歌代啸》	徐渭	Перебранка на сцене
《大雅堂四种》 （杂剧集）	汪道昆	Четыре драмы из Зала больших од
《丹桂钿合》	叶宪祖	Ларец для украшений Даньгуй
《帝妃春游》	程士廉	Император с гуйфэй совершает весной прогулку
《读离骚》	尤侗	Читая Лисао
《杜秀才痛哭泥神庙》	嵇永仁	Сюцай Ду горько плачет перет глиняным изображением в храме
《杜秀才痛哭霸亭庙》	张韬	Сюцай Ду горько плачет в храме Сяе Юя
《度脱海棠仙》	朱有燉	Обращение в веру богиини Бегонии
《金童玉女》	贾仲明	Обращение в веру Золотого отрока и Яшмовой девы
《沽酒游春》	王九思	Ду Цзмэй покупает вино и совершает весеннюю прогулку
《常椿寿》	朱有燉	Обращение в веру Цедрелы
《对玉梳》	贾仲明	Сложенные половинки нефритового гребня

附录三 中国古典戏曲剧目中文、俄文对照表

戏曲名称	作者	俄译名
《东郭先生误救中山狼》	康海	Господин Дунго совершает ошибку, спасая Чжуншаньского волка
《洞天玄记》	杨慎	Сокровенное дао
《十长生》	朱有燉	Святой Дунхуа трижды обращает в веру десять Вечноживых
《得邹虞》	朱有燉	Поймали животное цзоуюй
《吊琵琶》	尤侗	Плачет с лютней в руках
《夜窃黄金盒》（《红线女》）	梁辰鱼	Ночью крадет золотую шкатулку
《一文钱》	徐复祚	Монета в один вэнь
《易水寒》	叶宪祖	Стужа на реке Ишуй
《义勇辞金》	朱有燉	Человек долга и мужества отказывается от золота
《樱桃园梦》	王澹翁	Сон в вишневом саду
《英雄成败》	孟称舜	Успехи и поражения героев
《苦海回头》	陈沂	Пусть к прозрению
《狂鼓史》	徐渭	Безумный барабанщик
《空堂话》	邹兑金	Беседы в пустом зале
《昆仑奴》	梅鼎祚	Куньлуньский раб
《来生债》	刘君锡	Долг,который предстоит возвращать в будущей жизни
《兰亭会》	许潮	Встреча в Орхидеевой беседке
《兰红叶》	朱有燉	Лань Хунъе
《李妙清花里悟真如》	朱有燉	Певичка Ли Мяоцин,прозревая,познает инстину
《曲江池》	朱有燉	Ли Ясянь
《灵芝庆寿》	朱有燉	Линчжи приносят долголетие
《络冰丝》	徐士俊	Прядет ледяные нити
《洛水悲》	汪道昆	Скорбь на реке Ло

戏曲名称	作者	俄译名
《龙山宴》	许潮	Пир на горе Луншань
《刘盼春守制》	朱有燉	Лю Паньчунь хранит верность
《流星马》	黄元吉	Конь-скакун
《刘晨阮肇误入天台》	王子一	Лю Чэнь с Жуань Чжао случайно попадают на гору Тяньтай
《吕洞宾三度城南柳》	谷子敬	Люй Дунбинь трижды прибщает к святости Тополя к югу от города
《吕洞宾桃柳升仙梦》	贾仲明	Люй Дунбинь во сне прибщает к бессмертным Персика и Тополя
《梁山七虎》	无名氏	Семь тигров с горы Ляншань
《马丹阳度刘行首》	杨景贤	Ма Даньян прибщает к святости певичку Лю
《骂座记》	叶宪祖	Ругается на пиру
《汨罗江》	郑瑜	На реке Мило
《牡丹品》	朱有燉	Оценка пионов
《牡丹仙》	朱有燉	Богини пионов
《牡丹园》	朱有燉	В пионовом саду
《没奈何》（《葫芦先生》）	王衡	Господин Хулу
《猛烈哪吒三变化》	无名氏	Три превращения храброго Ночжа
《孟浩然踏雪寻梅》	朱有燉	Мэн Хаожань идет по снегу в поисках цветов мэйхуа
《男王后》	王骥德	Ю ноша-императрица
《南楼月》	许潮	Луна над башней Наньлоу
《南极星度脱海棠仙》	朱有燉	Звезда Наньцзи прибщает к святости богиню Бегонию
《闹门神》	茅维	Перепалка между дверными духами
《女状元》	徐渭	Девица-победительница на экзаменах

戏曲名称	作者	俄译名
《蟠桃会》	朱有燉	Пир в честь созревания персика паньтао
《蟠桃会》	无名氏	Пир в честь созревания персика паньтао
《贫富兴衰》	无名氏	Превратности судьбы
《裴度还带》	贾仲明	Пэй Ду возвращает пояс
《赛娇容》	朱有燉	Состязаются в красоте
《写风情》	许潮	Пишет о чувствах
《西台记》	陆世廉	Западная терраса
《戏作远山》	汪道昆	Развлекаясь,подводит жене брови
《西游记》	杨景贤	Путещуствие на запад
《素梅玉簪》	叶宪祖	Нефритовая жаба Сумэй
《苏门啸》（杂剧集）	傅一臣	Мелодии с горы Сумэнь
《宋公明闹元宵》	凌濛初	Сун Гунмин учиняет скандал в новогоднюю ночь
《苏园翁》	茅维	Старик Суюань
《死里逃生》	孟称舜	Вырвался из лап смерти
《独乐园》（《司马入相》）	桑绍良	Сыма Гуан становится канцлером
《四梦记》（杂剧集）	车任远	Четыре сна
《四节记》	沈采	Четыре времени года
《四声猿》（杂剧集）	徐渭	При четвертом крике обезьяны
《四艳记》	叶宪祖	Четыре красавицы
《僧尼共犯》	冯惟敏	Монах и монашка нарушают обет
《续离骚》（杂剧集）	嵇永仁	Продолжение Лисао
《薛苞认母》	无名氏	Сюэ Бао признает мать
《相思谱》	吴中情奴	Тоска в разлуке

中国古典戏曲在俄罗斯的翻译和研究

戏曲名称	作者	俄译名
《小桃红》	朱有燉	Сяо Таохун
《小天香》	朱有燉	Сяо Тяньсян
《春波影》	徐士俊	Отражение в весенних водах
《萧淑兰》	贾仲明	Сяо Шулань
《小雅堂乐府》（杂剧集）	程士廉	Драмы из Зала малых од
《逍遥游》	王应遴（王云来）	беззаботное скитание
《太平仙记》	陈自得	Святой миротворец
《泰和记》（杂剧集）	许潮	Записки из Тайхэ
《泰和记》	杨慎	Записки из Тайхэ
《太室山房四剧》（杂剧集）		4 драмы из дома в горах Тайши
《唐明皇七夕长生殿》	汪道昆	Танский Мин-хуан седьмого числа седьмого месяца во Дворце вечной жизни
《桃花人面》	孟称舜	Красавица среди персиков
《桃源景》	朱有燉	Тао Юаньцзин
《铁氏女》	来镕（来集之）	Дочери господина
《题门记》	无名氏	Написал на воротах
《替父从军》	徐渭	Вместо отца идет в поход
《脱囊颖》	徐阳辉	Проявил талант
《团花凤》	叶宪祖	Заколка для волос-цветы и феникс
《同甲会》	许潮	Встреча старцев одногодок
《滕王阁》	郑瑜	Дворец Тэнского князя
《天香圃》	朱有燉	В саду небесных ароматов
《午日吟》	许潮	Читает стихи в праздник двойной пятерки

附录三　中国古典戏曲剧目中文、俄文对照表

戏曲名称	作者	俄译名
《武陵春》	许潮	Весна в Улине
《误宿女贞观》	无名氏	Случайно заночевал в женском монастре
《梧桐叶》	李唐宾	Лист платана
《五湖游》	汪道昆	Прогулка по озеру Уху
《悟真如》	朱有燉	Прозревая,познает истину
《佛印烧猪待子瞻》	杨景贤	Фоинь варит кабана и ожидает Цзыжаня
《复落娼》	朱有燉	Сново становится певичкой
《福寿禄仙官庆会》	朱有燉	Божества,дарующие счастье,чин и долголетие, собираются на праздник
《风流冢》	邹式金	Красавицы у могилы
《寒衣记》	叶宪祖	Теплая одежда
《汉相如献赋》	无名氏	Ханский Сянжу подносит оду
《花舫缘》	卓人月	Расписная лодка
《花前一笑》	孟称舜	Улыбка перед красавицей
《黄鹤楼》	郑瑜	Башня желтого журавля
《惠禅师三度小桃红》	朱有燉	Буддийский наставник Хуэй трижды прибшщает к святости Сяо Таохун
《红莲债》	陈汝元	Долг Хунлянь
《红线女》	梁辰鱼	Хунсянь
《昆仑奴》	梅鼎祚	Куньлунь ский раб
《红佛》	凌濛初	Хунфу
《红砂》	来集之	Хун ша
《黑旋风》	朱有燉	Черный вихрь
《残唐再创》	孟称舜	Династия Тан существует вновь
《伽蓝救》	孟称舜	Дух Целань приходит на помощь
《再生缘》	王衡	Сново живет
《再生缘》	吴仁仲	Сново живет

戏曲名称	作者	俄译名
《簪花髻》	沈自征	С цветком в прическе
《继母大贤》	无名氏	Великая мудрость мачехи
《晋刘阮误入桃源》	陈伯将	Цзиньские Лю и Жизнь случайно оказываются в персиковом источнике
《金门戟》	茅维	С трезубцем у дворцовых ворот
《金童玉女》	刘东升	Золотой отрок и Яшмовая дева
《金童玉女》	贾仲明	Золотой отрок и Яшмовая дева
《金屋招魂》	王骥德	В дворцовых покоях призывает душу умершей
《醉写赤壁赋》	无名氏	Пьяный,пишет оду о Красной стене
《醉新丰》	邹兑金（应为茅维）	Напился в Синьфэне
《自还俗》	朱有燉	Сам уходит из монастыря
《紫阳仙三度常椿寿》	朱有燉	Святой Цзыян трижды прибщает к бессмертию Цедрелу
《钧天乐》	尤侗	Радость на небе повсюду
《蕉鹿梦》	车任远	Сон об олене,укрытом банановыми листьями
《娇红记》	金文质	Цзяохун Цзи
《齐东倒》	吕天成	Все рушится на востоке
《齐桓公九合诸侯》	朱权	Циский Хуань-гун неоднократно заключает союз с чжухоу
《庆长生》	无名氏	Пожелание долгих лет жизни
《秦廷筑》	茅维	С цитрой в циньском дворце
《错转轮》	祁麟佳	Ошибочно повернул Колесо судеб
《翠乡一梦》	徐渭	Сон Лю Цуй
《崔护觅水》	无名氏	Цуй Ху ищет воды напиться
《虬髯翁》	凌濛初	Чужеземец с курчавой бородой
《秋风三叠》	来集之	Осенний ветер

戏曲名称	作者	俄译名
《乔断鬼》	朱有燉	Отправляет в ад
《张天师》	吴昌龄	Первосвященик Чжан
《赵贞姬》	朱有燉	Добродетельная Чжао
《昭君出塞》	陈与郊	Чжаоцзюнь покидает родину
《卓文君》	朱权	Чжо Вэньцзюнь
《中郎女》	南山逸史	Дочь чжунлана
《中山狼》	王九思	Чжуншаньский волк
《真傀儡》	王衡	Настоящая кукла
《甄月娥》（《庆塑堂》）	朱有燉	Чжэнь Юээ
《赤壁游》	许潮	Прогулка у Красной стены
《冲漠子》	朱权	Чун Моцзы
《春波影》	徐士俊	Отражение в весенних водах
《春桃记》	杨升庵	Чунь тао
《城南柳》	谷子敬	Тополь к югу от города
《城南寺》	黄家舒	Храм к югу от города
《辰钩月》	朱有燉	Во время лунного затмения
《陈玄礼》	叶宪祖	Чэнь Сюаньли
《十八国临潼斗宝》	无名氏	Восемнадцать государств в Линьтуне спорят, чьи драгоценности лучше
《双鸢记》	袁于令	Две иволги
《升仙梦》	贾仲明	Приобщение к бессмертным во сне
《神仙会》	朱有燉	Святые собрались на праздник
《饿方朔》	孙源文	Голодный Дунфан Шо
《二郎神齐天大圣》	无名氏	Дух Эрлан побеждает Великого мудреца, равного небу
《儿女两团圆》	杨文奎	Счастье молодой пары
《有情痴》	徐玄辉	Ю Цинчи
《园林午梦》	李开先	Полуденный сон в саду
《袁氏义犬》	陈与郊	Верная собака господина Юаня

戏曲名称	作者	俄译名
《郁轮袍》	王衡	Мелодия Юйлуньбао
《玉壶春》	贾仲明	Нефритовая ваза весной
《鱼儿佛》	湛然	Будда-рыба
《渔阳弄》	徐渭	Мелодия Юйян
《渔阳三弄》（杂剧集）	沈自征	Мелодия Юйян
《眼儿媚》	孟称舜	Мелодия Яньэрмэй
《夭桃丸扇》	叶宪祖	Белый шелковый веер Яотао

三、明清传奇

戏曲名称	作者	俄译名
《宝剑记》	李开先	Меч
《鸣凤记》	王世贞	Поющий феникс
《浣纱记》	梁辰鱼	Девушка, моющая шелковую пряжу
《东郭记》	孙仁孺	Восточное предместье
《冬青树》	蒋士铨	Вечнозеленое дерево подуб
《登楼记》	无名氏	Поднялся в терем
《鹦鹉洲》	陈与郊	Попугаева остров
《四大庆》	无名氏	Четыре великих безумия
《回春记》	朱葵心	Опять весна
《琴心记》	孙柚	Песнь, тронувшая сердце
《玉簪记》	高濂	Нефритовая заколка
《赤壁记》	姜鸿儒	Красная стена
《玉合记》	梅鼎祚	Нефритовая шкатулка
《崖山烈》	朱九经	Герои с горы Яйшань
《牡丹亭》	汤显祖	Пионовая беседка
《长生殿》	洪昇	Дворец вечной жизни
《桃花扇》	孔尚任	Веер с персиковыми цветами

附录三 中国古典戏曲剧目中文、俄文对照表

戏曲名称	俄译名
《打渔杀家》	Месть рыбака.Рыбак убивает семью помещика
《贵妃醉酒》	Опьянение Ян Гуй-фэй.Опьяневшая Ян Гуй-фэй
《霸王别姬》	Князь Ба-ван прощается со своей наложницей
《天门阵》	Прорыв Тяньмэнь
《三岔口》	Саньчакоу
《十五贯》	Пятнадцать тысяч монет
《梁山伯与祝英台》	Лян Шань-бо и Чжу Ин-тай
《关汉卿》	Гуань Ханьцин
《追韩信》	Возвращение полководца Хань синя
《徐策跑城》	Сюй Цэ спешит во дворец. Сюй Цэ взбирается на городскую стену
《投军别窑》	Сюе Пин-гуй расстается с женой
《闹天宫》	Скандал в небесном дворце.Бесчинства в небесном дворце
《雁荡山》	В горах Яньданшань
《宇宙锋》	Юйчжоуфын
《拾玉镯》	Нефритовый браслет.Счастливый браслет
《秋江》	Осенняя река.Река Цюцзян
《泗州城》	У стен Сычжоу
《盗仙草》	Похищение чудесной травы
《断桥》	Встреча на мосту
《挑滑车》	Бой на горе.Богатырь Гао Чунь.Отражение атаки хуачэ
《四进士》	Четыре чиновника
《将相和》	Примирение полководца с премьером. Примирение полководца и сановника

戏曲名称	俄译名
《红娘》	Хун Нян
《无底洞》	Бездонная пещера
《芭蕉扇》	Пальмовый веер
《杨排风》	Девушка Ян Пай-фэн
《双射雁》	Подстреленный гусь.Гусь,пронзенный двумя стрелами
《宝莲灯》	Волшебный фонарь
《洛神》	Фея реки Ло
《野猪林》	Кабаний лес.В лесу Ечжу
《倩女离魂》	Душа устрмилась за возлюбленным
《小放牛》	Пастушок
《雷峰塔》	Лэйфэнта.Пагода Лэйфэнта
《白蛇传》	Белая змея
《战蒲关》	Битва за Пугуань
《战樊城》	Битва за Фаньчэн
《柳荫记》	В тени ивы
《探寒窑》	Встреча в пещере
《还魂记》	Возвращение души
《牛头山》	Гора Нютошань
《琴挑》	Выбор циня
《思凡》	Думы о мирской жизни
《大名府》	Даминфу
《九更天》	Девятая стража
《斩马谡》	Казнь Ма Су
《铡美案》	Казнь Мэя
《铡判官》	Казнь судьи в аду
《斩伍奢》	Казнь У Шэ
《打黄袍》	Наказание императорского халата
《盗御马》	Похищение императорского коня

附录三　中国古典戏曲剧目中文、俄文对照表

戏曲名称	俄译名
《杀子报》	Расплата за убийство сына
《水帘洞》	Пещера Шуйляньдун
《段太后》	Решение о вдовствующей императрице
《白毛女》	Седая девушка
《天河配》	Сводьба на Небесной Реке
《探阴山》	Следствие у горы Иньшань
《刺王僚》	Убийство вана Ляо
《六月雪》	Снег в шестом месяце
《牛郎织女》	Ткачиха и Пастух
《子胥过江》	Цзы-сюй перебирается через Цзян
《乌盆记》	Таз из черной глины
《三击掌》	Три пощечины
《三打祝家庄》	Три удара по Чжуцзячжуану
《闹龙宫》	Сканал во дворце Царя-дракона
《虹桥赠珠》	Жемчужина,подаренная на мосту Хунцяо. Жемчужина, подаренная в Хунцяо
《水斗》	Сражение на воле
《除三害》	Устранение трех зол
《卧虎沟》	Вохугоу
《高亮赶水》	Гао Лянь отбирает воду у дракона
《蜈蚣岭》	Гора сороконожек
《花木兰》	Хуа Му-лань
《游龟山》	Экскурсия в горы Гуйшань
《火判》	Бог огня
《五台山》	На горе Утайшань
《目连救母》	Мулянь спасает мать
《狸猫换太子》	Наследник трона,подмененый кошкой

中国古典戏曲在俄罗斯的翻译和研究

主要参考书目

1. 中国社会科学院文献情报中心编,《俄苏中国学手册》(上、下),中国社会科学出版社,1986 年。

2. [苏联]李福清,《中国古典文学研究在苏联·小说戏曲》,书目文献出版社,1987 年。

3. 王丽娜编著,《中国古典小说戏曲名著在国外》,译林出版社,1988年。

4. 李明滨,《中国文学在俄苏》,花城出版社,1990 年。

5. 李明滨,《中国文学俄罗斯传播史》,学苑出版社,2011 年。

6. 顾伟列主编,《20 世纪中国古代文学国外传播与研究》,华东师范大学出版社,2011 年。

7. 卜健主编,《元曲百科大辞典》,学苑出版社,1991 年。

8. 袁世硕主编《元曲百科辞典》,山东教育出版社,1989 年。

9. 宋柏年主编,《中国古典文学在国外》,北京语言学院出版社,1994年。

10. 阎国栋,《俄罗斯汉学三百年》,学苑出版社,2007 年。

11. 马祖毅、任荣珍,《汉籍外译史》,湖北教育出版社,2003 年。

12. 陈伟,《西方人眼中的东方戏剧艺术》,上海教育出版社,2004年。

13. 刘文峰,《中国戏曲史》,生活·读书·新知三联书店,2013 年。

14. 刘文峰,《中国戏曲文化史》,中国戏剧出版社,2004 年。

15. [苏联]谢·奥布拉兹卓夫著,林耘译,李筱蒸、沈立中校,《中国人民的戏剧》,中国戏剧出版社,1961 年。

16. 孙维学、林地主编,《新中国对外文化交流史略》,中国友谊出版公司,1999 年。

17. 范中汇主编,《中国对外文化交流概览(1949—1991)》,光明日报出版社，1993 年。

18. 孙歌、陈燕谷、李逸津，《国外中国古典戏曲研究》，江苏教育出版社，2000 年。

19. 周丽娟编著，《中国戏曲艺术对外交流概览（1949—2012）》，文化艺术出版社，2014 年。

20. 林一、马萱主编，《中国戏曲的跨文化传播》，中国传媒大学出版社，2009 年。

21. 马少波、章力挥等主编，《中国京剧史》（六卷本），中国戏剧出版社，2005 年。

22. 张西平，《20 世纪中国古代文化经典在域外的传播与影响研究》，经济科学出版社，2016 年。

23. 俞为民、孙蓉蓉主编，《历代曲话汇编：新编中国古典戏曲论著集成》（全十五册），黄山书社，2006 年。

24. 俞为民、孙蓉蓉，《中国古代戏曲理论史通论》（全二册），中华书局，2016 年。

25. 吴开英，《梅兰芳艺事新考》，中国戏剧出版社，2012 年。

26. 梁燕主编，《梅兰芳与京剧在海外》，大象出版社，2016 年。

27. 周丽娟编著，《雪国琐忆：梅兰芳在苏联》，知识产权出版社，2022 年。

28. 陈世雄编译，《梅兰芳菲：梅兰芳在苏联》，江苏人民出版社，2023 年。

29. 张冰，《俄罗斯汉学家李福清研究》，北京大学出版社，2015年。

30. ［俄罗斯］В.Г.达岑申著，张鸿彦译，《俄罗斯汉学史：1917—1945》，北京大学出版社，2019 年。

31. 姜智芹，《中国新时期文学在国外的传播与研究》，齐鲁书社，2011 年。

32. 林施望译著，《英语世界的南戏传播与研究》，学苑出版社，2019年。

33. 杜桂萍、魏洪洲编著，《清代杂剧叙录》（全三册），安徽教育出版社，2022 年。

34. 孟伟根，《中国戏剧外译史》，浙江大学出版社，2017 年。

35. 王立业等，《中国现代文学作家在俄罗斯》，北京大学出版社，

2018 年。

36. 金宁芬，《明代戏曲史》，社会科学文献出版社，2007 年。

37. 周妙中，《清代戏曲史》，中州古籍出版社，1987 年。

38. 戚世隽，《明代杂剧研究》，广东高等教育出版社，2001 年。

39，徐子方，《明杂剧史》，中华书局，2003 年。

40. 程华平，《明清传奇杂剧编年史》（全五册），上海人民出版社，2020 年。

41. 中国戏曲研究院编，《中国古典戏曲论著集成》（全十册），中国戏剧出版社，1959 年。

42. 郑家治、尹文钱，《李调元戏曲理论研究》，四川出版集团巴蜀书社，2011 年。

43. 王辉斌，《明清戏曲史论》，武汉大学出版社，2016 年。

44. 程炳达、王卫民，《中国历代曲论释评》，民族出版社，2000年。

45. 何培忠、石之瑜等编，《当代俄罗斯中国学家访谈录》（一），中国社会科学出版社，2015 年。

后 记

　　本书是 2015 年获批立项的教育部人文社会科学研究规划基金项目的最终成果，《中国古典戏曲在俄罗斯的翻译和研究》是继 2009 年我获批的教育部青年基金项目《中国古典小说在俄罗斯的翻译和研究》之后的接续课题，在 2020 年结项的时候大约只有十几万字的规模，之后又用了三年多的时间，才成为现在的一本小书。其实，本课题的准备工作在十年前就已经开始了，但绝对不敢说是"十年磨一剑"的结果，因为课题研究的过程总是断断续续的，尤其是结项之后的很长时间并没有"磨"这把"钝剑"。

　　涉足中国古典文学研究在俄罗斯这一领域，有偶然性也有必然性，2009 年我被派往乌克兰的卢甘斯克国立大学孔子学院工作，当年即获批了教育部青年基金项目《中国古典小说在俄罗斯的翻译和研究》，经过近三年在乌克兰工作期间的搜集资料和回国之后近两年时间的整理和研究，该项目在 2014 年结项，同名书稿在 2015 年底由吉林大学出版社正式出版。

　　2015 年我申报了教育部人文社会科学研究规划基金项目《中国古典戏曲在俄罗斯的翻译和研究》，由于有了青年基金项目申报与研究的经验，顺利获批。在此后八年多的时间里，我除了必要的教学工作之外，几乎将全部的精力都投入与这项科研相关的工作中。其间在 2016 年暑期赴俄罗斯圣彼得堡国立大学参加了第七届远东文学国际学术研讨会，在 2018 年上半年再次赴俄罗斯圣彼得堡国立大学访学半年，这两次经历都为本课题的进一步深入研究提供了极大的便利，尤其是半年的访学期间，几乎每天都去位于圣彼得堡国立大学附近的俄罗斯科学院图书馆查阅资料，或者穿梭于圣彼得堡市的大街小巷，于古旧书店里找寻有关中国文学翻译和研究的俄文文献资料。在正式撰写书稿之前，我决定先以单篇学术论文的形式推进项目进展，于是先后完成了《俄语世界的李渔作品翻译和研究》（载《浙江社会科学》2016 年第 8 期）、《关汉卿及其作品在俄罗斯的翻译和研究》（载《中国古代小说戏剧研究》2016 年第十二辑）、《汤显祖及其〈牡丹亭〉在俄罗斯的翻译和研究》（载《戏曲艺术》2018 年第 3 期）、《马致远〈汉宫秋〉及其散曲在俄罗斯的翻译和研究》（载《中国古代小说戏剧研究》2019 年第十五辑）、《王实甫〈西厢记〉在俄罗斯的翻译、演出及研究》（载《戏曲艺术》2021 年第 3 期）、《徐渭研究在俄罗斯》（载《绍兴文理学院学报》2021 年第 11 期）、《"南洪北孔"在俄罗斯的翻译和研究》（载《戏剧与影视评论》2023 年第 5 期）、《明清杂剧在俄罗斯的翻译和研究》（载《戏曲艺术》2024 年第 1 期）、《俄罗斯对中国古典戏曲理论的翻译和研究》（载《长江学术》2024 年第 3 期）等论文。有了这些论文作为基础，书稿的撰写进展相对顺利一些，但也有不尽如人意之处，其中拖延时间最长的是关于中国古典戏曲理论在俄罗斯的部分，在搜集到比较可观的俄文资料之后却迟迟未能写出来，一方面原因是外语阅读能力的不足阻碍了研究的进度，另一方面原因是中国古典戏曲理论自身的复杂性延缓了下笔成文的进度。至于最后一章关于中国古典戏曲在俄罗斯的演出和交流情况则只是在前贤研究的基础上，利用少量从俄罗斯获得的稀见文献史料阅读分析之后联缀而成。

时光荏苒，岁月蹉跎，今年是我从东北到江南工作和学习的第二十个年头，也是我关注中国古典文学在俄罗斯这个领域的第十五个年头。回首往事，岁月如歌，"从故乡到异乡，从少年到白头"正是我近三十年从教经历的真实写照。

一路走来，非常感谢人生中遇到的诸多良师益友。

天津师范大学文学院的李逸津教授德高望重，古道热肠，是他介绍我于 2012 年第一次参加了在俄罗斯圣彼得堡国立大学举办的远东文学国际学术研讨会，此后与俄罗斯研究中国古典文学的汉学家们有了学术往来。李老师也是国内最早研究中国古典戏曲在俄罗斯的学者之一，于情于理，我都希望他为拙著写几句话，以增辉耀。南开大学外国语学院的阎国栋教授是国内俄罗斯汉学界的领军人才，无论在国内还是一起赴俄罗斯参加学术会议，他对我都是关爱有加，提携后进。北京大学出版社的张冰教授也是俄罗斯汉学领域的佼佼者，犹记当年她亲自驱车带我去拜见她的老师北京大学俄罗斯汉学的拓荒者李明滨教授的情景。拙稿之所以能够完成，也要感谢无私帮助我的俄罗斯友人：俄罗斯圣彼得堡科学院图书馆东方部的维娜格拉托娃研究员、圣彼得堡国立大学哲学系的克拉夫佐娃教授、俄罗斯科学院东方学研究所的阿利莫夫教授、圣彼得堡国立大学东方系的马义德副教授……，他们或帮助我查阅稀见俄文资料，或邮寄给我最新的汉学著作，对本书的写作以及将来的学术研究都有不可替代的作用。

最后，感谢南开大学出版社第二编辑室的各位编辑，他们对我迟交的书稿报以极大的宽容，他们认真负责的工作态度和严谨踏实的业务能力都为拙著的顺利出版提供了有力的保障。

高玉海

2024 年 2 月 7 日

于黑龙江依兰老家